魅丽文化
心晴坊
女性新阅读

你马甲又掉了
霍太太4

晴小天 著

江苏凤凰文艺出版社
JIANGSU PHOENIX LITERATURE AND ART PUBLISHING

图书在版编目（CIP）数据

霍太太，你马甲又掉了．4 / 晴小天著．-- 南京：江苏凤凰文艺出版社，2023.10
ISBN 978-7-5594-6553-5

Ⅰ．①霍… Ⅱ．①晴… Ⅲ．①长篇小说 - 中国 - 当代
Ⅳ．① I247.5

中国国家版本馆 CIP 数据核字 (2023) 第 178142 号

霍太太，你马甲又掉了．4

晴小天 著

责任编辑　张　倩
出版统筹　曾英姿
选题策划　石　颖
特约编辑　王　亭
封面设计　悠　悠
插画绘制　佳佳子
出版发行　江苏凤凰文艺出版社
　　　　　南京市中央路 165 号，邮编：210009
网　　址　http://www.jswenyi.com
印　　刷　湖南天闻新华印务有限公司
开　　本　880mm × 1230mm　1/32
印　　张　10
字　　数　317 千字
版　　次　2023 年 10 月第 1 版
印　　次　2023 年 10 月第 1 次印刷
书　　号　ISBN 978-7-5594-6553-5
定　　价　49.80 元

目录

CONTENTS

第一章
我们在一起

酒店房间。

“舒情，你怎么来了？”于娜打开门，侧身让舒情走进来。

这几天于娜都没有回公寓而是在酒店住着，她的心太乱了，需要好好梳理一下自己的情绪。

舒情走进房间，一脸担心地看着于娜：“你打算什么时候回去？”

她知道跟林楠酒后发生关系这件事，在于娜心里是个坎儿，只是于娜一直逃避也不是长久之计。

于娜默默摇了摇头，这几天发生的事情让她整个人看上去都憔悴了许多。她低头看着指尖，好半天才说道：“天合……他最近怎么样了？”

这是这段时间以来，于娜第一次在舒情面前提起吴天合。

舒情之前也不想提让于娜不开心的事情，现在听她问起吴天合，才拍了拍她的手背说：“我还没来得及告诉你，这段时间，齐叔叔一直都在给他治疗，他也没有刚开始那么抗拒了，反倒积极配合。有的时候还会跟齐叔叔说上几句话，精神看起来比以前好了很多。”

“是吗？”于娜脸上露出淡淡的笑，“那我就放心了，最近也辛苦你了。”

舒情看着于娜的样子，心里五味杂陈，但她还是拍了拍于娜的肩，想让她打起精神来。

“这有什么，我们是好朋友嘛，我帮你照顾他是应该的。对了，他的右腿经过复健治疗、针灸之后，已经有好转了，偶尔还能下床走几步路，齐叔叔说适当活动对他的康复有很大的帮助。”

于娜总算是放下心来，微笑着点了点头。同时，她心里一直压抑着的酸涩情绪也涌上来，忍不住鼻头一酸，眼眶也发热。不想让舒情看到，她默默将头转向一边，擦去眼角的水痕。不管怎么样，吴天合的右腿能恢复就好。

于娜忍住眼泪，握住舒情的手，恳求道："舒情，我想去看看他……你带我过去吧。"

舒情突然松了口气。这段时间发生的事对于娜的打击不小，看见好朋友变成这样，她也很担心，不过现在于娜既然愿意出门，就是好的。

"好，我带你去。"舒情点了点头。

于娜跟舒情出了酒店，心里还是踌躇不安，她拂了一下吹到眼前的头发，有些担心："舒情，天合会不会不见我啊？"

舒情想起吴天合这几天的状况，除了配合治疗，有的时候还会自己一个人看着窗外发呆。虽然他没有提起什么，但舒情能猜到，他应该是在想念于娜。

她想了想，还是没有说出口，只是摇头："不会的，你俩把话都说开了，他不会像之前那么对你的。我们走吧。"

于娜放下心来，舒情将车往医院的方向开。

随着目的地越来越近，于娜开始紧张，她不知道见到吴天合之后该说些什么……正想着，提包里的电话突然响了。

于娜拿出手机，看到是妈妈的电话，便调整了一下情绪，语气自若地说道："妈，怎么了？"

听筒里传来于娜母亲虚弱的声音："娜娜，我……我生病了不舒服，你能不能赶紧回来啊？我很想你！"

于娜皱紧眉头："你怎么了？别担心，我这就买票赶回去！"

舒情赶紧放慢车速："怎么了？"

于娜："我妈病了，我现在不能去看天合了，你能赶紧送我到机场吗？我一会儿就订张机票，飞回去看她！"

"阿姨生病了？怎么回事？"舒情一听于娜的话立刻掉转方向往机场开去。

于娜满心满眼都是焦急："我也不知道……这都是怎么回事啊……"多重事情的压力下，于娜终于坚持不住哭了出来，手抵在额头，似乎用尽了全身力气。

舒情安慰道："好了好了，别哭啊，阿姨一定会没事的。"她想了想，给林楠发了条信息。

赶到机场，车刚一停稳，于娜便迫不及待地跑出去。舒情看着于娜的背影，眼中都是担心。

舒情拿出手机，拨通了一个号码：“喂，你在哪儿？”她打的正是林楠的手机号。

没一会儿，林楠的车便停在了机场外，下车时正好碰上舒情，见她眼神示意，林楠坚定地点了下头，就跑了进去。

机场里面人来人往，林楠一直在找于娜的身影，终于在一处休息椅上看见了她。谢天谢地她还没过安检，他握紧手中的花束，穿过人群走到于娜身边，单膝跪在地上，将手中的玫瑰花束递出去。

“娜姐！”

于娜一心惦记的都是母亲的状况，突然看见林楠出现在自己面前，吓了一跳：“林楠，你……你怎么在这里？”

林楠摸了摸后脑勺，又郑重其事地把花束递过去：“娜姐，我是来跟你求婚的。我知道这几天你心里很乱，一直躲着我，但我想告诉你，我是真心的，我认定了你就是我想娶的姑娘，嫁给我，让我好好照顾你，好吗？”

周围等待飞机的人们都被这对男女吸引了目光，或好奇或惊讶地看着他们，更有人出声起哄。

于娜从未经历过这样的场景，或者说，她想象过向她求婚的那个对象是吴天合。

她抿紧了唇，看着林楠炙热的目光，不自在地摸了一下手臂，摇摇头：“抱歉，林楠……我现在不想说这些事情，而且我们之间本来就是个意外，我也……并不喜欢你。”

这个回答在林楠意料之中，但听见于娜亲口道出，他还是有些失落。

于娜根本无心理会林楠，更无暇顾及他的情绪，说完便将脸转向一边，看着机场上的显示牌。

三个小时后，飞机落地在H市机场。

于娜刚出大厅准备去打车的时候，又看见了林楠，她无奈地说：“你怎么……”

林楠一脸的认真：“娜姐，我知道你现在不会接受我，但是我愿意陪着你。”

“林楠，我们都是成年人了，我说过我们之间只是个意外。”于娜说完抬腿就走，眼角余光瞥见身后的人影，转过头严肃地警告道，“你不要跟着我。”

林楠看着于娜的背影，眼中满是失落。

于娜着急赶回家里，刚进门便喊：“妈，你怎么样了？要不要去医院……”

她快步走进客厅，结果看见爸妈坐在沙发上，两个人的表情都很严肃。妈妈看见于娜回来，还将脸扭向一边。

于娜一下子愣住了，好半天才回过神来：“爸，妈……妈，你不是病了吗？”

于父抬起头，重重地叹了一口气：“要是不说你妈生病了，恐怕你到现在还在A市陪着姓吴的那小子！”

于娜瞪大了眼睛，忽然什么都明白了，她站在原地没有动，好半天才艰难地吐出一个字：“妈……”

于母抬眼看着女儿，于娜整个人瘦了一大圈，面色也憔悴了很多。做母亲的，谁不心疼自己的女儿？

“娜娜。”于母招招手，让女儿坐到自己身边，“这次你和舒情去地震区救人，我们都不知道。万一你因为吴天合出了什么事，我和你爸爸可怎么办？你也应该体谅体谅我们。”

“娜娜，你是不是又跟吴天合在一起了？你跟着他会吃苦，我不同意，你们必须分手！”相比之下，于父就没什么好脸色了，他把于娜当成掌上明珠，照料保护得那么好，可不是让她去跟穷小子吃苦的！

“就是……娜娜，吴天合现在什么都没有，根本没法给你生活保障。以后你就知道了，不是两个人互相喜欢就能走到最后的。”于母语重心长地说道。

于娜眼眶微红，她解释道：“爸妈……其实我已经跟天合分手了……”

于父于母对视一眼，很明显地在对方眼中都看出不相信的神情。他们的女儿为了吴天合都能跑去余震不断的灾区，有可能轻易分手吗？

于父摇了摇头：“娜娜，这次我和你妈叫你回来，就是想让你好好在家待一段时间，哪里都别去了。”

“不行！”于娜站起身来，态度也是前所未有的坚持。

“你——”于父刚要发火，外面就响起了敲门声。

于娜从监控里一看，发现是林楠。

林楠进门见到于母，颔首礼貌地说：“阿姨好，我是娜姐的朋友……我叫林楠。”

于娜一皱眉，刚想说话，林楠就走到她身边，一只手轻轻拢住了于娜的肩，不过很快又松开，露出一个礼貌且谦逊的笑容，颔首对于父说道：“叔叔好。”

于父于母都知道林楠是家喻户晓的大明星，现在见他到家里来，还跟自家女儿这么熟，不免都有些讶异。

于父疑惑地开口：“我知道你，你跟……娜娜认识？”

林楠看了一眼于娜，脸上不自觉地泛起笑意，他重重地点了一下头，下一秒更是牵起于娜的手：“叔叔阿姨，其实我和娜姐相处很久了，她刚刚答应做我女朋友。之前她跟我说，阿姨生病了需要回来一趟，我本来想跟她一起回来的，可是她不让，我就……悄悄跟过来了。”说到这儿的时候，林楠还不好意思地笑了笑。

于娜还有些没回过神来，察觉林楠牵她的手的时候，下意识地就想往回抽。可林楠这小子捏得挺紧，她只能皱下眉毛，颇有些生气地看着林楠，手又挣了一下。

于母却是一脸满意地打量着林楠，她经常在电视上看到这个小伙子，大明星，人长得帅，在舞台上的表现很出色，如果他是娜娜的男朋友，那以后她在邻居面前得有多风光！

于父却很是怀疑，他的目光在两人之间来回游移，最后停在了于娜身上：“娜娜，我们怎么从来没听你说过你跟他在谈恋爱？你们是不是合起伙来骗我们的？”

于娜不想把林楠牵扯进来，更何况她已经明确拒绝过林楠。

她刚想否认，林楠就凑到她耳边，压低声音说：“娜姐，我装成你的男朋友，叔叔阿姨就不会把你留在这里了。你也想回 A 市吧？”

这话无疑戳到了于娜的心坎上。

她看着林楠，接触到男人狡黠而坚定的目光之后，思索了一会儿，只得作罢，面对于父的追问，她点了点头：“对，我们确实刚在一起不久，我觉得我们……还没稳定，就没跟你们说，毕竟林楠也是个艺人。爸妈，你们不会怪我吧？”

说完这句话，她在心里默默叹了一口气，她不想被关在家里，也确实挂念着吴天合。

见女儿承认了，于父在心里衡量了一番，点了点头：“既然你们在一起了，那我也不多说了。不过娜娜，这么大的事，你也应该告诉我们一声，别让我们为了你担心啊。”

于母的一颗心彻底放回了肚子里，她现在对林楠就是丈母娘看女婿，怎么看怎么满意。

于娜家里是一派其乐融融的景象，网络上早已炸开了锅。

林楠求婚的时候，有一位娱记也在场，他本来是蹲守另外一个艺人的，结果没想到就在休息区看到了这么爆炸性的一幕。

大明星林楠在机场向陌生女子求婚，这是多大的新闻啊！很快，这个新闻就被编写好推上社交平台，也成功地上了热搜榜前三，并且在词条后面还有一个深红的“爆”字。

求婚照片铺天盖地都是，话题量还在不断飙升。林楠的粉丝们已经在评论区一片哀号，不过大部分粉丝还是保持乐观和祝福心态的，毕竟林楠不是靠脸吃饭的艺人，粉丝们还是比较喜欢看自己的偶像坦荡追爱的。

林楠经纪人连续打进来好几通电话，只是林楠现在正在于娜家里吃饭，哪里还顾得上别的。

医院。

吴天合此刻躺在病房里，无聊地拿起手机看新闻，当他看见林楠的词条时，心里便有一种不祥的预感。点进去之后，看见的就是林楠在A市机场求婚的照片，至于他求婚的对象……

照片虽然角度刁钻一些，但足够清晰，吴天合的心沉到了谷底。原来……于娜喜欢上了别人，所以才同意跟他分手。

吴天合看着林楠手捧鲜花的动作，怎么看怎么觉得刺眼。他垂下目光落在右腿上，只觉得难受至极，可最后也只能发出一声叹息。

也罢，自己现在这副样子，不能拖累了她。

距离上次李承阳打电话告诉唐若颖北海湾计划书的事情已经有六七

天的时间了，唐若颖心急如焚。这段时间霍云城每天下班回来之后，就把自己关在书房里，绝口不提关于工作的事情，就算唐若颖提起个话茬，也会被他转移话题。

唐若颖正一筹莫展之际，又接到了李承阳的电话。

“事情办得怎么样了？”李承阳的声音听起来很冷漠，带着命令的口吻，“已经过了七天了，你什么时候能把计划书给我？”

唐若颖皱紧了眉，这么多年，她对李承阳的声音一直有种恐惧感，听到他的声音会莫名紧张：“哥，你再给我一点时间，这几天我已经在跟霍云城提这个事情了，但是他每次都转移话题，我也进不去书房……你再等等，再等等。”

“我再说一遍，那是你的事情。”李承阳的声音带着不可抗拒的威慑力，“唐若颖，你有耐心跟霍云城慢慢耗，我可没有。再给你三天时间，如果看不到计划书，你应该知道后果。”

男人挂断了电话，听筒里面传来嘟嘟的声音。唐若颖惶然地将手机放下，这几天李承阳总打电话催促她，有的时候甚至霍云城还在家，如果不是她反应快，早就被霍云城看出来了。

不行，她一定要尽快嫁给霍云城，不管用什么方法！

这天，霍云城晚上回到家，看见唐若颖穿着黑色刺绣家居服在厨房里准备饭菜，裁剪得当的布料勾勒出她曼妙的曲线。他轻不可察地皱了皱眉，一眼就知道她在打什么主意。

想了想，他还是走到沙发旁边，拿着一件薄外套给唐若颖披上：“你小心别着凉。”

“城哥哥。”唐若颖一看是他，便露出欣喜的笑意，握住男人的手，轻轻地放在自己的腰上，“你怎么才回来……我刚刚有些不舒服，所以才起来。你这几天都在公司里，我好想你。”

说着，她关了火，双手轻轻环住男人的腰，头靠在他肩上。

霍云城不着痕迹地后退了一步，与她隔开距离：“我先去换身衣服，你把外套穿上，小心着凉。”

说完他转身上楼。

晚上十一点半，唐若颖终于睡熟。霍云城松了口气，这几天都在应付唐若颖，很久没有见舒情了，他很想她。

舒情正睡着觉，突然被客厅里一阵窸窸窣窣的声音吵醒，她皱了皱眉睁开眼睛，却不敢轻举妄动。是小偷吗？她轻手轻脚地下床，拧开门把手走了出去。

看到客厅里的人影之后，她吼了一声："是谁？敢到我家里——"

"是我。"客厅里的灯被打开，面前的人赫然是霍云城，他正眼含笑意地盯着她。

舒情愣了愣："云城？你怎么来了？"

看着舒情睡眼蒙眬又惊讶的样子，霍云城眼底浮现出笑意，原来喜欢一个人的时候，她什么样子都是可爱的。

他握住舒情的手，上前一步环住她的腰："我想你了，总觉得这时候你应该在我身边，我就来了。"

霍云城的语气中透着一丝委屈，舒情忍不住笑了起来，她把手从霍云城手中抽了出来，轻声说："你就不会白天或者下班之后过来？这都十二点了，不在水月新城休息吗？"

一听舒情说起水月新城这四个字，霍云城就一阵头疼。他现在每天在公司要忙北海湾游乐场的事情，回去之后还要应付唐若颖，尤其是后者，令他身心俱疲。若不是想揪出唐若颖背后的主使者，他才不会牺牲这么大。

"听你这么说，我是不是可以理解成，老婆大人吃醋了？"霍云城附在舒情耳边低语，声音轻而慢，带着一丝诱惑，"这个时候就别说什么水月新城了，我每一天都很想你，只想跟你在一起……"

他走到舒情身后，双手环住她的腰，下颌搁在她的肩膀上，薄唇若有若无地磨蹭着她的耳垂。

舒情侧过头，在霍云城怀里转了个圈，正面对着他，双手捧起他的脸，露出一个温柔的微笑："好了，我知道，我也一样……你今天能过来我很高兴。不过，我们还是顾全大局要紧，还是得先委屈你一下下了。"说着对他眨了眨眼，神情俏皮，踮起脚在他额头上轻吻了一下，"别不高兴。对了，唐若颖搬进水月新城也有一段时间了，她……有什么异常没？"

霍云城叹了口气，拥着舒情走到沙发上坐下，他想起这几天唐若颖的举动说："唐若颖总缠着我，有时候还会故意到书房来给我送点心和汤。今天晚上还问我最近这么忙是不是公司有什么大工程，我觉得，她应该是要有所行动了。”

唐若颖倘若真的是糖糖，那她就不可能做出这些事情。这个女人，应该是揣着什么目的才到他身边的。

舒情沉吟片刻，指节屈起，抵着下唇，她突然想到了一个办法，不过得委屈霍云城一下，她犹豫半晌才开口慢慢说：“我觉得既然有人指使她接近你，那么趁现在这个机会，我们来一招将计就计如何，不如你就透露给她关于游乐场计划书的消息，到时候看她怎么办？”

霍云城下意识地点了点头，不过很快又觉得不对劲——舒情这是让他主动去接近唐若颖？

他抿唇看向她，半开玩笑半认真地说：“照你这么说，我可是要和她多亲近几天，你难道不会吃醋？”

舒情一下子哽住了，随即笑开来，却有意躲开霍云城的目光，坐正了身体，不去看对方一眼，十指交叉起来。

平心而论当然会有一点吃醋，不过她大多时候是理性占上风的，更何况如果不把唐若颖的问题解决，她和霍云城永远也不能开开心心地过日子。忍一忍，又怎么样呢？

霍云城明显不这么想。他看见舒情的神情之后，便不太痛快，虽说他话中玩笑的成分更多，但现在心里还是微酸。

“你是不是巴不得我跟唐若颖在一起？”还没等她开口回答，霍云城轻轻捏住了她的脸颊，“还是你趁我不在你身边的这段时间，跟沈俊言经常在一起？”

恋爱中的男人都是幼稚的小气鬼。舒情直到现在才真正明白网络上这些所谓的“矫情文学”不是凭空捏造的。她无奈地看了一眼霍云城，索性不说话，后退一步，轻轻捧起水杯，吹了吹热气。

……

网络上的舆论一时半会儿平息不了，但林楠的团队已经尽力将这段绯闻压下去。普通人和明星的私生活同样重要，这也是舒情在公司里一直贯彻的理念。

霍云城继续投入到北海湾游乐场的事上，发布会的视频已经公布在网络上，至于唐若颖的事，他心里也有了决断。

“城哥哥，你回来啦。”霍云城这晚回到水月新城，唐若颖一如既往地迎上去黏着他。

“嗯。”霍云城脸上有笑意，他最擅长的就是戴上一层假面，除了舒情，在谁面前都是如此。

他抚上唐若颖的侧脸：“最近回来得晚了一点，护士好好照顾你了吗？一定要注意自己的身体。”

“你不在的时候，我都按时吃药，护士也说我的身体恢复得很快。”

两人吃饭的时候，唐若颖没动几口，而是静静地看着霍云城。

霍云城有些疑惑：“怎么了？”

“城哥哥，你最近都瘦了……工作很忙吗？需不需要我炖点汤，明天让你带到公司去啊？”

开始说正题了。

霍云城拿着勺子的手停顿了一下，摇了摇头，故作轻松地说：“不是。公司刚刚盘下北海湾那块地，准备建造一个游乐场，现在正在敲定计划书上的细节，还有建筑地周边的环境，所以比较忙。等这个工程的大方向敲定下来之后，我就会比较轻松了，到时候有更多时间陪你。不过这几天，要抓紧忙计划书的事情，所以我基本上都会在书房。”

话音落下，霍云城还露出一个略表歉意的笑。

唐若颖垂在桌边的手指稍稍收紧，咀嚼的速度也随之变慢，她善解人意地说：“好，城哥哥有事就去忙吧，不用多费心我的事情。”

霍云城起身走向书房，唐若颖若有所思地看着他的背影。

霍云城走到书房门口，停下来转身对唐若颖说：“这个项目马上就要启动了，我除了再确认一遍计划书上的内容，还有很多琐碎的事情，你可以自己去找点有意思的事情做，乖。”

霍云城音色温柔，唐若颖听了不自觉地笑起来：“没事，我懂的，你不用操心我。”

等听见书房门关上的声音，唐若颖便走到沙发上坐下，握住旁边的手机，动作有些迟疑。接下来只需要趁霍云城不在家的时候偷出计划书就完成任务了，可是，李承阳以后只会变本加厉地掌控她，让她逃脱不得。

不行！唐若颖的瞳孔一下子缩紧。她一定要在这段时间里，让霍云城完完全全地属于自己，这才是上上之策。

她把手机重新反扣在沙发上，去厨房忙活了一阵。半个小时后，端着一碗南瓜甜汤，她敲了敲书房的门。

“城哥哥。”唐若颖甜甜地叫了一声，端着碗打开门走到霍云城旁边，“我看你晚上都没怎么吃东西，就给你做了碗南瓜羹，你喝一点暖暖胃吧。”

“辛苦你了。”霍云城停下手上的动作，“不过我暂时还不饿，你把汤先放在这里吧，等会儿我再喝。”

唐若颖抿了抿唇，霍云城总是这样，温柔而礼貌，让她几次都跟机会擦肩而过。她停顿了一下，不死心地继续笑道：“就是要趁热，南瓜羹凉了就不好喝了。”

她一边说着，手一边往前送，霍云城刚想推拒，唐若颖便“不小心”手抖了一下，南瓜羹洒到了霍云城的衣服上。

霍云城不自觉地皱起了眉，站起身后退一步。唐若颖连忙把碗放在一边，抽出几张面巾纸来帮霍云城擦拭。

“对不起，城哥哥……是我不小心……”

“没事。”霍云城沉沉地出了一口气，“这件衣服也该换洗了。”

唐若颖满是歉意地看着衣服上的污渍：“城哥哥，我帮你找一身干净的睡衣换上吧。”

很快，唐若颖便从衣帽间抱了一套新的睡衣回来，她伸出手，想要帮霍云城解开纽扣换衣服，对方却往后退了一步。

唐若颖一下顿住，抬起头十分委屈地看着他：“城哥哥，你是嫌弃我吗？我只是想帮你换件睡衣……”

“……不是。”霍云城沉默半晌，想到舒情跟自己的约定，本想说出口的拒绝又硬生生咽了回去，最后点点头，任由唐若颖帮自己换衣服。

纽扣一颗一颗被解开，霍云城因为常年健身而宽厚结实的胸膛露了出来。唐若颖低垂着眼，手指轻柔而缓慢地从衣角摸到了肌肉上。她的指尖轻轻摩挲着霍云城的胸膛，一边抬眼含笑看向霍云城。

霍云城目光转向别处，不着痕迹地避开唐若颖的目光。

“城哥哥，你……喜欢我吗？为什么我总觉得，你最近好像在避开我。”

“你想多了。”霍云城整理好思绪，握住唐若颖的手腕，不让她再继续乱动，低头对上唐若颖的双眼，“最近太忙，我也不希望跟你在一起的时候都是敷衍的。糖糖，我想把这份感情留到将来结婚的那天，你说呢？”

唐若颖开心地笑了，环住霍云城的腰，脸贴在他的胸膛上，认真地点了点头。

看来霍云城是想和她结婚的，那么霍太太的身份还会远吗？

H市。

转眼间，林楠已经在于娜家待了好几天，每天都能见到于娜，林楠的心情很美好，希望这样的日子再长久一些。

可于娜并不这么想。这天吃午饭的时候，于娜想了想，放下筷子说：“爸，妈，我在A市还有工作呢，你们要没什么事了，我和林楠就尽快赶回去了。”说完，于娜还在桌下踢了林楠一脚，示意他帮腔。

林楠立刻心领神会地放下筷子，露出招牌笑容：“是啊，我这次瞒着公司跟娜姐回来，他们肯定还有一大堆工作安排等着我呢。”

于父于母这几天是越看林楠越喜欢，年纪轻轻的小伙子，热情上进还懂进退，而且以他的条件应该不会让他们的女儿吃苦。于父的态度也缓和了许多，还经常让林楠陪他下棋。

“怎么，这么快就要走啊？”于母有些舍不得，女儿好不容易回来一趟，她们还没相处够呢。

“工作忙嘛。”于娜向母亲撒娇。

于父放下筷子，安慰于母道：“孩子们都大了，当然有自己的工作要忙。而且小林是个明星嘛，事情肯定很多的。好了好了。”

“阿姨，我和娜姐有空就回来看你们。”

于母点了点头。

于父想了想，又对于娜说：“娜娜，你和小林一直都在家里陪我们，也没好好出去走走。吃完饭之后，你不妨带小林到市内景点走走逛逛，别让人家觉得我们这儿什么也没有啊，哈哈……”

林楠连忙摆了摆手，嘴巴好似抹了蜜：“哪儿会呢叔叔，我还巴不得跟您多下两盘棋长长经验呢，更何况能每天都跟娜姐待在一起，我就知足了。”

于娜看到自己父母的眼神，也附和着笑笑，但心不在焉的。她还是不太放心吴天合。

吃过饭之后，林楠和于娜就被于母赶了出来。两个人从于家出来以后，于娜就一直兴致缺缺，反倒是林楠追在她身后，戴着墨镜口罩边看周围的景色边很兴奋地一直在说话：“娜姐，我还没仔细逛过H市呢，果然空气比 A 市清新了不少……”

H 市的繁华跟 A 市不相上下，风景怡人。两个人走到森林公园，一片绿意盎然，还有一些大爷大妈在锻炼身体。

林楠一个劲儿地说话，听得于娜心烦意乱。

“好了！”她不得不打断林楠的话，“你要是喜欢，就自己去逛逛，我想一个人静一静……抱歉。”

于娜低下头默默往前走，神情低落。

林楠心里不免涌起一阵失落，却又无计可施，只能止住话头。在叔叔阿姨眼里，他是于娜的男朋友，可在于娜心里，他什么都算不上。

看见不远处有座小山坡，林楠走了过去，好不容易爬到了山顶，头微微冒汗。他抬头眺望着远方，突然发现不远处的草坪上倒着个人影。他犹豫地走过去，却发现是一个老奶奶，但没有昏迷，正睁着眼。

“您好，您怎么了，需要帮忙吗？”

老奶奶哼哼唧唧地说：“小伙子，我……我有低血糖，早起没吃什么东西就来公园锻炼身体了，身上没带吃的也没带药，平时也爬过这小山坡，想着没问题的，谁知道爬到山顶后我就头晕眼花地趴地上了，你能扶我一把带我下山吗？”

林楠不疑有他，况且他身上也没带糖果巧克力等食物，只能先把奶奶扶下山坡再想办法了。

他想了想，说：“我背您吧，您这走路也太费劲了。”

他转过身蹲下去，让奶奶趴到他背上。因为背了一个人的缘故，所以下山的速度慢了许多。

下山途中口袋里的手机不断伴随着振动嗡嗡响起，林楠咬着牙，根本无暇去管。

“……怎么回事，怎么不接电话啊？”于娜放下手机，往四周张望一下，颇有些担心。

林楠毕竟是第一次来 H 市，虽说这个森林公园不算很大，但不熟悉路或者遇到什么坏人，也是有可能的。于娜回忆起林楠是冲着西边小山坡的方向走的，便一路找过去，时不时小跑几步。

终于，于娜跑到半山坡看见了正吃力往下走的林楠，背上好像还背着一个人。

“林楠！”于娜连忙跑过去，伸手扶住林楠。

听林楠和老奶奶说了事情的经过之后，她一边埋怨林楠一边直接打120把奶奶给送进医院。

“多亏你们送来得及时，病人没什么大问题，输上液就能缓解。我们已经想办法联系病人的家属了，一会儿就到，二位先在椅子上休息一下吧。”医生说完，还颇为赞许地拍了拍林楠的肩膀。

林楠低头笑了笑，看起来有点憨：“没事就好……”

于娜看着他的神情，又好气又好笑。林楠平时大小事宜都是经纪人安排操办的，这么大个人了没什么生活常识，却还挺乐于助人的……

走廊里突然传来一阵嘈杂声响，是一个年轻男人急急忙忙跑过来：“护士，护士，我妈怎么样了，没什么大碍吧？”

“老人现在没什么事了，正在输液和休息。”护士指了一下林楠，“都是这位先生发现得及时，将老人送到医院来的。”

男人转过身握住了林楠的手：“我……我认识你！你是那个大明星！哎呀，这次可真是太谢谢你了！我……我都不知道该怎么感谢你……”

林楠有些不好意思地拉低帽檐，生怕旁边的人也认出他来：“不用客气，应该的，老人没事就好。”

一转眼，到了《新霸王别姬》正式开机的时间。

演员们都早早地到了，尤其是刘小宁，她虽然现在已经有了些人气，但还是头一次跟沈俊言这样的知名男演员搭档，而且她也知道这部片子对公司来说有多重要，所以丝毫不敢懈怠。

舒情作为公司总裁和编剧，必然亲自跟剧组。她看到刘小宁便打了声招呼：“小宁，准备得怎么样？”

“啊……舒总！”刘小宁刚刚还在顺台词，听见舒情的声音有些不好意思地回答，“台词都已经背好了，我自己在家排过许多遍，但是……还是会有点紧张。”

舒情拍了拍她的肩，安慰道：“先放轻松，只要正常发挥就好了，导演会帮你调整的，你也接拍过不少公司的代言广告，我相信你的能力。”

“嗯！”刘小宁点了点头，对舒情露出笑容。

所有工作人员到位之后，场记一拍板，电影顿时进入如火如荼的拍摄当中。

第一场戏讲的是刘小宁饰演的女主角跑到戏楼后台，对沈俊言饰演的男主角进行质问。

沈俊言身为成熟演员，对于表演方面的技巧都已经手到擒来，而刘小宁跟他相比，虽然生涩很多，但好在感情十分投入，两个人配合得还算默契。

“咔——”导演猝不及防地喊停，他走到刘小宁身边，语重心长地说，“小宁啊，这个时候你的眼泪不能流出来得太快，情绪不是很到位。来来来，我们再来一遍啊，再来一遍。”

这已经是导演第三次喊停了，刘小宁不免有些气馁。

沈俊言笑着跟导演打了声招呼：“导演，不妨让我们先休息一下，调整调整情绪吧。”

导演挥了挥手。

两个人回到休息区，沈俊言拿着剧本主动走到刘小宁身边：“心情不好了？”

刘小宁勉强笑笑，摇了摇头。

沈俊言把剧本画线的地方给她看：“其实刚刚那部分没那么难……这样，你有没有跟前男友吵架的经历？”

刘小宁沉默半晌，才点了下头：“有……”

“那你等会儿就把我当成你的前男友，想象我跟你吵架。记住，一定要忍住委屈。等会儿我会调动你的情绪，如果实在哭不出来，寻找光源和外力刺激，这是最后的办法。”

刘小宁见前辈这样细心地教她，阴霾的心情一扫而空，笑着点了点头：“好，谢谢沈老师！真是麻烦你了。”

“在聊什么？”舒情走了过来，坐在沈俊言身边，侧过头笑着问他们。

刘小宁笑着说：“刚刚麻烦沈老师帮我讲戏，我表现得不太好……”

沈俊言摇了摇头：“你很不错了，难免有点小插曲而已。”

转头看向舒情，他把剧本递了过去：“对了，舒情，我看剧本上关于男主角部分，我有一点不同的理解……”

很快，舒情和沈俊言两个人聊剧本聊得火热，交流对剧本某处不同看法，还有很多同样的观点。

刘小宁坐在一边，颇有兴致地听着，她的目光逐渐凝在了沈俊言身上。沈老师人长得帅，温和体贴，还愿意帮新人……看得出来沈俊言喜欢舒情姐，两个人还有这么多共同话题，如果有一天，他能够注意到自己……

刘小宁脑海中突然蹦出这个想法，眼中闪过一丝失落，想了想还是决定起身离开。不能打扰他们，自己去别的地方练习好了。

下午拍摄的时候，刘小宁因为有沈俊言的指导，那场戏一条过。接下来女主角不过是有几个串场而已，所以下午都是主拍沈俊言的戏，他因为经验丰富，很快就完成了拍摄。

收工之后，沈俊言特意在门口等着舒情。两人刚走出拍摄场地，迎面就围上来几个娱记。

“舒情小姐，请问你对这次星辰娱乐公司出品的《新霸王别姬》有什么样的期待呢？”

“舒情小姐，听说这部电影是星辰娱乐准备送选去电影节的作品，你们觉得自己有什么优势呢？”

一个接一个问题抛过来，全都被舒情巧妙地回答了，但紧接着，有个娱记抛出一个爆炸性的问题——

“舒情小姐，听说你已经跟霍氏集团的总裁分手了，您接下来有什么样的打算呢？沈俊言是您旗下的演员，你们经常在一起工作，关系亲密，有进一步发展的可能吗？”

舒情原本还神态自若，听见这个问题之后就凝眉抿唇，她一向都不喜欢把自己的私生活搬到台面上来炒作。

“抱歉，我和沈俊言是工作关系。关于电影的问题已经回答完毕，现在不接受采访，请让一让。”舒情的口气礼貌而冷淡，眼神却已经冷漠，一副公事公办的态度。

“舒情小姐，透露一下。沈老师，您说说呢……”娱记们连连后退，却一点让开的意思都没有。

前霍氏总裁夫人失婚意冷，转而跟旗下公司一线男演员打得火热。这要是放出去，得是多大的热度啊！

“沈老师，您会不会因为她是您的老板就感到有压力呢？”

沈俊言停住了脚。

舒情投去不解的目光，他要说什么？这个时候不是应该赶紧离开才对吗？

沈俊雅清了清嗓子，对准面前的一个话筒，含笑看了一眼舒情：“虽然我跟舒情小姐现在只是上下级和朋友的关系，但你们说的进一步发展……那就看她到底什么时候接受了。”

沈俊言这一番回答无异于投放了一枚炸弹。娱记满面笑容，看起来十分满意。

舒情却明显很是惊讶，她不免有些生气，侧过头皱着眉看向沈俊言。她很不理解为什么沈俊言要在娱记面前说出这番话，她明明已经严肃地拒绝过他了。

沈俊言含笑看向她，低头关心地问道：“怎么了？”

舒情稍侧过脸，生气地盯着沈俊言：“别乱说话！”

她快步往前走，沈俊言也连忙追上去，两人上了保姆车，将娱记们甩在后头。

第二天，这则新闻就被曝光在了网络上。

霍氏集团少夫人失爱疗伤，却不愿透露与沈俊言的恋情！类似的标题在社交网络平台上层出不穷，占据了热搜。

“这次北海湾游乐场的计划书……”

会议室内，霍云城正在跟其他高层商量游乐场计划。突然，手机振动了两下。霍云城喝了一口手边的咖啡，把手机拿出来随意地滑开屏幕，便看到了关于舒情和沈俊言的那条推送。

霍云城的眉头微微皱起，手指也略微用力，在看到“地下恋情”四个字的时候，实在坐不住了。

“我先出去打个电话，抱歉。”

舒情这个女人，真不让他省心！

“舒情，网络上推送的那些新闻是怎么回事？你和沈俊言的地下恋情，嗯？”电话一接通，霍云城就迫不及待地质问，甚至能听出他咬牙切齿的语气。

霍总的醋坛子，又打翻了。舒情忍不住一阵头疼，现在绯闻铺天盖地，她已经让公关部紧急处理了，但是忘了霍云城这么一个大醋坛子。

“唉……”舒情无奈地叹了口气，放下手中的笔，耐心地解释，“那些都是娱记乱写的。你别乱吃醋好不好？我已经在让公关部处理这件事情了。”

霍云城跟舒情相处这么久，当然知道她是什么样的人，但是吃醋是人之常情，不可避免。女朋友已经这么解释了，霍云城再不情愿，也只得先忍下来。

他抿了抿唇，半晌才说了一句：“好吧。不过，”霍云城眯了眯眼，颇有些告诫意味地说，“舒情，我要你的心里只装得下我一个人，你最美的笑容是因为我，知道了吗？”

“……”舒情有些无奈，她一直觉得霍云城就是个幼稚鬼。不过心里说不甜蜜，也是假的。

“好了好了，我知道了，你不是还要忙工作吗？快去忙你的吧。”

挂了电话以后，她看着屏幕上铺天盖地的热搜词条，无奈又气恼。沈俊言怎么说出那样的话！这又给她惹了多少麻烦啊！

第二章
约会

白岚在警局被放出来，已经是几天之后。

她像变了一个人，憔悴不少。刚一进家门，白岚就看见白父神情严肃地坐在沙发上，她低下头，有意不去看白父的脸，刚想往楼上走，便被白父叫住了。

“站住！”白父声音里带着怒气，还有不容忤逆的威严。

白岚好半天才转过身来，慢腾腾地走到白父面前，一张嘴就带着哭腔，语气满是委屈：“爸爸……”

“你还有脸叫我爸！”白父抬起头瞪着白岚，绕到她面前，扬手就给平素视为掌上明珠的女儿一记耳光。他以为白岚一向很懂事，没想到捅出这么大的篓子。

白岚错愕得站在原地，心里也清楚自己做错了，所以并不敢出声哭喊，只是捂住自己的脸，眼眶霎时红了。

“你平时胡闹也就算了，这次竟然进了警局！要不是我托关系找律师把你保了出来，你还不知道会怎样呢！”

因为白岚，白家公司的股价一落千丈，原本谈好的几个项目也被人纷纷撤资，公司现在周转比原来更困难了。他一脸恨铁不成钢地看着女儿，满心的怒气即便撒了也于事无补。

“爸……”白岚的嘴唇颤抖着，满心都是后悔。她恨徐婉儿，更恨舒情，如果不是她们，自己何至于到这步田地？

“我知道错了……爸，我再也不敢了……”白岚不住哭喊着，眼泪噼里啪啦地往下掉。

白父哼了一声：“回你的房间去，以后不准随便出去，省得再惹乱子！”

白岚回到房间，扑倒在床上哭了起来。

手机响了两声，她滑开屏幕就看见“星辰娱乐总裁舒情秘恋沈俊言”这条新闻。

白岚一下子就来了精神。她皱紧了眉，手指不断在屏幕上滑动着，将娱记添油加醋的文稿看了个清清楚楚。

舒情……白岚咬紧了牙：我和你没完。

“岚岚，下来吃饭了。”

白岚回家以后直接把自己关在屋子里一整天，直到女佣叫她吃饭的时候才从楼上下来。

父女俩对坐着，白父也是一脸严肃：“不愿意吃就滚回房间里去。”白父心里的气还没消，怎么能容许女儿继续任性胡闹，“你别在这里摆什么大小姐架子！拜你所赐，公司现在的情况很不乐观，咱们家因为你就快破产了，很快你什么都不是了！”

破产？！白岚虽然满腹委屈，但也知道自己这次的确闯下弥天大祸，所以白父骂她，她并没有反驳，却在听见破产两个字的时候陡然睁大眼睛。

家里……濒临破产了吗？

“看什么？都是因为你！”白父越想越气恼，索性摔下筷子，坐在椅子上生闷气。

白岚也没心情吃饭了，默默地把碗推开，坐在椅子上想了好一会儿才起身说道：“我出去一趟。”

“你又要干什么？又要去给我捅娄子？咱们家已经够乱了，你给我回来！”白父冲着女儿的背影气急败坏地喊道。

谁知白岚径直出了门，没理她爸。

她去了徐家。

徐婉儿见到白岚的时候颇有些惊讶，不过很快神色如常地端坐在沙发上翻过一页杂志。

“你怎么来了？”

白岚走到徐婉儿面前，一言不发地盯着。她虽然痛恨徐婉儿在她被警察带走的时候没为她说话，但现在有更重要的事情求徐婉儿。

“……帮帮我，帮帮我们家。”

徐婉儿刚刚被白岚盯得有些后背发毛，这会儿听见她说的话，倒是放松下来。

帮她？呵！白岚捅出了这么大的娄子，她要是还帮白岚，不就坐实了之前的种种都跟她有关系？

“你想我怎么帮？”

白岚咽了一下唾沫，斟酌着慢慢开口：“我们家因为这次我进警局的事情，生意一落千丈，我爸爸说家里也快破产了……婉儿，我知道徐氏有足够的资源可以帮我们家，求你跟你哥说说，让他往我家公司的项目注资吧，这样我家就能挺过去……你帮我这一次，之前的事情我都不计较了……”

“不计较？”徐婉儿眯了眯眼，好笑地看着白岚，“不计较什么？”

现在白岚窃取商业机密罪已经跟她没有任何关系了，没有任何证据的事，白岚竟然还傻到拿这个来威胁她？

真傻！

白岚愣住了，她的手指扣紧：“婉儿……你是想不认账？你别以为这些事情我不会说出去！”

“你可以说啊。”

徐婉儿显得很是漫不经心。白岚现在有求于她，既然想让自己家里的生意活下去，就还是得依靠她。她一点都不担心。

“没有任何证据，你也敢威胁我？更何况你可是刚刚被放出来，不希望因为这件事再进去一次吧？”

徐婉儿轻描淡写的几句话，仿佛扼断了白岚的最后一根救命稻草。

“更何况我们徐家都被你连累了，你凭什么认为我还会帮你？白岚，我可真没见过像你这么蠢的人。”徐婉儿高高在上地看着白岚，冷哼一声。

“不过……”徐婉儿看着白岚，逼近她，正对上她的双眼，“这一次，你帮我彻底除掉舒情我就帮你家翻身，不然，想都不要想！”徐婉儿说到此处声音骤然狠厉，撂下这句话，便扭过头不再看白岚一眼。

白岚瘫坐下来，白家濒临破产，她将一无所有，身边的亲友早就躲得远远的，没有人可以帮她了……

“好……我知道了……”说完，白岚就离开了徐家。

徐婉儿看着白岚的背影，冷笑了几声。

星辰娱乐总裁舒情亲自操刀撰写剧本！一天跑片场监制八小时！

这几日的舒情可谓是风云人物，关于她的最新消息屡登热搜榜榜单，更何况她和沈俊言的绯闻依然盘踞着热搜榜前几。

白岚眉头微皱，全神贯注地盯着这条新闻，网页上舒情在片场的照片十分清晰，脸上张扬自信的笑容让白岚心里很不舒服。

舒情，她凭什么拥有自己得不到的一切！

“好了，大家今天都辛苦了，早点收工，回去好好休息吧。”舒情最近一直在片场跟进拍摄进度，她又看了一下机器里面的回放，确认没有问题之后才站起身如是说。

演员们也都如释重负，回到休息区去整理自己的东西。

刘小宁过来跟她打招呼：“舒总，那……我就先走了。”

今天下午没有沈俊言的戏，他不在片场，这也让舒情松了一口气。自从沈俊言的话闹出舆论风波之后，她不免有些尴尬，在片场两人私下里说话的次数寥寥可数。

舒情回过神来，对着刘小宁笑了笑，这个小姑娘最近的进步是肉眼可见的，假以时日，必成大器。

“嗯，回去好好休息吧，今天也辛苦你了。”

舒情也松了一口气，捏了捏鼻梁骨，从椅子上站起来伸了个懒腰。她也该回去休息了。

第二天一早，舒情刚刚洗漱完毕，打算赶去片场的时候，手机响了。

“喂？”舒情按了接听键。

“今晚有时间吗？出来吃个饭？”是霍云城。

舒情有些疑惑，看了一下时间：“你怎么这个时候给我打电话了？”

“不行吗？”霍云城的声音听起来心情不错。

舒情不自觉地笑起来：“我只是在想，你这个时候给我打电话说出去吃饭，不会让唐若颖怀疑吗？如果她知道我们私下见面怎么办？”

“唐若颖……她现在对我很信任，最近也不总是缠着我了，反倒是心事重重的，她可能在酝酿什么大动作呢。晚上你要是有空的话，我们就到紫藤饭店吃饭吧，我已经订好了位子。”

听见霍云城将一切都安排好了，舒情想想他说的也很在理，便一口答应下来：“好，正好今天有一场傍晚的戏，我看他们拍完就赶过去，如果你到得早，就多等我一会儿。”

“好。”霍云城的声音中带着一丝愉悦，如温暖琴弦。

舒情到达片场的时候，沈俊言正在跟对手演员对台词。他回过头来，看着舒情笑了一下，嘴唇动了动，却没有说出来什么。

他在娱记面前说的话是故意的，这是他头一次把这件事情摊到台面上说——他不过是想破釜沉舟。

“大家辛苦了，等会儿过来喝杯奶茶休息一下吧。”舒情的助理手上拎着两袋打包好的奶茶，是舒情特意买给大家的。

到了中场休息的时候，舒情拿着一杯奶茶走到沈俊言身边，递给他说：“你也喝一杯吧，无糖的，不会发胖。”

沈俊言抬头看见是她，笑了一下：“谢谢。”

舒情转身刚想走开，就被沈俊言叫住了。

“还有事吗？”

“……很抱歉。”沈俊言踌躇片刻后说，“之前娱记采访的时候，我当着他们的面说的话……是我冲动了，没有考虑到你的感受，对不起。”

舒情愣了愣，眼神也有些不自然，不过很快就释然了，摆了摆手说：“沈俊言，我是生气，不过现在公关部已经在处理这件事了，最近的热搜也下去了。你以后不要在媒体面前说这些让人误解的话，这会让我很困扰，对你的发展也没什么好处。”

“好。”沈俊言点了点头，想了想，还是把哽在喉间那句话问出口，“我们，依旧是朋友，对吗？”

“嗯。”

听见舒情的答复，沈俊言总算放下心来。

另一边，白岚也在思索怎么接近舒情。

白岚查询了很多关于《新霸王别姬》片场的新闻，舒情这个女人不是如此看重这部影片想要拿奖吗？那就让她与奖杯失之交臂吧。

白岚从床上坐起来，拨通了一个电话……

几天后，《新霸王别姬》的片场。

“沈老师这场表现得非常好，把男主角的纠结和难过都表现了出来，眼神也很到位，真不愧是拿过影帝殊荣的人啊！”导演看了成片，满意得连连称赞。

沈俊言笑了笑："这也要归功于导演指导得好。"

舒情笑着接话："我刚刚跟导演一起看了，你这段发挥得的确不错，不过下一场我有一些建议……"

沈俊言对拍戏一向很较真，听舒情这么说，两人便走到一边坐下讨论细节。

一个送餐人员来到片场，把餐盒卸下来后，并未马上离开，而是开着送餐车往后台绕。片场每天都有很多人进进出出，晚餐时间大家都在用餐，工作人员也并没有注意到送餐车。

此人从车里提出一桶汽油，上到一处楼台的二层，开始到处泼洒，随后扔出一枚点着的打火机……

突如其来的火势让人预料不及，舒情与沈俊言恰好坐在一层的休息室里，木结构的楼台很快燃起熊熊大火。

沈俊言在讨论间隙觉察到不对劲，起身走出休息室查看，抬头看见二层燃起的火势，急忙往回跑，边跑边喊道："着火了，舒情，赶紧走！"

舒情在休息室内听到喊声以后边快步往出走边感到十分惊讶。她和沈俊言在休息室聊后续剧情细节，晚饭都没来得及吃，同事们应该都去吃饭了，怎么会突然着火？

恰在这时，二层的一根横梁断裂往下坠，恰好在舒情头顶。

"舒情，小心！"沈俊言几乎是本能反应，扑上去抱住舒情往旁边一滚。

砰的一声，沈俊言后背被横梁砸中。

这突如其来的状况让舒情惊呆了。反应过来后，舒情急忙俯身查看沈俊言的状况，担心地看着他。

沈俊言却还在关心她的状况："舒情，你没事吧……"

"没事，我没事，沈俊言……来人，有人吗？有人受伤了，快叫救护车——"

闻声赶来的几个人冲进来，把舒情和沈俊言带离楼台。

"沈俊言，你坚持一下，救护车马上就来了！"舒情着急大喊。

到了医院之后，一个护士向舒情问道："你是病人的家属吗？"

舒情一脸紧张地说："我是他的朋友……"

护士说："请你过来给办理一下手续吧。"

舒情立马跟着护士走过去。

沈俊言应该无生命危险，可是被横梁砸中后背，不知会不会伤到脊椎，有没有严重的后续影响。这些都不好说，况且皮肤也会有一定程度的烫伤，沈俊言是个演员，如果皮肤上留下伤疤就不好了。

待所有检查做完之后，医生告知舒情，外伤已经处理好了，其他情况还要等检查结果报告。

“医生，我现在能去看看他吗？”舒情恳切地看着医生。

“待会儿转到病房你就可以去看他了。”

与此同时，手机已经在提包里响了不下三次，但舒情根本没有心情去接电话。出了这么大的事，她哪里还记得去赴约？

霍云城站在饭店门口，听筒里又一次传来了“未接通”的提示音，他不耐烦地按下挂断键。

霍云城站在原地，目光搜寻着四周，第一次露出烦躁的情绪。他已经给舒情打了四个电话，可不是“用户正忙”就是“未接通”。不是说好了一起出来吃饭的吗？这个时间片场也该收工了，怎么还不接他的电话？

片场……是不是出了什么事情？

他刷了几下手机文娱广告页面，推送资讯突然在屏幕最上方冒出来——《新霸王别姬》片场生乱！沈俊言受伤生死未卜！

霍云城一下子皱紧了眉。

沈俊言受伤？似乎想到了什么，他连忙开车赶往医院。

走进病房，看见沈俊言脸色苍白地躺在病床上，舒情的眼眶一下子就红了。

她走到床边，握住沈俊言的手：“沈俊言，你还好吧？”

沈俊言有些虚弱地笑了笑：“舒情，你……你没受伤吧……”

舒情摇摇头：“我没事……”

“舒情，”沈俊言当时只想护住舒情，根本无暇顾及自己，待此刻看到舒情安全之后，才感觉后背传来灼热的疼痛感，“我只是想告诉你……我可以付出一切，哪怕就换来你回头看看我……”

“这都什么时候了，还在说这种话。”舒情说话时带着鼻音，她知道沈俊言喜欢他，但没想到他会不顾一切地保护她，“你……安心休养，剩下的事情，等你好了我们再说。”

霍云城到医院以后，几乎是狂奔到沈俊言所在病房的楼层。刚跑到病房门口，就听见沈俊言跟舒情说，他可以为她付出一切，霍云城的眼神一下子就不对了，尤其是当他看到沈俊言还握着舒情的手的时候，更是醋意大发。

舒情这个女人，他不是说了不准她看别的男人一眼吗？尤其是沈俊言。前几天才闹出那么大的绯闻，如果再让记者拍到怎么办！

“让一让，让一让，病房里不能有太多人，请你们都出去。”护士从门外进来，伸手挡开霍云城，他不自觉地后退一步。

舒情也被请了出来，她转身抬头时看见站在门外的霍云城，霎时间愣住了。

舒情和霍云城就这样面对面沉默地站着。

“不准备解释一下吗？”霍云城到底还是没按捺住，先开了口，很生疏冷酷的语气。

他现在心里酸得要命，确切地说，只要是跟舒情有关的事情，他都无法保持冷静。

眼见舒情没有说话的打算，霍云城更加气闷，他指着病房的方向，压低声音，皱眉质问道：“你是不是喜欢上沈俊言了？他为你受了伤，你就对他动心了，是不是？”

不可理喻！

舒情本来就心乱如麻，听见霍云城这番话，抬起头愣愣地看着他，无奈地说：“云城，沈俊言受了伤，你能不能先不要闹了？”

“我在闹？到底是谁在乘人之危？”

霍云城觉得有些好笑。他是舒情的男人，在饭店空等了她两个多小时，都没有等到她的回电，她不该解释一下吗？

霍云城越这么说，舒情反而越没心情跟他解释。最近的事情已经够多的了，今天片场无端着火导致沈俊言受伤，之后电影的进度也眼瞅会变慢。等着她处理的事情一大堆，他竟然还在这里吃醋争吵？

舒情坐在椅子上，将脸扭向一边，没有跟霍云城说话。

霍云城一看她的态度，心头更堵了。

“我只是想要你的一句解释。”

“云城……”舒情叹了一口气，她抬起头，疲惫地看向霍云城，“这里是医院，不是我们争吵的地方，我现在心里很乱，只希望沈俊言平平安安的。”

霍云城虽然心里堵得慌，但也不得不承认舒情说的是对的，他勉强沉下一口气，说：“好，那我等你，你必须给我一个解释。”

说完目光转向一边，心里五味杂陈，没有一个男人会愿意看到自己的女人为别的男人担心着急。

“我们……”霍云城才说出来两个字，舒情就已经转身去了病房。

舒情进去前转过身对霍云城说：“你先回去吧，晚一点我会给你打电话，我现在想陪陪沈俊言。”

她完全不知道自己该怎么回应沈俊言的感情，尤其他还为自己受了伤，甚至说救了自己一命。这在某种程度上来说，欠他的是还不清的。至于霍云城……她现在就这么跟霍云城离开，还是不合适的。

霍云城本就强忍着一肚子火，听见舒情这么说，他的脸色顿时黑沉下来：“舒情，你是我的女人，沈俊言现在已经没大碍了，医生会照顾他。”

“他是因为我受伤的，我还是留在这儿……唔……”

舒情解释的话还没说完，下颌便被擒住，脸被强硬地抬起来，男人的脸近在眼前，唇上传来炙热的触感。他的吻带着不容抗拒的力度，几乎要让舒情喘不过气来。她双手伸出去，好不容易才推开霍云城。

舒情脸涨得通红，抬手就甩了霍云城一个耳光：“你别闹了！”

霍云城愣住了，他缓缓抬起手，摸向左边脸颊，眼中有嘲讽的笑意和汹涌的怒意：“你这是为了他，是吗？”

舒情沉默不语。

霍云城的瞳仁黑沉，喉头动了动，终究没再说出什么话，转过身大步离开。

舒情看着霍云城离开的背影，眼睛又酸又涩，却还是没有叫住他。

霍云城回到水月新城时阴沉着脸，唐若颖正坐在沙发上看电视，见霍云城进门便露出笑颜：“城哥哥，今天怎么这么晚？”

霍云城现在心情很差，不想再费心思敷衍她：“公司有事。”

他抬脚上楼。

唐若颖赶紧倒了杯水跟了上去，柔声安慰他：“事情多也是难免的，既然回家了，就别皱着眉头了。来，喝杯温水顺顺气。”

霍云城心烦意乱，但还是拿过水杯喝了一口，然后便进了书房。

唐若颖从冰箱里拿了下午做的甜品，又走进书房，笑着说：“城哥哥，你一定饿了吧，这是我学着做的小甜品，你尝尝好不好吃。”她顺势坐在了霍云城身边，手也挽上他的胳膊。

霍云城一副冷冰冰的态度：“我现在没胃口，等会儿吃吧，还有点事要处理。”

“城哥哥，我做了两个多小时的，你……吃一口嘛。”

霍云城把胳膊从唐若颖手里抽回来，眉心紧蹙，烦躁地捏了捏鼻梁，语气加重：“放这儿吧，你要是没有别的事，就先出去吧。”

唐若颖愣了愣，从她搬来水月新城之后，霍云城从来没有这样过。她抿了抿唇，在看见霍云城的脸色之后，只能转身出去。

医院。

舒情正在沙发边给沈俊言剥橙子。沈俊言的所有检查报告已经出来了，没有伤到脊椎和腰部，主要是外伤需要时间愈合。她这几天除了盯着整理火灾后的片场，以及了解火灾的调查情况之外，便是来医院陪着沈俊言。

把剥好的橙子递给沈俊言，手机响了起来。舒情接通电话，是她委托处理火灾事宜的律师。

“……好，我知道了。你继续跟进情况吧，有进一步确认的消息第一时间告诉我。”

白岚急匆匆地赶往医院。她没想到受伤的居然会是沈俊言，这让她心疼又懊恼。

来到沈俊言病房门口，她鼓足勇气推门而入，正看到舒情坐在沈俊言病床旁边，沈俊言目光温柔地看着舒情——他满心满眼都是舒情。

白岚觉得这一幕极其刺眼，她红着眼眶看向沈俊言。自己这么多年始终如一地追求着沈俊言，为什么他丝毫不为所动？更让她恼恨的是，舒情轻而易举地就拥有了她所艳羡的一切——家世、美貌、事业、爱情、荣耀，而她不仅没有得到沈俊言，白家还面临着破产。

片场的火灾是她找人安排的，她摸清了舒情在片场的时间和安排，找人在她经常待的休息室楼台放火。就餐时间，舒情一般都不随工作人员们一起吃饭，而喜欢一个人待着，小憩一会儿。这样就好，她很可能来不及呼救。她就是不想让舒情如意，舒情想要凭着《新霸王别姬》拿奖，做梦！

其实白岚知道这样做未必能除掉舒情，但能毁了她的片场也好，延迟拍摄的进度，让她赶不上最佳档期，便赶不上电影节！更重要的是，如果她不这么做，徐婉儿是不会肯帮她家的。她可以和舒情玉石俱焚，可她必须保住自己的家产，否则一切都完了！

沈俊言抬头看见白岚，有些惊讶："你怎么来了？"

看到沈俊言，白岚内疚与嫉恨交织。没想到沈俊言当时正好和舒情待在一起，他还为了救她而受了伤。

白岚："……我只是想来看看你，你现在……没事吧？你当时就不应该救舒情，她有正牌男朋友，那就是霍云城，她只把你当备胎。"

"你在说什么！"还没等舒情开口，反而是沈俊言先斥责白岚，皱眉看着她，眼睛里有不解也有愤怒。

舒情站起身，抱着胳膊面对着白岚："白岚，你还好意思来这里？"

白岚恨不得咬碎一口牙："你很得意是不是？让沈俊言心甘情愿做你的备胎？舒情，我真后悔当初没在记者面前撕下你这张虚伪面皮，让他们好好看一看，大名鼎鼎的星辰娱乐总裁，是这么虚伪自私的女人！"

沈俊言毫不客气地下了逐客令："这里是医院，请你离开！"

白岚眼中还有泪光，她看了沈俊言一眼，随后正视着舒情，眼里的恨意不言而明。

沈俊言也生气了，他双手紧攥成拳，强压住自己的怒意。

舒情皱眉看着她："白岚，你是不是疯了？"

"是！"白岚大喊了一句，"我想不通，凭什么你让这两个男人都为你死心塌地的？舒情，我是疯了，我被你陷害进警局好几天，我们家因为你也濒临破产，这一切还不都是你欠我的吗！"她发丝散乱，声嘶力竭。

舒情无奈地摇了摇头，甚至开始觉得白岚可怜，不过并不同情她："白岚，一开始做错的就是你，如果不是你帮着徐婉儿出谋划策做了那么多错事，还自作主张雇人去黑我们公司的内网，是根本不会走到今天这一步的。

"至于你家破产，如果不是你的种种恶行，又怎么会搞成这样？而且，白岚，我的律师刚给我打了电话，片场火灾的情况已经基本上调查清楚了，我想你很快又要进警局了。事到如今，你还不知道自己错了吗？”舒情语气波澜不惊。

白岚这种人，不见棺材不掉泪，她得一击即中。

白岚脸色一阵白一阵红，火灾的事情，警方这么快就调查清楚了吗？！虽然她知道迟早会查到她身上来，可没有想到如此迅速。她的手轻微颤抖着，也好，徐婉儿应该知道她按吩咐办事了，那白家的产业应该能保住了吧？她实在走投无路了，徐婉儿是她唯一能抓住的救命稻草……

想到这里，白岚猛地抬起头：“舒情，你别一副占领道德高地的样子，你以为你能笑到最后？”说完欲转身离去，却又看向沈俊言，“俊言……我不像舒情，她只不过是把你当备胎，但我对你的心，一直都是真的。”

说完转身离开病房。

几日后，医院。

舒情给刚换完药的沈俊言盖上被子，让他好好休息。手机突然叮的一声，低头一看，是刘小宁给她发来的信息。

“舒情姐，白岚被警察带走了，沈老师现在怎么样了”

“他恢复得很好，不用担心，片场也修整好了，你们该工作的工作。”

舒情回复完信息之后，手机上跳出一条推送——《新霸王别姬》片场突生意外，知名男演员沈某受伤，现嫌疑人白某已被警方带走，正立案侦查。

徐家。

徐婉儿也收到了《新霸王别姬》片场的推送以及白岚被警方带走的消息。她一下子便坐直了身子，双眼死死地盯着手机，精致的面庞有些狰狞。

没用的东西！徐婉恨恨地拍了下沙发。她就不应该相信白岚这个蠢货，除不掉舒情，还把沈俊言弄伤了，岂不是节外生枝！

“婉儿，怎么了？”

听见徐沐阳的声音，徐婉儿连忙调整了一下自己的情绪，轻轻笑着转头，跟走过来的徐沐阳说道：“没什么，就是看了一个电视剧，入戏了。”

徐沐阳点点头，走到徐婉儿身边坐下，递给她一个地址说道：“我找到一个很出名的整形医生，他在韩国。我给你安排了后天上午十点的飞机，应该可以把你手腕上的疤痕治好。女孩子身上留疤，不太好看。”

徐婉儿目光落在那张字条上，停顿了一下，还是点点头：“好。”

首尔机场。

徐婉儿一出机场大门，就发现有一辆车停在门口，一个穿着黑西装的男人看到她就上前问：“是徐小姐吗？”

徐婉儿拉着行李箱走到车前，顺势点了点头。

“我们是徐总派来接徐小姐的，徐总说直接送您去整形医院，请您上车吧。”

到了整形医院，徐婉儿和整形医生交流了一下关于手上疤痕的事情，做了几项检查，就住进了医生安排的病房。

在病房门口，徐婉儿看见一个长相精致、娃娃脸的女人。那个女人看见她的时候，目光中有几分惊讶：“是你？”

徐婉儿不免有些疑惑，她从来没有见过这个女人：“你是哪位？我们见过吗？”

女人微微一愣，然后伸手摸了摸自己的脸，又露出一个笑容，摇了摇头，轻声说：“不好意思，我有一个朋友跟你有点像，我刚刚认错了。”

徐婉儿疑惑地看了看她，虽然有些不明所以，但她也无暇顾及他人，跟着护士走进了病房。

女人在徐婉儿进了病房以后，眯了眯眼，眼中浮现出几分笑意。

当初她摔下悬崖之后，脸上身上都有许多伤痕，她原本以为自己就要这么死了，可谁想到吴子俊带人找到了她。

她在医院里昏迷了整整三天，醒来的时候发现自己身上和脸上都被包扎起来，医生说她伤得很严重，虽然保住了一条命，但是这张脸很难复原了，国内的整形技术目前不能完美修复。

没有办法，吴子俊只能把她送到韩国做整形。在这里的每一天，她都十分煎熬，做复健的过程也很痛苦。好在这一切都是值得的，现在自己的这张脸接近完美，重要的是，应该没有人可以认出她来，刚才连徐婉儿都没有认出她，这就足以证明整形很成功。

吴清冉冷笑一声，那么好戏还在后头呢。

徐婉儿把东西归置完坐在床上，想起刚才遇到的那个女人，不免有些疑惑。为什么感觉有点熟悉呢，是在哪里见过吗？

护士刚要出去，徐婉儿叫住了人：“你好，等一下。”

“您有什么事吗？”

徐婉儿迟疑了一下，看向门外的方向：“我是想问你，刚才跟我撞见的那个女人是谁啊？”

“她啊，”护士脸上是礼貌的微笑，“她是几个月之前送到我们这里的一个病人，她的手术还挺复杂的，最近也才刚刚恢复好，所以能出去活动一下，不过还不能出院。”

“对了，你们俩临时安排在一个病房，如果没有什么意外的话，她过几天就出院了，不会打扰您太久。”

“哦，谢谢。”徐婉儿若有所思地点点头。

躺在床上休息，正迷迷瞪瞪之间，手机铃声突然响了起来。徐婉儿从床上坐起来，不耐烦地接起电话，听筒里面传来白父的声音。

“徐小姐……”白父的声音带着浓浓的疲倦感。

“白老先生，您有什么事吗？”徐婉儿啧了一声，颇为不耐烦地说。

这个时候白父给她打电话，不用想也知道他是为了白岚。不过她怎么会去蹚这潭浑水？

白父的声音有些哽咽，乞求道：“徐小姐，我们家白岚跟你一向关系很好，她这次被警察带走……我求求你，能不能救救她，帮忙把岚岚从警局里带出来吧。”

“帮白岚？”徐婉儿像是听笑话一样，颇为讥讽地重复了一遍，脸上露出了轻蔑的笑，“白叔叔，您别怪我说话难听，上次白岚雇黑客偷窃星辰娱乐的公司机密，就已经进去过一次了，还是您亲自找人去把这个不省心的女儿带出来的。这次呢，又是她自己闹出来这么大的事，结果非但没有伤到舒情分毫，反而弄伤了沈俊言，这难道不是她自己的责任吗？没有人逼她这么做吧？白叔叔，我们徐家可不是什么慈善机构，请您搞搞清楚。”

“更何况白岚能力不行啊，我之前让她做的一点事她都做不好，现在为了私怨还让自己又进去了，这样的朋友，我就算救她出来了，又有什么用？我劝您还是省省力气。各人自扫门前雪，别回头弄得我们徐家一身脏污。”

徐婉儿的声音很大，房间门半开着，吴清冉从外面进来便听见了。

白岚？她停住了脚步，白岚因为舒情和俊言，进警局了？俊言……吴清冉一想到沈俊言，就一阵酸楚。她本就因为舒情才落到现在这步田地，而心心念念的爱人又因为舒情受了伤，她心里怎能不怨？

吴清冉强压下心头的怨恨和怒火，控制好自己的情绪，露出虚假的笑容，缓步走进房间。

徐婉儿见她进来就挂了电话，也客套地笑了笑："你散步回来了？"

吴清冉点了点头，落落大方地伸出手来："嗯，刚才的事真是不好意思。认识一下吧，我叫安娜。"

"你好，我叫徐婉儿。"徐婉儿回握了一下，正好露出手腕上的疤痕。

吴清冉故作惊讶地问道："呀，你的手腕上怎么有条疤，你……是经历过什么事情吗？女孩子手上留疤，很不好的。"

徐婉儿愣了愣，垂下眼，下意识地扯了扯袖子："没什么……那个，我刚过来，还不知道这里的医生技术靠不靠谱呢，你是哪位医生给做的手术呀？"

……

沈俊言受伤的新闻曝光之后，每天都有许多粉丝想到医院来探望，但是都被人挡在了门外。

舒情每天都会在病床床头换上新鲜的花束和水果，因为医生说舒适的环境有利于沈俊言的康复。

"嗯……"沈俊言刚睡醒，就看到了一旁低头看手机的舒情。

"你醒了，不多睡一会儿？"

"让你辛苦了。"沈俊言握住舒情的手，轻轻拍了拍，"舒情，我每天醒过来的时候能看见你，真的很高兴，没想到你会一直照顾我。"

"说什么傻话，你因为我才受的伤，我当然要照顾你到痊愈。"舒情细心地为沈俊言掖了掖被角，又叮嘱他，"医生说你的伤口还没恢复好，多休息，适当运动……"

沈俊言的注意力却只在舒情的脸上，攥紧舒情的手："舒情，我在进医院之前跟你说的话都是真心的……我知道你跟霍云城的婚约已经解除了，那么你愿意接受我吗？"

舒情却不知道该怎么回答他。她并没有和霍云城分手，只是各种原因，不能告诉沈俊言。

她抿了抿唇，用最委婉的方式暂时跳过了这个话题：“你先安心接受治疗，等你彻底好了之后再说别的，好不好？”

霍云城走到病房外见门是虚掩着的，他刚想推门进去，就听见了沈俊言和舒情的对话，手里拿着的花束霎时间似有千斤重。他本来觉得自己不应该小题大做，想来医院哄哄舒情的，谁知道沈俊言趁机想要舒情接受他。

霍云城平和的表情一下子消失殆尽，一把推开门大步走进去，拽着舒情的手态度强硬地说：“你跟我出来。”

“云城，云城——”舒情挣了几下，但奈何力气没有霍云城大，只能被他拉出病房。

沈俊言的目光瞬时暗淡下来。

第三章
计划书

“云城，你干什么，放手！”

霍云城倏地停下来，死死地盯着舒情。舒情顺势将手抽了回来，用另一只手抚了抚被拽的手腕。

“你不要吃醋了……”舒情盯着霍云城的眼睛，忍不住开口。

“你是我的女朋友。”

霍云城现在心里很不爽，沈俊言纠缠着舒情不放，而舒情又总是照顾沈俊言的情绪，这把他这个正牌男朋友放在哪里？虽然两个人现在没有婚约了，但迟早有一天，舒情都会是他的！

看到她的动作，他轻轻扯过她的手腕，帮她力度适中地揉着，低垂着眼睛继续说：“我吃醋，我生气，我发疯，都是因为我在乎。”

舒情看着这个帮她揉手腕的男人心里一暖，这个男人虽然有时候是幼稚了点，霸道了点，但都归根于他爱她。

“……我知道你在担心什么。”舒情抽出手，帮霍云城抻了抻衣服上的褶皱，耐心地跟他解释，“我这段时间在医院照顾沈俊言，只是因为他救了我，至少要等他康复了我再慢慢跟他说吧。霍总，你的醋坛子未免也太大了。”

“他明明知道我们两个是什么关系！”舒情话音刚落，霍云城就恨恨地吼了一句。

霍云城不喜欢沈俊言接近舒情，如果不是沈俊言有伤在身，霍云城真恨不得揍他一顿。

舒情见霍云城认真的样子，有些忍俊不禁。算了，不和他计较了，她换了个话题：“你把计划书的事情告诉唐若颖以后，她最近有异常的举动没？”

霍云城仔细想了想：“特殊的举动倒是没有，还是跟以前一样一直想进书房，还想让我跟她一起。”

最后这句话是霍云城意有所指，舒情听着心里也有点儿不舒服，但她可不是霍云城这种幼稚鬼，现在没有什么比让唐若颖露出马脚更重要的了。

她侧过头，闪烁着一双美目，对霍云城说：“看来她开始行动了……接下来恐怕要再委屈你几天，尽量满足她的要求，这样唐若颖露出的马脚才会更多。”

“你——”霍云城啧了一声，眉头微微拧起。

他抬起胳膊，食指屈起来，像是要在她头上敲一记，不过顿了顿，还是舍不得下手，点头说道：“你放心，我知道该怎么做。不过，你也要跟沈俊言保持距离！”

“知道了，知道了。”舒情好笑地抓住霍云城的大手，把手掌贴在自己面颊上，“霍总，全都听你的……”

霍云城这才满意地露出一丝微笑。

水月新城。

李承阳的电话打了过来：“唐若颖，北海湾计划书你什么时候才能拿到手？”

唐若颖但凡接到李承阳的电话，就从心底生出一种恐惧感，但是她无力反抗，只能小声应答着：“我已经在套霍云城的话了，哥，你再等等，再给我两天时间，我一定拿到——”

“两天！我没耐心跟你耗下去！”李承阳的声音暴躁起来，“我已经给了你不少时间了，这周末必须要见到计划书，不然的话——你自己看着办！”

说完，啪的一声挂了电话。

唐若颖颓然地放下手机，心里越来越害怕，她是知道李承阳的手段的。本来她还想一点点地取得霍云城的信任，然后成功嫁进霍家，以此来作为和李承阳对弈的筹码。可是现在看来，她不能等了！

现在霍云城没在家，书房平时是不上锁的，如果计划书就放在书房，那现在就是个大好机会。

唐若颖打定主意，轻手轻脚走入书房，看见第二层的书架上放着几份文件夹，她索性都拿下来，手忙脚乱地开始翻，结果一无所获。

时间不多了，霍云城说好了今天中午要回来吃饭的……唐若颖突然想到这一点，手上的动作便更加迅速，她眉头紧紧皱着，又绕到办公桌后的抽屉，终于在第三个抽屉的最下面翻到了一个密封的文件袋，里面只有轻薄的一张纸——《北海湾游乐场计划书》。

就是这个！

唐若颖眼中露出喜色，赶紧拿出手机把文件拍了下来。刚想发给李承阳的时候，手却顿在半空，迟迟没有按下“发送”按钮。

李承阳现在需要这份计划书，那么就算他再心急，一时半会儿也不会对她做什么。如果她就这样发过去，岂不是失去了一个有利的筹码？

唐若颖犹豫了，她抿紧了唇，决定还是暂时放弃。

没一会儿，门口就传来了有人进来的声响。唐若颖心里一惊，连忙把文件重新放回袋子里，合上抽屉。刚抬起头，霍云城就开门进来了。

两人四目相对。

霍云城轻轻皱了一下眉：“糖糖，你在书房做什么？”

“啊……”唐若颖迅速调整了一下表情，露出一个甜笑，“护士今天没有来，我自己在家里又太无聊，就想着打扫一下房间，刚刚擦完桌子呢。城哥哥，你要是不想让我进书房，我马上就出去。”

霍云城站在原地没有说话，身体稍稍往后侧了一下。

唐若颖垂下了眼，缓缓走了出去，在经过霍云城身边的时候，她的心也跳得很快，完全不敢去看对方的眼睛。

突然间，唐若颖脸色一白，软软地倒了下去。

“糖糖？糖糖！”霍云城眼明手快地抱住了她，看见她苍白着脸倒在怀中，连叫几声也没反应，便将她打横抱起走出书房。

唐若颖醒来的时候，已经躺在自己卧室的大床上了，身上盖着被子，而霍云城正向她走过来，手里还端着一杯热水。

霍云城看到她醒来，松了一口气。

“糖糖。”霍云城走到床边，将手里的水杯放在床头柜上，扶着唐若颖让她坐起来，又在她身后塞了一个靠枕，“你感觉怎么样，有没有不舒服的地方？我刚刚找来医生给你检查过了，他说你的身体还没有完全康复，不能过度劳累。”

唐若颖楚楚可怜地看向霍云城，眼里都泛着水光：“城哥哥……”

霍云城见状，连忙抽出纸巾递给她：“怎么了？好好的怎么还哭了？”

“我……”唐若颖哽咽道，“之前好转的时候我问过医生，他说我的病还是有复发的可能性……我知道我没有多长时间了。”

霍云城坐得离唐若颖近了一些：“糖糖，你别乱想，我会找人把你治好的。”

唐若颖顺势靠着霍云城的胸膛，轻轻摇了摇头：“不用费心了，城哥哥，我只有一个愿望，就是……你还记得小时候在小木屋里说过要娶我的话吗？”

“记得。”

唐若颖心中暗喜，继续说道：“我只想在我活着的时候能够嫁给你，做你的妻子，跟你有一段美好的时光就足够了。至于其他的，我别无所求。”

霍云城凝眉，就在唐若颖以为他不会答应的时候，头顶传来了男人的声音——

“好，我答应你。”

唐若颖脸上露出了笑容，环住霍云城的腰：“城哥哥，我真的很幸福。”

只要她做了霍家的少夫人，李承阳就再也不能拿她怎么样了。到时候她还需要仰人鼻息吗？真是笑话！

霍云城果然雷厉风行，答应唐若颖的第二天便让人放出跟唐若颖订婚的消息。一时之间，媒体大肆报道这个新闻，提到婚讯的时候也少不得带上舒情。

唐若颖看到新闻报道的时候，心里乐开了花。但有些人就不一定高兴了，譬如霍母和霍倩。

霍倩当然是妒忌万分，她啪的一下放下手机，很不服气地对霍母说：“姨妈，唐若颖明摆着就是冲着表哥的钱来的！而且她跟咱们家门不当户不对，指不定还有什么坏心眼，表哥可不能娶她进门！”

霍母心中也是窝火，没想到走了一个舒情，又来了一个唐若颖，这个野丫头还要登堂入室，进他们霍家的门。越想越气，霍母忍不住开口道：“一个酒吧的驻唱，怎么可能嫁到霍家来……简直痴人说梦！”

霍倩趁机在旁边煽风点火：“姨妈，听说那女人现在已经住进水月新城了，那可是表哥自己的房子，让她住进去不就等于承认她是女主人了？”

霍母抿紧了唇，很是不快地看了霍倩一眼：“走，你跟我去见见她。”

两人到了水月新城，霍倩急不可耐地快步走到公寓门口，不断摁着门铃。

“来了——”门里面传来唐若颖的声音，她打开门看到霍母和霍倩站在外面，不免有些迟疑，“你们是？”

霍倩不屑地嗤了一声，径直跟在霍母身后走了进来。

霍母上下打量了一番唐若颖，说：“我还以为我儿子大肆宣扬要娶进门的是什么天仙，没想到就是这种货色。”

霍倩趾高气扬地说：“说不定表哥就是贪图她一时新鲜，姨妈，你看她的样子，怎么看也不是配得上表哥的人。”

唐若颖一下就明白了，这是霍云城的母亲和她的表妹。

她虽然心里不服气，但这个时候也不得不低头，只能赔着笑脸说：“原来是伯母和表妹来了，看我……我都不知道，你们先坐一下，我这就去倒茶。”说完她拿起了桌上的茶杯准备去厨房。

霍倩嗤了一声：“别乱攀关系，谁是你表妹？别以为你勾搭上了我表哥就能做霍家的女主人了，就你这副穷酸相，简直是做梦！”

“我今天过来，可不是喝你这杯媳妇茶的。”霍母轻蔑地看着唐若颖，“做我们霍家的儿媳妇必须得是大家闺秀。你？别以为我不知道你在酒吧驻唱过，那种地方出来的女人能干净到哪儿去？说，你接近云城到底有什么目的？”

唐若颖心里咯噔一下，不过很快就镇定下来。要是她们以为光凭几句话就能把她逼退，就太小看她了。

“没有……”唐若颖连声音里都透着委屈，“伯母，我和城哥哥是真心想要在一起的，他答应过要娶我，你们……你们对我的误会太深了。”

霍倩的眉头越皱越紧，她喜欢表哥那么久，表哥都没看她一眼，这不知道从哪儿冒出来的穷酸丫头凭什么嫁给表哥！

她实在气不过，走过去推了一把唐若颖：“少在这儿装可怜，霍家是你这样的人能攀上的？！”

“啊——”唐若颖顺势倒在地上，手中端着的茶杯摔碎在地上，手也被划破了一道口子，她红着眼眶看向霍倩。

就在这个时候，霍云城回来了。

他看到唐若颖跌倒在地，瞬间就变了脸色，连忙上前把人扶起来，眯着眼看向霍倩：“你怎么来了？”

霍倩看见霍云城也是吃了一惊，瞬间就想搪塞过去：“表哥，我和姨妈看到了报纸上的新闻，想过来关心一下你。”

“我的事，不用你们操心！”霍云城明显很是不悦，硬邦邦地甩下一句话，便细心地查看起唐若颖的伤势。

霍母的脸色也变了，她和霍倩在这里就好像是个外人，霍云城完全没把她们放在眼里。想到往事，霍母心里更加堵得慌：“倩倩，看来你表哥乐在其中，我们还是走吧！”

霍云城见两人离开，把唐若颖扶到沙发上坐下，又找来家用急救箱给唐若颖处理伤口。

碘酒刚碰到唐若颖手上的伤口时，她便轻吸了一口气，手也往后躲。

“我尽量轻点，会有点疼。”霍云城认真地给伤口消毒，“她们来了多久了，没有为难你吧？”

唐若颖见霍云城这样，心中更喜，她乖巧地摇了摇头：“伯母和表妹刚来不久……她们也都是关心你，没什么的。”

霍云城压下眉头，沉吟片刻：“往后她们再来你不用搭理，或者给我打电话。”

唐若颖含着笑，却故作矜持地点了点头。她现在跟霍云城就是板上钉钉的事，等婚礼举行之后，李承阳还能拿她怎么样？霍母和霍倩又能怎样？

霍云城的手机响起来，他看了一眼屏幕上显示的名称，突然变得严肃起来：“嗯，我知道了，我马上回去。”

“怎么了？有什么事吗？”唐若颖见状，担心地问道。

霍云城站起身来安抚道：“没什么，是公司那边有点事，我得赶回去一趟，等会儿回来，你安心休息。”

唐若颖点了点头：“好。”

霍家老宅。

霍老爷子一脸严肃地坐在沙发上，管家站在旁边担心地劝着他：“老爷子，您别生气，等少爷回来问清楚就好了。”

媒体大肆宣扬报道霍云城要抛弃舒情娶唐若颖的事，霍老爷子看到了火冒三丈。

除了舒情这个孙媳妇，他谁都不认！更何况听说那个唐若颖是从酒吧里出来的驻唱，这样的女人，怎么比得上舒情？

管家话音刚落，霍云城就从外面进来，看见爷爷面色不悦地坐在沙发上。他走到爷爷面前站住，稍稍颔首，语气柔和地问："爷爷，您找我有什么事？"

"你说有什么事！"霍老爷子一把将报纸拍在桌子上，指着报纸上的加粗标题，看着自家孙子沉声问道，"我问你，你跟这个唐小姐是怎么回事，你不娶情情了？"

霍云城无奈地笑了，轻轻摇了摇头，伸出手帮爷爷顺着气，安抚道："爷爷，您先别生气，这是我和舒情商量好的。"

"商量好的？"霍老爷子原本很生气，他想不通霍云城怎么放弃了舒情这么好的姑娘，去娶一个来路不明的女人。结果听见霍云城这句话，他彻底搞不清楚这些年轻人想干什么了。

"是，这是我和舒情的计划，爷爷，您听我说……"

听完霍云城的计划之后，霍爷爷总算松了一口气，拍了拍他的肩："原来你们打的是这个主意，也好，那我就放心了。"霍老爷子一停顿，指着霍云城告诫似的说道，"不过，演戏归演戏，你可不许辜负情情，她是个好姑娘。"

"爷爷，我知道。"霍云城也松了一口气，他很认真地看着老人，掷地有声地说，"她是我决定厮守一生的人，我不会辜负她的。"

霍老爷子点了点头，彻底放下心来。

霍云城又陪爷爷坐了一会儿，便赶回水月新城。

唐若颖喜笑颜开地迎上来，挽着他的手臂，让他坐到沙发上，去厨房端了刚切好的水果拼盘放到茶几上。

"城哥哥，你每天都在公司那么辛苦，先吃点水果垫一下，晚上想吃什么，我给你做。"

霍云城见她忙前忙后的，拉着她坐下："你的手都受伤了，晚上就别做饭了，还有——你是有什么事要跟我说吗？"

唐若颖一副被点破心思的模样，脸上有些羞赧："城哥哥，刚才我约了一家精品婚纱店，我们不是都快订婚了吗……我就想去试试婚纱，明天你有没有时间，陪我去吧？"

唐若颖的眼睛晶亮亮的，看着他的时候满眼都是期待。霍云城呼出一口气，嘴角的笑意淡了下来，陪未婚妻试婚纱这种事，他只想跟舒情一起。

唐若颖察觉到了他微妙的变化，可怜巴巴地问道："城哥哥，你明天没有时间吗？"

"最近工作太多，明天还有两个会议要开。"霍云城强打起精神，揉了揉她的头发，从钱夹里抽出一张卡，上面是一串英文，"明天你就自己去吧，逛街的时候喜欢什么就买什么，这张金卡给你，乖。"

唐若颖看见卡的时候，眼睛都亮了一下，接过来笑着点了点头："好吧，那谢谢城哥哥！"

婚纱店内。

唐若颖跟前台导购说："你好，我是约好了今天来试婚纱的，预约的是那件纯手工的蕾丝婚纱。"

"唐小姐是吧？请跟我来。"导购露出礼貌性的微笑，带着唐若颖来到了试衣间。

拿出预定的婚纱，纯白色的裙摆层层叠叠，都是手工钩绣的蕾丝，还用珍珠点缀，就像是童话里的公主才能拥有的婚纱一样。

唐若颖眼中露出了惊艳的光芒，嘴角也不自觉地咧开，丝毫不掩饰对婚纱的喜爱。

"唐小姐，我帮您试一下，这是我们店最昂贵的一款婚纱，我看正适合您。"导购不遗余力地推销，毕竟这位唐小姐可是霍氏集团未来的总裁夫人，是贵客！

唐若颖爽快地点了点头。

过了半个小时，导购拉开试衣间的帘子，唐若颖穿着手工婚纱缓缓地走了出来。她的头发也被绾成了新娘发髻式样，搭配一顶手工编织的珍珠皇冠，通身都透着精致贵气。

唐若颖走到试衣镜前面，看着自己的这身打扮，眼里露出了惊喜，她没想到有朝一日自己还能成为这么高贵好看的新娘。

唐若颖正被导购夸得飘飘然的时候，不远处传来一道声音："唐小姐！"

唐若颖循声望去，是一个陌生女子。

那个女人一脸笑容地迎了上来："没想到在这里看到唐小姐了，您是来试婚纱的吗？哦，先自我介绍一下，我是××媒体的记者。"

唐若颖愣了一下，然后礼貌地点点头："你好。"

记者打量了一下唐若颖，眼里便露出笑容："这件婚纱穿在唐小姐身上真好看，您本人也比报纸上说的漂亮多了……咦，霍总今天没跟您一起来吗？"

真是择日不如撞日，要是让她写了霍总准夫人试婚纱的第一手材料，升职加薪指日可待。

唐若颖愣了一下，随后笑起来："城哥哥最近工作很忙，就让我先来试婚纱，他还跟我说，我们要举办一场最盛大的婚礼，不留遗憾，永生难忘的那种。呀……我是不是说得有点多了？"

没错，她就是故意的。既然眼前这个人是记者，那么一定会把她说的话散播出去，到时候全世界都知道霍云城要娶她了，还怕那些人吗？

记者连忙摇头："没事没事……能不能多透露一点你们婚礼的细节呀？霍总平时对唐小姐一定很好。"

唐若颖眼角眉梢都是得意："他确实很宠我，包括这件婚纱也是城哥哥给我定制的，他还说我们度蜜月的时候要去巴黎……"

不出所料，第二天各个媒体就登出"唐若颖店中试婚纱，确定是总裁夫人？"这样的新闻。

而舒情看见这条新闻的时候，心里也是五味杂陈。

她放下手里的书本，只感觉心口像被什么堵住了一样，闷得难受。虽然这是她早就跟霍云城商量好的计划，但是看到唐若颖穿婚纱的照片，她竟然有一瞬间的恍惚——霍云城是不是真的要娶别人了？

舒情压着眉头，手抚上心口，吞咽了两下，强行把酸涩的感觉压下去，调整好情绪，赶到医院去看沈俊言。

舒情给沈俊言切橙子的时候明显心不在焉。

沈俊言不止一次看向舒情，他今天上午也看到了唐若颖试婚纱的新闻。沈俊言心里是气愤的，他觉得霍云城根本就是三心二意，明明都跟唐若颖订婚了，却还霸着舒情不肯放手。

"吃吧。"舒情将一瓣橙子放到沈俊言手中，刚要抽回手的时候，却被他攥住了手腕。

“舒情。”沈俊言实在是没忍住，胸膛微微起伏，言语间透出急切和怒意，“我知道你心里一直有霍云城，但是他根本不值得。你……或许你也看见了，唐若颖已经去试婚纱了，他们要结婚这是所有人都知道的事情！”

舒情垂下了眼，没有作声。

这样的举动在沈俊言看来，更像是难过。

“霍云城跟你分手才多久？他这样的男人根本不值得你托付，是他眼瞎放弃了你，你，你别难过，不要为了他伤心。

“舒情，这几天你一直在照顾我，我很高兴。我想跟你说，我……我虽然不及霍云城那样有钱有势，但是他给不了你的幸福我可以。我可以一直等你，哪怕你现在不喜欢我，我们可以慢慢培养感情，好吗？”

沈俊言每天都在纠结，他想知道舒情的心意，这次鼓足了勇气才向她吐出心声，在他看来，霍云城根本就配不上舒情。

舒情深吸了一口气，把手从沈俊言手里抽出来，她还没想好怎么跟沈俊言解释这一切，此刻只能装聋作哑，帮他掖了掖被子：“等你出院之后我们再说这件事。”

沈俊言顿了顿，慢慢收回了手，点点头：“好，我听你的。”

刘小宁就站在门外。她买了鲜花来探望沈俊言，刚到门口就听见了沈俊言向舒情表白的一番话。

刘小宁垂下头，掩住眼中的失落。原来，沈老师这么喜欢舒情姐啊！是啊，舒情姐那么好，对他们也很照顾，沈老师喜欢她也是人之常情……

不过自己只是来看看沈老师的，就算推门进去应该也没什么吧。刘小宁心里虽然有点失落，但还是知道分寸的，她看了看手里的花束，推开病房门走了进去。

舒情下意识地回头，见是刘小宁，舒情露出了笑容，点点头说：“小宁，你来了。”

沈俊言向门口看过去，看见刘小宁愣了一下，冲刘小宁礼貌地笑笑。

刘小宁忽然觉得有些尴尬，不过她很快就调整好了心态，含蓄地笑笑，说：“舒情姐，我是来看沈老师的。沈老师，你好点了吗？”

舒情正不知道怎么脱身，刘小宁的到来正好解了她的困境。她顺势站起身说：“既然你来了，就陪俊言说说话吧，我想起来公司那边还有点事，要赶回去处理一下。”

说着，舒情就拿起放在一边的提包，示意让沈俊言好好养病。

沈俊言心里跟明镜似的，他把没说完的话都咽回肚子里。

算了，来日方长。

于娜家中。

“娜姐，你快来看！”林楠一直在刷手机，突然间他皱紧了眉，连声呼唤于娜。

于娜疑惑地走近他问道：“怎么了？什么事大惊小怪的？”

林楠把手机伸到她眼前，上面赫然是唐若颖试婚纱的新闻。

于娜一下子瞪大了眼睛：“什么，霍云城要跟唐若颖结婚？”

她和林楠对视一眼，都从彼此眼中看到了心照不宣的默契。原本因为于父于母的挽留，他们是要在H市里再待几天的，但现在看来，必须马上回去找舒情问一问了，他们两人是不是发生了什么事？

几个小时后，于娜和林楠急匆匆地出了机场，在计程车上，于娜给舒情打了电话：“喂？舒情，我和林楠现在回来了。你在哪儿？我有件事要跟你说。”

舒情报出家里的地址之后，两人马不停蹄地赶去。

舒情见两人风尘仆仆，忍不住开口问道：“你们怎么回事，这么着急，快先喝点东西。”

于娜无奈地看了她一眼。舒情端着两杯果汁放到他们面前，被于娜拉住了手：“你别忙了，我有件事要问你。”

舒情见好友这样一本正经的，不自觉地一笑：“怎么了？这么严肃，有什么事你就说吧。”

“你和霍云城到底怎么回事，你们两个的感情不是很好吗？他怎么要和唐若颖订婚了？”

“我还以为是什么事呢。”舒情松了一口气，她还以为是什么大事。不过转念一想，于娜并不知道她的计划，会这么着急也难怪。

她一脸讳莫如深地看着于娜：“放心吧，我心里有数，你们也不用着急，很快就有好戏看了。”

于娜更加疑惑了。

舒情：“我跟你说……”

把来龙去脉说清楚之后，于娜也彻底放下了心："我还以为霍云城真的移情别恋了，害我担心死你了！"

舒情笑着摇了摇头："我是想着知道的人越少越好，这样也能逼真一些。不过现在好戏要开场了，你们知道了也无妨。还有……"舒情想到了什么，意味深长地在于娜和林楠之间来回看了一圈，"你们俩……现在什么关系？"

提到这个问题，两人不免都有些尴尬。林楠笑了笑，没有开口，他知道于娜现在还是没有接受他，这种事也急不来，他有的是耐心等她。

于娜嗔怪地看了一眼舒情："想什么呢，我和林楠现在就是好朋友，至于你想的那方面……我现在根本不会考虑，还有——"

于娜欲言又止。

舒情抿抿唇。

林楠此时也很识趣："我们刚下飞机就赶过来，我有点饿，情姐，你们家有什么吃的吗？不介意我去找找吧。"

"你去冰箱那里看看吧，应该还有几块我昨天买的小蛋糕。"

林楠走开之后，于娜才抓住舒情的手，担心地问道："我不在的这几天，天合怎么样？他的腿好点了吗？"

"好很多了。"舒情点了点头，"他这段时间积极配合治疗，恢复情况良好，你不用担心。"

"那就好，这段时间真是辛苦齐大师了。"于娜听说吴天合的腿已经好得差不多了，这才松了口气，脸上不自觉地露出笑容。

林楠端着装着小蛋糕的碗碟站在拐角处看见于娜的表情，心中不免黯然。

舒情知道于娜还是放不下吴天合，便试探着问："齐叔叔再过几天也要回长白山去了，正好你也回来了，明天要不要跟我去医院看看吴天合？"

"好。"于娜爽快地点了点头。

林楠垂下眼，下意识地捏紧了碗碟的边儿，装作什么都没听见，把小蛋糕拿出去跟她们分享。

医院。

于娜推开病房门的时候，吴天合转过头来，他看见于娜的一瞬间，整个人都愣住了，张了张嘴，完全不知道该说些什么。

“天合，于娜一直说想来看看你，她刚从H市回来，我就带她过来了。”舒情边说边把买好的鲜花和水果放在床头，转头看向于娜：“你们慢慢聊吧，我先出去打个电话。”

病房门关上，独自面对吴天合，于娜眼眶一热，却一滴泪也流不出来。沉默半晌，她轻轻笑了笑：“天合，好久不见，我听舒情说……你的腿快好了。”

吴天合心里五味杂陈，他控制住声音里的颤抖：“对啊，康复医生和齐大师都很厉害，我腿上的伤已经好得差不多了，医生说再调养一段时间，没什么问题的话我就可以出院了。你……你不用担心。”

于娜愣了愣，微笑着说：“好。”

又是长久时间的静默，于娜动了动指尖，到最后也不知道说些什么，吴天合亦然。

或许两人都觉得对方会先开口继续话题，但到最后却发现他们变得越来越生疏。

唐若颖忙着准备婚礼的事情，上次去试婚纱的事情曝光之后，她就万分得意，因为所有人都知道她即将成为霍氏的总裁夫人，这等于把一张王牌拿在了手里。

“嗯，好，我这周末会去看一下你们设计的场地。”

唐若颖刚挂了婚庆公司工作人员的电话，又一个电话打了进来，她的脸色瞬间变了，眼神透着紧张。

是李承阳。

“喂，哥……”

“别叫我哥！”李承阳听起来很生气，“唐若颖，我再问你一遍，计划书你到底拿到手了没有？我没有那么多时间陪你玩。”

“哥，现在霍云城已经彻底信任我了，你再给我一点时间，我很快就能拿到计划书了……”

唐若颖不想把手里的计划书照片交出去，这份文件和霍云城一样，都是她用来牵制李承阳的王牌，至少她是这么觉得的。

电话那头的男人冷笑一声：“好，给你时间是吗？你等着。”

电话一下被挂断，唐若颖颇有些心神不宁，不过她很快平复了心情，或许只是她想多了呢。

次日，珠宝店内。

唐若颖试完订婚戒指，约好时间来取成品之后就喜滋滋地出了门，她刚下楼梯，就被人捂住了嘴。

“唔——唔——”唐若颖想喊出声，却只能发出呜呜啊啊的声音。

带走她的黑衣人走到僻静的街角，打开一辆黑色轿车的门就把唐若颖塞了进去。

“想见你一面，真不容易。”一道低沉邪肆的声音传来。

唐若颖深吸一口气，她睁大了眼睛，惊讶地转过头，发现李承阳坐在她身边似笑非笑地看着她。

没想到李承阳光天化日之下竟然抓住了她，她一直都小心地躲在霍云城的水月新城，李承阳再嚣张，也不敢去水月新城抓人。她本来想着只要拖延到她和霍云城成婚，她成为霍家女主人，就不用再惧怕李承阳的威胁了。哪怕李承阳把她的秘密抖出来，相信霍家顾及颜面也不会对她这个女主人袖手旁观，霍云城更加不会轻易离婚。可最近她太得意，筹备婚礼又免不了时常外出，才让李承阳寻到了机会。

“哥……”唐若颖看见李承阳的那一刻，几乎全身的血液都被冻住了，手也僵硬得很，本能地想逃，却被李承阳抓住头发一把拽了回来。她吃痛地皱眉，好半天才勉强挤出一个笑容，小心翼翼地看着李承阳。

李承阳的手指一下下点着膝盖：“唐若颖，你倒是如愿地嫁给霍云城了，我要的东西呢？”

最后一句话，语气骤然加重。

唐若颖不自觉地哆嗦了一下，还想推脱：“霍云城看得太严了，平时根本不让我进书房，你再等等——”

“少废话！”李承阳的声音变得狠厉起来，手掌一下攫住唐若颖的脸颊，阴沉沉地看着她，“我告诉你，我的耐心是有限度的，如果你再不把游乐场的计划书给我，我不介意把你是假冒的糖糖这件事告诉霍云城。你永远别想逃出我的手掌心！”

李承阳咬牙切齿地说完，便松开手将唐若颖甩向一边，拨通了电话：“我倒要看看霍云城知道了你的真面目后是什么反应。”

唐若颖瞳孔紧缩，脸上露出惊慌的神色，心也跳得飞快。不行，她和霍云城还没成婚，如果霍云城知道了她是假冒的糖糖的话……那她苦心筹划的一切，到头来不就是一场空了？

不可以，绝对不可以！唐若颖浑身一颤，急匆匆地从包里拿出手机，手指还在轻轻颤抖，她划开相册，调出那天拍的计划书的照片，发送给了李承阳。

“哥，这是……这是我在霍云城的书房翻到的计划书，就这么几张照片，我都发给你了……”

李承阳看着屏幕上蹦出来几张照片，一张一张点开，确定是北海湾游乐场计划书，这才满意地点了点头。

他看向唐若颖。唐若颖又是一抖，惊惧地看着李承阳，不知道他又要干什么。

可李承阳只是轻笑着拍了拍她的脸颊：“你早给我不就好了，下次学乖点，别想着可以用你那点小聪明来糊弄我。好了，你走吧。记住，别让霍云城发现了，不然……也不用我再提醒你了吧？”

唐若颖紧张得要命，刚刚那一遭心都险些从嗓子眼里蹦出来。她连忙点头，深呼吸几口气之后下车。

看着李承阳的车远去，她手脚冰凉，后背都快被冷汗浸湿了。

李承阳坐在车中，脸上浮现出志在必得的微笑。霍云城，你不是一向都把如意算盘打得很响吗？这次我就看看你还怎么跟我争！

李承阳拨打了一串号码：“你好，请问是程老板吗？我是 BPL 的李承阳。”

“李总，你好你好。”电话那边传来了谄媚的声音。

李承阳挑了一下眉，转头看向窗外的街景：“我听说程老板是霍氏北海湾游乐场的材料供应商是吧？不知道你今天有没有时间，我们出来见个面？我有笔生意要跟你谈。”

唐若颖回公寓的一路上都魂不守舍的，心里越来越虚。她总是会想起那天霍云城看到她在书房里的情景，如果李承阳对霍云城下手了怎么办？如果霍云城知道她偷走了计划书怎么办？

唐若颖甚至都不知道自己是怎么进门的，手心出了一层冷汗。

霍云城并不在客厅里。唐若颖没来由地松了口气，轻手轻脚地走进客厅，却发现书房的门半开着。霍云城坐在桌前，手里拿着的正是那份游乐场计划书。

唐若颖一下愣在原地，心跳怦怦加速，她强行稳定心绪，抬手轻轻敲了两下门：“城哥哥。”

“糖糖。”霍云城抬眼看是她，便招手示意唐若颖过来，“试完戒指了？”

唐若颖看霍云城的脸色丝毫没有异样，暂且安下心来，她靠在霍云城身边乖巧地说道：“戒指很漂亮，跟尺寸也正合适……下次城哥哥能不能跟我一起去呀？”

“好。”霍云城点了点头，“等这次的项目谈成了，我抽出几天时间陪你。”

“好。”唐若颖喜笑颜开，心里那点紧张感也随之打消，抬眼看向霍云城，试探着问道，“城哥哥，既然我们都要订婚了，那你什么时候带我回老宅去见霍爷爷啊？我们两个订婚，总要有长辈的祝福吧……而且这种事，也要长辈挑好日子啊，不然我岂不是太不懂事了。”

唐若颖越说声音越小，忍不住偷看霍云城的神情。

她这招明摆着是以退为进。霍家的大家长是霍老爷子，如果霍老爷子不同意，那她就甭想真正进霍家的门，在这一点上，唐若颖心里清楚得很。她也不介意去讨好一个老人。

霍云城停顿了一下：“爷爷年纪大了，而且之前才刚刚出院，现在在老宅养身体，也不希望有人去打扰。我们还是不要去了，订婚典礼的日子我已经定好了，就在这个月的十八号，还有时间，你想安排什么都可以慢慢来。”

“十八号吗？”唐若颖听见确定的日期，眼睛一下亮了起来。

“嗯。”

眼看着霍云城点头，唐若颖嘴角的笑容越发明显，她亲热地挽住霍云城的胳膊：“那我一定要好好计划，这可是我们最重要的日子！”

霍云城笑了笑：“你看着安排吧。好了，我还有点事要忙，你早点休息。”

清荷日料店。

“程老板，就这么说定了，我可等着你的好消息。”随着一间包厢门打开，李承阳边说边从里面走出来。

他身后则跟着一个看起来十分精明的中年人，三十多岁，笑容满面。这个人正是程老板，霍氏游乐场项目的材料供应商。

程老板听见这话，颇有深意地笑了笑："李总放心吧，只要 BPL 的诚意到了，我为您办事肯定是妥帖的。"

李承阳笑着点点头。

看着程老板离开，李承阳脸上露出一丝狡猾的笑容。如果这次北海湾游乐场用的是达不到建筑标准的材料修建的，到时候再发生什么事故……霍氏集团和霍云城在A市将永无出头之日。到时候BPL想要的一切，都将手到擒来。

霍云城准时到达公司处理文件和参加视频会议。

会议结束之后，他闭上眼睛，捏了捏鼻梁骨，靠在办公椅背上休息，听见敲门声，简短回道："进。"

走进来的是林岩峰，他对霍云城说："总裁，跟您想的一样，程老板已经把事情告诉我了，李承阳果然开始行动了。"

霍云城笑了笑，眼神如鹰隼般锐利，唐若颖偷拍计划书的事他不是不知道，不过是为了让李承阳上钩。

"好，你继续盯着李承阳，他的一举一动都告诉我。"霍云城脸上露出冷笑，是胜券在握的表情。

林岩峰出去以后，霍云城转过头，看着窗外飘过的云，喃喃说道："好戏，马上就要开始了……"

第四章
为你而来

“俊言，今天感觉怎么样？”舒情刚进病房，就看见沈俊言正拿着本散文集在看。

“医生建议我多观察一段时间，不过我觉得我已经好了……”沈俊言觉得自己现在就像个长在床上的蘑菇，哪里也去不了，动也不能随便动，而且还总是麻烦舒情来医院照看他。

更重要的是，他想快点出院把《新霸王别姬》拍完，这是他和舒情最看重的一个项目，还有，他想问问舒情，她考虑好了吗。

“舒情，现在片场的进度怎么样？我还有好几场重头戏没有拍，我担心再这么下去，会延误电影的拍摄进度，万一上映之后赶不上送选电影节，那可就糟了。”沈俊言一想到电影拍摄进度，眉头就皱了起来，语气也很急。

“片场那边我都已经交代好了，你不用担心，他们会先把没有你的镜头拍完，这段时间足够你在医院养好身体的。而且你回去之后，拍的戏大部分也都是文戏，没关系。”

舒情轻声安抚，正好护士进来查房，她又问了几句关于沈俊言伤势的情况。

“可我还是想出去拍戏。”沈俊言如实说道，他是一个演员，有自己的职业操守，“这本来就是个意外，再让大家一直等我的话，那多过意不去。”

“没关系的，现在大家都知道你的情况，你不用担心，好好休息就行。”

舒情最近都是在医院和公司来回跑，沈俊言也知道她多忙，虽然想回片场，但也不能让她担心，只好点了点头。

A 市机场。

一个女人拉着行李箱从机场出来，她走到楼梯下的那一刻，深吸了一口气，摘掉脸上的太阳镜，露出一个笑容。

吴清冉，不，现在应该叫安娜。

安娜回国的第一件事就是去找沈俊言。她知道沈俊言现在在医院里，回来这一路上，计程车里的电台节目都在说关于沈俊言的事情。一想到沈俊言，安娜眼中便不自觉地露出笑容。

到了医院，询问过导诊台护士沈俊言的病房号后，安娜就迫不及待地直奔病房。结果她刚走到病房门前，就听见里面传来了说笑声。

安娜偷偷看过去，只见舒情正坐在病床旁边给沈俊言削水果，而沈俊言一脸深情地注视着舒情。

看起来她走了这么久，沈俊言对舒情的心意一点都没有变，安娜的目光慢慢冷下来。在看到舒情要起身离开的时候，她本能地往旁边一躲，直到舒情离开病房走出一段距离，安娜才攥紧拳头跟了上去……

舒情准备开车回公司，正拐出停车场，不知道从哪里出来一个身材纤细的女人，她手里拿着电话，很急切的样子，等注意到汽车鸣笛声时，已经晚了。

“啊——”一声女人的大叫声响起。

舒情瞪大了眼睛，连忙踩下刹车。

见女人跌坐在车前，舒情连忙开门下车查看。女人皱着眉，看起来很痛苦的样子，右腿膝盖下有一片剐伤。

“嘶……”女人手想伸出去碰伤口，但又僵在半空。

“对不起，对不起。来，我扶你起来。”舒情连忙跟人道歉，伸出手小心翼翼地搀着人站起来。

女人因为腿上有伤，走路的时候也是一瘸一拐的，不过她也只是笑笑，看起来并不介意：“没事，我刚刚在打电话，跟别人吵了一架，没注意到有车过来，我也有错。”

舒情松了口气，这个女人说话温温柔柔的，看起来不像是胡搅蛮缠的人。但她心里还是过意不去，于是主动开口说：“这儿就是医院，我送你去检查一下吧，毕竟有伤了。”

“那……就多谢你了。”女人朝她笑笑，声音也很轻，“应该没什么大事，我觉得包扎一下伤口也就好了，你不用担心的。”

舒情笑了笑，不知道为什么，她总觉得这个女人的眼睛有些熟悉，但一时之间想不起来在哪儿见过。

两人进去医院挂了普外科的号，很快就做完了检查。舒情一路上都扶着女人，等到护士给女人包扎好了腿上的伤口，两个人坐在走廊的长椅上休息。

“你还有哪里不舒服吗？我们要不要再去检查一下？”

“不，不用了。”女人愣了一下，很快又摇了摇头，看看自己腿上的伤，她笑着看向舒情，“你可真细心，长得漂亮说话又温柔，一定有很多人喜欢你吧？”

舒情听到过很多人夸她，但被一个陌生人这么夸赞，还是自己不小心开车撞到的陌生人，她还是有点不好意思。

“哪里……我还不知道你叫什么名字呢。”

听见这句话，女人才后知后觉般露出一个明艳爽快的笑容，落落大方地伸出手：“不好意思，忘了自我介绍了，我叫安娜。之前在韩国居住了一段时间，最近才回国，身边也没有什么朋友……很高兴认识你。”

舒情礼貌地回握了一下：“你好，我叫舒情，很高兴认识你。”

没错，我知道你叫舒情。安娜看着她的眼睛，在心里默默地补上了一句：就是因为你，我才变成今天这个样子的。

一转眼过去半个月，沈俊言的伤势恢复得差不多了，他已经开始准备进组了。

于娜和吴天合自从上次见面之后，就再也没怎么联系过。虽然于娜还是会去医院探望吴天合，但彼此之间已经有了很大的生疏感，连聊天都是礼貌而客套的。

这天，齐玉初将吴天合右腿上的银针拔下来，一根根地收在针包里，对吴天合说：“你腿上的伤基本上已经痊愈了，只是你之前太不爱惜自己的身体，所以完全恢复还得需要时间。来，你下床走一走，试试习不习惯。”

吴天合这几天一直在思考他和于娜的问题，他开始在想是不是自己以前太偏激固执，才会导致两人走到今天这一步？或许他当初选择不一样的路，是不是结果也会有所不同？

齐玉初的话让吴天合回过神，他斯文地笑了笑：“这段时间多谢您了，为了我的腿您费了不少工夫，是否能痊愈，我也心里有数，我懂您说的。”

齐玉初摇了摇头，慢慢说道：“你该谢的不是我，是你那个女朋友和舒情，如果不是她们两个来求我，我也未必会来A市帮你。”

听齐玉初说起于娜，吴天合的眼神不免有一瞬间的黯然，半晌才打起精神：“是啊，她对我很好，我欠她很多，但那都是过去的事情了……”

齐玉初还想说什么的时候，舒情和于娜推门走了进来。舒情看到吴天合从床上坐起来，问道：“今天感觉怎么样？”

吴天合看到于娜时有一瞬间的愣怔，末了还是扯起嘴角笑了笑。他的脚慢慢触到地面，支撑着站起来，试探着往前挪动。现在他的右腿已经好多了，只是还有点一瘸一拐，不过只要他走路的速度不快，就不是很明显。

于娜看着不由得红了眼眶，这若是以前，她一定会上前抱住吴天合。但是现在，她只是欣慰地笑了笑。

吴天合的喉头动了动，却什么都没说出来。

舒情见状，看向齐玉初：“齐叔叔，您要回去了？”

“嗯。”齐玉初直起身来，“现在他的腿已经好得差不多了，想要完全复原还需要时间，但是至少不耽误他的正常生活，我也要回玉笔峰去了。”

于娜走过来说：“齐大师，您治好了天合的腿，我还没好好感谢过您呢。”

“不必了，我订好了明天的机票，这就回去了。”

第二日下午，舒情和于娜到机场给齐玉初送行。

舒情始终没忍住：“齐叔叔，您能不能告诉我，阿雪姑娘究竟是谁？”这个问题她想问齐叔叔很久了，但是一直没有问出口。

齐玉初抿紧了唇，沉默半晌才跟舒情说：“其实告诉你也没什么，阿雪是你的小姨，是我一个旧人。”

小姨？舒情皱紧了眉头，她还是第一次听说她有个小姨。自己的父母不是都去世了吗？怎么还会有其他的亲人？以前也从来没有听齐叔叔说过一字半句的。

看来阿雪果真和她有什么关系，至于到底是不是小姨，她需要进一步确定。

舒情抓住齐玉初的手臂，急切地问道：“小姨？您以前怎么从来没跟我提起过？”

齐玉初沉默不语。舒情迅速思考了一下，阿雪跟齐叔叔的关系很好，如果她是自己的小姨的话，那么齐叔叔很有可能认识她的爸妈？

这个念头刚刚冒出来，舒情便开口问道：“如果……如果真是这样的话，那您认不认识我父母？他们到底是怎么去世的，您能不能告诉我？”

舒情的情绪有些激动，她太想知道当年发生了什么事，还有自己丢失的那段记忆，到底发生了什么。

于娜拉着舒情的手：“舒情，有什么事跟齐大师慢慢说……”

齐玉初皱眉看着舒情，半晌还是叹了一口气，稍稍垂目：“抱歉，关于你父母的事情，我真的不是很清楚。”

“可是——”

对于齐玉初的这套说辞，舒情明显是不信的，她刚想继续追问下去，机场的广播响起，提示飞往长白山的航班还有半个小时就要起飞，请旅客登机。

齐玉初颔首说：“舒情，我要登机了，有什么事以后再说吧。”

“齐大师，您一路平安。”于娜看着舒情松开了齐玉初，眼中是掩不住的失落，便伸手搭上好友的肩，轻轻地拍了拍。

从机场出来之后，舒情一直闷闷不乐。

于娜坐在舒情身边，观察着她的脸色，安慰道：“可能齐大师有什么苦衷呢，你也别着急，总有一天会知道的。”

舒情皱紧了眉，无奈地点了点头。她很想知道关于父母的事情，但齐叔叔不愿和她说，如果逼问下去，只怕会适得其反。

好不容易有了些眉目又断了，算了，从长计议吧。

两人回到医院。

于娜见吴天合已经穿好外套坐在床边，而床上的被褥也叠得整整齐齐的，有些疑惑地问道：“你这是要去哪儿？”

吴天合笑了笑：“你们回来了。我的腿好得差不多了……这段时间很感谢你们，我可以出院了，再住下去，我恐怕真的不会走路了。”

说到这儿，吴天合笑得有些腼腆，看得出来他想开个玩笑缓和气氛。

“你是要出院吗？”舒情看了看于娜，她觉得于娜还没放下执念。

吴天合点了点头。

于娜虽然答应过在吴天合痊愈之后两人就分手，但是真到了这一刻，她心里还是发堵：“你以后有什么打算？”

吴天合沉吟片刻：“我想过了，还是想回山区支教。那里的孩子好不容易接受文化教育，他们应该有机会好好学习，而且我已经跟孩子们培养出了感情，这么长时间不见面，还有些想他们。”

于娜点点头，语气中有一丝酸楚：“这样啊……也好，支教是很有意义的一件事。那……你千万要顾好自己腿上的伤。”

吴天合迟疑了一下，点点头：“好，这段时间，谢谢你。祝你们幸福。”

于娜愣住，脸上的笑容慢慢消失，心事重重地点了点头。她转过身往门口走去，可没走几步就感觉头晕目眩，眼前一黑晕了过去。

“娜娜——”吴天合着急地喊了一声，也不顾自己的腿现在能不能快速走路，急忙走过去抱起于娜，见她毫无反应，便按响了床头的指示铃。

舒情跑过来喊道：“娜娜，你怎么了？”

没一会儿医生就赶了过来，舒情和吴天合赶紧让开，让医生给于娜检查。

正检查着呢，于娜悠悠转醒。医生转过身说：“血压、脉搏、血氧含量等指标都正常。先让她透透气，等她稍微好一点之后你们可以再做几项检查，另外……我建议到妇科去检查一下，看她是否怀孕。”

于娜瞪大了眼睛，怀孕？

舒情也一脸错愕，下一秒，又看向吴天合。

吴天合愣愣地看着于娜，随即又垂下头来：“我是时候回去了，你先好好休息。”

“天合……”于娜眼角余光瞥到吴天合要离开，下意识地拽住他的手腕。

吴天合停住了，好半天才回过头来，轻轻拨开于娜的手，出了病房的门。

于娜求助一般看向舒情：“舒情，怎么办啊……”

吴天合站在病房门外，心里五味杂陈，他抬起头看着天花板，沉沉地吐出一口气，已经到这一步了，或许自己该死心了，是时候结束了。

思索良久，吴天合还是拿出手机，拨通了林楠的电话。

于娜根本无法想象自己会怀孕，明明和林楠只在酒店那一次而已……

"舒情，我该怎么办啊……"于娜无助地看向舒情。

舒情连忙拍了拍于娜的手背，安抚道："好了，别想太多，先做进一步检查确定一下再说吧。我出去看看啊。"

说完，舒情走出病房找到吴天合："你真的决定要回山区支教了吗？你放得下娜娜？"

"放不下……也只能这样了。"吴天合摇了摇头，无奈地笑了笑。

有的事一旦做出选择就回不了头，更何况他这几天也想清楚了，他和于娜原本就是两个世界的人，就算以后在一起了，可能还是会分开。

他侧过身，透过窗户看了一眼房间里的于娜："我决定好了，还是回山区，我刚刚打电话给林楠了。他们既然在一起，林楠就要对娜娜……还有她的孩子负责。舒情，请你帮我好好照顾她。谢谢！"

舒情沉默半晌，点了点头。

林楠整个人晕头转向的，还处在巨大的震惊之中，不过随之而来的是喜悦，是即将梦想成真的幸福感。反应过来之后，他急匆匆地穿上外套去了医院，几乎是狂奔进门的，在等候区看见舒情都没来得及打招呼。

"娜娜，你……检查结果出来了吗？你怀孕了？"他眼里闪着喜悦的光，一张脸上满是笑容，因为说话的声音太大，还刻意调整了一下自己的音量。

于娜被吓了一跳，有些尴尬地看着他："谁告诉你的？"

林楠绕到她身边坐下："是吴天合给我打的电话……我赶紧就过来了。这么大的事，你怎么不打电话跟我说一声？"

于娜垂下头："原来是他跟你说的……嗯，检查结果出来了……说实话，我还没有做好心理准备，我不知道该怎么当……妈妈……"

林楠的心情瞬间很低落，不过很快他又调整好了情绪。既然于娜有了他们的孩子，他当然要负责。

"其实我也没有想到我会这么快就当爸爸。不过你放心，我一定会对你和他负责的——娜娜，我们结婚吧。"

于娜浑身一震，眼神躲避得更厉害，她虽然对林楠有好感，可是结婚……她实在没有做好进入婚姻的准备。

“不……”于娜摇了摇头，“我们没有感情基础，我……我还没有决定要不要这个孩子。”

于娜深吸一口气，鼓足勇气说出了她的想法。没想到林楠愣了一瞬间，随即坚决地摇头：“这个孩子不能打掉，他是一个生命，是我和你的……更何况做手术的话会对你的身体造成伤害。娜娜，请你把孩子生下来吧，我负责。”

舒情听见两人的谈话，皱紧了眉头：“林楠，发生这么大的事，娜娜心里肯定很慌……你先回去吧，这个时候不要跟她说这么多了。”

林楠转过头看着舒情，欲言又止。他想让于娜留下这个孩子，可他也知道不能逼她。

沉默半晌，林楠点了点头：“情姐，你帮我好好照顾娜娜，我就先回去了。”

林楠离开之后，舒情看着于娜，不免叹了一口气：“娜娜，现在就做决定太冲动了。”

“可我真的没有想好。”于娜脸色苍白。她没有想好，这个孩子出生之后她该怎么面对。

“我知道你的心情很复杂，可是孩子……他来到了这世上，是上天赐予你的礼物。如果，我是说如果你暂时没有想好结不结婚，我们可以一起抚养这个孩子，毕竟孩子是无辜的。这在现在也是常见的事情。不着急，你先好好休息，不用太快做决定。”

“嗯……让我自己好好想想吧。”于娜沉默半晌，她现在心绪很乱，需要静一静。

转眼就到了十二号，离霍云城说的订婚日期只差六天了。

唐若颖最近心情很好，在她把计划书的照片给了李承阳之后，李承阳再也没有给她打过电话。刚开始她还惴惴不安了一段时间，总怕霍云城会发现什么端倪，或者李承阳把她的秘密告诉霍云城。可久而久之，她便放下了警惕，专心开始忙订婚的事情。

唐若颖现在可谓是喜上眉梢，专心等着做霍太太了。不过还有一件事让唐若颖很摸不着头脑，甚至有些丧气。那就是霍云城的态度。

霍云城对唐若颖一直是温柔的，但也仅仅是发乎情，止乎礼，每次唐若颖想借故跟他亲近一些的时候，霍云城总会以各种理由避开。久而久之，唐若颖起了疑心。

沈俊言的伤已经好得差不多了。

医生：“沈先生现在已经没有什么大碍了，可以进行正常的工作和生活，但还是要注意活动强度。”

舒情彻底安下心来，笑着点了点头：“好的，医生，我会让他注意的。”

听完医嘱，舒情就去办理出院手续了。此时，已经有一些娱记在医院门口蹲点，等着抓拍第一手资料。

舒情和沈俊言刚一出现在医院门外，记者便蜂拥而至，好不容易两人才在保安的护送下上了保姆车。

车上，沈俊言望着渐行渐远的记者身影，松了一口气：“好久没看到记者了，还真的有点措手不及。”

舒情笑了笑：“好在片场都是全封闭的，等你回去后，更会加强管理，你不用担心安全问题。大家看到你回去，会很开心的。”

这边，片场所有工作人员都知道沈俊言今天要回来，导演也安排了几个工作人员去门口迎接。

沈俊言到了后大大方方走进片场，抬了抬手，对在忙碌的工作人员和其他演员打招呼：“大家好，我回来了。给大家添麻烦了。”

“俊言，你回来啦。”

“沈老师，你的伤有没有好一些，需不需要多休息？”

“沈老师啊，你可算回来了，这几天片场没有你，我们都好像少了点什么。现在怎么样，身体好多了吗？”

……

沈俊言笑容满面，极有耐心地一一回答。

舒情：“俊言今天刚刚出院，过来片场和大家打个招呼，不如先让他回酒店休息一天，明天再开始拍摄吧。”

大家纷纷点头，但沈俊言拒绝了。

“不必了。”他微笑着对舒情说，“我在医院躺了好久了，而且医生也说我能正常工作了，我想尽快开始工作。”

舒情还是有些担心，沈俊言还以一个安慰的眼神：“没事，拍摄的进度已经落下很多了，尽快赶一赶吧，这样还可以按时送选电影节。”

刘小宁在人群中含笑看着沈俊言，她仰慕沈俊言，他不仅帅气，还非常敬业。但她也知道，自己现在还不足以成为舒情那样优秀的人，她还得努力。

“既然如此，那就开始吧，都先别休息了，开工开工！”导演一呼百应，片场顿时进入了如火如荼的拍摄中。

沈俊言有不少跟刘小宁的对手戏。沈俊言不在的这段时间里，刘小宁在和其他人搭戏的过程中，演技有了不少提高。她和沈俊言扮演的是一对阴错阳差分开的情侣，沈俊言靠演技，而刘小宁更多的是真情实感。

两个小时下来，沈俊言觉得不可思议，他笑着看向刘小宁，由衷夸赞道：“小宁，没想到你的演技进步这么快，几天没见可真是让我刮目相看。”

刘小宁有些受宠若惊，谦虚地说道：“最近跟组里的前辈搭戏，他们教了我很多，不过沈老师这么夸我的话，那就证明我的努力没有白费啦？”

舒情也在观察每个演员的动作、眼神和台词，刘小宁的进步是肉眼可见的。

她看到沈俊言和刘小宁在聊天，也走了过去，开口笑道：“小宁，你的进步很大，你跟俊言现在搭档的时候很有默契，假以时日，你一定是个优秀的演员。”

“谢谢舒情姐，我会尽力的！”刘小宁喜不自胜，还对舒情鞠了一躬。

舒情见状笑得合不拢嘴，连忙摆了摆手说：“好了好了，都是自己人，不用这么客套。”

“啊……”舒情忽然想起什么，转过身，面对所有工作人员拍了拍手，说道，“为了庆祝俊言归队，我做东，晚上请大家在紫藤酒店吃饭，收工之后一定都要去啊！”

“好！”众人齐齐欢呼，片场氛围一片和谐。

到了晚上，工作人员和演员三三两两结伴前往紫藤酒店。谁都没注意到，片场附近出现一个鬼鬼祟祟的身影。

是安娜。她自从上次偶遇舒情之后，就一直留意舒情的动向，对于《新霸王别姬》的片场，她早就摸了个透。

紫藤酒店二楼专用的聚会大厅内，基本上坐满了剧组的工作人员和演员，大家其乐融融，这期间甚至有人起哄让朋友表演节目，赢得一片喝彩，热闹异常。

“沈老师，你才出院，还是吃点清淡的吧。”刘小宁给沈俊言夹了一筷子菜，笑起来斯斯文文的。

舒情坐在不远处看着，脸上满是欣慰的笑容，她觉得刘小宁这个女孩子很不错。

过了会儿，舒情起身去往洗手间。

在洗手间补妆的时候，一个女人从里面走了出来，看见舒情的时候，她愣了一下，随即惊喜地叫道：“舒情，是你！”

舒情疑惑转过头，看见是安娜，她回以一个同样的笑容：“好巧啊，安娜，你怎么在这儿？”

安娜转头看了一下外面：“我约了人在这里吃饭，没想到你也在这儿，是跟朋友一起来的吗？”

舒情摇了摇头：“是公司聚餐——我是买单的。”

“原来是这样啊，你好厉害。”安娜笑了起来，她看着舒情，低头从包里拿出来一管包装精致的唇膏，递到舒情手里，“既然今天刚好碰到，就是缘分，我就在这里送给你啦，你不会介意吧？”

舒情看着那管唇膏，不免有些疑惑：“什么意思？”

“这是我在免税店买的一款口红，梅子色的，你皮肤白，应该很衬你，涂上去特别提气色。上次医院的事情，还没好好感谢你呢，本来还在发愁怎么送给你呢，没想到今天这么巧碰到了。”说完安娜还俏皮地眨了眨眼。

“啊，这……”舒情觉得平白无故收礼物不太妥当，手刚刚伸出去想拒绝，就被安娜推了回来。

“你就拿着吧！我可是把你当朋友的。好了，我先出去了啊，朋友还等我呢。”安娜笑了笑，转身离开了。

舒情看着安娜的背影，皱了皱眉，不知道为什么，她总觉得安娜热情得有些过分。鬼使神差地，她拆开了唇膏的包装，拧开盖子，红色的膏体旋出来，甚至还有一股独特的香味儿。舒情愣了愣，忍不住凑近闻了一下，无意识皱起了眉头，想到什么，她用指甲刮下来一点膏体，蹭在脖子上戴着的项链上。至于手指沾染的部分颜色，则是赶紧洗掉了。

“舒情姐，你怎么去个卫生间这么慢啊，导演他们的游戏都过了两轮了。”舒情回到座位，身边的同事赶忙招呼她坐下。

过了半个多小时，同事无意间看到她的项链时，忍不住叫道：“舒情姐，你的项链怎么变了颜色？”

舒情低头看去，果然项链上黑了一截儿，她的心蓦然一沉。看来那管唇膏，果然有问题。

舒情笑了笑，搪塞过去：“可能是刚才蹭脏了吧。没事，我回去清理一下就好了。不好意思啊，我先给我朋友发个消息。”

趁无人注意，舒情拿出手机给Anthony发了消息：“我最近认识了一个女人，叫安娜，是从韩国回来的，你帮我去查一下她。”

那边很快回复过来：“收到。”

这顿饭直到晚上十点才结束，虽然医生千叮咛万嘱咐沈俊言大病初愈不能喝多，但是他一向不胜酒力，最后还是醉醺醺地出了酒店，半边身体都压在舒情身上。

“你们先走吧，我开车送他回去。”告别同事，舒情好不容易把沈俊言塞进副驾驶。

开车送他回到别墅，她从沈俊言上衣口袋里拿出钥匙打开门，半拖着男人走进卧室。

“舒情……”沈俊言喃喃开口，扑面而来的是浓烈的酒气。

舒情一顿，还是将人挪到了床上。放下的一瞬间，她顿觉浑身一松，刚想起身看看冰箱里有没有酸奶或者蜂蜜，好给沈俊言解酒，没想到一转身，手腕突然被他拽住。

沈俊言将舒情的手放到胸膛上：“你可不可以别走，霍云城他……他配不上你啊……”

舒情皱了皱眉，想挣开沈俊言的手，可没想到他越抓越紧。舒情咬了咬牙，硬生生把手挣脱出来，扯过一边的被子盖在沈俊言身上：“你喝多了，赶紧休息吧。”

她越来越觉得沈俊言对她的感情是件很棘手的事。

刚刚走出卧室，她就听到自己的手机铃声响起，拿起一看，是霍云城。

“云城，怎么了？”

霍云城的声音不同于往日的温和，甚至还有些严肃：“你在哪里？怎么没在家？”

“哦……”舒情刻意压低了声音，“今天俊言出院，我接他到了拍摄片场，然后为了庆祝，晚上大家在紫藤酒店吃饭。你在家吗？”

“嗯。”霍云城凝眉看着屏幕上播放的新闻，是舒情接沈俊言一起出院的视频，屏幕下方滚动的标题更是过分，直指两人现在正在恋爱，霍云城心里很不舒服。

舒情听出来他的声音有些不对劲，便刻意用手挡住听筒，又压低了声音：“你在家等我，我马上就回去了。”

“舒情……”卧室里传来沈俊言无意识的梦呓，舒情立马挂掉电话，轻手轻脚地离开了别墅。

霍云城放下手机，手肘搁在膝盖上，拳头捏紧。

没多久，舒情便进了家门，看见霍云城正一动不动地盯着她。

她停顿了一下，露出一点儿笑，顺手把钥匙放在玄关处的鞋柜上，脱掉外套挂在门口：“云城，你这么晚过来，唐若颖没察觉吧？”

“别给我提她。”霍云城冷冰冰地说了一句，他闻到舒情身上浓重的酒味儿，不由得皱了皱眉，“你喝酒了？”

他现在很不悦，沈俊言的诸多做法已经让他很不满了，而且刚才舒情接电话的状态，不像是在饭店。

舒情愣了一下，突然有些心虚，她含糊其辞地点点头：“是……大家都太高兴了，就喝了一些。”

她走到霍云城身边，刚想说点什么，就被男人拉住坐到他腿上。

两人近在咫尺，只要稍稍再探一探身就能吻上对方，不过霍云城并没有这么做。

霍云城凑近舒情耳边：“不是你常用的香水……你到底去了哪里？”

舒情见状，就知道是他的醋劲又上来了，于是实话实说：“是俊言喝醉了，我把他送回他家……你给我打电话的时候，我正要出门。”

又是沈俊言！

这段时间里，霍云城已经不是第一次从舒情嘴里听见这个名字，他不由得怒火中烧，深色的瞳孔里闪过几分狠厉，直接攫住她的下巴，径自吻了上去。

出乎意料，这一次舒情没有推开他，她身姿柔软，主动揽住了霍云城的肩。意乱情迷间，两人倒在沙发上，霍云城顺着舒情的脸颈一路吻下去。

舒情全身轻轻战栗，如花一般绽放，霍云城耳边响起的是舒情呢喃他的名字。她的衣服滑到肩膀下，霍云城吻着她的耳垂，手绕到舒情身后。

“现在……现在不行……”舒情的脸红得能滴出血来，却坚定地推拒着身上的人。

霍云城知道她是什么意思，慢慢停下动作，两人又耳鬓厮磨了一会儿，霍云城才起身，将舒情抱在怀里。

霍云城轻轻咬了一下她的耳垂：“我不喜欢你跟沈俊言走得太近，我才是你的男人，希望你顾虑一下我的感受……”

“好了，我知道，我有分寸的，你放心。”大概喜欢一个人的时候，总是会没有安全感，舒情握住霍云城的手指，微微侧过头：“对了。我最近认识了一个叫安娜的女人，是我去医院探望沈俊言的时候，在停车场差点撞到了她……”

“嗯？”霍云城看着舒情，“你有没有事？”

舒情忍不住笑了，摇头宽慰道：“……我没事，当时我送她去做了检查，她说自己是从韩国回来的，也没什么朋友。今晚我们在紫藤吃饭的时候，又碰到她了。她给了我一管口红，说是谢礼。”舒情把脖颈上的项链解下来给霍云城看，“你看，口红可能有问题，我这条项链里面有银质成分。我觉得，这个女人不简单。”

霍云城的眉头一下皱紧了，眼神也随之变化，眉头紧锁。

“用不用我明天派人去保护你上班？”

舒情安抚地拍了拍他的手背：“放心吧，我没事，我觉得她有些奇怪，所以不会用这管口红的。而且我已经让人去查她的身份了。”

霍云城这才松了一口气，点点头，但心里还是有些不安。

就在这个时候，舒情的手机响了起来，是 Anthony 打来的电话。

“Ada 姐，我查到了。你猜这个安娜是谁？她居然是吴清冉！”

舒情不敢置信。吴清冉？她当初不是坠崖了吗？虽然事后一直没找着她的踪迹……

霍云城留意着舒情的表情，用口形示意道：“怎么回事？”

舒情对着听筒说：“好了，我知道了。你先帮我盯着她的情况，先不说了，我这里还有点事。”

挂掉电话之后，舒情看向霍云城，神情严肃：“安娜居然是吴清冉。”

“什么？”霍云城也有些惊讶，不敢相信吴清冉竟然还活着，“她不是坠崖了吗？而且，你没有认出她来，这是怎么回事？”

舒情轻笑，吴清冉啊，这或许就是孽缘吧？

“或许是命大吧，当初摔下去竟然还能捡回来一条命。不过她肯定整了容，至少我见到她的时候，吴清冉跟以前长得一点儿都不一样了。”

霍云城沉吟半晌，不免有些担心地说：“接下来你打算怎么办？”

他们都太清楚吴清冉的脾气，当初既然能疯魔到那个地步，这次回来肯定不会善罢甘休。

“既然吴清冉想找我……那就来吧。”舒情长出一口气，既然冤家找上门，那她也没有什么好躲的。

霍云城点了点头，他相信舒情有处理好这件事情的能力，但是吴清冉这个人，不可不防，实在太危险了。

他握住舒情的手，十分郑重地嘱咐：“好，你一切小心，如果有事，及时告诉我。”

“我知道了。”舒情头靠在霍云城肩上，十分甜蜜。

霍云城笑了笑，心里的气也消了大半，不过很快又告诫舒情：“你也要离沈俊言远一点，不然有你好果子吃。”

“好好好，我知道了，大醋缸子！”舒情哑然失笑，连连答应霍云城，还转过身来在他额头上印下一个吻，“你放心了吧？”

第五章
抉择

这段时间，于娜时不时地失眠。她每次把手放在肚子上面的时候，都会想到里面有一个小生命，一个意外出现的小生命。

这件事于父于母还不知道，如果他们知道了，肯定又要大发雷霆，这么下去不是办法。于娜捂住头，她觉得自己有些崩溃。

万般烦躁之下，她给舒情打了电话。

舒情急匆匆地赶到酒店，见着她就问：“怎么了，娜娜？是不是哪里不舒服啊？”

于娜摇了摇头，拉着舒情的手坐在一边，低着头欲言又止，在舒情的一再追问下，她才慢慢说道：“舒情……我还是不想要这个孩子，我和林楠本来就是一场意外，他的出生，对我们两个来说可能都是一场错误。我想做完手术之后，就回法国去。”

“你要回法国？”舒情不免有些惊讶，不过更多的是担心，她知道于娜最近因为这个孩子很纠结，精神状况也不太好，但是她更希望于娜认真地考虑一下。

“娜娜……”舒情多少有些犹豫，她知道自己不应该插手别人的感情状况，但是她也不想于娜将来后悔，“你要不然再好好考虑考虑？做手术毕竟对身体的伤害很大……而且林楠是这个孩子的生父，我觉得他应该有知情权的。其实，你真的没有考虑过林楠吗？虽然他比你小一些，有的时候会有点儿孩子气，但是他这人很单纯，也有责任心，对你是真心的，我想你应该看得出来吧……”

这番话是舒情斟酌再三之后说的，她看得出来林楠的诚意，也不希望于娜在经历过一段失败的感情之后，与对她好的人再度错过。

“可是我……我不知道我喜不喜欢他。我现在没有想好……”于娜知道舒情的意思，但她就是过不去心里这个坎儿。

舒情知道于娜在顾虑什么，她拍了拍于娜的手背，柔声说道：“好了，我都懂。但是这件事你的确要慎重考虑一下，否则将来你想到放弃了一个小生命后悔了怎么办？好了，看你黑眼圈那么重，一定没有好好休息吧，先躺下睡一觉，我在这里守着你。”

“嗯。”于娜点了点头，躺在床上。

舒情细心地给她盖好被子，坐在床边，待到于娜发出均匀的呼吸声后，她轻手轻脚地躲进卫生间，给林楠打了个电话。

她压低声音说：“林楠，我是舒情，我现在在于娜这里，她说……她想回法国。”

林楠正在拍摄片场，听到舒情的话，瞬间不安了起来：“情姐，你们在哪儿，我马上过去！”

“我把酒店的地址发给你，你要是有空就赶紧过来和她聊聊吧。”

林楠风风火火地赶了过来，刚进酒店房间门就喊：“娜娜——”

于娜这个时候已经醒了，她一看见林楠，眼神就有些躲闪：“……你怎么过来了？”

林楠缓了缓，一个箭步冲到于娜身边，半跪在地上，抓住于娜的手恳求道：“娜娜，我希望你再好好考虑一下关于孩子的事情。你一时半会儿接受不了我不要紧，我可以等，但是孩子……你摸摸你的肚子，他就在里面呢，你真的舍得吗？”

于娜皱紧了眉，她心里其实也在犹豫，不过还是咬了咬牙，挣脱开林楠的手：“林楠，你也知道我们俩的事本来就是一场意外，包括这个孩子。就算你说要对我和这个孩子负责，但他出生在一个没有感情基础的家庭中也不会幸福的！”

“娜娜！”林楠忍不住喊了一句。

可是于娜早就把头转向一边，并不去看林楠的眼睛。

林楠愣在原地，眼中满是失落，他抿了抿唇，站起身来：“我知道。不管怎么说，我尊重你的决定。我能许诺给你的是，也许我现在并不是你爱的人，可是现在、将来，我会给你和孩子一个有爱的家。我会一直等着你们。”

于娜深吸一口气，点了点头。

林楠不知道自己是怎么走出酒店的，他的每一步都像灌了铅一样沉重，脑子里一直在想着于娜可能会放弃孩子，整个人失魂落魄地打开车门，一路上心不在焉的，不知不觉眼眶就红了起来。

林楠的脑海中总是浮现出于娜的身影，和她刚才拒绝自己时的眼神，心中痛苦又无奈，一时恍神，手上一打滑，车便直直地向着石桥栏杆冲去。

砰——黑色轿车跟栏杆相撞，林楠倒在驾驶座上，眼皮越来越沉，凭着最后的意识，他勉强将眼睛睁开一条缝，手指慢慢摸索着，用尽全力去摸手机。摸到后他按上于娜的电话号码，放到耳边。

“喂。”电话接通了，听筒那边传来于娜的声音。

“娜娜……”林楠勉力扯起一边嘴角笑了笑，鲜血从额角滴下来。

于娜觉得林楠的声音有些不对劲，不自觉地轻轻皱眉：“你怎么了，你在哪儿？你——”

她的话还没有说完，就被林楠打断了：“娜娜，你听我说……我这里有点事情……我不知道还能不能……以前的事，我很抱歉……”林楠的意识越来越模糊，“我不知道还能撑多久，但是……我想和你结婚，不光是因为有了孩子……我……我是真的很爱你。娜娜，对不起……”

他的手一松，手机掉在地上。

听筒里传来于娜焦急的声音：“喂？林楠，你在哪儿？你说句话，林楠？”

手机里没有声音传来，于娜拿着外套匆匆赶出门，那种紧张和恐惧感，是她自己都未曾察觉的。

从酒店出来之后于娜开车沿路去找林楠，直到开到桥上时，她看见了林楠的那辆车，四周围着交警。

于娜瞳孔缩紧，连忙把车停在一边，急急忙忙奔过去。

一个交警问：“你认识车主？我们已经打了120，正在赶来的路上。”

于娜完全被吓到了，强行稳下心神，声音都在发抖：“林楠他怎么样了——”

听着交警的讲述，于娜的心揪痛起来。如果不是自己说要回法国，说不想要这个孩子，林楠或许就不会出车祸。怎么会这样，都是因为她……

上了救护车之后，于娜仓皇地抓住了林楠的手，丝毫不在意他满手血污。她的眼眶红了起来，甚至连说话都语无伦次：“林楠，对不起，对不起……都是因为我，都是因为我……你睁开眼好不好？”

林楠似乎是听到了于娜的声音，勉强睁开眼睛："娜娜，你怎么来了？"

于娜眼睛已经被泪水糊住了，在听见林楠声音的那一刻，她瞪大了眼睛，两只手都攥住林楠的手："林楠，你坚持一下，不要睡……"

林楠的眼前一片发黑，尽全力张开嘴，很小声地说着："别拿自己的身体开玩笑，别打掉孩子……"

"我不打了，不打了，你放心吧……"于娜已经泣不成声。

好不容易到了医院，于娜一路跟着跑进去，直到被拦在手术室门外。她坐立不安，来回踱步，满眼都是愧悔。

医生出来的时候，于娜快步走上前去，焦急地问道："医生，我朋友怎么样？会有生命危险吗？"

医生说："他目前陷入重度昏迷，需要病人家属签字做手术。"

"家属……好，我联系他的家属。求你们一定要救救他！"

舒情的电话又一次打了过来，这已经是她给于娜打的第三个电话了，终于接听了。

"舒情……"于娜开口的时候带了哭腔。

"娜娜，你怎么才接电话？你在哪儿？怎么了？"

于娜断断续续地说："林楠，他出了车祸，现在在医院，我……我现在很慌……"

"什么？"舒情很惊讶，但只能先安慰于娜，"你先别哭，告诉我在哪个医院，我马上就过去！"

于娜说完医院地址，挂掉电话之后，无助地坐在走廊的椅子上。

走廊里传来一阵奔跑声，由远及近，于娜抬头看去，是一对神色焦急的中年夫妻，女人的五官跟林楠相似，应该是林楠的母亲。

"医生，医生！我儿子怎么样，有没有事啊？啊？"林母一脸的焦急。

医生拿出手术协议书，递给二人："他现在需要进行手术，请你们尽快在协议书上签字。"

"好，我们马上就签。"中年男人迅速拿起笔签了字。

手术室的门重新关上。林母心急如焚。林父心疼地揽住妻子的肩膀，脸上可见焦躁的红晕。

夫妻两人看见坐在一旁眼神呆滞的于娜，瞬间变了脸色，林母一改平时温温柔柔的样子，快步冲上去推搡着于娜。

“都是你！我见过你，你就是我儿子喜欢的那个女人！要不是你，他就不会出这么大的事故！你还在这里干什么？你走！”

于娜的眼泪一颗一颗地往下掉，哭着解释：“对不起，阿姨叔叔，我只是……”

林父顾忌着这里是医院，儿子又是个演员，闹大了不好。他连忙上前把林母拉回来，压低声音劝道：“这里是医院，别闹了，别闹了！”

林母虽然被劝住，但是看向于娜的时候还是一脸怒容。林父虽然没说什么，不过脸色也是阴沉沉的。

他沉声说：“于小姐是吧？我们曾经听说过你，虽然不知道你和我儿子之间到底发生了什么事情，但是现在他躺在手术室里生死未卜，也请你体谅一下我们做父母的心情。如果没有别的事，希望你尽快离开！”

于娜完全手足无措。

舒情正好赶到，她连忙跑过去拢住于娜的肩：“林楠怎么会出车祸？到底是什么情况啊！”

她抬眼看见坐在对面的林母和林父，稍稍躬身颔首，礼貌地打招呼：“叔叔阿姨好，我是林楠公司的老板舒情，也是于娜的朋友，有什么事跟我说就好。”

林母只惦记着林楠到底能不能挺过这一关，她瞥了一眼舒情，就把头扭过去了。林父比较识大体，他过去和舒情打了个招呼，说了几句。

舒情抿紧了唇，安慰着于父于母：“你们放宽心，我会请最好的医生来救治林楠。林楠吉人自有天相，一定不会有事的啊。”

过了三四个小时之后，医生才从手术室里出来。

几人连忙上前去，医生说道：“手术做完了，他伤势不轻，目前还没度过危险期……”

于娜的身形晃了晃。

林母年纪大了，又只有林楠这么一个孩子，听见这个消息，一时急火攻心，眼前一黑晕了过去。林父和舒情连忙扶住她，旁边的护士赶忙把林母扶到急救室进行急救和检查，好不容易才醒过来。

于娜看见夫妻俩这样，心里也怪不好受。

没过多久，林楠就被推了出来送到重症监护室，整个人的脸色极其苍白。于娜想要跟过去，却被林母喝止在了原地。

于娜红着眼睛，进退两难。

舒情轻轻拍了拍于娜的背："你别太难受……过一会儿我去看看，叔叔阿姨也是一时半会儿接受不了这个消息……"

于娜痛哭出声："舒情……我只是接受不了这个孩子突然来到世上。如果林楠真的醒不过来，那我……"

"不会的，你要相信他会没事的，我已经请了最好的医生赶来给他会诊。"舒情继续安慰着。

于娜在医院守了两天两夜，舒情怎么都劝不回去。

第三天的傍晚，几位医生会诊出来说："各项指标在好转，但还得在 ICU 里观察几天，你们可以先回去休整一下。"

舒情终于松了一口气，对于娜说道："林楠求生意志很强，你放心吧。你在这里待几天了，你现在的身体……回去休息吧，不能把自己弄垮了。等林楠出了 ICU 再过来。"

于娜红着眼圈点了点头。

回去的路上，于娜心想：林楠，这几天我想了很多，如果你能醒过来……我就嫁给你。你快点醒过来吧。

一晃眼就快到十八号了。

水月新城，最近一段时间，霍云城回来得越来越勤，有时候还会跟唐若颖开两句玩笑。唐若颖一心沉浸在自己要成为霍家少夫人的美好幻想当中，根本没有察觉出异样。

"城哥哥，你说我们的订婚典礼会有很多人吗？"她想嫁给眼前这个男人很多年了，现在唯一的情敌舒情也不成气候，那么以后霍云城的身边就只有她一个人。

霍云城笑了笑："我的订婚典礼一定是最热闹的。"

"真的吗？"唐若颖欣喜地笑了起来，眼睛都亮了。

这段时间唐若颖一直都在忙里忙外，从会场的布置，订婚现场的香槟、点心，到各种摆件以及伴手礼，都是她盯着人操办和想出来的创意。最顺心的是，李承阳这几天也没骚扰过她。

她想了想，试探着对霍云城说："城哥哥，你能不能带我回你们家一趟啊……虽然阿姨和倩倩对我有所误解，但是……我们还是应该得到长辈的祝福的。"

霍云城听完没有接话。唐若颖见状紧张起来，正待追问，霍云城点了点头。

两人开车回了霍家，唐若颖挽着霍云城的手臂，脸上的神情温柔又得意。

霍倩和霍母正坐在一起喝下午茶，抬眼看见唐若颖和霍云城一起进来，霍母的脸色顿时凝重起来。

霍倩明显沉不住气，先出声说："谁让你进我们家的门的，出去！"

唐若颖稍稍后退一步，怯生生地说："我……我和城哥哥回来看看……毕竟我们明天就要举行订婚典礼了。"

霍母轻蔑地瞥了一眼唐若颖，她很不喜欢这个女人，甚至比舒情还要让她讨厌。一个酒吧驻唱的想野鸡变凤凰，做霍家的少夫人？简直是痴人说梦！

"云城，我不同意。"霍母面对霍云城，尽量保持心平气和，但语气十分严厉。

唐若颖怯生生地看着霍母，似乎鼓足勇气才开口："伯母，我知道你们对我有误解，但是，我爱城哥哥，我们明天就要举行订婚仪式了……我真心希望能得到你们的祝福。"

"祝福？你倒还真有脸说出这样的话！"霍倩脾气急，什么风度都顾不上了。

霍云城看着霍母："我今天只是带她来家里看看，其他的并不重要。"

霍云城言下之意，便是霍倩和霍母的意见在他眼里都不重要。整个霍家，他觉得真心对他好的只有霍爷爷，而他的母亲……霍云城对她有太多的疑惑。

"你——"霍母被气得脸色铁青。

霍云城却视若无睹，拉着唐若颖走向书房。

唐若颖跟着霍云城离开，还扭过头看了一眼霍倩，嘴角露出了一丝笑意，眼中也满是得意——就算你们不喜欢我又怎样？最后霍云城不还是要娶我吗？

霍倩眼睁睁地看着霍云城和唐若颖走远，却毫无办法，只能气呼呼地坐下，用力拍了一下沙发上的软垫，眼里都是气恼。

霍母瞪了她一眼："你这么心急干什么？这个女人肯定进不了咱家的门。"

"但是表哥明天都要跟她订婚了呀！您都不知道，现在网上铺天盖地的都是采访她的新闻，这不是闹得满城风雨吗？”霍倩越想越气不过，心里满是嫉恨，却无可奈何。

舒情这几天也看到过很多采访唐若颖的新闻和照片了。唐若颖这么迫切地让所有人都知道她即将订婚的消息，不就是要昭告众人自己是霍家未来少夫人吗？

手指轻轻划过手机屏幕，舒情看着网页上关于唐霍两个人的娱乐新闻，轻轻笑了起来。明天就要举行订婚典礼，也就意味着这场戏的高潮即将到来，她甚至有点期待明天的到来了。

舒情给 Anthony 打了一个电话：“明天是云城和唐若颖的订婚典礼，东西都准备好了吗？”

听筒另一边传来 Anthony 轻快的声音：“放心吧 Ada 姐，东西都准备好了，保证万无一失，明天你就等着看吧！”

“好，那就拜托你了。”

舒情挂断电话忍不住露出笑容，这么大一个局，明天也该收网了。

第二天一早，唐若颖从房间里出来，心情愉悦又激动。

身后有脚步声，唐若颖一顿，笑意更甚。她回过头，看见的却是西装革履，显然是要去上班的霍云城。唐若颖一下就愣住了，不是要去订婚典礼吗？

她不解地看向霍云城，有些犹豫地问：“城哥哥，我们不是……今天举行订婚典礼吗？你这是？”

霍云城看了看自己身上的着装，恍然大悟般笑了起来：“今天公司还有个会议，我要去公司上班，晚一点过去。”

唐若颖把做好的早餐摆到桌子上，眼里有些担心：“今天还要上班啊……”脸上明显的失望，甚至还有些埋怨。

霍云城回道：“只是个会议。订婚典礼是在晚上，我会准时赶到。”

唐若颖的表情稍微松懈了一些，手环上霍云城的腰身，轻轻点了点头：“嗯，我等你。”

只要能跟霍云城订婚，晚一点她也等得起。

霍云城去上班以后，唐若颖无所事事。她懒散地坐在沙发上，忽然感觉有点无聊，索性给自己之前在酒吧驻唱的好姐妹 Amy 打了个电话：

“Amy，你在哪里啊？”

“哟，这不是大红人嘛，我看新闻说你今天不是跟霍氏集团的总裁订婚吗？怎么想起来找我了？”

一听见 Amy 这么说，唐若颖不自觉地笑了起来：“订婚典礼是在晚上，他公司有事就先去上班了。霍总嘛，不是普通人，他很忙的。对了，等会儿叫上咱们那几个朋友，一块儿陪我去做造型吧，怎么说今晚我也不能太寒酸了。”

“这要当上阔太太的人就是不一样了！行，小月她们前几天还在念叨你呢。你等会儿把地址发给我吧。”

“好，你们过来找我吧，我们一起去。”

高端造型店里，几个打扮浓艳的女人有说有笑地走进来，而走在她们中间的女人，就是唐若颖。

唐若颖把一张会员卡放在收银台处，照例找了自己经常约的造型师，笑着说道：“精致大方一点，不要太俗气，今天是我的订婚典礼。”

造型师笑眯眯地点了点头：“了解，唐小姐您就安心等着做最美的新娘吧。”霍氏总裁要订婚的事谁不知道，有这么个金主在眼前，他怎么可能不认真对待？

这句话无疑说到了唐若颖的心坎儿上，她笑得更开心了。

跟她一起进店的女人们此刻正四处打量店里的环境，有一个圆脸的姑娘顺势坐在了唐若颖身边，看向镜子里的她，眼中充满了艳羡：“这糖糖钓上了金龟婿就是不一样啊，整个人都变得高贵大方起来了，出入的也是咱们原来想都不敢想的高档场所，一来一去，这得要多少钱啊。”

“就是就是。”唐若颖身后的短发女人把手搭在椅背上，一脸戏谑，“不过，以前她在酒吧里就是最受欢迎的一个，嗓子也好，而且又是霍总的青梅竹马，现在有情人终成眷属了，也不奇怪呀。”

说着，她又轻轻拍了拍唐若颖的肩：“糖糖，你现在可是咱们这几个姐妹里最有出息的一个，飞上枝头变凤凰了，攀上那样的高枝儿，以后可得记着我们点儿啊。”

“就是，这说话谈吐都跟以前不一样了，做了霍太太以后，见识就更多了。到时候要是碰上哪家的公子哥儿，可得想着介绍给我们认识认识，也是咱没白做朋友一场，是吧？”一个大波浪的长发女人接过话头。

“去去去！”Amy听了半天，笑着拨开在唐若颖身边叽叽喳喳的几个女人，“都说什么有的没的呢！能跟霍总在一起，那是咱们糖糖的本事，今天是人家订婚，你们能不能正经一点，店里还有人看着呢。”

“好了好了，朋友们开几句玩笑嘛，没什么的。”唐若颖笑了笑，脸上却是掩不住的得意。

这时候，有几个娱记一路跟到了造型店门口。在找到唐若颖后，就迫不及待地推门进来。

“您好，唐小姐，我想问问您，您今天跟霍先生举行完订婚仪式之后，两个人准备什么时候正式举行婚礼呢？之前有人说您以前的工作是酒吧驻唱，那么您做了霍太太之后，心境会不会跟以前有什么不同呢？”

这次的娱记明显是有备而来。跟着唐若颖来的那几个驻唱歌手先前还有说有笑的，一听见提起酒吧的事，面子上顿时就挂不住了。只不过现在唐若颖算得上公众人物，她们不好说什么。

Amy在唐若颖身后扯了扯唐若颖的衣袖，唐若颖轻轻摇头，示意她们不用担心。

随后便抬起头，从容地看着娱记：“没错，我以前的确是在酒吧驻唱，不过这并不代表什么，职业是不分三六九等的，我热爱音乐，所以选择了这个职业。至于城哥哥，或许有人会觉得我配不上他，但我们是真心相爱的，我以后也会成为他的贤内助，并且将来我会学习一些金融投资方面的知识，尽可能多帮一帮他。至于结婚典礼的事情嘛……”唐若颖低下头笑了笑，“他最近工作很忙，我也不希望因为这些事情让他分心。只要城哥哥喜欢的是我就够了，形式并不重要。”

这番话唐若颖回答得可谓滴水不漏，只是又有些影射舒情，毕竟当时舒情和霍云城的订婚典礼就是因为她才取消的，那也是轰动一时的新闻。

那名娱记也算是十分满意，娱乐新闻的内容多的是添油加醋，今儿有了这些素材，再添点自己揣测的内容上去，也是很吸引人眼球的。

“好了，现在我和我的朋友们还有点事，如果你们想要采访我的话，我们可以下次再约个时间。”

唐若颖的话都说得这么明显了，娱记当然明白是什么意思，反正她的目的也达到了：“好的好的，唐小姐您还有事忙，我们就先回去了，今天贸然来打扰您真是不好意思，再见。”

在娱记离开以后，唐若颖的姐妹们一窝蜂似的拥上来，眼里或艳羡或泛酸或惊奇，不过嘴上说出来的都是夸奖唐若颖的话。

“没看出来啊，糖糖现在应付这种场面都是游刃有余了，果然是不一样了。”

“且说呢，咱们糖糖以后可有好日子过了，不过刚才那个女人说话也真是难听。怎么，酒吧驻唱就低人一等吗？”

几个人叽叽喳喳的，唐若颖耸了耸肩，无所谓地笑笑：“没什么啦，最近这种事情很多，一来二去就习惯了。好了，我还要做个造型补补妆呢，你们再等我一会儿。”

霍家。

唐若颖前脚刚回答完娱记的问题，后脚网络上就有了她跟驻唱姐妹们在造型店里的视频。

霍倩正好刷到，瞳孔骤然紧缩，忍不住怒气冲冲地去找霍母：“姨妈，您看看那个唐若颖，她说的都是什么话！还真当自己野鸡变凤凰，还什么贤内助，这不是明摆着打您的脸吗？”

霍母皱了皱眉，从霍倩手中拿过手机，视频看到一半就脸色铁青，很明显，她对唐若颖的容忍已经到了一个极限了。

霍母一脸愠怒地把手机反扣在沙发上，狠狠地说：“给她点颜色，竟然还真当自己能开染坊了！也不看看自己到底几斤几两！”

霍倩等的就是霍母这句话，她撺掇着霍母一起出了门，气势汹汹地杀到造型店。

唐若颖正在卷头发，听见推门声，回头一看是霍倩和霍母，脸色顿时暗了下来。

“唐若颖，你居然有脸说出贤内助这种话！”霍倩一看见唐若颖，满心的火气完全憋不住。

“倩倩，我和城哥哥都要订婚了，你怎么还……”唐若颖定了定心神，很快摆出一贯楚楚可怜的表情，说话声也柔柔弱弱的。

Amy 几个人常常混迹夜场，不是什么吃素的主儿，一见霍倩这架势，顿时来了气，不管不顾地互呛起来。

霍母自诩大家闺秀，不擅长和这种人正面闹架，又怕被记者拍到自己不雅的场面，啐了几句唐若颖之后便灰头土脸地离开。

回到霍家之后，霍倩气势汹汹地回到房间，越想越气不过，拿出手机拨通电话："喂，你在哪儿？"

黎天擎正在跟几个朋友聊天，一看到是霍倩的电话，立马来了精神："倩倩，怎么了？"

霍倩现在一点跟他周旋的意思都没有，满心满眼都想着要给唐若颖一点颜色看看，索性开门见山地说："我要你去做一件事，你给我把唐若颖带走，你应该知道她是谁吧？"

黎天擎愣了一下，随即回道："知道，不就是要跟你表哥订婚的那个女人吗，最近新闻都满天飞了。不过——"

黎天擎迟疑了一下。他一直都很喜欢霍倩，才会愿意为她鞍前马后。不过他也有不满，自己这种行为，说好听点叫为爱守候，说难听就是"舔狗"。霍倩的态度也让他抓狂。每当他觉得自己为了霍倩做的事情可以让他们两个再近一步的时候，这女人却马上又对他冷下来。他再也不想这样了，他要得到霍倩。

霍倩此刻早已心浮气躁，不耐烦起来："不过什么？你有话就快点说。"

黎天擎说："我可不想干违法的事。你想让我帮你可以，但是倩倩……我为你冒这么大的险，我要你做我女朋友。就这一个条件，你答不答应？"

"……"霍倩抿紧了唇，眉头微微皱起，眼中明显有不耐烦和轻蔑。可是能够心甘情愿给她卖命的人，现在只有黎天擎。

"倩倩？"电话那边又传来男人的声音。

霍倩回过神来，不得已地回道："这……当然要看你事情办得怎么样了。如果真能阻止唐若颖，那——我就答应你。"

她给出的虽然是模棱两可的答案，但是黎天擎自认等的就是她最后一句话，顿时喜上眉梢，爽快地答应下来："你就等我的消息吧。"

挂掉电话之后，霍倩长出一口气。

做完造型，Amy 几人回去了，唐若颖前往婚纱店。现在是下午四点，离订婚典礼还有几个小时的时间。因为婚纱店离造型店不远，唐若颖便决定走着过去。

快到婚纱店的时候，突然从暗处冲上来几个人，一个悄无声息地捂住她的嘴，另外两个协助着围上来架起她的胳膊。

唐若颖被他们带到一辆车上。

捂着她嘴的人刚松开手，唐若颖便惊慌地喊道："你们是谁？要干什么？你知道我是……"

"唐小姐，你最好别出声，否则我可不保证会发生什么。"

唐若颖很慌张，但她只能住了嘴。

很快，她被戴上一个头套，车子开到远郊区一个废弃的仓库门口才停下。她被人拽下车，推搡着进了仓库，直接扔在了地上。

头套被摘掉后，唐若颖背靠着轮胎，惊恐地看着四周的环境，一个劲儿地想往后退。

霍倩从暗处走了出来，看着唐若颖露出一丝得意的微笑。

唐若颖看见霍倩的那一刻，瞳孔骤然紧缩，她什么都明白了。她死死地瞪着霍倩，强撑着喊道："霍倩！你疯了！快松开我！你要干什么！"

"我要干什么？"霍倩冷哼了一声，"我只是请你来喝喝茶，顺道想看看，你没了我表哥，还有什么能耐？"

说完她冷冷地盯着唐若颖。

唐若颖："对……城哥哥，霍倩，我告诉你，我和城哥哥晚上就要举行订婚典礼了，如果他找不到我，一定会着急的！你最好放了我！"

霍倩满不在乎地嗤笑起来："你以为自己是谁啊？真能进得了霍家的门？"说完这句，她骤然变了脸色，"我告诉你，任何人都别想夺走他！"

霍倩盯着唐若颖，从身后拿出来一把小刀，脸上露出疯狂的笑："如果你的脸毁了，你说，表哥还会喜欢你吗？"

唐若颖心都提到了嗓子眼："霍倩！你别过来……你要干什么？！"

霍倩一步步逼近："这样，表哥就再也不会看你一眼了！"

唐若颖因为害怕，眼眶都红了起来，她本能地闭上了眼。

没想到，疼痛并没有到来。

霍倩停在唐若颖面前，满意地看着唐若颖脸上此刻的表情。刚才她不过是恐吓一下眼前这个不知天高地厚的女人而已，她就是不让唐若颖如愿，如果唐若颖不能出现在订婚典礼上，让霍家丢了脸，表哥还会要她吗？

舒情掐算着时间，已经晚上六点了，订婚典礼也快开始了吧？

她起身要去换衣服出门，结果接到了 Anthony 的电话："怎么这个时候找我？"

“不好了！Ada姐，我刚刚查了一下唐若颖的定位，她好像被人带走了，在郊区东边五百米的一个废弃的仓库里！”

舒情皱紧了眉：“什么？！”

她和霍云城的计划部署了这么长时间，好不容易要成功了，不能在今天晚上出岔子！

舒情深吸了一口气：“好，我知道了，你继续帮我盯着唐若颖那边的动向，我现在就想办法。”

紧接着，她给霍云城打去电话，说了唐若颖被带走的事情。

“云城，我们的计划不能被打乱，不然今晚就前功尽弃了。你赶紧带人去救唐若颖，一定要确保她的安全！”

“好，我知道了。”

霍云城立刻拨打了助理的电话，穿上外套急急忙忙地出了办公室，开车往城郊赶去。

舒情双手紧紧握在一起，这么长时间，就是为了今天能够钓出唐若颖身后的那条“大鱼”，他们的计划千万不能被打乱，不然都要从头来过！

城郊。

唐若颖和霍倩在周旋：“倩倩，你让我走吧，如果城哥哥知道了，他饶不了你的！”

霍倩冷哼一声，不提表哥还好，一提她就更来气了：“你住口！城哥哥，城哥哥是你叫的吗？”说罢又抄起小刀子逼近唐若颖，“你信不信我真的——”

门口突然传来了一声大喊：“住手！”

霍倩愣住了，不敢相信地转过头去。

表哥！他怎么来了！

唐若颖也愣住了，随即露出劫后余生的笑：“城哥哥，救救我——”

霍倩脸色煞白，吓得一动也不敢动。怎么回事？黎天擎不是说不会有人发现吗？

霍云城走过来，狠狠地瞪了一眼霍倩，随即蹲下身，把唐若颖拉起来：“走吧……”

唐若颖松懈下来，忍不住扑到霍云城怀里失声痛哭：“城哥哥，你终于来了……我，我好害怕。”

霍倩站在旁边一动都不敢动,她看着霍云城和唐若颖,眼里都是怨恨,怎么也想不通,表哥怎么能看上这么一个上不了台面的女人。

唐若颖双眼通红地盯着霍倩,满眼都是恨意:“城哥哥,是她!是她故意叫人把我抓到这里来的!她还说绝不让我嫁给你!呜呜呜……”

霍倩脸色苍白,恶狠狠地瞪向唐若颖,但又顾忌着霍云城在这里,并不敢轻举妄动。

霍云城脸色冷下来,他知道霍倩揣着什么心思,但她差点破坏了他跟舒情的计划!

该死!他瞪着霍倩。

霍倩心中一惊,说话都开始结巴:“表……表哥,你听我说,不是这样的……”

“你还想说什么?!”霍云城沉声怒斥,“你这么做,是不是不把我放在眼里?!”

霍云城怒不可遏地看着霍倩。霍倩后退一步,她知道霍云城狠厉起来有多吓人。

霍云城沉声说:“这次没出大事,我就不跟你计较了,我看你真是不知天高地厚了,还不赶紧滚回家去!”

说完,他就再也不看霍倩一眼,将唐若颖带走。

唐若颖盯着霍云城的脸,嘴角勾起一丝愉悦的笑,方才他生气的样子她都看在眼里,忍不住心里一甜,看来他还是在乎她的。

霍云城让唐若颖上了车,跟司机说道:“送唐小姐去金澜大酒店。”

唐若颖一听便觉得不太对劲,不解地追问:“城哥哥,你不跟我一起去吗?”她一边说,一边还下意识地抓紧了霍云城的衣袖。

霍云城松开她的手:“你先去酒店换衣服,我很快就赶过去。”

唐若颖低头看自己现在的样子的确有些狼狈,需要重新整理妆造,便点点头同意了。

与此同时,金澜大酒店宴会厅中也陆陆续续来了很多人,这些人大半都是A市商界有头有脸的人物,跟霍云城有生意往来的合作伙伴,更有各家媒体派来的记者和摄像师,乌泱乌泱地围在外面。

宴会厅里面金碧辉煌的,侍应生们单手托着香槟托盘在人群中来回穿梭。

造型师给唐若颖整理好了妆发,她走到宴会厅,主动迎上来和人打招呼。

几个蹲守的娱记热情地围上去：“唐小姐，请问你现在心情怎么样？”

“唐小姐，为什么这么重要的日子，霍总没有和你一起出现？你们已经约好了吗？”

“唐小姐……”

一个个问题接踵而来，唐若颖脸上还是保持着得体的微笑，凑近话筒回答：“是这样的，因为最近城哥哥公司的事情比较多，他刚刚告诉我会晚一点到，今天来的宾客这么多，我作为主人公之一，不好一直不出来吧？这样不礼貌。而且，今天很高兴大家能来参加城哥哥和我的订婚典礼，我感到很荣幸，也很开心，终于可以和喜欢的人在一起。”

旁边一直跟着的人小声提醒：“唐小姐，典礼马上就要开始了，我们该上台了，您可是今天的主角。”

“好，我知道了。”唐若颖应下后就镇定自若地往台上走。

实则她心里一直有些惴惴不安，忍不住偷偷往外张望了一眼，仍旧没有看到霍云城的身影。

典礼马上就要开始了，城哥哥怎么还没来？唐若颖微微皱起眉头，不会的，城哥哥今天都来救她了，不会不来的。

“唐小姐，唐小姐？”

身边传来了低声催促，唐若颖这才回过神来，只得转身跟随行的人一起走向台上。

走过去的时候，她不经意间转头，却在人群当中看到了一个再熟悉不过的身影——李承阳。

唐若颖心里咯噔一下，手也不自觉地攥紧。

今天可是她和霍云城的订婚典礼，好不容易走到这一步，李承阳这个时候出现，该不会坏了她的好事吧？

她盯了男人几秒，谁知道李承阳像没注意到她似的，一直在跟别人寒暄，彬彬有礼的样子跟他私底下指使她做事时判若两人。

这时，李承阳可能察觉到了注视的目光，转过目光，看见唐若颖的时候若有深意地笑了一下。

唐若颖匆匆别开脸，当作什么都没有发生继续往前走。李承阳只是来参加典礼的，不会有其他什么事……唐若颖在心里这么安慰着自己，调整了一下情绪，让自己放松下来。

她和霍云城订婚之后，就是名正言顺的准霍太太，到时候李承阳恐怕也奈何她不得，她只要能把握住霍云城的心，到时候让他去对付李承阳，自己就能脱离傀儡的生活了。

她即将要自由了。

“各位来宾，你们好，我是今天晚上的主持人，首先欢迎大家来到霍云城先生和唐若颖小姐的订婚典礼。我们都知道，他们两个经历种种磨难才能走到一起……”

台上的主持人一套官方说辞过后，厅中观礼的宾客们照例鼓掌，脸上都带着笑容，可实际上到底是真心祝福还是等着看什么笑话，谁也不知道。

舒情坐在家里的沙发上，时不时喝一口水，稍稍转头看向墙上的钟表。六点四十分，还有二十分钟，正好是霍云城开车到金澜大酒店的时间。

霍氏集团。

“霍总，您现在还不过去吗？”

霍云城坐在办公桌前，手指在键盘上敲打着，一副心无旁骛的模样，耳边响起了助理询问的声音。他的指尖在桌面上随意地敲了敲：“现在太早了，等舒情到了，我再过去也来得及。”

“好。”

等助理走后，霍云城关掉了屏幕上的网页，看向窗外昏黄的路灯光芒。

好戏马上开场了。

六点五十五分。

“接下来，让我们有请今天的主人公之一，唐若颖小姐！”主持人终于说完了过场串词，抬手示意唐若颖上台。

唐若颖露出一个娇俏的笑容，慢慢走上台前，对着宾客们挥了挥手：“大家好，我是唐若颖，很高兴各位能来参加我和云城的订婚典礼。我知道，在座各位有很多都是云城的合作伙伴，对我比较陌生，不过我相信云城知道各位能来，也一定会非常高兴。”

“唐小姐，今天可是您和霍总的订婚典礼，霍总没有如约到场，请问唐小姐您不会生气吗？”

面对这个记者的提问，有很多人都是一脸看热闹的表情，毕竟他们也觉得，唐若颖酒吧驻唱的身份和霍云城并不匹配。

唐若颖愣了一下，不过只一瞬间就反应过来，摇了摇头，很温柔地笑了：“云城有自己的事业，而且这么辛苦，我作为他的未婚妻，怎么能不识大体、无理取闹呢？”

李承阳站在人群当中，目光投向台上的女人，嘴角露出一丝嘲讽的笑。

七点，订婚典礼准时开始。

唐若颖一个人站在台上，时不时地询问旁边的人霍云城什么时候来，得到的都是不确定的答复。她打了十几个电话，也没有人接听。她开始紧张起来，双手下意识地紧握在一起。

台下的宾客此刻开始窃窃私语。

“唐小姐……订婚仪式还开始吗？”等了半天的主持人看情况有些不对，走到唐若颖身边低声询问。

唐若颖此刻烦躁无比，却也不得不强压下去：“再等等吧。”

底下有人开口问道：“霍总什么时候来呀？”

“就是，订婚典礼这么大的事情他都不来，是不是不想结婚啊？”

“……”

台下很快就乱成了一锅粥，唐若颖心里也慌张得要命，但是她知道，这个时候不能露怯。没有办法，她只能开口说：“云城刚刚打电话给我，说是公司有一点紧急状况，他马上就会过来，希望各位再多等一会儿。”

说完后，众人安稳了一会儿。唐若颖刚松了一口气，大厅门口突然出现一个身影。

她下意识地看去，是舒情。

第六章
揭穿

唐若颖瞳孔骤然紧缩，眼神里有紧张、憎恶，还有一丝恐慌和惊讶。

舒情怎么会来？她要做什么？

众人也纷纷回头看去，发现是舒情之后，露出了或迷茫或惊讶的眼神。随后便揣着看热闹的想法，霍云城的两任订婚对象都在这里，有好戏看了！

舒情从门口一步一步走过来，镇定自若的模样让所有人都不敢吭声，她身上所散发出的那种气场，是震慑人的。

“舒情，你来干什么？”唐若颖忍着畏惧感开口。

舒情没有说话，双眼直直地盯着她。唐若颖紧张地咽了一口唾沫，目光下意识地四处搜寻，当看到台子两边站着的保安时，心里终于有了一丝底气。

“保安！保安！你们还愣着干什么，还不赶紧把这个女人给我赶出去！我的订婚典礼可没有请她！”

在场的保安你看看我，我看看你，根本没人敢动手，又或者说，他们也想知道接下来会发生什么。

舒情冷笑一声，看向台上的唐若颖：“见到我很惊讶吗？还是说，你没想到没等来霍云城，却等来了我？”

李承阳盯着舒情，心里预感到会有大事发生。

唐若颖握紧了话筒，不知道是因为心虚还是紧张，手心都冒汗了，愣是没有接过话头。

舒情一步一步地走到她跟前，唐若颖下意识地后退一步，差点被长裙绊倒，关键时刻还是舒情伸手拉住了她。

舒情走到台子中央站定，伸手取下放在台前的麦克风，扬声说道：“抱歉让大家过来，其实今天晚上，没有订婚宴。”

“什么？没有订婚宴？这是怎么回事啊？”

这句话可谓是一石激起千层浪，台下众人面面相觑，议论声逐渐大了起来。

“因为，站在我身边的这位唐小姐，”舒情转过头看了一眼唐若颖，露出一个轻描淡写的笑容，“根本就不是霍总的初恋糖糖。”

“什么？”台下众人这下更震惊了。

娱记们也不放过这次猛料，快门声此起彼伏地响起。

唐若颖瞪大了眼睛，双手不自觉地紧紧捏着礼服裙边，心跳加速。舒情怎么会知道？自己明明就没有告诉过任何人！

她慌张地看向舒情，嘴上还在狡辩：“你撒谎！你这是污蔑！你不过就是嫉妒我能和城哥哥在一起，你给我滚！保安，快点把这个疯女人赶走！”

唐若颖面目狰狞，完全失去了刚才温婉可人的模样。保安们还是脚下生根一样，不敢乱动。

宴会厅里只能听见唐若颖的声音，不过很快，霍云城走了进来。

唐若颖一看见他，眼里便有了光。等不及霍云城上台，连忙提起裙边小跑下来，死死地拉住霍云城的手，抬起近乎恳切的目光，脸上露出笑容，伸手指向台上的舒情，咬牙切齿地对霍云城说：“城哥哥，是她存心要破坏我们的订婚典礼，她嫉妒我和你在一起，城哥哥，你快叫人赶走她！”

唐若颖还抱着霍云城会偏向她的一丝希望，没想到霍云城连看都没看她一眼，径直甩开她的手，冷漠而疏离地说了一句话：“你怕什么？她说的难道不是事实吗？”

唐若颖错愕地站在原地。

霍云城说完之后，再没看她一眼，大步向台上的舒情走去，他接过舒情手里的话筒：“抱歉各位，我来晚了，让大家参加了一场不存在的订婚典礼，很对不起。”

“不会的，不会的……”唐若颖不敢置信地盯着台上的两个人，走火入魔般低声喃喃几句，抬头看见霍云城的时候，更是毫无形象地跑上前去，半跪在台边，死死地抓住霍云城的手，“城哥哥你听我说，我们小时候在小木屋，我为了你去挡那只大狗，还带你跑出小木屋，后来……

后来我们分头跑掉，我为了帮你引开那些绑匪还坠下了悬崖……这些你都忘了吗？我是糖糖啊！”

她像是揣了满腹委屈，到最后只剩下无助的抽泣。可霍云城看她时像是在看陌生人，毫无感情。

舒情冷眼看着唐若颖的表演，在唐若颖终于哭诉完了以后，她才冷笑一声，对唐若颖说：“我真是没想到，都到现在了你竟然还在撒谎。”

“舒情，没有证据的事你不要乱说！”

舒情不屑地笑了笑，唐若颖分明是垂死挣扎。她快步走过去，指着唐若颖的后背，因为是露背礼服，她背上的疤痕清晰可见。

舒情：“你后背的这些伤疤根本就不是年幼时摔下山崖所致，而是人为造成的！”

话音一落，满座哗然。唐若颖瞳孔缩紧，手不自觉地往后摸去，仿佛想要遮盖住这些伤疤，又像要确认这些伤疤。

舒情怎么会知道？不过她很快反应过来，瞪着舒情：“你胡说些什么？！你拿出证据来，如果没有，你就是污蔑！污蔑！”

唐若颖笃定舒情拿不出证据。

“如果没有证据，我今天会来吗？”舒情垂下眼看她。

唐若颖慌了，眼睛都不知道该看哪儿。

舒情转头对门边的一个侍应生说：“去把那位小姐请上来。”

是谁？唐若颖往门外看去，脸上的眼泪都忘了擦。

一个三十多岁的金发女人走了进来，无视众人的目光，优雅地走向台上舒情所在的位置。

唐若颖看见她那一瞬间，心中大惊。这不是当初她委托帮忙制造伤痕的医生吗？

舒情对金发女人点了点头，转头居高临下地看着唐若颖：“她是我辛辛苦苦才找到的当初给你制造伤痕的医生。我相信，你身上的伤到底是怎么来的，没有人比她更清楚了。”说罢看向女人，微笑着说，“Rose小姐，请您把当时的经过一五一十地说出来吧。”

Rose 接过话筒，沉吟片刻，用流利的中文说道：“这位小姐背上的伤痕，并不是陈年旧伤，而是此前有人让我特意制造出来的。”

李承阳眯了眯眼，舒情，咱们走着瞧！

“而且——”Rose 停了停，说出让人更惊讶的话，“那个人还说，要让这些伤痕看起来跟摔下悬崖的伤疤非常相似。”

台下众人的议论声开始变得更大，甚至清清楚楚地传到了唐若颖的耳朵里。

“真没想到这个唐若颖竟然是这样的人，连霍总的初恋都可以伪装，真是不要脸……”

“我早就说了，一个酒吧驻唱的歌手，能是什么好人，我当初就觉得霍云城跟她在一起很匪夷所思。”

“不对啊，那舒情又是怎么回事？”

“我看啊，这只是一个局而已，你别说，这两口子装得够辛苦的……”

唐若颖看着Rose，目光中满是愤恨，她转头满眼通红地瞪着舒情：“舒情，你以为只凭一个莫名其妙的女人，就能证明你说的都是真的了？我不是糖糖？我和城哥哥当初的事情，没有人比我更清楚！如果我不是糖糖，当初城哥哥被绑架的细节我是怎么知道的？”

舒情摇了摇头，颇为无奈，但又胸有成竹地看向她：“那是因为，你就是当初其中一个绑匪的女儿，你目睹了云城和糖糖被绑架的全过程。一个知道前因后果的人，在十几年后拿着这件事出来骗人，恐怕很难被人发现，对吗？”

唐若颖心中一惊，冷汗都冒了出来，但还是强撑着摇头否认：“我怎么可能是绑匪的女儿？舒情，你这是胡编乱造！”

“你真是不到黄河心不死啊。杨先生，麻烦你出来吧。”舒情朝着入口处说道。

很快，一个中年男人慢慢地走过来。唐若颖疑惑地看着他，完全想不起来他是谁。

“唐若颖，你可能不知道，他是当初云城被绑架到的偏远山村的村民。他说的可不会是假的了吧？”说完，舒情就把话筒递给杨先生，“杨先生，您请说。”

杨先生接过话筒如实说道：“我是十五年前绑架霍家小孙子案的所在村的村民。当年绑架霍云城的绑匪唐啸是我们村的村霸，村民们都受过他的欺负，大家都很害怕他。当年他威胁我给他送过一些食物和棉被，我偷偷地看见过被绑架的那两个小孩。”

唐若颖手脚都像僵住了，动都动不了，此刻她感受到的是透骨的寒意。

她永远记得她爸被戴上手铐带走的那一天，后妈因为害怕坐牢，极力跟她爸撇清关系，在某天早上出门之后，再也没回来。但那时候的她心里唯一的感觉就是轻松，以后没有人会打她，也没有人会给她脸色看了。

而如今，她以为马上可以开始新的生活，但没想到凭空冒出了Rose和一个当年的村民坏她的好事！

杨先生停顿了一下，凭着记忆继续说道："当时和唐啸一起看守两个孩子的，还有他的妻子许某，以及女儿——唐若颖。"杨先生说完，看向唐若颖，"你和你爸爸唐啸长得很像，如果我没有记错，你的脖子后面应该有一块红色的圆形胎记。"

唐若颖的心骤然冷却下来，心虚地摸向脖子后面，没想到自己遮掩了十几年的伤疤，竟然在这样的场合被人血淋淋地揭开，她原本以为自己要得到幸福了……

唐若颖沉默着陷入了回忆。当年后妈离开唐家之后，她一个小孩孤苦无依，就被送到了镇上的福利院。一开始她以为自己会在福利院交到新朋友，但似乎有孩子知道了她的来历，大家都不愿意跟她一起玩，甚至在背地里说她的坏话，更有甚者光明正大地欺负她。

唐若颖还记得，有一次她刚回到座位上，打开文具盒就看见里面有一条肥硕的毛毛虫。由于害怕，她下意识地喊出声，孩子们都向她投去了异样的眼光。有几个七八岁的小男孩兴奋地拍手，其中一个更是毫无顾忌地开口："你爸爸进了监狱，他是罪犯，罪犯的女儿肯定也不是什么好东西，不是好东西！"班级里的大部分孩子都应和起来。

唐若颖一开始还会去跟他们理论、厮打，可那些孩子会变本加厉地报复她。从那个时候起，她就发誓自己一定要出人头地，让这些看不起她的人通通付出代价。

后来有一天，她被带到了院长的办公室，见到一个西装革履，打扮得非常干净整洁的男人。

"若颖啊。"院长笑眯眯地看着她，"这位先生说要领养你，人家可是从澳大利亚回来的华侨，你如果跟他走的话，以后就会有一个新家了，高不高兴？"

唐若颖沉默了半天，歪头看着那个男人："会比现在过得好吗？"

男人愣了一下，随即笑起来："当然，只要你跟我回家，我保证你比现在过得好一万倍。"

"好。"没有任何犹豫，唐若颖点了点头，她太想离开这个鬼地方了。

从那以后，唐若颖离开了福利院，男人带着她去了澳大利亚，也是在那里，她认识了李承阳，知道了真正收养自己的人家是谁。

舒情看着一动不动的唐若颖，浅浅一笑，从上衣口袋里拿出一支录音笔，按下播放按钮，里面清清楚楚地传出来李承阳和唐若颖的声音……

唐若颖终于有了反应，她下意识地想去抢，舒情却已先一步把手抬高，面对众人说："你根本就不是糖糖！况且你早就跟李承阳有来往。唐若颖，如果我没记错的话，当初领养你的就是李家的人吧？"

唐若颖此刻目眦欲裂，却还想狡辩："不是这样的！都不是这样的，你胡说！"

舒情笑了笑："你急什么呢？还是你怕我再说下去就被人发现，关于北海湾竞标的事，是你把霍氏的标底泄露给 BPL 的？"

"你——"唐若颖愣在原地，像是被人钉死了一样。

舒情盯着唐若颖的双眼："唐若颖，李承阳指使你接近霍云城，目的是窃取霍氏的商业机密，最后好让霍氏集团被 BPL 一举吞并！"

舒情说话的声音虽然不大，却掷地有声。

唐若颖的心蓦地一沉，紧抿着唇，似乎在思索怎样解释这一切，半晌才说："可你没有证据。城哥哥，你不要相信她啊！"

舒情拿起遥控，按了播放按钮，台上的大屏幕出现了霍云城书房里的监控画面。

唐若颖脸色煞白，一句话都说不出来。

"你偷北海湾游乐场的计划书给李承阳。如果你真的是糖糖，怎么会做出这样的事情？"

台下跟炸开了锅似的，议论的声音越来越大，其中不乏有人对唐若颖指指点点，露出憎恶和鄙夷的目光。

唐若颖错愕地看着这一切，浑身脱力一般跌坐在台上，好半晌才哭着承认："没错，都是我做的。都是我……但是城哥哥，城哥哥……"她抬起头，仓皇地拽霍云城的衣角，"我都是为了你。我想跟你一直在一起，你相信我啊……"

舒情上前一步，冷冷地看向唐若颖："你处心积虑地接近云城，博取同情，为了让云城和你订婚，你伪装胃癌晚期。"

全场一片哗然，议论纷纷——

“唐若颖的胃癌晚期是装的？也就是说，她根本就没有病？”

“这是要诅咒自己死吗？”

“这你就不懂了，要不是装胃癌晚期，怎么博取霍总的同情呢？可惜啊，霍总早就看穿了一切，这就叫螳螂捕蝉，黄雀在后。”

“唐若颖这次可真是搬起石头砸自己的脚。”

舒情步步逼近，语气极度讽刺：“不要再说我冤枉你，你听听这是什么？”

说完便放出了一段录音。

——“黄医生，这张卡你先拿着。”

——“唐小姐，我是看在李总的面子上帮你，你也知道，这件事情要是让霍总知道了，那我的前途就完蛋了。”

——“放心吧，只要你办好这件事情，等我成了霍家的女主人，有你的好处！霍氏医院院长的位置，还不是唾手可得吗？”

——“那就谢谢唐小姐了！我明天就安排下去。只是，为了效果逼真一点，唐小姐难免要吃点苦。”

——“这个没问题！只要能让城哥哥心疼我，受点苦算得了什么？”

唐若颖脸色苍白。舒情是从哪里来的这段录音？莫非是黄医生留了一手，偷录下来的？

“唐若颖，你还有什么话可说？”舒情勾了勾唇角，语气冰冷，“要不要我把黄医生找来，和你当面对峙？”

事到如今，铁证如山。

今天明明是她和霍云城的订婚典礼，是她这一生最幸福的高光时刻啊！怎么会变成现在这样……唐若颖浑身颤抖，不可置信地看着面前的舒情和霍云城，心中极度不甘。

“唐若颖，你处心积虑地接近霍云城，这就是你说的对云城的爱？”舒情冷笑一声。

唐若颖拉着霍云城的胳膊，一把鼻涕一把泪地哭着：“城哥哥，你听我解释，李承阳确实让我偷北海湾游乐场项目的计划书，可是我并没有这么做。因为我真的很爱你，一切都是李承阳威胁我的！”

“也就是说，你承认自己不是糖糖了？”舒情继续讽刺。

霍云城不动声色地抽出胳膊，脸上满是对唐若颖的嫌恶：“你根本就不是糖糖，你是当初绑架我的绑匪的女儿，当年的事情你一清二楚！

所以，你觉得我还会相信你说的话吗？！”

霍云城浑身散发着骇人的冷意。曾几何时，他真的以为唐若颖就是糖糖，甚至还因为这件事情而伤害了舒情。可没有想到原来她的身份是假的，她处心积虑地假冒糖糖接近他，不停地伤害舒情，还几次三番地盗取霍氏的机密。

幸好舒情的直觉非常准，他也及时发现了她越来越不对劲。否则，还不知道会造成什么样的后果。

“舒情，这一切都是因为你！”唐若颖忽然想到了什么，双眼迸发出仇恨，声嘶力竭，“今天这一切都是你设的局！你假意让我认为霍云城要和我订婚，让我放松警惕，露出破绽，而你就处心积虑地搜集证据，想要把我置于死地！这一切都是你搞的鬼！”

舒情扬起唇角：“你坏事做尽才有今天的下场，与我有何干系！”顿了顿，她又说，“其实，你给李承阳的计划书是假的。”

假的？难道霍云城从一开始就知道她要窃取计划书，故意引她入局，唐若颖不可置信地看着霍云城。

“当然。”霍云城薄唇勾了勾，冷厉的目光看向李承阳，“你以为你做的那些事情可以破坏我的计划吗？”

被霍云城冷冽的目光一扫，李承阳心中涌起一股不安的感觉，难道？

霍云城清冷的声音又响起：“计划书上面的内容都是假的，那些不达标的建筑材料，霍氏根本就不会使用。”

霍云城此言一出，全场一片哗然。

记者们纷纷围住了李承阳，一个接一个的问题抛向了他——

“李总，唐若颖真是你安排到霍总身边的一颗棋子吗？”

“唐若颖盗取霍氏商业机密，是你在暗中指使的吗？现在唐若颖的身份被揭穿，BPL 遭到重创，李总，能和我们谈一下你此刻的心情吗？”

此刻的心情？李承阳此刻心情自然是差到了极点。他脸色难看，双手紧紧握拳，指节一点点收紧。

原来霍云城和舒情早就洞悉了他的计划，他们不动声色地演戏，让所有人认为他们两个闹翻了。一方面霍云城假装和唐若颖订婚，迷惑他和唐若颖，另一方面他们暗中寻找证据，就为了在订婚典礼上给他致命的一击。

这一次是他太轻敌了，小瞧了霍云城。不仅把唐若颖这枚棋子给搭了进去，更是让 BPL 受到了重创。

霍云城，这笔账我记下了，以后有机会一定会加倍讨回来的！李承阳冷哼一声，推开记者，转身离开。

霍云城低头看了一眼瘫软在地上的唐若颖：“把唐若颖带走，起诉她窃取商业机密罪。”

“不，不要！”唐若颖浑身颤抖着，“城哥哥，你放过我吧，求求你放了我！这一切都是李承阳指使的！我是被他胁迫的啊！”

霍云城连一个冰冷的眼神都没有给她。

两个保安上前来，把哭天抢地的唐若颖给带走了。

舒情勾了勾唇角。这么多天来的辛苦部署总算是没有白费，今天一击即中，当着所有人的面不仅把唐若颖的真面目给揭穿了，更是让李承阳暴露出来，给了 BPL 一个重创。

只是，唐若颖并不是糖糖，那真的糖糖在哪里呢？假如有一天，真的糖糖出现了，霍云城又该如何？舒情的心绪有一瞬间的恍惚。

“在想什么？”看出身边女人的走神，霍云城长腿一迈，靠近了舒情，薄唇凑在她的耳旁，低沉地问道。

舒情回过神来摇摇头：“没什么。”

“真的没事吗？难道还有什么漏洞？”霍云城有些担心地看着身旁的女人。

面对来自霍云城的关心，舒情的脸上挂着一抹幸福自信的笑容。将来就算真的糖糖出现了，她也相信，霍云城的心再也不会被别人占据。

订婚典礼俨然成了一场闹剧，见舒情和霍云城两个人甜蜜互动，记者们纷纷围了上来——

“舒小姐，之前你和霍总吵架，其实都是你们计划的一部分对吗？”

“霍总，你从来都没有爱过唐若颖，也没有打算和她订婚，是这样吗？”

“没错。”霍云城神点了点头，幽深的目光落在舒情的脸庞，“由始至终，我只爱过一个女人，那就是舒情，而我的未婚妻也只会是舒情。”

霍云城富有磁性的声音传入舒情的耳畔，她脸色微微一红，心里却是暖甜。

“你差不多得了。”舒情瞪了霍云城一眼。

舒情话音刚落，霍云城就凑近了她，下一秒，薄唇在她额头落下了轻轻一吻。

全场响起雷鸣般的掌声，原本是霍云城和唐若颖的订婚典礼，却变成了霍云城向舒情表白的仪式。

舒情脸上羞赧，连忙推开了霍云城。

记者们的摄像机不停地闪烁着，记下了这甜蜜美好的一幕。

坐在角落的霍倩看着舞台上的舒情，眼中的嫉恨怎么都掩饰不住。垂在身体两侧的双手紧紧握成拳，看了一眼身旁的霍母，煽风点火道："姨妈，表哥可真是刚出了狼窝又进了虎穴，如果表哥的订婚对象是唐若颖，怎么说都好对付。但是舒情不同，这个女人手段狠辣，还是星辰娱乐的幕后老板，如果舒情真的嫁给了表哥，以后我们的日子还怎么过呀？"

霍母冷笑一声："你放心，我无论如何都不会让舒情嫁给云城的。"

"可是，就连爷爷都帮她。"霍倩十分担心地说。

"这个你不用担心。"霍母咬牙切齿地说，"我自有办法。"

霍倩突然想到，之前她和姨妈被经济封锁的时候，姨妈一个电话打给了霍爷爷，霍爷爷就让霍云城给她们解禁了。所以，姨妈手中应该是有霍爷爷的什么把柄，而且这个把柄一定至关重要，她还隐隐约约地偷听到，是和霍云城父亲的死有关。

霍倩心中有些好奇，不知道当年霍云城父亲的死究竟是怎么一回事呢？如果她能够帮霍云城查清楚当年的事情，那么他是不是会多看她一眼，甚至……感激她，爱上她？

这么一想，霍倩有些激动起来。看来，她得好好查查这事。

"今天的事情到此为止。"台上，霍云城沉声开口，"我和舒情的订婚典礼会在下个月举行，具体的日期另行通告。"

霍云城说完便拉着舒情的手离开了酒店。

今晚折腾这么一出，舒情也感觉累了，出了酒店只想早点回去休息。

"你送我回去吧。"舒情侧头看了霍云城一眼。

霍云城低笑一声："我已经让人把你的东西都搬到了水月新城。"

"啊？"舒情有些诧异，瞪了他一眼，"你怎么又先斩后奏！"

"你是我准老婆，当然要和我一起住。"霍云城一副理所当然的样子。

之前为了让唐若颖相信他们闹翻了，霍云城才让舒情搬到外面去住的。现在事情都解决了，他当然要舒情搬回来。他一刻都不想和自己心爱的女人分开了。

舒情无语扶额。

霍云城带舒情回到了水月新城，一进门，王妈便高兴地迎了过来："舒小姐回来了。"

"王妈。"舒情脸上扬起一抹真挚的笑容。一直以来，王妈都对她像亲人一般，所以她待王妈也亲热一些。

舒情回到她的房间，自己的东西已经全搬了回来。她稍稍收拾一下，便去浴室洗澡，打算早点休息。

冲完澡走进房间，却见霍云城坐在了她的床上。

"你也冲个澡去吧。"舒情推了推他，"这一天够累的了，洗个澡放松一下。"

霍云城却像一堵墙一样，动都不动。舒情再推，霍云城大手稍稍用力一带，舒情便落入了他的怀中。

此刻霍云城穿了一件白色的睡衣，胸口的扣子解开了两颗。舒情刚想站起来，头皮一阵扯痛——她的头发缠到了霍云城胸前的扣子上。

"帮我弄一下，我头发缠你扣子上了。"舒情无奈，只能低着头请霍云城帮忙。

霍云城低沉一笑："自己来。"

舒情无语，这男人就是故意的！她双手伸到霍云城胸前解头发，指尖不经意间划过他的胸口。

霍云城呼吸一窒！

"让你乱动……"霍云城将舒情的手按住，而后一个翻身将她压在身下，"知道有什么后果吗？嗯？"

有好几天没有品尝到她红唇甜蜜的味道了，霍云城的呼吸有些凌乱，忍不住低下头。舒情懊恼，早知道刚才就不乱摸了……

手机突然响起。

"我……接电话。"舒情喘息着开口。

霍云城很是不满："别管它。"

"说不定有重要事情呢。"舒情挣扎着推开霍云城。她拿起手机看了看，是沈俊言。

"他找你干什么？"霍云城看见"沈俊言"这三个字后脸一下子沉下来。

舒情嗔怪了一声："我哪知道……沈俊言，找我有事？"

电话那头传来的却是沈俊言助理的声音："舒小姐，沈先生出事了。"

"啊？"舒情一惊，连忙问道，"他怎么了？出了什么事？"

助理："今晚沈先生回来后，非要去片场开工赶进度，谁知道在拍戏的时候太过用力，背后的伤口开裂了，现在去了医院。"

舒情秀眉蹙了蹙。沈俊言在搞什么啊？都这么晚了，自己身体还没完全康复，还赶进度拍戏，不要命了吗？

"他在哪家医院？我现在过去看看他。"舒情抿了抿唇说，"他没什么大碍吧？"

"在 ×× 医院，医生正在给他做检查。"助理说道。

"行，我马上来。"舒情挂断了电话，一转头便对上霍云城阴沉的视线。

"这么晚了，你还要去看沈俊言？"霍云城语气不悦，身上带着一股子寒意。

舒情叹了口气："他毕竟是我旗下的艺人，在工作期间受了伤，我不应该去看看吗？"更何况，沈俊言是因为她才受伤的，于公于私，她都不能坐视不理吧。

见舒情坚持，霍云城沉着脸说："我送你过去。"

×× 医院。

沈俊言脸色苍白地躺在病床上，身上的伤口隐隐作痛，心中却更痛。一直以来，他都以为舒情和霍云城两个人真的分手了，霍云城要和唐若颖订婚。虽然霍云城这么做很对不起舒情，可他心中还是隐隐有些开心的，因为这样他就有机会追求舒情了。然而，在得知今天霍云城的订婚典礼上所发生的事情后，他才发现一切都是他的一厢情愿。

舒情和霍云城的分手，只不过是他们的布局而已。霍云城当众向舒情表白的一番话，深深地刺痛了沈俊言的心。

霍云城开着车把舒情送到了医院。

"你在这边等我，我上去看看就回来。"舒情边下车边对霍云城说。

"我和你一起上去。"霍云城拉住了舒情。沈俊言对舒情的心思，霍云城知道得一清二楚，他可不想给他们机会独处。

见霍云城小心眼的样子，舒情有些无奈地叹了一口气："行吧。"

两人先找了主治医生，舒情开口问道："医生，沈俊言怎么样？伤口没事吧？”

主治医生回答道：“病人没什么大碍。他的旧伤口又裂开了，要多注意休息，小心发炎。”

“好的，我知道了，谢谢你医生。”舒情松了一口气。

两人离开医生办公室回到了病房门口，舒情敲了敲病房的门。

“进来。”沈俊言低沉的声音传出来。

舒情推门而入，霍云城跟在她的身后。沈俊言先看到舒情，脸上情不自禁地扬起一抹笑容，但是下一秒看见霍云城后，脸上的笑容顿时凝固了。

舒情迈步走到病床前：“沈俊言，你还好吧？疼不疼？”

“没什么，谢谢你。”沈俊言的目光黯淡了几分。

“他既然没事，我们可以回去了。”霍云城冷声开口。

舒情无语扶额。

“云城，你先出去等我，我有些话要和沈俊言说。”舒情一边说着一边把霍云城推出了病房。

“舒情，有什么事情吗？”见舒情把霍云城赶出了病房，沈俊言的目光猛地一亮。

舒情点了点头，问：“这么晚了，为什么非要去片场开工，把自己搞成这样？”

“我不想耽误新片的拍摄进度。”

“可是你现在伤口又裂了，不是反而耽误进度了吗？”舒情皱了皱眉心。

“对不起，我没想到……”沈俊言有些抱歉地开口。其实他是心里面觉得很难受，拼命想要找工作做而已。

“你放心，这点伤算不了什么。”见舒情担心自己，沈俊言心中有一股暖流涌过，“明天我可以正常去片场的，我现在就可以出院。”他说着挣扎着想要起来。

“不行，明天你好好休息！”舒情一把按住了沈俊言的肩膀。

在外面的霍云城十分不爽，这女人究竟有什么要和沈俊言单独说的，非得把他赶出病房？

这么想着，霍云城忍不住推门进去，径直走到舒情面前，直接把她拉到了怀中：“说完了吧？时间不早了，我们也该回去了。”声音冰冷，语气霸道。

一股酸溜溜的味道传来，舒情觉得醋缸子是不是扣在霍云城身上了。她无奈地对沈俊言说："就这么定了，你多休息几天，等伤势完全好了，再去片场开工。"

"我不想因为我耽误影片的进度。"沈俊言还想坚持。

"我是老板我说了算！"舒情蹙了秀眉，语气坚定。

等两人走出病房，感受到来自身边男人不悦的气息，舒情嘟囔着说："真小气……"

霍云城顿住了脚步，幽深的眼中隐隐闪烁着怒意。

舒情见状连忙拉起了霍云城的胳膊："我们快回去吧。"

霍云城却猛地把她压到走廊的墙上，双手撑在她的肩膀两侧，把她给禁锢住。

"这儿是医院呢！"舒情低声喊道。

"刚才没做完的事，现在继续。"霍云城低头封住了舒情的唇，好半晌才意犹未尽地松开了她，语气带着几分警告，"下次离沈俊言远一点！"

舒情正要开口，忽然传来一道年轻女人的声音："咳咳……舒情姐？请问沈老师在哪个病房？"

舒情忙推开霍云城，转头一看，原来是刘小宁。她有些尴尬地指了指沈俊言的病房门："就这儿。"

"谢谢。"刘小宁道谢。

"你快去看他吧，我们回去了。"舒情笑了笑，拉着霍云城离开。

回家的路上，舒情坐在副驾驶上侧头看了霍云城一眼，忍不住问："你觉不觉得，刘小宁和沈俊言还挺般配的？"

"嗯？嗯。"霍云城勾了勾唇角。

舒情若有所思地说："似乎刘小宁对沈俊言特别关心呢。"

"何以见得？"

"都已经这么晚了，刘小宁还过来看望沈俊言，这还不能说明吗？"

"是吗？"霍云城有些不悦地反问，"那这么晚了你还过来看望沈俊言，是不是说明你也特别关心沈俊言？"

舒情："……"霍大醋缸子，还能不能愉快地谈话了？

"我怎么能一样？我是沈俊言的老板呀！我这是关心员工，和刘小宁的关心不一样！”舒情没好气地说。

霍云城低声笑了笑：“逗你的。总之，你只能关心我一个人。”

舒情撇了撇嘴角，这男人不仅小气，还很霸道。不过，刘小宁这个女孩子，她还是挺喜欢的。长得漂亮，努力上进，还谦虚好学，如果真的能和沈俊言在一起，两个人倒也很般配。

第二天一早，舒情又到了医院。这一次，她是去看望林楠的，林楠已经脱离生命危险转到了普通病房，但还未苏醒。于娜这几天经常过来。

舒情敲了敲病房的门：“娜娜，你在吗？”

于娜打开门，满脸的憔悴：“舒情……”

舒情看了一眼躺在病床上的林楠：“他怎么样？”

于娜的眼眶里含着泪水：“还是这样，没什么反应。医生说他脑部受到了剧烈的撞击，什么时候能醒来不好说。”

舒情拍了拍于娜的肩膀：“你也别太担心了，林楠还年轻，相信他会闯过这关的。”

“如果不是我的话……林楠也不会变成现在这个样子。”于娜十分自责。

舒情安慰道：“这和你没关系，更何况，你现在还怀着孩子，要好好休息。”

“我想多陪陪林楠，也许多说说话他能早日醒来呢。”于娜看着床上的男人，心绪十分复杂。

一直以来，她都把林楠当成弟弟一样，可偏偏那一次他们喝醉了，发生了不应该发生的错误，还有了孩子。

舒情正要劝于娜回去休息，病房的大门打开，林父和林母走了进来。

一看见于娜，林母的脸色就不好看：“你怎么又来了？”

“阿姨，我想多陪陪林楠。”于娜抿了抿唇。

林母没好气地瞪了她一眼：“用不着你操心！”

于娜低着头，错开了二人的视线：“伯父伯母，我想在这里陪着林楠，想看到他醒来……”

林母情绪激动起来：“你走吧！”

林父发话：“于娜，你还怀着孩子，在这里守了好几天也累了，回去休息吧，明天再过来。”

林母一听这话不开心了："你怎么还让她过来？"

"好了，毕竟她怀着咱林家的骨肉。"林父叹了一口气。

林母咬了咬唇，是，这是不争的事实。之前林父无意中听到了舒情和于娜在病房门口的谈话，知道原来于娜已经怀了林楠的孩子，并且后来跟舒情问过此事，得到了证实。林母当然在意自家的骨肉，可她一想到是于娜造成儿子今天这样，就过不了心里那一关。

于娜听到于父允许她明天再过来，感激地点点头。

舒于二人走出病房。

"舒情，你带暖宫贴了吗？"

"没有，怎么了？"

"我可能有点受凉了，肚子不舒服。"于娜的脸色更差了。

舒情向她肚子看过去，这才注意到她的手捂在肚子上，忙搀扶住她："医院外边的超市应该有，我去买一包。你也是的，不知道自己现在是两个人吗，怎么这么不注意？"

舒情给于娜买来暖宫贴，还贴心地买了一杯热奶。于娜住的酒店离医院不远，一脚油门就到了，两人决定先回酒店休息。

路上，于娜忍不住侧头问："到了吗？我今天晕车好厉害。"

舒情有些担忧地看着她，伸手摸她的额头："你是病了吗？怎么这副模样。"

车子到达酒店停车场，于娜一边下车一边说："可能因为我早上没吃饭，有点低血糖吧。"

二人来到房间，于娜的额上竟然冒出了汗珠，这吓坏了舒情。

"于娜？我给你看看。"舒情着急地拉过她的手腕，准备给她把把脉。

于娜推开她，向卫生间冲过去。她关上卫生间的门，把舒情挡在外边。

"娜娜，你怎么了？"舒情着急地拍着卫生间的门。

过了一会儿，里边传来于娜的回话："舒情，我见红了……"于娜打开了门，身子止不住地发抖，"舒情，我肚子疼……"

舒情皱着眉心，给于娜仔细把了把脉："你别担心，怀孕期间见红并不是没有的情况。不过，你这几天郁结于心，又来回跑医院，确实有影响。我给你拿个卫生棉，你换上之后就去平躺着，我这就给你叫救护车。你也真是的，刚才在医院怎么不说？"

于娜脸色苍白："舒情，孩子会不会……"

“闭上你的乌鸦嘴！孩子没事！”舒情拿出手机，准备拨打120。

于娜握住她的手，摇头：“不要。”

“你不要孩子了？！”舒情情急。

“不是，你送我去医院吧，别和林楠去同一家医院。如果你打120，应该是离这里最近的医院的救护车过来，和林楠同一家医院，我怕会遇到他爸妈，到时候他们又要误会我不想要孩子了。”

舒情安慰道：“没关系，你去的是产科，不在一个楼，遇不到。更何况他们在病房里面呢。”

“舒情……我求你了。”

“行，行！我送你去！”

舒情扶着于娜站起来，帮她一起穿好裤子，然后出门。

扶着于娜下楼，开车离开酒店的时候，舒情从后视镜中看了一眼于娜，正平躺在后排车座上，脸色有些发白。于是她向刚才回来的方向驶去，毕竟林楠所在的这家医院离得最近，她真不敢耽误时间，就怕孩子出事。

于娜要怪她就怪吧！

来到医院，舒情扶着于娜下车，并且嘱咐：“你现在是不是还有点心慌头晕？你闭上眼睛，不要看路，这样会好点。”

于娜照做，闭上眼睛。其实舒情是瞎说的，她怕于娜不肯进来医院。

她们去了妇产科的急诊。舒情扶着于娜坐下。于娜睁开眼睛，看到了医生制服上的名牌，是林楠所在的医院。

于娜想要站起来：“舒情！”

舒情把她按在椅子上：“娜娜，听我说，已经来了你就让医生给你看看吧，孩子的事情耽误不得，等会儿你怎么惩罚我都行！”

于娜皱眉开口：“可是……”

舒情安慰她：“你别说话了，安心看病。”

医生做了一些检查和询问后说：“先去抽血，然后照个B超。”

“医生，我的孩子还安稳吗？”

医生回道：“是有流产先兆。你最近没有休息好，而且心情很差，另外我看有些贫血。”

听到这话，于娜声音都颤抖了：“医生，你一定得帮帮忙，保住我的孩子。”

医生拍了拍于娜的手：“你先去做个检查，看看到底是什么情况，我们再看怎么对症治疗。另外啊，你要调节好自己的情绪，照顾好自己的身体。孩子现在月份小，不稳定，你自己不在意，谁也没有办法。”

于娜猛地点头：“嗯！”

一系列检查结果出来后，她们拿着单子去找医生。

“医生，怎么样？”于娜着急地问。

“就B超和其他检查结果来说暂无大碍。你按时来医院做产检了吗？”

“……没有。”

“以后记得按时来，产检很重要。胎儿现在发育有些缓慢，我给你开点营养针，你来医院打七天的营养针。”

二人准备去取药，她们走到缴费大厅，于娜抬头就看到了林母的身影，她赶紧拉着舒情闪到了一边。

林母的侄女正好在这家医院的妇产科做治疗，林母顺道去看看她，却没想到撞见舒情扶着于娜进了产科。于娜怀着的是林家的骨血，所以林母忍不住悄悄跟着她们，在诊室外偷听到了医生和于娜的对话。

林母在回林楠病房的路上，想到刚才听到的话，愤恨地道：“怀个孩子都不能好好的。”

她回到病房中，坐在林楠的身边，给他掖了下被角：“医生刚才查房怎么说？”

林父回答：“情况还算稳定，但是依然不知道什么时候可以醒来。”

林母心疼地抓起林楠的手：“楠楠都好几天没有吃饭了，就靠着输营养液，你看都瘦了……你说我们怎么这么倒霉？于娜真是克咱家，你看看儿子这样，孙子在她肚子里她都养不好。”

“今天医生还说胎儿偏小，还不稳定……”林母抱怨道。

林父问道：“你怎么知道的？”

“刚才我去妇产科看玲玲碰到她们了，于娜在做检查。”

“你确定孩子有问题？”林父继续问。

林母回想了一下：“肯定是有问题，不然她做那么多检查！具体的，我也没听清楚。”

他们随口说着，躺在床上的林楠似乎听了进去，他的手指微微动了两下，头也左右各微小幅度地摇晃了一次，眉头似乎皱了起来，心电监护仪上的曲线波动得剧烈起来。

嘀——嘀——心电监护仪发出了警报声。

林母慌了，她站起来：“刚才还好好的，现在这是怎么了？！医生！快叫医生！”

林父相对比较淡定，他按下病床上的呼叫器，接通了护士台：“护士，903 号病房的病人有情况，请过来一趟！”

“好的，医生已经过去了，您别急，医生到来之前，千万不能动病人！”

床上的林楠身体微微颤抖，毫无血色的嘴唇微微张开：“娜……于娜……”

“病人家属先出去。”医生和护士急急忙忙地赶来，开始进行查看。

“刚才楠楠不是好好的吗？怎么突然就这个样子？”林母着急地说道。

林父缓缓开口：“也许是因为你说了于娜，他潜意识里听到了吧。刚才楠楠嘴里在喊于娜。”

林母难以置信地瞪大眼睛：“你确定？”

“确定，我没有听错。”林父郑重其事地看着她，“说明于娜对楠楠很重要，她还怀着孩子，而且现在楠楠也有点意识了，所以你别再为难于娜了，让她过来陪着楠楠，或许会更好。”

“可是我一想到楠楠因为她变成这个样子……算了，都是为了楠楠，等他好了之后再说。”林母现在又气又急，无奈之下，她只好离开。

“你去哪里？”林父追问。

“我去把于娜找过来。”

林母去了妇产科楼，找了个遍，终于看到于娜正在排队等待打营养针。

于娜看到林母立马紧张地开口：“伯母，我……我就是来打点营养针。”

“孩子还好吗？”

于娜点头。

“行，那你和我去一趟吧，楠楠需要你。”

于娜和舒情对视了一眼，怎么回事？

舒情站起来：“伯母，现在于娜正在排队打营养针，走不开，林楠有什么情况吗？”

“医生正在急救。他对你的感情……你也是知道的，如果你在旁边，我想更有利于他恢复。”

“我马上过去！”于娜听到林楠有事，立马要走，却被舒情拉住。

“你在干什么？医生的话你没听到吗？什么时候能在乎一下自己？”

“舒情，现在林楠……”

“你去了他就能好了吗？”舒情安慰道，“我知道你着急，可是你现在的情况……林楠希望看到你这个样子吗？”

于娜犹豫地开口：“伯母，舒情说得对。我打完针立马过去。”

林母冷哼，强忍着不满说：“我儿子因为你变成这样，你就一点愧疚都没有吗？他现在可是正在危险中！”

于娜一咬牙，一横心，开口道：“伯母，我的确很内疚，可是刚才是你把我赶出来的，而且医生也让我照顾好自己和肚子里的……宝宝。”

“你……”

舒情缓和着说：“伯母，我知道您担心林楠，于娜也担心，不然不会守在这里好几天。于娜肚子里的宝宝太小，还不稳定，医生让她打针保胎，就耽误一会儿，打完针马上过去。”

林母叹了口气，看着于娜：“好吧……我希望你真心对待林楠！”

于娜猛地点头：“嗯！”

好不容易打完针，于娜和舒情匆匆赶了过去。

第七章
有你就很好

水月新城。

霍云城正在忙北海湾游乐场的计划，舒情坐在一旁，时不时地搭话：“云城，你这个选址是不是可以再调整一下？离高铁站近一些，这样更靠近市里，而且方便外地游客过来。”

“你和我想到一块儿去了。”

舒情趴在霍云城的肩膀上：“看来你还得再忙一会儿，我还以为今天的工作能结束了，都想好要吃什么了。”

霍云城捏了捏她嫩滑的脸：“你想吃什么？出去吃还是在家做？”

“日料。”

“正好，我冰箱里有今天刚送到的刺身。你去看看，要不你来拼一盘。”

“行，你等着，一会儿舒式料理就给你端上来了。”

舒情打开冰箱看到刺身，不由得感叹：“还是霍总会享受生活，这些个昂贵的刺身都送到家里来了。”

她在厨房忙活的间隙，一转头看到霍云城抱着笔记本电脑出来了，坐在一个可以看到她的沙发椅里。

二人相视一笑，各忙各的，偶尔抬头看对方一眼，安静地陪伴在对方身边。

刀缓缓落下，鱼肉被片开，舒情戴着手套，慢慢地做着寿司。最后一步，摆盘也完成了。

“霍总，请用餐。”舒情将寿司、刺身摆在霍云城的面前。

霍云城吃了一口，点头：“嗯，很不错。”

“好吃就多吃点。”舒情拿起一块寿司开始喂他。

光盘后，舒情向他伸手。

霍云城看了一眼，将自己的手搭上去，被舒情一巴掌拍掉：“谁要你的手？”

她的手还继续伸着，霍云城这次把下巴放上去了，舒情给他翻了一个白眼。

“你不是冷面总裁吗？怎么还弄这些？”

“现在网上不是都流行这些吗？尤其你们女生，都爱这么拍，发某音。”

“我才不是！我是在和你要小费，不然白给你做饭，白喂你了？”舒情说着又把手伸过去，“霍总，你不会赖账吧？”

霍云城点头：“说不准。”

“不行，不能赖账！”

霍云城笑着，轻轻刮了一下她的鼻子：“去，帮我削个苹果，我连本带利地给你。”

“你说的啊，小费得双份！”

舒情拿起一个苹果开始削皮。

“啊——”她突然叫了一声。

霍云城立马担心地走过去：“怎么了？割着手了吗？怎么这么不小心！”

舒情笑出了声：“苹果皮削断了，我没事。”

霍云城：“……那你喊什么？害我白担心。”

说着他将舒情的手扔下，回去继续工作。刚刚自己在担心，舒情竟然在笑！

“云城？霍云城！你怎么不理我，生气了？”舒情拿着削好的苹果来哄霍云城。

霍云城扭过头不理会她。

舒情看着他，再次笑出声：“你现在怎么像在闹小孩子脾气？我临时想起一件事情，得回公司一趟，你陪我过去一趟。”

霍云城不为所动。

“你还不理我啊？你不陪我，我就一个人去啦！”舒情走到门口换好鞋，“我一个人去啦，你确定不陪我一起？”

霍云城继续看着电脑。

"我真的走啦。"舒情假装转身去开门。

霍云城依旧没有说话，舒情回头看了一眼，他还是不为所动。

舒情这次真的打开门离开了。

霍云城坐不住了，立马起身追了出去，他一开门，便知道自己被骗了，一双纤纤玉手抱住了他。

"我就知道，你不会让我大晚上的一个人去。"

霍云城送舒情去公司的路上说："这个周末你和我回一趟老宅，我们和爷爷商量一下订婚的事情。"

舒情直接拒绝："不行。"

霍云城扭头看了一眼："你这是在拒绝我？"

"是啊，不可以吗？"舒情打趣地回答。

霍云城的脸黑了下来。

舒情立马说："好了，好了，开玩笑的。我周末要去巴黎参加服装设计大赛，下周才能回来，所以……订婚的事情我想往后推一推。"

霍云城猛地踩下刹车："不管怎么样，订婚的事情必须放在第一位。"

"好吧……"舒情很是无语，"等我从巴黎回来。"

医院。

"我的身体我清楚，你不用劝我。"沈俊言站在病房的窗户边往下看，楼下依旧有蹲守的娱记。

"可要是舒情姐知道了……"小助理满脸的为难。

沈俊言的目光闪烁了一下："你做好你该做的就行。"

稍后，沈俊言戴好口罩和墨镜，将脸庞完全遮挡住，和小助理绕过住院楼下的娱记到了停车场，开车赶往片场。

片场的人看到沈俊言这么快出院都很惊讶。导演和制片都慌得不行，纷纷上来慰问。

"沈老师，你这才休息了几天，伤口肯定还没好，回来拍戏万一伤口再裂开怎么办？"导演苦恼得不行，上次沈俊言出事，他已经被粉丝围攻了，这再要受伤，他这电影还拍不拍了？

"是啊！"制片也赶忙开口，"我们现在在拍配角戏份，你的部分留到最后，你就回去好好养伤，等养好了以最好的状态来拍戏。"

沈俊言现在心里很乱，需要大量工作才能暂时遗忘烦心事："你们不用担心，我既然能来就说明没事了。”

导演和制片两人面面相觑，最后也只能默许。

“那我去叫人给你化妆。”导演招呼着场务。

刘小宁也在化妆间，她本来正低头认真研读剧本，察觉到动静看去，在看到沈俊言的时候双目陡然发亮：“沈老师，你回来了！”

“嗯。”沈俊言摘下墨镜，冲着刘小宁微微点头。

看到他对自己还是一如既往地表现出礼貌而疏离的态度，刘小宁收回目光看着镜子中的自己，有些泄气。

场务招呼化妆师给沈俊言化妆，一边拿着电话沟通拍摄事情：“一会儿改拍346镜的内容，二位老师记得看剧本内容。”

刘小宁赶紧翻剧本，她记得很清楚，346镜的内容是……

“呀！”她边上的化妆师笑着，“是吻戏哎，看来考验二位演技的时候到了！”

化妆师冲着刘小宁笑，表情暧昧。刘小宁瞬间耳根发烫，把头低下去装作看剧本。她内心紧张得要死，却又期待沈俊言会是什么反应。可惜的是，直到他们化完妆，沈俊言都保持着冷淡的表情，刘小宁心里很失望。

他们这场吻戏的背景是夏天的夜晚，为了达到拍摄效果，剧组弄来了大量萤火虫放在周围。

青青草地，晚风缓缓，柳树下坐着俊男和羞涩少女，周围是点点如星光的萤火虫，浪漫至极。

刘小宁坐在沈俊言的边上，一袭白裙，在听完沈俊言深情表白后羞涩地闭上双眸，她以为唇瓣会感受到湿热的触感，却并没有。她紧张地攥着裙子睁开眼，瘦小的身子忍不住微微颤动。

只听到沈俊言清冷的声音响起：“导演，这条吻戏我要借位。”

刘小宁瞬间僵硬。

“这个……”导演为难地看着沈俊言，“沈老师，这幕戏对感情要求很细腻，要动情真吻才能让观众产生共鸣，如果借位就没有那个效果了。”

可就算导演如此说，沈俊言却还是坚持自己的想法。在场的人都很奇怪，要说沈俊言可是大名鼎鼎的演员，吻戏对他来说是小事一桩，怎么这次不行？

刘小宁以为是沈俊言嫌弃她，难过得都要哭出来了。

最后还是导演妥协，答应借位。结果刘小宁却怎么都拍不好，整个人沉浸在失落的情绪里。

“刘小宁你怎么回事！”导演彻底失去耐心，语气火暴。

“导演，对不起！”刘小宁赶紧道歉，低头咬着下唇，豆大的眼泪落了下来。

舒情今天特意来探班，没想到一进来就看到这一幕。

舒情让导演先暂停拍摄，拉了沈俊言到人少的地方谈话：“你为什么不好好养伤？你就这么想死？”

沈俊言到底心虚，不敢去看舒情的眼神，将视线移到她身后的树上：“我不想拖累剧组的进度。”

舒情只能无奈叹气，拍了拍他的肩膀。沈俊言这是犯倔了。

导演继续拍摄，可刘小宁根本没法入戏。

“咔！”导演气得拿起喇叭。

舒情见导演的架势是要发火了，赶紧抢在话头前开口：“导演，小宁年纪小，恋爱经验不足，你多教教她。”

舒情都这样说了，导演不能不给她这个面子，只好答应。

“沈俊言，如果你不喜欢她就趁早说清楚。”舒情用只有他们两个才能听到的声音说。

沈俊言表情微顿，视线移到了刘小宁身上，又迅速收回：“我有数。”

“刘小宁，你继续，这样试试。”导演教了刘小宁一番。

舒情走到一边，不打扰他们。

最后这一幕算是勉强过了，等到导演喊结束，沈俊言赶紧扫视全场找舒情的身影，可让他失望的是舒情早就走了。

刘小宁看着沈俊言失魂的样子欲言又止，最后还是咬着下唇开口：“沈老师，你是不是……”

“跟你没关系。”沈俊言转身离开。

刘小宁眼眶一下就红了，如果不是在场还有很多工作人员，她真的会哭出来。

他就这么讨厌她吗？

舒情回到家推开门，客厅漆黑一片。她微微蹙眉，寻思霍云城这个点怎么还没回来。

突然，一道森冷的压抑着满满怒气的嗓音骤然响起：“舒情，我觉得你必须好好给我解释一下你干什么去了？”

舒情捂着胸口，吓得倒吸一口凉气。她赶紧将客厅的灯打开，看到霍云城在沙发上正襟危坐，面前茶几上的烟灰缸里全是烟头。

“你怎么也不开灯，吓死我了。”舒情关心道，“你怎么了？是不是集团出什么变故了？”

霍云城姿势不变，薄唇轻启：“你去哪儿了？”

舒情满心疑惑：“我去工作了呀！”

霍云城勾起唇角，语气很是不悦：“你自己看！”

手机上是她去片场探班的照片，正好拍到她和沈俊言在交谈，俩人头挨得很近。角度明显是偷拍，看上去她和沈俊言暧昧极了。这什么娱记啊，片场现在管理如此严格，怎么还能偷溜进来？

舒情耐下性子解释道：“我刚刚去剧组探班，没想到被娱记给拍下来了。”

“那沈俊言和你这么亲密是在做什么？”霍云城俊美无匹的脸庞满是风雨欲来的愤怒，他只要一想到沈俊言和舒情头挨头的画面就妒火中烧。

“刘小宁一直无法入戏，我只是和沈俊言谈了几句，希望他好好引导刘小宁，这些当时剧组人员都能作证。再说了，你对我连最基本的信任都没有吗？”舒情语气软了下来。

一看舒情流露出娇软的模样，霍云城脑子里一直绷着的弦瞬间拉断：“舒情，你要时刻清楚地记得，我霍云城很小气，小气到你的一根头发丝都不允许除我之外的男人触碰！”说完直接将她拉到沙发里，不管不顾地把她的衣物除去，倾下身来，“为了惩罚你，我们就在沙发上，这样我的小野猫才能记忆深刻……”

他的声音沙哑低沉，充满欲念。

舒情一手推拒着霍云城炙热的胸膛，却又感觉整个人酥软得不行，只能任由他动作，任由他酣畅淋漓……

这天，于娜早早地便守在林楠的病床前，一边看着手机，一边说话：“林楠，医生说你昨天有好转的迹象，潜意识已经逐渐恢复了，我现在说的话你可能听得到。昨天你妈妈同意了，只要你安然无事地醒来，她就不再为难我，话里话外的意思就是同意我们在一起，为了我们，你要早点醒过来。”

于娜正说着，手机响了起来。

“妈？大早上的，有什么事吗？”

“的确有事找你。林楠不是住院了吗？我买了去A市的机票，过来看看你，顺道看看他。”

于娜心里咯噔了一下。她妈真的只是单纯地看一下林楠吗？林楠现在这个情况真不太合适，而且林母的态度……

“妈，现在林楠还昏迷不醒，你来了也是白来，等他好点你再过来吧。”

“没关系，我主要是去看你。机票我已经订好了，下午一点就到，到时候你去机场接一下我。”

“妈，我们不是刚见过没多久吗？！”

于母听着于娜推三阻四的话语，感到一丝疑惑，于是更加坚定要过来的决心：“娜娜，你记得下午来接我就行了。”

嘟嘟嘟……

于娜很是无奈，自己从小就是乖乖女，真不会撒谎，老妈一定是感觉到了什么，林母目前对自己的态度又不太好，于娜真怕今天下午她妈妈过来和林母两个人吵起来。

于娜拉着林楠的手缓缓道：“林楠，你说今天下午，我妈和你妈会打起来吗？好难啊，要是躺在这里的人是我就好了，让你去处理她们两个的问题！”

转眼间时间到了十一点半，于母快要到了。于娜给林母打了电话，请她过来照看一下林楠，自己要去机场。于母一点的飞机，还有一个小时，时间有点紧，所以林母前脚进病房，于娜后脚便离开。

“伯母，我妈快到了，林楠就拜托你了。”于娜说完匆匆忙忙地离开。

“就这样直接走了？真是没规矩！”林母抱怨着。

她真是不明白，自己儿子要相貌有相貌，要家世有家世，还是个明星，多少女人上赶着想要嫁给他，可他怎么就偏偏喜欢上了这个女人，比林楠大了几岁不说，还把他害成现在这样。

林母心中愤然不已，要不是看于娜还怀着林楠孩子的分儿上，真是一眼都不想见到于娜了。

机场。

于娜接到了于母，于母执意先去医院看望林楠，于娜无法，只能和于母赶往医院。在路上，于娜向于母坦白自己已怀孕，于母震惊地看着她，一时没有说话。

进了病房，林母虽没有笑脸相迎，但该有的礼数还是有的。

“于家妈妈，你来了。”

“是啊，我专程来看看林楠，林楠这孩子我喜欢得紧。他的病情怎么样了，医生怎么说？”

“……”

两个妈妈客套起来，这期间，林母想起什么，指了一下枕头：“于娜，枕头套脏了，我扶着楠楠，你给换一下吧。”

自己的宝贝女儿被这样使唤，于母心里不太舒服，又不好直接表现出来。林楠这孩子这么优秀，怎么有一个这样的妈？！

于母将林母不满的表情尽收眼底，心道：还不都是你女儿欠我家林楠的！

两个长辈在暗中较劲，当事人林楠躺在床上不省人事，于娜正在忙，完全没有想这么多，等她抬头看见两个人都不开心的样子，这才明白过来，心中无限后悔，今天就不应该让她妈妈过来的！

于母缓缓开口：“娜娜，你最近怎么瘦了这么多？你还怀着孩子，要照顾好自己知道吗？”顿了顿，见林母面色不佳，又继续说，“如果吃不好睡不好，你就回家吧，我和你爸会照顾你。”

“妈，我没什么。”于娜有些尴尬地开口，一个劲儿向于母使眼色，让她别再说了。

林母冷声道：“于娜在这里守着林楠也是她主动提出来的，毕竟我儿子是因为她才出事的！”

于母也装不下去了，怒声道：“可是你们林家的家风就是这个样子的，欺负一个孕妇？！”

林母瞪着于母：“这可是于娜心甘情愿的！再说了，我们林家怎么说也是豪门世家，而且林楠那么优秀，于娜付出点儿算什么？”

“你……你……”于母气得全身发抖，指着林母半天说不出一句话来，随后拉着于娜的手就要往外走。

“于娜妈妈，你来了？”就在气氛紧张时，林父进来了。他刚来就在门口听到两人吵得不可开交，赶紧进来劝架。

“于娜也真是的，没有提前和我说一声，不然我肯定安排司机去接你一趟。于娜，快点扶着你妈坐下。”

于母依旧板着一张脸，紧紧地拉着于娜。

见于母脸色不佳，林父继续开口：“娜娜这个孩子好啊，这些天多亏了娜娜在这里照顾林楠，真是累坏她了，没她可不行。楠楠这两天有好转，嘴里就是喊着娜娜、娜娜。就因为这，他妈还生气呢，说楠楠这个儿子白养了，当妈的在他身边都不行，就要于娜。”

林父两句话，既夸了于娜，又说了刚才林母心情不好的原因。林母听到林父这样说，气得离开。

于母听了，心里舒服了些，被于娜拽着重新坐下。

“林楠爸爸，你们心疼儿子，我也心疼女儿，刚才实在是……”

“我理解，我理解。你午饭吃了吗？”见于母的语气好了不少，林父连忙关心道。

“在飞机上吃过了。”于母回答。

林父将自己提来的袋子解开：“于娜，你还没吃过吧，我专门让家里的厨师做好给你带的。来，快吃点，你不是说想吃酸的吗？我让厨师专门做的酸口儿的。”

“谢谢伯父，这几天孕期反应特别厉害，就得吃点酸的压一压。”于娜点点头，接过饭盒。

林父对于母说：“于娜妈妈，既然娜娜都有了孩子，等咱们林楠醒来，他们婚礼的事情就得提上日程了。你也知道，我们林家在A市也是有头有脸的人家，怎么也不会亏待了于娜。”

林父的这一番话让于母舒心了不少。不管怎么样，林楠这个孩子，她还是很喜欢的，更何况于娜现在还怀孕了。只是眼下林楠还在昏迷中，不知道能不能醒过来。

似乎看出了母亲的心事，于娜拉着母亲的手，语气有些酸涩：“妈，林楠一定很快就会醒来的。”

一晃又是周末。

清晨的阳光透过玻璃窗倾泻在大床上，舒情迷迷糊糊地醒来，正要起床，就看见霍云城高大颀长的身影斜倚在门口。

“你在干吗呢？”舒情娇嗔一句。

霍云城迈步进来：“今天我们要去老宅看望爷爷，你是不是忘了？”

“哎呀！”舒情拍了拍脸颊，她还真忘了。

昨晚忙服装设计大赛的事情一直到很晚，竟然把这么重要的事情给忘记了。

舒情看向霍云城：“你先出去，我收拾一下马上就好！”

她匆匆忙忙地起床，吃完早饭就和霍云城一起到了霍家老宅。

霍爷爷早就在老宅等着他们了。一看见霍云城的车子，霍爷爷就拄着拐杖迎了过来。

“爷爷，您慢点。”霍云城忙扶住了霍爷爷。

“情情，你怎么看着很累的样子，是不是云城他欺负你？”霍爷爷见舒情眼下有黑眼圈，忍不住开口问道。

舒情连忙摇摇头，笑了笑：“没有，霍爷爷，是我没有睡好。”

“要是云城那小子敢欺负你，你可别客气，告诉爷爷，爷爷替你说他。”霍爷爷拉着舒情的手，眸底尽是宠溺。

“谢谢霍爷爷！”舒情心中一阵暖流涌过。

“来来来，别站在这里了，快进屋。”霍爷爷拉着舒情走进了别墅。

霍云城长腿一迈，跟了进去。

“情情啊，唐若颖的事情我都听说了。”霍爷爷往沙发上一坐，摸了摸白胡子，“幸好你看穿了她的真面目，要不然云城还被她蒙在鼓里呢。云城就是太重感情，一直记得当年糖糖的恩情。”

“爷爷，您说到哪里去了？”霍云城嘴角抽了抽，爷爷能不能不要哪壶不开提哪壶？

顿了顿，他又接着说：“其实我早就知道唐若颖是假的了，要不然怎么会和舒情一起演戏呢。对吧，舒情？”

舒情白了霍云城一眼：“拉倒吧你！”

“既然现在唐若颖的事已经解决了，你们打算什么时候结婚？我这把老骨头，可是迫不及待地想要抱曾孙了。”霍爷爷扬着唇角，笑眯眯地开口。

“我们打算下个月订婚。”舒情回答道。

“爷爷，您给我们挑个好日子吧。”霍云城紧挨着舒情坐下，忙不迭地说。等娶舒情这一天，他可等了很久了。

霍爷爷看两个人的状态，笑得合不拢嘴。他可一直都只认舒情这个孙媳妇，现在终于可以安安心心地等着抱曾孙了。至于日子嘛，他早就看好了。

霍爷爷乐呵呵地开口：“这还用你小子说？我已经把日子选好了，下个月初五，时间还很充裕，你们要怎么置办都来得及。”

“下个月初五啊……”舒情有些不确定，过几天她还要去参加服装设计大赛，如果下个月初五举行订婚礼，也不知道能不能赶回来。

霍爷爷见状不免有些疑惑：“怎么了，情情？你是不是有什么事要忙啊。”

舒情算计了一下服装设计大赛的时间，如果进展顺利的话，应该也不会耽误事。她冲霍爷爷轻轻摇头：“没什么，就是我过几天要去巴黎参加一个服装设计大赛，在想能不能赶回来——时间是来得及的，那就听您的吧。”

霍爷爷的笑容明朗起来，不住地点头应道：“好好好，就这么定下来了。我这几天就去帮你们看看婚礼的事。情情，你忙工作的时候也要注意休息，千万别累着自己。”

“知道了……爷爷您不用担心我。”舒情笑了笑，心里泛起的都是暖意。

大概上帝亏欠她一样又会用另一样给补回来吧，至少现在身边还有霍云城和霍爷爷关心她，她真幸运。

霍云城这个时候拍了拍沙发：“爷爷，我陪着舒情一块儿去，您还怕她会出什么事啊，放心吧。”

霍爷爷笑道：“这样更好，你记得照顾好她，不然等你们回来，我看见她瘦了，看我不打你个臭小子。”

霍云城无奈地笑了：“好，我知道了，爷爷。”

霍爷爷看着眼前这对小情侣，越看越喜欢：“你俩难得回来一趟，今天就别回去了，在这儿住下吧。老黎啊，给他们收拾一间房出来。”

黎管家听见这句话，含笑上楼收拾屋子去了。

舒情和霍云城二人对视一眼，舒情有些无奈地耸了耸肩，霍云城嘴角泛笑。

吃过晚饭之后，霍爷爷就回房休息了。

“我爷爷就这样，你不用放在心上。”霍云城怕舒情觉得不自在，捏了捏她的手心说道。

舒情轻声说：“可是就一个房间……”

霍云城狡黠地笑了：“你别想太多！昨晚你忙没睡好，今晚你就好好休息一下。”

两人回了房间，舒情长出一口气，摊在床上呈大字状，整个人都松懈下来。

“怎么今天这么累。”舒情忍不住感叹。

“既然累了就早点睡觉。”说着，霍云城就坐在舒情旁边，右手悄悄摸索上她的腰想揽住。

舒情低头轻轻拍掉霍云城的手，嗔怪道：“干什么，去，你今天去给我睡沙发。”

霍云城心里是老大不情愿的，他觉得自己和舒情马上要订婚了，共处一室还不能碰一下……

“舒情，情情，我只想抱抱你……”霍云城罕见地软下声说话，听着有点像撒娇。

舒情半开玩笑半认真地说：“不行，你今天只能睡沙发。”

霍云城长叹一口气，妥协道：“好吧。”

两人洗漱过后，舒情躺在床上不一会儿就睡着了，但是窝在沙发上的霍云城一点困意都没有。他慢慢睁开眼睛看向床上，舒情背对着他，身体曲线起伏，发出均匀的呼吸声，很乖的样子。

霍云城控制不住心里的念想，轻手轻脚地走到床边，倾身凑过去，在舒情的脸上轻轻落下一吻。

“……嗯？”舒情不经意间发出声音，揉了揉眼睛，模模糊糊看到是霍云城，“你怎么还没睡啊？”

霍云城愣住了，转念一想，舒情是他的女人，他做贼心虚干什么？这么一想，霍云城就比之前坦然多了，干脆掀开被子一角，钻进去，手揽着舒情的肩，让她枕在自己手臂上：“我只是很久没和你这么亲近了，想抱抱你，舒情……”

“嗯？”舒情稍稍抬起头，不解地看着霍云城。

“没事。”霍云城眼底尽是温柔，将她搂得更紧了一点，“我只是在想，这次一定要给你一个盛大的订婚典礼，将以前我欠你的，和本应该属于你的，通通都给你。”

舒情心里一甜，悄悄低下头，脸上露出甜蜜的笑，转身双手试探着环上霍云城的腰：“你知道，我其实不在乎那些，只要有你，只要被你放在心上，就很好。”

她和霍云城共同经历了这么多事情之后，早就不在乎那些表面的事了，只要她和霍云城在彼此身边就够了。

霍云城心里也是一动，手臂收紧，抚摸着舒情柔软的长发，在她发顶吻了吻：“这辈子遇见你，我就认定了你，如果余生没有你，那我的余生都是将就。”

第二天，霍云城和舒情告别霍爷爷回家。

“对了，我明天就要去巴黎参加服装设计大赛了，会有五六天的时间，你安心等我回来。”舒情坐在车上如是对霍云城说。

霍云城握了握舒情的手：“我跟你一起去吧。”

舒情摇了摇头：“公司最近不是很忙吗？你就安心处理工作，好好等我回来，我保证自己不会有什么事的。”

“可你——”霍云城迟疑了一下，工作的事倒不用他怎么担心，他还是比较担心舒情，“你不是恐高吗？到时候你在飞机上害怕怎么办？我还是陪着你，方便随时照顾你。”

霍云城眼神诚恳，舒情一动不动地盯着他，脸上露出笑意，感受到他的爱意，整个世界都温柔安定了。

霍云城把车停到路边之后，舒情情不自禁地靠过去，在他嘴角落下一个吻，握住他的手轻声说：“云城，谢谢你。”

这个吻就像开关一样，一下就点着了霍云城憋了一晚上的火。他揽住舒情的腰将她带了过来，吻住了她的唇。

舒情也极为温柔地回应他。

一吻毕，两个人额头碰额头都有点喘，脸上却有掩饰不住的甜蜜笑意，霍云城喃喃地说：“我只想让你知道，无论任何时候，只要我在你身边，就绝不会让你受到伤害。”

“……知道了。”舒情点头笑了。

第二天上午，霍云城早早就叫人备好私人飞机。

“这次……应该不会有什么事吧？”舒情嘴上虽说自己不怕，但还是有些担心。

霍云城轻声安慰她：“你紧张就拉着我的手，不会有事的。”

舒情点了点头。

从A市到巴黎要六七个小时，刚开始一切都很正常，但是飞了两个小时之后，飞机突然颠簸了起来，舒情甚至能感觉到猛烈的摇晃，她一下就揪紧了衣摆。

霍云城将舒情搂在怀里，叫来了空姐：“怎么回事？”

“霍总，刚才飞机在飞行过程中遇到了一股气流，有些颠簸，现在已经没事了，您和舒小姐不用担心。”

霍云城这才点了点头，一只手轻轻拍着舒情的肩，示意她安心，手还一下下在她背上捋着。

舒情脸色煞白，心有余悸，下意识地攥住霍云城的衣袖，好半天才说了一句话：“真的……没事了吗？”

“没事了。只是遇到了一点气流，我们再过一会儿就要到巴黎了，你放轻松……乖，闭上眼睛睡一会儿。”

舒情的紧张情绪终于慢慢平复下来，她有些不自在地别过脸去。霍云城知道舒情是不好意思了。

之后，飞机一路上都很平稳，两人终于到了巴黎。

一出机场，就有专人来接。

“我在巴黎有一栋别墅，已经叫人打扫好了，我们这几天都住在这里吧。”霍云城说。

“好。”舒情点了点头。

到了别墅之后，舒情眼前一亮——大片的薰衣草在别墅四周盛开，迷人又芬芳，四处弥漫着浪漫的田园气息，别墅建筑充满了复古的法式风情。

“好美啊。”舒情相当喜欢这片薰衣草田，站在里面深呼吸，“我很喜欢这里。”

“如果你喜欢，我们以后每年都可以到这里来住上几天。”

“真的吗？”她走过去张开双臂拥抱了霍云城一下，“谢谢你。”

霍云城顺势把她揽入怀中，下巴贴着她的发顶：“你知道的，不管你喜欢什么我都会满足你。对了，你还记得我们去过的那个游乐园吗？

它现在还在，而且还扩大了规模，你要不要去看？”

舒情眼中的惊喜更甚：“哦！好啊，赶紧走吧！”

二人出了别墅，开车去往游乐园。这个点的巴黎已经是黄昏时分了，两人到游乐园门口时都快闭园了。

“抱歉，这位先生，游乐园即将闭园，请你们明天上午再过来吧。”一位三四十岁的管理员对他们露出歉意的微笑。

“这位先生，我们下个月就要订婚了，我先生是陪我过来忙工作的。我们之前来过这里，知道游乐园晚上也会开放摩天轮，不知道还要多长时间呢？”舒情挽着霍云城的胳膊问道。

“嗯……大概还有一个小时。如果你们想要坐摩天轮的话，可以先到周围逛一逛，附近也有很多适合情侣去的地方，等会儿再过来。”

“好的，谢谢你。”霍云城和舒情礼貌地向游乐园管理员告别。

他们故地重游，就算曾经见过这里的景色，现在再看，也会有一种新奇感。舒情走累了之后，他们到附近的餐馆吃了晚餐，差不多到摩天轮开放的时间，俩人才返回。

进入游乐园以后，舒情露出跟以前完全不一样的一面。她像个小孩子，看什么都很开心，脸上一直挂着笑容。

走到摩天轮下面，霍云城拉着舒情坐了上去。摩天轮缓缓转动起来，在升到半空的位置时，天空中突然燃起绚烂的烟花，很快就吸引了他们的目光。

舒情眼睛闪亮地看着烟花：“烟花真漂亮……”

霍云城注视着舒情的侧脸，嘴角勾起淡淡的笑意：“你更好看。”

“嗯？你说什么？”烟花的声音响起，舒情没听清霍云城的话，她疑惑地转过头来，一下子被他捧住脸吻了上去。

这个吻缠绵而热烈，舒情的耳朵都红透了，好半天两个人才松开对方。

霍云城握住她的一只手，贴在自己胸口：“舒情，听着，除了永不相负，我们没有别的选择！”

舒情抬头看他，眼眶湿润：“霍云城，我准备好了，走进你的一生一世。”

从游乐园出来已经是晚上九点，回到别墅后，舒情往沙发上一瘫：“累死我了。”

“你饿不饿？下午在小餐馆都没吃多少东西，我去厨房给你做点吃的吧。”霍云城体贴地问。

“好。”舒情笑着答应了一声。

她看见霍云城进了厨房，自己又爬起来跑去书房，拿出笔记本电脑，开始着手设计稿的事情。比赛迫在眉睫，她要再看看稿子有没有要修改的地方，可不能出岔子。

舒情目不转睛地盯着电脑屏幕修改设计稿细节，直到香味儿飘过来，她才有一丝松动：“好香啊……”

霍云城把菜端上了餐桌：“等会儿再忙吧，快过来吃东西。”

舒情走到餐桌边，见桌上摆着香菇菜心、菠萝咕咾肉，还有一道树椒土豆丝，忍不住惊叹：“你怎么会做这么多菜啊？！”

“怕你饿着，我在飞机上现学的。都是你爱吃的，快坐下吃吧。”

舒情调笑：“霍总，没想到你还有这天赋！如果有一天你不想当总裁了，当个总厨也是没问题的！”

霍云城笑着刮了一下舒情的鼻子：“我可只当你一个人的厨子，你要付出的代价不小啊！”

“好啊，你要怎么算时薪？”

霍云城摸了摸舒情柔嫩的耳垂：“把你的一辈子给我吧！”

A 市。

于娜这段时间起床都很早，一方面要去医院照顾林楠，另一方面她也担心她妈跟林楠妈妈再起冲突。这天，于娜洗漱过后回了房间，像往常一样拿起手机，看了一眼时间，突然想起来今天齐玉初会到 A 市来。

舒情去巴黎之前给齐大师打了电话，请他过来看看林楠，后来定了今天过来，于娜连忙收拾东西赶往机场去接齐大师。。

机场，于娜终于看见随着人流走过来的齐大师，她踮起脚使劲儿挥了挥手：“齐大师！”

齐玉初循声望过来，走近后点了点头。

于娜看着齐玉初：“齐大师……又要麻烦您来一趟，真的很不好意思。”

“没事。”齐玉初摇了摇头，“去医院吧。”

于娜带着齐玉初回医院，一路上把林楠的情况和齐大师详细交代了一遍。进了病房以后，齐玉初仔细地查看林楠，又把了脉，这才抬头对于娜说：“这里医生的诊断和治疗都很对。我也认为他脑部还有淤血，这才迟迟不能醒过来，还需要时间。”

于娜说：“齐大师，中西结合治疗会不会更有利于他的恢复呢？”

齐玉初回答：“一会儿我先见见他的主治医生，探讨一下病情，我会尽力而为。”

林母在旁边没多说什么，林楠已经在医院躺了不短的时间了，只要儿子能醒过来，她什么办法都愿意试一试。何况前几天主治医生找她和林父沟通过，目前林楠各项指标都正常，外伤也都好了，什么时候能完全苏醒过来不好说。医生认为在家庭医疗条件充足的情况下，可以回家养护。

林母也知道齐大师治好霍老爷子的事，现在于娜能请来齐大师，并且听齐大师的语气还有一线希望，她不想错失。林母和林父商量了一下，决定给林楠办理出院手续，请齐大师回家治疗。

林母拉住于娜，抿了抿唇，迟疑半晌才说：“我和林楠爸爸决定给林楠办理出院，请齐大师来家里给林楠治疗。另外，你也搬到家里来住吧，这样方便随时照看林楠。还有……晚上你想吃什么，我等会儿出去买菜，你怀了孩子，需要好好补补。”

于娜的心一下就放了下来，整个人也轻松不少，她露出微笑：“什么都行，您做什么我都喜欢吃。”

第八章
各怀鬼胎

林母和林父请人把家里的医疗设备都完善好，就给林楠办了出院手续。于娜安顿好齐大师之后，便收拾好自己的东西，也搬进了林家。

林母虽然对于娜还是不苟言笑的，但态度和缓了一些。盯着私人护理安顿好了林楠，她上下打量了一会儿于娜，目光停留在她肚子上说："你可得好好养身体，生个健康的孩子。楠楠可是单传，你可不能让他绝后。"

绝后？这要是放在以前，于娜肯定会撑回去，现在这个时代，又不是家里有皇位要继承。但因为林楠昏迷不醒这件事，她对林家人始终有愧，不想争辩，借口照顾林楠便转身走开了。

巴黎某家酒店内。

除了舒情，苏珊也到了巴黎。她是每年设计大赛都会邀请的选手，今年本来是不想来的，但是听说 Leo 会参加，顿时就改了主意。她心里很不服气，更要看看这个能够打败她的 Leo 是何许人也！

她提早一个月就来了巴黎，为的就是专心修改自己的设计稿，争取在比赛中艳惊四座，把第一名的宝座夺回来。

这段时间，苏珊除了寻找灵感就是窝在酒店修改稿件，当然，还有第三件事：找人去查 Leo 的身份。

"查到了吗？"苏珊接起来电话，语速飞快。

在听见电话那边否定的答案之后，苏珊皱着眉头不耐烦地说："你们连个人都查不到，还打给我干什么！接着去找！"

都过去这么久了，她的人竟然连 Leo 的半点信息都没查到。她就不信了，什么人能把自己隐藏得这么好。挂掉电话之后，看着桌上的设计稿，苏珊突然没了心情，把笔甩在桌上，长长呼出一口气。

头疼，但是她更嫉妒，嫉妒Leo抢走了本来属于她的位置。Leo就连领奖都是有人代领的，这个人太过神秘了，但她不相信Leo就没有破绽！

这时，走廊里响起了高跟鞋的声音。

“你是？”苏珊听见门铃声，从猫眼往外看见是一个女人，便打开了房门。

女人伸出一只手，看起来很友好：“苏珊小姐，你好，我叫安娜。”

苏珊很警惕地看了一眼安娜：“请问你是？”

“苏珊小姐，我知道你在找谁，我也知道，你要找的那个Leo是谁。”安娜一句话就拿捏住了苏珊的命门。

果然，一听见Leo的名字，苏珊的眼睛立马亮了起来，甚至还有点惊讶：“你也知道Leo？”

“我和她，很熟。”说出最后两个字的时候，安娜眼中划过一丝冷意。

随后，她径直走了进来，在房间里的椅子上坐下。

“我知道苏珊小姐以前一直都是国际服装设计大赛的冠军，可现在……不过不要紧，我知道她是谁，我也可以帮你。”

俗话说无事献殷勤，非奸即盗。苏珊即便想知道Leo的身份，也很警惕这个陌生女人到底想干什么？

“你能帮我……”苏珊眯了眯眼，“可我并不认识你，你要干什么？”

“这并不要紧。”安娜看着苏珊，“我来重新自我介绍一下，我叫吴清冉，是A市吴家的大小姐。如果你以前看艺术类的新闻报刊比较多的话，应该在上面见过我的名字。至于你嫉妒的Leo，哼，她现在可是A市的风云人物——舒情，你应该也知道她。”

被吴清冉说中了心事，苏珊的脸色一下就变得不那么好了。但是听见舒情这个名字的时候，苏珊的表情变得惊讶起来，甚至有那么一点……精彩。

她当然知道舒情，那是新闻里的常客了——星辰娱乐公司的总裁，霍氏集团总裁的未婚妻，更何况前段时间还出了那么大的风头，想不知道都难。但是，舒情就是Leo？这太不可思议了。

“你是说……舒情就是Leo？”似乎是为了印证心底的最后一丝猜想，苏珊还是问出了口。她一直以为舒情是个什么也不会的大小姐，没想到竟然还有两把刷子。

吴清冉露出微笑，轻轻点了点头："不错。我和这位舒小姐可是老熟人了，当初她抢走了我的男朋友，还对我冷嘲热讽，让我受所有人的耻笑……"说着目光逐渐放空，陷入了回忆，她右手抚上自己的侧脸，"若不是她，我这张脸怎么会变成现在这个样子？"

"你的脸？"苏珊有些疑惑，目光在吴清冉的脸上停留，"你的脸怎么了？"

吴清冉自嘲地笑了笑，将她和舒情之间的恩怨一五一十地说了出来，当然，少不了添油加醋。

"……就是因为她，我才会掉下山崖，才会被家里人送去韩国整容。"

苏珊已经完全被吴清冉说的信息砸昏了头。她从来没有想到舒情会是这样一个人，她十分惊讶地说："我还以为她只是一个娇生惯养的大小姐，真是没想到……"

吴清冉眼中露出一丝满意的笑，很快又隐藏起来："是啊，所以我看到她获奖的消息也很替你不值，谁知道她的作品是不是弄虚作假来的呢。我知道你以前都是冠军，无缘无故被她抢了风头，谁心里都会不服气。"

苏珊的戒心很重，她虽然听了吴清冉的话，但还没有傻到什么都信的地步："我们素昧平生，我要怎么才能相信你呢，吴小姐？"苏珊稍稍扬起了头，"还有，你说你要帮我，你准备怎么帮我？"

吴清冉自然早有准备："你想不想要舒情的设计稿？你如果提前知道她的设计方案，那么，稍稍修改一下你的稿子，以你的能力，必定做得比她更出彩。我可以帮你。"

不得不说，吴清冉所说的确很诱人。苏珊私下研究过Leo的设计风格，两个人在裁剪的版型上大同小异，不过Leo比她更注重细节。她确实也想在细节上超过Leo，可是这次在设计上她遇到了瓶颈期。她看向自己放在桌上的设计稿，眼神有那么一瞬间的闪烁。

吴清冉一动不动地观察着苏珊，她料定苏珊会动心。对一个失败者来说，最想要的无疑是去打败那个赢了自己的对手。

"怎么样？"吴清冉笑着问。

苏珊勾了勾手指尖，不可否认，她心动了："你的条件的确是打动我了。"她不是什么善人，更不是圣人，"既然如此，你要我做什么？"

苏珊知道，在这样的交易背后，一定有些什么条件，或许代价还不小。

"很简单。"吴清冉一步步走近她，跟苏珊是近在咫尺的距离，右手也撑在桌上，“我只是想要舒情的命。”

“她的命？”苏珊倒吸一口凉气，她没想到这个女人会这么疯狂。

吴清冉点了点头：“对，我需要你帮我。而你需要的，我都可以给你。”

吴清冉的这个主意确实很疯狂，稍不留意就会毁了苏珊的一切，苏珊当然知道这一点，不过她还是点了点头。她眼中是清晰可辨的笑意，明显是对吴清冉这个合作伙伴很满意。

“合作愉快，吴小姐。”

“合作愉快，大设计师。”

两个女人互相握手，脸上都带着笑，但是美丽的皮囊下，各怀鬼胎。

苏珊压根儿就没想真的帮吴清冉，她是个知名设计师，不能失去现在的一切。所以，换别人来做，也是一样的吧。

“好了，既然如此，我就等着吴小姐的好消息。”苏珊挑了挑眉。

吴清冉点了点头，目的达成，她刚想转身离开，又被苏珊叫住了。

苏珊从钱包里抽出一张卡递给吴清冉：“吴小姐，虽然你说的这个条件很疯狂，但是我想，你既然帮了我这个忙，那么报酬我还是要给的。这张卡给你，记住，我得看到设计图，才会满足你的要求。”

吴清冉笑了笑，她等的就是苏珊这句话：“有苏小姐这句话我就放心了，舒情的设计稿，我一定会完好无损地交到你手上。”

A市。

霍老爷子办事雷厉风行，自从上次舒情和霍云城让他操办订婚典礼之后，他就找人把这个消息散播了出去，一方面是为了稳固舒情是霍氏集团未来总裁夫人的身份，另一方面也是想彻底断了觊觎霍云城的那些女人的念想。

因为有霍氏老董事长的授意，这个新闻传播得飞快，不过短短两天时间，无论纸媒还是网络上都在报道霍云城和舒情将在下个月初五举行订婚典礼的事情。

徐婉儿从韩国回来之后一直在家里休息，徐沐阳很怕这个妹妹看到任何关于霍云城的消息，勒令家里用人把杂志之类的东西都收起来，还不让徐婉儿上网，说不利于她休息，但今天，他恰巧没在家里。

徐婉儿乘机拿过平板想要看看霍云城的最新消息，她打开一个关于霍云城的最新视频——

“霍氏集团总裁霍云城先生和舒情小姐将在下个月初五举行订婚典礼。据知情人称，目前典礼场地仍在抉择当中。”

徐婉儿脸色骤然阴沉起来，她为了霍云城受了这么多罪，没想到霍云城最后还是和舒情在一起了？不行，她不能让霍云城和舒情在一起，绝对不可能！

唐若颖自从订婚那天被拆穿真面目之后就被以窃取商业机密罪带进了公安局羁押，她已经是李承阳的一颗弃子，没有人会捞她出来，她只能等待庭审。

这段时间，监狱里的生活让她简直生不如死。有几个“大姐大”整天欺负她，不是在她去接水洗脸的时候滋她一身水，就是故意在放饭的时候把她的饭盆打翻，还总让她伺候一个女人洗脚。

唐若颖暗暗发誓，从这里受到的欺负，她如果还能出去，会加倍还回去！

“唐若颖。有人来看你，跟我过来吧。”

听到狱警喊她，唐若颖有些疑惑，这个时候还有谁会来看她呢？她跟着警察走出去，看见了站在玻璃隔离门另一端的徐婉儿。

唐若颖眯了眯眼睛，稍稍皱起了眉。徐婉儿这个女人，她可太熟悉了。

徐婉儿拿起桌上的听筒，不屑地看着唐若颖：“好久不见。”

“我怎么也没想到，你会来看我。”唐若颖皮笑肉不笑，她当然知道徐婉儿没安好心。

“说不定我还能帮你呢，我知道你想出去，看你现在这样，在监狱里一定过得很不好吧？”

听见“出去”这两个字，唐若颖的眼神一下就亮了起来，天知道她在这里过的都是什么日子。可是，徐婉儿会帮她？

唐若颖警觉起来，手指不自觉地捏紧话筒：“你有那么好心？”

徐婉儿冷笑：“我们有一个共同的敌人，那么敌人的敌人就是朋友，不是吗？”

“你想要什么？”唐若颖停顿了一下，双眼紧紧盯着徐婉儿，目光中是毫不掩饰的渴望。

她太想离开这里了，越快越好。

“我要你告诉我，当年霍云城和那个叫糖糖的女孩被绑架时的所有细节。如果你告诉我的一切属实的话，我就找人帮你出去。我请了最好的律师，了解了你的案子，其实还是有漏洞的，窃取商业机密罪……”徐婉儿说到这里，低下声音来，“我也可以让人给你顶……嗯，你应该明白。”

徐婉儿想得很清楚，想要扳倒舒情，一切的突破口都在糖糖身上。

徐婉儿因为得不到霍云城，心理逐渐扭曲疯狂，她现在所做的一切根本就不是为了得到霍云城，只是为了扳倒舒情——她想象中的这个敌人而已。

“就这么简单吗？”

徐婉儿点了点头。

唐若颖的眼中重新燃起了希望的光：“好，只要你能让我从这个暗无天日的地方出去，我什么都告诉你。”

徐婉儿得到唐若颖的回答，心里已经有了计划，既然唐若颖这个“糖糖”是假的，而当年的事情又只有霍云城、真糖糖和唐若颖知道，而真糖糖一直找不到，那她就靠这些细节重新造出一个“糖糖”来，以假乱真应该没什么问题。

齐玉初这两天一直都在林家给林楠针灸，于娜伴随左右，悉心照料林楠。

“齐大师，林楠今天怎么样？”

“他的淤血已经清理得差不多了，气色也有好转。”

“好，谢谢，辛苦齐大师！”

齐玉初离开以后，于娜握起林楠的手：“林楠，住到家里来是不是舒服多了？最近天气可好了，你早点醒来，我们出去走走多好……”

第二天一早，林楠放在床边的手稍微动了动，眉头也轻轻皱起。下一秒，林楠慢慢睁开眼睛，接触到阳光后让他有些不适应，眼睛眯成一条缝，他稍稍偏过头，恰好看到一个身影从门口进来。

站在门口的于娜愣住了，她揉了揉自己的眼睛，连说话声音都在颤抖：“林楠……林楠？你醒了吗？”

于娜激动又欣喜，泪光在眼中闪烁。

“嗯……”林楠轻轻点了点头，他想伸出手，但是现在浑身乏力，手抬不起来，“娜娜，抱歉，我……我让你担心了。”

于娜连忙用手背擦了擦眼泪。

林楠见状忍不住笑起来，这么长时间，他虽然昏迷不醒，但和植物人还是有区别的。他有的时候能听见人说话，只不过没多会儿意识又陷入混沌。他听见于娜说要嫁给他……

林楠看向于娜，招手示意她坐在自己身边，摸索着去握住她的手背，慢慢问道："娜娜……我在昏迷的时候，其实听见你说话了。你说如果我醒过来，你就嫁给我，是真的吗？"

于娜愣了一下，她没有想到林楠会听见这句话，顿觉有些尴尬："我……我只是随口说说的，谁说非要嫁给你了？"

虽然她这么说，但林楠一点儿都不生气，他能看出来她说的哪句是真话，哪句是假话。

"娜娜，我很开心。等我好了之后，一定要给你一个完美婚礼，让你成为全世界最幸福的女人——你想要一个什么形式的婚礼？"

于娜还有些不适应，虽然她已经决定嫁给林楠，但是对林楠的感情是爱、感激还是愧疚，她还需要时间想清楚。

"你先好好休息吧，等你完全好了，我们再说这件事。我这就叫齐大师过来看看。"

林楠轻轻点点头，来日方长。

林母刚走到门口就听见里面有说话声，她推门进来，刚好看到林楠跟于娜说话，手里的汤碗差一点掉到了地上。

"楠楠？你醒了？你终于醒了！"林母快步走到病床跟前。

林楠转头看向林母，正对上林母的双眼："妈，我醒了。"

林母悬着的一颗心终于放了下来，她抑制不住地痛哭起来："你啊，你这个傻孩子啊……可吓死我们了。"林母哭了好半天才平复下来，"好好好，没事，醒了就好，醒了就好。"

于母听闻消息也赶到了林家，她虽然不满林母，但是对林楠这个小伙子还是非常喜欢的。

"林楠，林楠你终于醒了？这可太好了！你都不知道，娜娜为了你担心死了，忙前忙后的……"

"阿姨，我知道，这些日子让娜娜和你们担心受累了。"林楠说这话的时候，忍不住去看于娜，目光中满是温柔。

于母一看林楠这样，心里就有谱了，脸上忍不住带了几分笑意。

林楠清醒过来之后，就连林母对于娜的态度也有所缓和。

齐玉初这天照例给林楠针灸，完毕后脸上露出了轻松的笑容。

林楠见状说道：“这段时间辛苦齐大师了，我这心里真是过意不去。”

“你俩以后啊，就少折腾自己。”齐玉初一针见血地说。

于娜和林楠对视一眼，都很有默契地点点头。

于母自从看到林楠苏醒后，觉得老住在酒店也不是个事，虽然于父前两天才赶到A市，两人还是商量着打算收拾收拾东西，过两天就回家了。于母正收拾行李，突然门铃响起。

于父走过去打开房门，原来是林父。

“林楠爸爸。”于母一边站起来，一边冲着林父微笑道，“林先生怎么来啦？林楠这两天好点了吗？哦，对了，这是于娜她爸。”

“你好你好，我是林楠的父亲。”林父笑着同于父握手。

“你好，进来坐，进来坐。”于父微笑点头。

“是这样的，我听娜娜说你们住这儿，今天没事先打招呼就过来了，实在打扰。现在楠楠也醒过来了，我想着请两位到我家来吃顿饭，商量一下两个孩子的婚事。”

于父内心也是愿意的。

“是这样啊，好。”于母虽然不大情愿见林母，但婚姻大事，双方父母确实需要碰个头，在看到于父的眼神之后，她点了点头。

林父笑着说：“如果二位今天没别的事的话，不如我们现在就去我家？楠楠说他之前跟娜娜去过你们家，他也很想念你们。”

于父和于母不顾林父劝阻，匆匆忙忙买了些东西，才一起到了林家。

于娜看见自己的爸妈，也是打心眼里高兴。林楠已经能缓慢地下楼了，他跟于父于母笑着打招呼：“叔叔阿姨，你们可终于来了！你们这几天累不累啊，还习惯吗？”

“挺好的。小林啊，你刚醒了没多久，一定要好好养身体啊。”于父知道林楠是个好孩子，他轻轻拍了拍林楠的肩。

林母看着几人和乐融融的样子，脸色也缓和下来。

吃饭期间，双方父母聊起两人的婚事。

林父开门见山：“其实这次请两位过来，也是想跟你们商量一下孩子的婚事。毕竟现在娜娜的肚子……也等不得。”

于娜垂下眼，动筷子的动作慢了一点，婚是迟早要结的，但她心里怎么有点儿不舒服呢。

“我知道。”于父这个时候也放下筷子，“林楠爸爸，我们老两口只有一个要求。”于父抬眼，“只要林楠和你们对娜娜好，只要他们好好过日子就行了。同一屋檐下嘛，难免磕磕碰碰，我们做家长的都是过来人，也应该多理解包容小两口啊。”

林母脸色微沉，人家是故意点她呢。

“理解理解，谁家的孩子谁心疼。我知道娜娜是个好孩子，这段时间她为了楠楠没少东奔西跑。您放心，娜娜嫁过来之后我们不会让她受委屈的。”

“那就好。”

巴黎。

距离服装设计大赛还有几天时间，舒情这段时间大多在酒店待着画图，霍云城陪着她，在一旁处理公司事务。

“舒情，明天我带你去见一个人吧。”

“谁？”舒情边说边往冰箱里放东西。

“是我的一个朋友，算是贵族，人不错，谈吐也好，明天我带你见见他。”

“好。”

第二天中午，霍云城如约带舒情出门，开车行驶到巴黎富人区的一栋别墅。

大门打开，舒情跟着霍云城走进客厅，这儿跟她想象中的古典风格的装潢完全不一样，相反，配色是简单的黑白灰，有许多温馨精致的软装点缀，让整个空间看起来低调、奢华而明快。

“城，我们又见面了。”从二楼走下来一个休闲装扮的男子，看起来五十岁上下，身材保持得很好。

他张开双臂给了霍云城一个大大的拥抱，两人松开之后，男子看到站在霍云城旁边的舒情，眼中浮现出好奇的神色，调笑着问：“城，这位美丽的小姐是谁？上次你来找我的时候，身边可没有这么美丽的姑娘。”

舒情垂下眼，不好意思地笑了笑。

霍云城听见他这么夸舒情，丝毫不掩饰脸上的骄傲，牵起了舒情的手：“她是我的未婚妻，舒情。”说着，霍云城又向舒情介绍：“这是我跟你说的我在法国的好朋友，戴高乐。”

舒情点了点头，跟戴高乐互相道过好之后，三人坐在沙发上聊天。不一会儿，房门突然打开，一个时尚明媚的少女跑了进来。

“爸爸——”少女兴致勃勃地刚开口，就看见客厅里除了戴高乐还坐了两个人，而看到舒情的那一刻，少女明显愣住了，不过很快又惊喜起来，“舒情！我们好久没见啦，你怎么来了？”

“你们认识吗？”戴高乐看见女儿喊出舒情的名字，有些惊讶。

舒情看见少女的时候也很惊喜：“是你啊！好久不见！”

霍云城疑惑地看向戴高乐：“这位是？”

戴高乐笑道：“这是我女儿，米歇尔。”

舒情解释道：“以前开工作室的时候，跟米歇尔见过一两次，很聊得来，我们是朋友。”

米歇尔跑到舒情跟前刚想说些什么，却被坐在舒情身边的霍云城吸引了目光，她保证，她从来没见过这么好看的男人，不管是在巴黎还是在中国，霍云城都是独一无二。她甚至感觉自己的心跳漏了一拍，耳朵也有点发烫。

“舒情，这是你的朋友吗？”米歇尔对霍云城笑了笑，目光自他脸上挪开，试探着问道。

舒情摇了摇头：“他是我未婚夫，叫霍云城。”

未婚夫啊……米歇尔愣了一瞬，没想到霍云城竟然跟舒情是一对。出于少女的心思，她有那么一点不舒服，刚对霍云城燃起来的兴趣就被浇灭了，小孩子脾气占了上风，她转过头跟戴高乐说说：“爸爸，我从外面回来，有点累，想先上楼歇一会儿。”

看见戴高乐点头，她便上了楼。舒情若有所思地看着米歇尔，很快又把目光收回。

戴高乐没觉出什么，几人聊了一会儿，很快到了黄昏时分，戴高乐看了看墙上挂着的时钟，问道：“城，你是头一次带女朋友来找我，请留下来一起晚宴，怎么样？”

“啊……家里准备了吃的，而且我也有点累，还是先回去吧。”舒情回忆起刚才米歇尔的眼神，还是礼貌地回绝了戴高乐的邀请。

霍云城疑惑地看向她："怎么了？哪里不舒服？"

"没事，"舒情摇了摇头，"就是有点困了，我又惦记着设计稿。"

回去的路上，霍云城一边开车一边看了舒情几眼，关心道："你怎么了？怎么从米歇尔回来之后，你就变得奇奇怪怪的，有什么事吗？"

"没什么啦！"舒情摇了摇头，她觉得自己有点多疑了。

回到家之后，霍云城看着她的样子，揽住她的肩膀，微笑着说："好了，现在总能告诉我你为什么不开心了吧？"

"我就是觉得……"舒情斟酌了一下，把水杯放在桌上，看着霍云城的双眼，"我不大喜欢米歇尔盯着你看，我觉得她可能看上你了。"

"嗯？"霍云城从没把注意力放在米歇尔身上，"你从哪里看出来她喜欢我的？"

舒情很想回答，是女人的直觉。

"不管是不是，你老实告诉我，你喜欢她吗，这么一个可爱的少女？"

舒情一向是冷静的，在霍云城面前都鲜有小女人的一面，此刻霍云城愣了片刻，不由得哑然失笑，眼里盛满了温柔："想什么呢。"他在舒情鼻尖刮了一下，"我哪有时间去看别的女人，今天带去你见戴高乐，是因为他对艺术很有研究，审美品位很不错，我想你们交流一下，或许对你的设计方案有助益。"

舒情从霍云城怀里挣脱开来，嗔怪道："行吧，姑且相信你，我还以为你是借着机会去见米歇尔的。"

霍云城笑起来，举起双手说道："我真是冤枉啊，我今天可是第一次见到米歇尔。说实话，我哪儿还记得米歇尔长什么样子。我保证，绝对不跟她有联络，行吗？"

霍云城内心还挺乐意舒情因为他吃醋的，这说明她在意他啊。

舒情被他逗得笑出声来。

第二天一大早舒情就起来了，收拾妥当，看起来是准备出门的样子。霍云城很惊讶："你怎么起得这么早，不多睡会儿吗？"

"不了。"舒情耸了耸肩，"我好久没到当初我和于娜一起开的那家设计工作室去看看了，也不知道现在什么样。那里有比较专业的设计资料，我想过去研究一下。你就在家，等我回来。"

霍云城点了点头。

舒情到Leo工作室的时候颇为感慨，这是以前于娜和她一起开的，还用了她的英文名字Leo来命名。后来，于娜到A市之后，这里就暂时交给别人来打理，不知道现在会是什么样。

舒情到了工作室门口，礼貌地敲了敲门。

一个正在埋头作画的金发女孩转过头来，认出是舒情时顿时露出了惊喜的笑容，连忙跑过去给了舒情一个法式拥抱："舒情，你终于回来了，我好想你啊！"

女孩的脸上有点小雀斑，笑起来的时候眼睛弯弯的，跟月牙儿一样，十分讨喜。

舒情也笑了，回抱了抱女孩："卡米尔，你怎么还跟小孩子一样，这让我很难放心把设计室交给你打理哦。"

卡米尔是于娜的助理，一直对设计情有独钟，人也很勤奋聪明。听见舒情这么说，卡米尔皱起了眉，老大不高兴的样子："哪有，自从你和于娜离开之后，工作室一直都是我在管，我还招进来两个很不错的设计师呢！还有，你什么时候回来的，这次不走了吧？"

卡米尔一高兴就说个不停。舒情跟她很熟悉，也很喜欢这个姑娘，她笑道："我这次回来是参加服装设计大赛的，想着好久没过来了就来看看，过几天就要回中国了，这里还是要拜托给你了。"

"啊……"卡米尔一听这话就耷拉下来眉眼，"这么快要走啊，我以为你这次回来就是来继续当工作室里的顶梁柱呢。你和于娜离开之后，我和珊妮她们都很想你。"

"我也很想你们啊……不过话说回来，你真的跟以前很不一样了。"舒情看着卡米尔，脸上露出赞许的神色。

卡米尔笑了起来，故作正经地拍了拍胸膛："叫……嗯，士别三日，当刮目相待嘛。"

看来中文也精进不少，舒情笑了。

工作室的员工三三两两地来上班了，看到舒情都很是惊喜，舒情极有耐心地一一回答他们的问题。

卡米尔好不容易逮到空当，又问道："对了，你不是说参加设计大赛吗？设计方案都弄好了吗？"

"啊……"舒情若有所思地说，"设计稿已经做好了，也修改了好几遍，但我这次回来是想看看工作室里有没有什么好的材料和图纸能让我找找细节上的新东西，至于成衣嘛……这几天当然能做出来，就是要经常过来打扰你们啦。”

“说什么打扰，这本来就是你和娜姐的工作室嘛，说起来你们才是老板，有什么需要我们做的随时吩咐。”

“嗯，谢谢你们。对了，卡米尔，到时候我把成衣设计好，你帮我拿去参赛组，时间的话我明天告诉你，否则怕你忘记了。”

卡米尔笑眯眯地打了个响指：“OK，你就放心交给我吧，以前都是我带衣服去参加各种比赛的，这种事我一定忘不了。”

舒情点了点头，笑着向周围的同事说：“那大家各自去忙吧。”

直到下午，舒情才查完资料准备回家。刚刚走出工作室的门，却看见了一个熟悉的人影——安娜。

她怎么会出现在这里？舒情皱了皱眉，却在安娜看过来的一瞬间恢复了常态。

安娜特意等在这里，看到舒情出来的时候，她装作眼中满是惊喜：“好巧啊，我们又见面了。”

舒情笑了笑：“是啊，好巧啊，你怎么会在这里？”舒情心想，吴清冉真够会演的。

“哦，我把工作辞了，想着出国旅游散心。对了，我听说这家设计工作室的服装品质很不错，慕名而来，想请这里的设计师给我定制一身礼服。”吴清冉歪了歪头，“对了，你在这里做什么？”

舒情不知道吴清冉肚子里揣着什么坏水，不过她不想打草惊蛇：“哦，我是过来找一个朋友的，她在这里当实习生，我闲着没事儿过来看看她。”

“这样啊……”吴清冉若有所思地点了点头，“你看，我们几次都那么巧地碰到了，一会儿一起去吃个午饭吧？我请客。”

“不了，”舒情摇了摇头，“我还有点别的事情要办，挺急的，不如我们下次再约吧。”

“这样啊，好。”吴清冉很遗憾似的点了点头。

看到舒情转身离去，她嘴角露出了一抹笑意，走进了Leo工作室。

舒情其实并没有走远，她慢慢转过身，刚好看见吴清冉走进了工作室的大门。她拿出手机，给卡米尔发了一条信息：“这个进来的女人，如果要找你定制礼服的话，你要帮我盯好她，但是不要让她发现，明白了吗？”

卡米尔看到了舒情的短信，抬头就看到了吴清冉。

“你好，我想定制一件礼服，请问可以咨询一下吗？”

“收到！”卡米尔迅速给舒情回复了过去，心里有了谱，站起身礼貌地说，“你好，这位小姐，我是这家工作室的负责人，有什么事你跟我说就好了。”

“你好，我叫安娜。”吴清冉礼节性地跟卡米尔握了握手，“我想要定制一件礼服，风格嘛，最好不好太性感，因为是一个比较正统的宴会，想要红色的，最好有一些别出心裁的细节设计，不知道可以吗？”

“啊……可以，但因为是手工制作，所以工期会稍稍有点长，而且要先交百分之五十的定金。”

吴清冉很爽快：“好，没问题，我之前就听说你们工作室的礼服很棒，这次专门过来看看。”

“您要是同意，咱们可以先签合约，我再和您详细沟通细节，出方案。”卡米尔微笑着说。

“好。”

从Leo工作室出来以后，吴清冉拨通了苏珊的电话，二十分钟之后，两人在苏珊工作室楼下的一家咖啡馆见了面。

“吴小姐这个时候找我，是有什么进展吗？”

吴清冉脸上露出了志在必得的笑容：“我今天去了Leo工作室，看到了舒情，我跟她说我是来定制礼服的，接我单子的那个设计师我也打听清楚了，是Leo工作室目前的负责人，舒情很信任她。我会想办法从她那里拿到舒情比赛的设计稿，保证万无一失。”

“助理吗？”苏珊轻声重复了一下，嘴角轻轻勾起，“吴小姐既然这么有信心，那我就等着你的好消息了，可千万别让我失望。”

“这是当然。”吴清冉露出自信的笑容。

两个女人对视着，彼此心照不宣地停止了这个话题，拿起咖啡杯象征性地抿了一口。

有的事情永远只能在暗处进行，见不得光。

A市。

于娜现在每天的生活就是照顾好自己的身体，还有陪着林楠做复健。于娜想清楚了，既然决定嫁给林楠，那两个人只保持现在的关系是不行的，这样下去迟早会出问题，还是要尽早建立感情基础。

在家休养了大半个月后，林楠的身体终于逐渐松快起来，虽然他现在还不能回到剧组完成大量重头戏，但已经在家练习剧本和台词了。这段时间他也在酝酿着一个计划。

“娜娜，我的药用完了，你能不能去医院帮我开一些啊？”林楠出院之后，还要定时服用一些药片来稳定内脏功能。

于娜不疑有他：“好，我刚好约了产检，一道帮你取药。”

林楠眼看着于娜出了门，就兴致勃勃地跑进衣帽间，拿出自己偷偷准备好的东西开始布置。

过了半个小时，林楠又给于娜打了个电话：“娜娜，等会儿你回来的时候，能不能去买两盒杧果布丁和一块低糖黑森林啊，我想吃甜食。”

“好，不过现在我在医院取药，蛋糕店在城西，可能我回去要晚点了，你饿不饿，能等吗？”

“可以可以，你慢慢来，我不急的！”林楠眉飞色舞，连声答应，这样他就有充足的时间了。

于娜取完药，买了甜品，又去商场置办了一些备产的物品，回到家里已经是晚上七点多了。现在家里只有她和林楠两个人，林父好不容易说通了林母，为了让两个孩子培养感情，老两口就先回老家去住了。

“我回来了。”于娜打开门，屋子里昏暗一片，她发现餐桌上摆了两支蜡烛，还有两个酒杯，桌角还放着一只玻璃插花瓶，里面是一束栀子花，远远地就能闻到栀子花的馥郁香气。

林楠正在厨房里忙活，听见声音的时候，连忙关火收汁，端着煎好的牛排放到餐桌上，对于娜说：“你回来了，快洗手吃饭吧。”

于娜抬起头问道：“你这……干什么呢？今天是什么日子啊？”

林楠笑了笑，为她拉开椅子：“从我入院到回家，你一直在照顾我，太辛苦了，还怀着孩子，所以今天我想给你做顿饭，快尝尝我煎的牛排怎么样？”他边说边把一盘已经切好的牛排递给于娜。

于娜心里泛起一股暖意，她知道林楠是个细心的男人，而且自己对他……确实是有好感的。

于娜嚼了一口牛排：“嗯，好吃。你弄了这么多东西，一定很累吧？”她又喝了一口奶油蘑菇汤。

林楠摇了摇头：“不辛苦，娜娜，我知道这段时间你受了很多委屈……

不过你放心，以后只要有我在，就不会让你吃苦的。”

“你……”于娜迟疑了一下，放下筷子面对林楠，犹豫着想说些什么。

还未等她开口，林楠突然站起身来，笑着对她说：“娜娜你等我一下，我马上就回来！”

于娜不明所以地看他跑进了书房，不一会儿，林楠捧着一大束香槟玫瑰走了出来，花束中间还稳稳当当地放着一个戒指盒。

于娜愣住了，心突然跳得好快，怦怦怦，在她听来如同擂鼓一般。

林楠捧着花束走到她面前，单膝跪地，顺势将戒指盒打开：“娜娜，我想一辈子和你在一起，能不能给我一个机会，让我好好照顾你跟孩子？嫁给我好吗？”

于娜站在原地，目光落在那一大束玫瑰和戒指盒上，最后抬眼定格在了林楠脸上。这个男人对她是真心实意的，她知道，他和吴天合最大的不同是，他从来没有放弃过她，从未放弃过他们这段感情。

于娜想到这里就点了点头，微笑着回答：“好。”

林楠眉眼中都是甜蜜，他迫不及待地把戒指拿出来套在于娜的无名指上，乐呵呵的，跟傻小子一样。他把玫瑰塞给于娜，张开双臂上前两步想要拥抱她，却突然愣住了，明显不知道从哪里下手。于娜忍不住笑了起来，她把玫瑰花放在一边，大大方方抱住了林楠。

林楠趁热打铁，让经纪公司在他微博公布了求婚成功的消息，还艾特了于娜的社交账号。

这个消息一公布，短短三个小时之内就冲上了热搜榜一。一时间，林楠和于娜的微博底下都是粉丝的评论，虽然有一部分抗议和不喜欢于娜的人，不过送祝福的声音还是居多。

吴天合回到山区支教，宿舍里给老师们配备的电视机正在播放林楠和于娜的婚讯。

吴天合一动不动地盯着电视屏幕上于娜的照片，心里突然酸极了。他到底还是没能娶到自己喜欢的女人啊……

第九章
据理力争

“娜娜啊，你不要紧张，做产检就是要放松点。”于娜已经有三四个月的身孕了，于母很担心她在林家吃不好、睡不香，便搬过来陪她，今天陪着于娜来做产检。

“妈，我还是有点不放心……”于娜右手抚上小腹，一脸担心地对于母说，她从早上就开始不踏实，倒不是害怕产检，就总觉得会出点什么事。

她现在在林家吃得好睡得好，人也比之前丰满了一点，林母也接纳了她，林楠对她更是温柔呵护，体贴备至。

于母笑呵呵地说：“能有什么事，就是检查一下，等会儿我们就回去了。”

于娜点了点头，强行把心里的不安感压了下去。

不远处有一个女孩压低了鸭舌帽朝她们走过来，但是母女俩明显都没有注意到女孩。女孩的眼睛紧紧地盯着于娜，眼中满是嫉恨。在于娜母女迎面走过来的时候，女孩在心中计算着距离……

就是现在！

“就是你！”女孩突然抬起头，冲着于娜破口大骂起来，鸭舌帽下露出一张年轻稚嫩的脸庞，看起来不过二十多岁，眼睛瞪得溜圆，“大婶，你也不看看自己多大年纪了，老牛吃嫩草，以为什么人都是你能勾搭得上的吗？”

于娜和于母都被这个小姑娘吓了一跳。于娜下意识地往后退了一步，脸上闪过不解，疑惑地反问了一句：“你是谁啊？”

于母皱了皱眉，斥道：“小姑娘年纪不大嘴巴毒得很啊，小小年纪要知道尊重人，我女儿怎么你了你就在这里骂她？”

“真不知道你到底用了什么办法让林男神对你死心塌地的，如果不是你，他也不会出车祸，不会耽误拍戏进度，你知道最近他的热度降得有多快吗？”女孩似乎越说越气，还伸出手来越过于母狠狠推了于娜一下，“你离他远点吧！”

于娜听明白了，这女孩应该是林楠的粉丝。但她没留神女孩会出手，被猛地一推下意识后退了几步，脚踝却崴到，直接跌倒在地上，压到了肚子。

腹部传来一阵疼痛，于娜顿时脸色煞白，额头上也沁出了细密的汗珠。

“孩子，我的孩子……”于母吓了一跳，跑过去想要扶起于娜，不经意一瞥却看见于娜身下有血渍渗出。顿时大惊失色，连忙叫住路过的医生，“大夫，大夫！快救救我女儿，救救我女儿，她还怀着孕呢！”

医生看到这种情况，赶紧和几个护士抬了担架出来，把于娜抬起来送往产科。

那个女孩也吓了一跳，她没想要于娜出事，只是刚好在医院撞见了，气不过来骂两句。她脸色苍白，神情慌张，下意识地想跑，却被于母死死拽住：“你这个小姑娘到底还有没有家教！我女儿怀孕好几个月了，如果她出什么意外的话，我就去报案！”

女孩听见这话，顿时要被吓哭了，眼眶红了起来。这里的动静闹得特别大，医院的保安闻讯赶来，把那个女孩带走了。

于母在产室外独自等待简直坐立不安，担心孩子，更担心于娜。想到林楠，赶紧给他打了电话：“喂，楠楠，你忙不忙啊，赶紧来医院一趟，娜娜……娜娜刚才被一个小姑娘骂了，那个姑娘还推了她一下，现在娜娜的孩子都不知道能不能保住，你赶紧过来……”

林楠刚复工不久，一听于娜出事，立刻着急起来，什么都顾不上了，简单跟导演说了两句，就马不停蹄地赶去医院。

在产室外面看到了于母，他立马跑过去：“阿姨，娜娜现在怎么样了？”

“林楠，林楠……”于母紧张得连手都在抖，“你可算来了，娜娜已经进去两个多小时了，我……我也不知道她现在怎么样啊，大夫也一直没出来过，你说这孩子……”

于母越说越语无伦次。林楠心里虽然着急，但还晓得要先安抚好长辈，等到于母的情绪平复下来，林楠才开口问道：“阿姨，到底是怎么回事啊，你上午跟娜娜来医院的时候不是还好好的吗？我还问过她。”

于母跟林楠说清楚来龙去脉，林楠不由得皱紧了眉头，沉沉呼出一口气，心里也有点憋闷，他没想到粉丝竟然会这样。

林楠慢慢攥上了拳，好半天才说：“阿姨，放心吧，这件事交给我来处理。咱们现在还是先等大夫出来，问问娜娜的情况吧。”

于母点了点头。

两个人又等了会儿，大夫才从里面出来。

“大夫，我女儿怎么样啊，有没有事？”

医生如释重负般松了一口气，跟于母说道：“还好送来得及时，不然啊，胎儿不一定保得住。大人和孩子现在没事了，但是之后需要静养，不能再磕磕撞撞了啊。”

“好，好，谢谢大夫，谢谢大夫……”于母听见于娜和孩子没事，一颗心总算是放回了肚子里，连连鞠躬点头。

不一会儿于娜就被推了出来，脸色依然苍白，紧闭着双眼，看得林楠一脸心疼。

于娜被送到了普通病房中，林楠看着于母的精神也不是很好，便劝她说道：“阿姨，您先回去休息吧，娜娜这边我来盯着。您放心，我跟导演他们都说过了，没事的。”

于母点了点头：“那好吧，楠楠啊，这儿就辛苦你了……对了，不会再发生刚才那种事情了吧？”

看见于母担心的样子，林楠心中又是一阵自责，摇了摇头说：“放心，那种事情绝对不会再发生了。”

林楠坐在于娜病床边，心疼地握住她垂在床边的手。想到于娜刚才经历的一切，林楠心里怪不是滋味的，他站起身来走远了一些，拿出手机拨打了助理的电话：“喂，我在医院，告诉导演，我等一会儿回去……对，娜娜刚才被一个粉丝推了一把，跌了一下，孩子差点没保住。我需要你帮我发一个声明……对，好的，我等会儿把我要说的话发给你，你让团队帮我修饰一下发上去就可以了。”

林楠挂了电话，回头看向依旧昏睡着的于娜，叹了一口气。是他让娜娜吃了这么多苦，以后他一定会加倍补偿她。

助理的行动很迅速，大概一个小时之后，林楠就看到了工作室发的微博，他的个人微博也转发了声明：“我之前出车祸完全是因为精神松懈，与我身边的人和家人无关，希望爱我的你们以后可以理智追星，好好生活，先顾好自己，再关心他人。”

这番话的语气客气而强硬，但是现在林楠顾不上那么多了，他不容许有人伤害自己最爱的人。

很快，这条微博下面有了几千条评论，粉丝都表示理解，并且呼吁其他粉丝不要去打扰林楠的私生活。

下午三四点钟于娜才醒过来，林楠看见后上前关切地问道：“娜娜，怎么样，身体还有没有哪里不舒服？”

于娜缓了缓，手覆上了小腹：“我的孩子有没有事？”

林楠笑了笑，安抚道：“放心吧，孩子没事。娜娜，都怪我没有保护好你，你放心，我已经让助理发了公告，像今天这样的事情，以后再也不会发生了。”

于娜心中有些不是滋味，她也知道今天的事不应该怪林楠，毕竟他是个明星，他能为了她做到这个分儿上，她心里也是感动的，但此刻她心中充满了无力感：“没事……她们也是关注你，只要孩子没事，我没关系。”

林楠紧了紧攥着她的手：“谁都不能伤害我爱的人，我的家人。”

于娜不自觉地露出了笑容，把脸靠在林楠的胸膛上。

一转眼，《新霸王别姬》的拍摄也要进入尾声了，沈俊言和刘小宁之间的默契越来越高。舒情去了巴黎的这段时间，有的时候沈俊言因为想她难免会心不在焉。

今天拍摄的是重头戏之一，需要男主角吊威亚。沈俊言身上绑好了威亚，机器慢慢吊高，他升了上去。刘小宁担心地看着沈俊言，拍这种相对来说危险的戏份时，她总怕沈俊言会出什么意外。

真是担心什么来什么，刘小宁看见沈俊言一时分神，动作没达到标准，还直接从威亚上掉了下来。其他人还没来得及反应过来的时候，离得最近的刘小宁已经冲了过去，喊道：“沈老师——”

导演这个时候急忙叫人跑过去，但还是迟了一步，关键时刻，刘小宁本能地伸出胳膊，用身体接住了沈俊言。

虽然有威亚的缓冲，但刘小宁仍然疼得皱紧了眉头，她甚至能听见自己骨头裂开的声音。沈俊言反应过来之后，一下就从海绵垫上起来，担心又愧疚地查看她的情况。

刘小宁额头上都是汗，疼得动都动不了。工作人员连忙过来看护她，在救护车来了之后，大家把刘小宁抬上担架送往医院。沈俊言担心刘小宁的伤势，也跟去了医院。

医生查看了刘小宁的检查结果，对她说道："中度骨裂，少说也要休息三五个月。还得静养，不能干重活儿。现在的年轻人哟，怎么搞的……你先住院吧，观察几天。"

刘小宁生怕沈俊言听见了会愧疚，连忙说了一句："是我自己不小心，拍戏的时候伤到了胳膊。您的话我记住了，不过大概需要住多长时间的院啊？我还有几场戏……"

"你现在都这样了，就先别惦记拍戏了，你需要在医院住多久，得看你的胳膊恢复得怎样，不然出院之后再复发，谁来负责？"医生叹了一口气，"还有，你伤的是右手，打上石膏之后不方便自理，最好还是请人照顾你比较好。"

病房。

刘小宁右手悬在胸前，一动都不能动。沈俊言给她床头插上刚订购送来的鲜花，刘小宁靠在床头，不好意思地看向沈俊言："对不起啊，沈老师……麻烦你了。"

"小宁，你这话就太客气了。"沈俊言满怀歉意地说，"要不是你刚才豁出去救我，现在躺在这里的就是我。我趁你刚才打石膏时也去做了个检查，什么事都没有。所以，谢谢你，你不用跟我客气。"

刘小宁笑了笑："对了……沈老师，我没什么事了，你别在这里耽误时间了，还有戏要拍呢。"

沈俊言说："不要紧，今天我就在这里陪你，一会儿想吃什么，我来订。"

刘小宁缓缓垂下眼，摇了摇头，放在被子上的拇指都不自觉地抠紧了。她本来打算一辈子都不说出来的……但是，面对如此温柔体贴的沈俊言，突然就很想要说出来，这大概也是她面对沈俊言唯一一次勇敢了。

"沈老师……"

"嗯？"沈俊言笑了笑，"怎么了？"

刘小宁心里紧张到了极点，她知道自己有的话不该说，但是现在不说，可能这辈子都没有机会了。最终，冲动战胜了理智。

刘小宁咽了咽口水："沈……沈老师……我其实，很喜欢你。我也知道你喜欢舒情姐，但我还是想……想把心里的话告诉你。"

这番话让沈俊言愣住了，他看向刘小宁，却从她眼中看到一片认真。沈俊言有些不知所措，他从来只把刘小宁当成一个需要照顾的晚辈，仅此而已。

沈俊言斟酌着开了口："小宁，在我心里，我们是很好的合作伙伴，也是朋友。我可以帮你提升专业上的不足，也可以帮你争取更多的机会和资源，这样不好吗？"

沈俊言虽然没有明说，但这番话里的拒绝意味已经足够明显，刘小宁每听一句话，心就往下沉了一分。她眼中难掩失落，最后也沉默着点了点头，轻声说："好，我知道了。"

沈俊言想说些什么来缓和气氛，但话到嘴边却发现自己不知道该说些什么。他找了个借口："小宁，时间不早了，我要回剧组跟导演碰一下情况，就……就先走了。我给你订好吃的，你吃完早点休息。我的助理留在这儿陪你，有什么需要都可以跟她说，我明天再来看你。"

这个理由很恰当。

沈俊言站起身来走出病房，没有再看刘小宁一眼。刘小宁看着紧闭的房门，眼神黯然。

徐婉儿这段时间一直关注着舒情和霍云城的动向，知道两个人一起去了巴黎。她之前请的律师也一直在动作，终于给唐若颖争取到了取保候审。

这天，徐婉儿接唐若颖出狱。

车子启动，窗外的路灯缓缓后移。唐若颖看着窗外的景色，忽然有一种重获新生的感觉，但是徐婉儿接下来要带她去哪儿，她却是一无所知。

"我们要去哪里啊？"

"到了你就知道了。"

半个小时之后，车停在郊区。唐若颖下了车，被徐婉儿拽着来到了一座别墅里，屋里满是灰尘，一看就是很久没人住过了。

"这是哪里？"唐若颖边看边嫌弃地问道。

徐婉儿抱臂看向她："我已经遵守承诺帮你出来了，你现在也应该告诉我，当年云城跟那个糖糖被绑架的细节了。你得知道，我不是做慈善的。”

唐若颖听见这话瞳孔紧缩，如果她不告诉徐婉儿关于霍云城和糖糖的事，她今天是不是就会不明不白地交待在这里？

想到这里，她深吸一口气：“好，我都跟你说。不过我不想再留在A市了，我要到安全的地方去，你想办法把我送出去吧。”

还跟她谈条件？徐婉儿眯了眯眼，考虑过后轻轻一点头：“好，我可以让你安然无恙地离开A市。”然而下一秒，她的声音变得阴森森的，“不过我劝你最好不要跟我耍什么花招，如果你骗我，你应该知道是什么后果。”

唐若颖点了点头，脑海中组织了一下话语，这才开始对徐婉儿讲述当年霍云城和糖糖被绑架的细节。

“……就是这样。”正当徐婉儿想再往下听的时候，唐若颖却突然停住了，摆明了留了一手不肯再说的样子，“先告诉你这么多，等我安全地出去了，再把剩下一半事情告诉你，我保证。”

徐婉儿愣了一下，厌恶地瞥了一眼唐若颖，然后拉开提包拉链，从里面的钱夹里拿出来一张卡：“这张卡里的钱足够你最近的开销，不过如果让我知道你骗我，我就可以把你再送进去，懂吗？”

唐若颖现在什么都不在乎了，反正她也不想让霍云城和舒情的日子好过。从徐婉儿手中抽过那张卡堂而皇之地放进口袋里，她说：“徐小姐放心，等我安全地出去了，一定会告诉你所有事情的，你等着我电话就好了。”

……

几日之后，徐婉儿接到了一个陌生的电话，里面传来了唐若颖的声音：“徐小姐，别来无恙。”

“看样子你都安顿好了。”徐婉儿漫不经心地拨弄着发梢。

听筒里面传来女人絮絮的说话声，徐婉儿默不作声地听着，却在电话挂断之后，眼中露出一丝轻不可察的笑意。

舒情，接下来有你好看的。

舒情这几天在巴黎完善了设计稿，就等着大赛开始。她难得放松一下，这天正准备和霍云城好好逛逛。两人走在大街上，霍云城接到了林岩峰的电话。

“怎么了？”霍云城接起后问道。

林岩峰的声音在听筒另一端急切地响起：“霍总，我今天听说唐若颖被取保候审了。”

“什么？！”霍云城皱起了眉头，“什么时候的事？”

林岩峰如实回答：“三天之前，并且她人出来后就不见了。”

霍云城的眼神顷刻间变得阴冷起来，冷声吩咐：“立刻派人去找！”

舒情问：“怎么了？是唐若颖的事？”

霍云城点点头：“对，她被取保候审了，并且人不见了。”

舒情也皱了皱眉，不过她很快就冷静下来。唐若颖只是李承阳手上的一枚棋子，现在这枚棋子对李承阳来说已经没用了，所以如果没有其他人帮她，她是出不去的。会是谁呢？

“你先别着急，唐若颖在A市唯一的靠山就是李承阳。不过现在看来，这个帮她的人不可能是李承阳，毕竟唐若颖对他来说没有任何价值了。你不如让林岩峰去问问，最近有谁到监狱探望过唐若颖。”

还有谁会用得上唐若颖呢？费尽周折和心机帮她又是什么目的？

霍云城觉得舒情说得有道理，但现在她最重要的是参加设计大赛，他并不想让舒情因为这些事情烦心。

霍云城安抚地摸了摸舒情的头：“好了，你不用为这些小事操心。我已经让林岩峰去找唐若颖了，你现在的首要任务就是把精神养足，好好参加设计大赛，给我拿奖回来！”

舒情忍不住笑了起来，抱住霍云城的腰轻轻说了一句：“好了好了，我知道了，你不用担心我。”

霍云城很受用舒情这种撒娇的口吻，原本有些急躁的心情也逐渐好转。他轻轻抬起舒情的下巴，蜻蜓点水般在她唇上吻了一下，然后捏了捏她的脸颊：“我不担心你担心谁？那些烦心的事情就交给我，你专心奔你的事业就行了。”

舒情稍稍垂眼，点了点头。

霍云城看着她，到底情难自控吻了上去。

这是在巴黎，法国人崇尚浪漫，他们可以这样肆无忌惮，不用在意别人的目光在大街上热吻。

正当两人缠绵的时候，舒情的手机突然响了起来。舒情看了看号码，又看了霍云城一眼："是米歇尔。"

"你接吧。"霍云城耸了耸肩，他总觉得舒情意有所指。

舒情按了接听键："米歇尔？"

"啊，舒情。"女孩甜美活泼的声音响了起来，"是这样的，明天是我的生日，爸爸要为我举办一个生日晚宴，我想问问，你和云城有时间吗？不如一起来参加吧，我们好久没见了，刚好爸爸也说想云城了。"

米歇尔对霍云城直呼其名，或许是因为法国人天性热情，但舒情心里难免有点不舒服。她刚想开口拒绝，就听见米歇尔说道："你没说话，我可就当你同意了，明天晚上八点不见不散哦！"

"……好，我们会准时参加的。"舒情无奈地叹了口气。

看她无奈地挂了电话，霍云城疑惑地问："怎么了？"

"米歇尔说明天晚上是她的生日，戴高乐会给她办一个生日晚宴，想让咱们两个一起参加。"舒情瞥了一眼霍云城，心里突然泛起一股酸意，忍不住故意说，"我看小公主醉翁之意不在酒……"

霍云城知道舒情耍起小性子来了，不过他一点不反感，反倒很喜欢舒情这样。他揽住舒情的肩，说道："吃醋啦？放心吧，我一眼都不会多往别的女人身上看。"

"好了好了。"舒情被说中了心事，难免有些不好意思，作势轻轻推了霍云城一下，"谁跟你说这个了，我们快回去吧。"

自从吴清冉找卡米尔定制礼服后，她就三天两头地往Leo工作室跑，还经常跟卡米尔聊天。多亏卡米尔记着舒情的话，对吴清冉并不热情，也不是很亲近。

这天，吴清冉又来了，手里还拎着许多甜品。

"大家辛苦啦！"吴清冉走进工作室，好像跟这里的人都无比熟稔，给每个人分了一份下午茶，"我来看看礼服样板，顺便给你们带了一些好吃的，大家别跟我客气。"

吴清冉每次来的时候都显得很热情，除了卡米尔，也不会有人留意她到底想干什么。

吴清冉把一份下午茶放到卡米尔桌上的时候，卡米尔只是抬起头看了看，对吴清冉笑道："安娜小姐，你不用这么客气的，每次来都带东西，再这么下去，我们工作室这些设计师都要被你惯坏了。"

“没关系嘛。”吴清冉坐在米卡尔旁边的椅子上，“反正我在这里也没什么事，多来你这里走动走动就当长见识了。”

卡米尔听了礼貌地笑了笑。

“对了，之前我就听说Leo是你们工作室里最出名的设计师，也是老板，本来我还想见见她呢，不过怎么我最近过来她都不在啊？”吴清冉装作突然想起般问道。

“Leo很忙的，一年也来不了几天。”卡米尔长出了一口气。

吴清冉皱了皱眉，装作不经意且疑惑地提起：“嗯？可是我听说，最近不是有什么服装设计大赛吗？之前我朋友跟我说起Leo的时候，说她简直是设计界神一样的存在，每年巴黎服装设计大赛都会拿奖，那今年呢？她还会参加吗？”

吴清冉一下子就问到了Leo和设计大赛的事，怎么听怎么像是有备而来。卡米尔手上的笔稍稍停顿了一下，随后装作不在意地说：“我不知道啊，Leo很少回工作室，也不会跟我们说这些事情。”

“哦……”吴清冉若有所思地点了点头，接下来也没有继续问卡米尔什么，只是时不时地看她一眼。

卡米尔留了个心眼，过了一会儿突然说道：“不好意思，我先去趟卫生间。”

说着便起身离开。吴清冉转过头看着她的背影，稍稍眯了眯眼。

卡米尔快步走到卫生间里，打开一个隔间的门躲了进去，拿出手机给舒情发消息：“舒情，你说的那个安娜小姐今天突然问我Leo的事情，还问我Leo会不会去参加设计大赛，说想欣赏一下你的作品。我们接下来应该怎么办？”

舒情跟霍云城回到别墅后就看到了卡米尔发过来的消息，她眼中露出一丝笑意，该来的还是来了，吴清冉怎么就那么沉不住气呢……

“她想知道什么，你就告诉她。你随便发一个我的弃稿给她就好，费了这么多工夫不就是想知道我的设计方案吗？卡米尔，这件事就交给你了。”

卡米尔看着屏幕上的几行字，露出了胸有成竹的笑容，她知道该怎么做了！

卡米尔回到办公室，吴清冉果然还没走，看见卡米尔回来便对她笑了笑。

“不好意思啊。”卡米尔语气轻松，“刚才接到了Leo的电话，她刚好提起确实参加了今年的设计大赛，让我记得到时候带设计图去参赛。哎，Leo真是，每次都临时给我派活儿。”随后还装出一副很烦躁的样子。

吴清冉一听这话就来了精神，眼睛都亮了：“你是说Leo会参加设计大赛吗？”

卡米尔点了点头：“不过确切来说，是我每次都拿着设计图和衣服代她去参加。Leo很忙的，不过我跟你说啊，这次她设计的礼服很好看，我刚刚才看到她发过来的设计图纸，真是太美了！”

卡米尔看了看吴清冉，抿了抿唇突然捂着肚子说：“哎呀，我是不是吃坏肚子了，又想去厕所了……”说完她不好意思地放下手机就跑出门。

吴清冉看着卡米尔跑了出去，往桌上一看，卡米尔的手机正放在桌上，她点了一下屏幕，立马亮了起来，没有锁屏，屏幕上正是一张礼服设计稿。刚才卡米尔说她才收到舒情发过来的设计图纸……应该就是这个了。

吴清冉偷偷地拿出了自己的手机……

别墅。

舒情看了一眼米歇尔发过来的位置信息：“明晚八点的生日晚宴，看起来这个位置应该是在郊区的别墅，我跟她去过一次。”

霍云城沉吟片刻，想着他要是一口答应下来，照舒情现在的脾气肯定还会吃醋，倒不如省去这桩麻烦事，也少给自己惹桃花上身。

“哦，”他点了点头，“明天的晚宴……我不大想去，跟米歇尔小姐也不熟，她是你的朋友，不如还是你自己去吧？”

舒情看了霍云城一会儿，眼中有笑意，她觉得，霍云城大概是知道自己的用意的。

“好，那我晚一点回来，到时候给你打电话。”

为了哄女儿开心，戴高乐把这次生日宴办得无比盛大。

舒情到了戴高乐家郊区的别墅，在她进门的时候，米歇尔的目光明显亮了一下，但看到只有舒情一个人时，表情明显有些失落。

舒情一眼就看穿了米歇尔的眼神，她装作什么也不知道地走到米歇尔面前，把手里的礼品袋递给她：“祝你生日快乐。喏，这是给你的生日礼物。”

米歇尔保持微笑：“谢谢，你送的东西一向都是我很喜欢的。那个……

云城没有来吗？”

舒情笑了笑：“他今天有些事，就不过来了。”

米歇尔的好朋友约瑟夫正想找米歇尔喝一杯，却发现了她身边的舒情，约瑟夫的眼睛一下就直了。他发誓，他从没有见过这么美丽的东方姑娘，并且这位美丽的小姐身边并没有男伴。

约瑟夫想了想，嘴角勾出一丝笑意，拿着香槟信步走了过去：“这位美丽的小姐。”舒情刚转过身，就被约瑟夫叫住，他伸出手，“不知道我有没有这个荣幸，能请你跳一支舞呢？”

“嗯？”舒情指了指自己，略微有些惊讶。不过就是跳支舞而已，应该没什么吧？舒情想了想，这是在法国，自己推拒反倒显得矫情，她点了点头，“好，不过我不大会跳舞，希望不会连累你。”

约瑟夫很绅士地说：“没关系，能跟这么漂亮的女士共舞一曲，是我的荣幸。”

舒情跟着约瑟夫来到大厅中央，随着乐曲的节奏开始，约瑟夫搂着她的腰，注视着她的脸庞夸赞道：“真没想到你人这么美，舞跳得也这么好，你刚才真是谦虚了。”

“过奖了，谢谢。”舒情笑了笑。

只是她没想到的是，有国内来的记者在场正好看见了这一幕，便拍了下来，并且立马编辑成短小精悍的营销稿发到了网上，没一会儿便上了国内热搜。

霍云城在家里等舒情回来，顺便刷一刷手机，就看见了舒情和约瑟夫跳舞的热搜。他脸色沉下来，约瑟夫与舒情跳舞时的亲近以及他含笑看着舒情的表情，都让他很不舒服。

霍云城心里越想越不痛快，索性站起身来穿上外套出门去了。他倒是要看看，哪个男人这么不长眼！

晚宴临近尾声，舒情和约瑟夫早已一曲跳完回到了休息区。约瑟夫一直跟在舒情身后，时不时地和她聊天，舒情虽然心里有些厌烦，但还是礼貌地一一作答。

约瑟夫说：“今天认识你很高兴，能给我留一下你的电话号码或者其他联系方式吗？”

舒情已经走到了门外，她回过头来看着一脸期待的约瑟夫，礼貌地笑了笑，略带歉意地说：“不好意思，其实我这次来法国只是出差，至于联系方式……我不太习惯，就没有这个必要了吧？抱歉。”

约瑟夫见状，还想再说些什么，就听见不远处传来一声——

“舒情！”霍云城快步走了过来。他打老远就看见那个照片上的男人在和舒情说话，心里别提多酸了。

舒情听见声音回过头，看见是霍云城的时候松了口气，看来今晚可以脱身了，不过：“你怎么来了？我不是还没给你打电话吗？”

霍云城哪里有心情跟舒情解释，他走到她跟前，直接把她拉到自己身后，微微侧目，沉声说道：“走，跟我回家。”

舒情心底默叹一口气，算了，这男人看样子又吃醋了，回去再说吧。

约瑟夫也在看着霍云城，心里却很奇怪，这个陌生男人怎么能带舒情走呢？他忍不住出声道：“你不能带她走！”

霍云城停住脚步转过身冷冷地看着他：“你说什么？”

这里的动静很大，自然吸引了晚宴上的一些人。米歇尔恰好送好朋友出来，听见了几人的说话声，她站在台阶上，目不转睛地看着霍云城。他来了，是为舒情来的吗？

约瑟夫开口：“我说，你放开他，是我先认识这位女士的！”

霍云城愣了一下，他伸出手指，用力地点了点约瑟夫的肩膀：“是吗？她是我的女人，是我的未婚妻，我不管你是什么用意，你最好给我离她远一点。”

说完这句话，霍云城抿紧了唇，径直拉着舒情离开了。

约瑟夫惊讶之余心中不免有些失落，他转过身，看见站在门口的米歇尔。米歇尔心里也不是滋味，她一跺脚转身回了别墅。

霍云城走得又快又急，舒情今天穿的是细高跟，险些跟不上他的脚步，只能喊道：“云城，慢点，你慢一点走，我跟不上。”

霍云城心里虽然憋着气，但不忍心舒情受累，脸色没缓和，却还是放慢了脚步。

舒情坐在副驾驶上，她对霍云城的这个反应再熟悉不过：“你怎么突然过来接我了？”

霍云城冷着脸一个字都没有回答，一路上把车开得飞快。两个人刚打开门进屋，霍云城便伸手捧上她的脸，霸道地吻了上去。

舒情好不容易才松开点：“你今天到底怎么了？”

霍云城的情绪得到了一点缓和，他抹了一下唇，沉声说道：“如果我不来，那个男人会对你做什么？你以后不许跟别人跳舞，我看不了他们对你动手动脚的，知道了吗？”

舒情又好气又好笑，不过是跳个舞而已，霍云城是不是小题大做了？

“你能不能别跟小孩子一样，总是吃醋。我跟约瑟夫只是跳个舞而已，真是小气！”舒情哄都懒得哄了，抱怨了一句便走进书房，“我去改设计稿。”

留下霍云城一个人坐在沙发上生闷气。眼看快到十一点，霍云城想了想，走到厨房开火切菜，给舒情做了碗清汤面，轻轻推开书房的门走了进去。

霍云城叹了一口气，把面放在她手边：“好了，别生气了，去参加人家的生日宴会都没怎么好好吃过东西吧。先吃碗清汤面，我可不能让我老婆身体出问题。”

舒情看到这碗面，抬头看向霍云城：“你气消了？”

霍云城稍稍颔首，无奈地说：“你不能怪我，我当然怕他们觊觎我的女人。”

他这样细腻体贴，又好声好气地解释，舒情的气也消了：“云城，你要试着相信我，也要相信你自己。不要继续像今天这样了，我会觉得你在限制我的人身自由。”

舒情头一次把心里的想法说出来，霍云城愣了一下，他承认自己一面对舒情就变得患得患失，完全不是那个雷厉风行的霍云城了。可是对舒情的占有欲，也是出于爱，他很明白自己的心。

“……好，我知道了。”沉吟一会儿，霍云城还是点了点头，他的确不应该给舒情这种感受。

舒情笑了笑，诚恳地握住他的手：“我知道你不喜欢我跟别的男人在一起。以后我也不会让你不开心的，好不好？”

看着舒情温柔而真挚的眼神，霍云城眼底总算有了些许笑意，他揉了揉舒情的头发，十分宠溺的模样：“好了，我知道了，你快吃面吧，不然等会儿就凉了。”

舒情点了点头，低头吃面。

霍云城看了她的电脑屏幕一眼：“你怎么还在改设计稿？不是已经准备妥当，只等着比赛开始了吗？”

舒情一脸的无奈：“吴清冉这几天也到了巴黎，她去 Leo 工作室找卡米尔说要定制礼服，结果却是向卡米尔打听设计大赛的事，应该是想知道我的设计稿。我这几天查清楚了，她在巴黎见过苏珊，她俩应该是合谋了。”

吴清冉？再度听见这个名字，霍云城皱紧眉头，这个女人大难不死就算了，没想到还是对舒情穷追猛打。

他不禁凝眉，语气也不如之前的轻松：“你准备怎么办？”

舒情耸了耸肩，示意他看电脑屏幕：“既然她们想知道设计稿，那我就让卡米尔透露给她们吧。只是我得费时间再改改设计稿了，当然，这也没什么问题，我又有了新的灵感。总之——”舒情稍稍加重了语气，“这次我要她们自食恶果。”

霍云城看向舒情颇为担心地开口：“吴清冉既然能神不知鬼不觉地回来，又来巴黎找你，那就不要小瞧了她，而且我也听说过那个苏珊，你还是要小心一点，保护好自己。”

舒情看着他，安抚性地拍了拍霍云城的手背：“你放心吧，我会小心的，不会让你担心。”

舒情刚刚站起身想往外走，就被霍云城拦腰抱住了。霍云城的下颌垫在她左肩上，手臂环住了她的腰：“舒情……我是认真的，等你忙完这一段时间，我们回国之后就办订婚礼吧，我不想等什么黄道吉日了，我等不及了，我想向众人宣布你即将嫁给我。”

舒情垂眼笑了起来，拍了拍霍云城的手臂，轻声说道：“好了，你先松开我，勒得太紧了。”

霍云城依言松开了手，舒情转过身来帮他整理好衣领，含笑地看着他：“这么着急吗？爷爷那边怎么交代？还有订婚典礼不是也要花时间准备吗，还是你已经准备好了？况且我这边结束回国后和爷爷定的那个时间不是也差不了几天了吗？”

“爷爷那边不用担心。”霍云城还以为是什么事，听舒情说完，他一颗心就放了下来，爷爷的脾气他最清楚不过，“他巴不得我早点把你娶回家，让你再也跑不掉。至于订婚典礼的事情，你不用担心，我会什么都准备好的，一定会给你一个所有人都羡慕的订婚典礼。”

“好了，我相信你，也很期待。”舒情的声音轻轻柔柔的，手抚上霍云城的侧脸。

两人注视着彼此，情不自禁地吻了上去。

吴清冉从那天之后就很少去Leo工作室了，她再次约了苏珊出来。看着坐在对面的苏珊，她低声说："我知道舒情的设计稿是什么样儿了。"

一听见这话，苏珊立马来了精神。

吴清冉把手机里拍的照片打开来给苏珊看，苏珊接过来，仔细看了看，然后笑了起来："你这照片只是设计稿中的一张，一个完整的设计稿还有许多细节图，何况你还是拍的别人手机里的照片吧，不够清晰啊……"苏珊低声对吴清冉说，"你尽快把Leo的完整设计稿拿过来，我来安排人，修改修改再拿去参赛。这样倘若舒情追究起来，反倒是Leo工作室的失误。"

吴清冉点了点头，她又想到了什么："不过……这个人一定不能是我们的人。"

苏珊闻言稍稍停顿，意味深长地看了她一眼，瞬间明白了吴清冉想要做什么，两人露出心照不宣的笑容。

只有内鬼，才能更让人猝不及防。

吴清冉一口答应下来："既然如此，这件事就包在我身上。"

"那我等着吴小姐的好消息，不过——这件事当然是越快越好。"苏珊抿了一口咖啡，眼中满是笑意，她仿佛已经预见到舒情被她踩在脚下的场景。

A市，医院。

一转眼刘小宁住在医院里有五天了，她很心急拍摄的事情，可是伤筋动骨一百天，更何况她是骨裂，没有那么容易好。

沈俊言之后再也没来医院看过她，只派了助理来照顾她，刘小宁心里有些失落，又恨自己沉不住气，沈老师不会被她吓跑了吧？

但今天，她却很意外。

"小宁，"沈俊言抱着一束风铃草拼搭洋牡丹的花束进来，"最近感觉好点了吗？"

刘小宁一听见沈俊言的声音就来了精神，待确定是真人站在面前，脸上不自觉地露出笑容，直起身来说："沈……沈老师，还好，现在已经不怎么疼了，但是医生说还得再在医院住着观察观察。沈老师，你今天怎么过来了，剧组收工了吗？"

刘小宁其实有点尴尬，她不知道自己表白之后，沈俊言会不会对她有什么看法，又或者，他们连朋友都做不成了。

沈俊言也很纠结，甚至想过还要不要来看望刘小宁，但他本来就对刘小宁没有什么特殊想法，更不能让这个误会持续下去。何况，小宁是个好姑娘。

“前段时间忙，今天上午没我的戏，想着好久都没过来了，就买了束花过来。”沈俊言温和地笑笑，坐在病床旁边的椅子上。

刘小宁垂眼轻笑，目光看着指头尖，好半天才说：“谢谢你。沈老师……我还以为你不会来看我了，前几天的事，我——”

“我知道。”沈俊言轻声打断。

刘小宁看着他，略微动了动唇，又把要说的话都咽回到肚子里了。

沈俊言深吸一口气，决定还是今天说明白比较好：“小宁，我知道你的心意，但是有的事……它是没有办法勉强的。你也知道，说实话我一直把你当成妹妹一样对待。很抱歉不能回报你的心意了。”

刘小宁眼底的亮光因为沈俊言说的话一点一点暗了下去，手指不自觉地捏住被角，最后还是点了点头：“没事的，我明白。沈老师你放心，我不会纠缠你的，我那天也是就那么一说，你不用往心里去。”

刘小宁抬起眼，故作轻松地笑了笑。

沈俊言心里也怪不是滋味，这个时候手机响了起来，他看到是舒情的电话，下意识地就接听了：“舒情，怎么了？”

一听见舒情的名字，刘小宁别过脸去，不再说话。

“没事，我就是想问问你，进度怎么样了，有没有什么问题。”

“没有问题，剧组一切进展都正常，你放心参加比赛吧，我们这边肯定赶得及参加电影节，你不用太担心，不管怎么样我都不会让你的心血付诸东流的。”

跟舒情说话的时候，沈俊言就连声音都不自觉地温柔起来。刘小宁看在眼里，心里不是滋味儿。但她也知道，沈俊言已经明明白白拒绝了自己，她没资格生气或者吃醋。

“好，你有什么事就再联系我，我这边还有点事，先不说了。”沈俊言抬眼看见刘小宁，顿觉尴尬。

“小宁，小宁，我来看你了！”

沈俊言电话刚挂，病房里进来一个穿着花衬衫的年轻男子，俨然是个吊儿郎当的公子哥，手里还拿着一大束玫瑰。他身后还有一个跟班，手里拎着一个大果篮。

沈俊言看见这个男人不自觉地皱起了眉，紧抿着唇。

刘小宁坐在病床上，看见来人也有些惊讶："秦先生，你怎么过来了？"

男人快步走到床边，一脸担心地说："我这不是听说你在剧组受了伤，需要住院休养，担心你，就赶紧来看你了吗？小宁啊，你可得好好休息，不然我会心疼的。"

男人皱着眉，一副深情款款的样子，让旁边的沈俊言怎么看怎么不舒服。男人说着还抓住了刘小宁的手，刘小宁不适应，连忙把手挣脱了出来。

男人见她这样也不生气，又笑着从口袋里掏出一个首饰盒："小宁，我知道你住院心情不好，你看，这是我给你买的礼物，纯手作的钻石项链，喜不喜欢？"

刘小宁看着那条项链，心里很不舒服。上次她被经纪人安排去了一个酒局，认识了这位秦先生，后来他便一直对她嘘寒问暖。刘小宁的警惕性向来是很高的，或委婉或直接地拒绝过，并不想跟秦先生有任何牵扯，但是秦先生消停了一两天之后，又对她穷追猛打，这不，这次追到医院来了。

"谢谢秦先生的好意，可是我……"刘小宁犹豫着开口，思考该怎么妥善地拒绝，还偷偷看了一眼沈俊言。

沈俊言皱紧了眉，他知道秦尚，甚至还跟秦尚有过节。因为秦尚在酒局上对一个女演员动手动脚，当时他也在场，帮了那个女演员，也得罪了秦尚。

接触到刘小宁的目光，沈俊言大步走上前去："秦少爷，小宁正在休息，这里是病房，需要安静，你还是别打扰她了吧。"

秦尚满眼的不耐烦，这沈俊言怎么回回跟他作对。他很不屑地上下打量沈俊言一番，开口嗤笑道："沈俊言，我就奇了怪了，怎么每次我到哪儿你就跟到哪儿啊？我这次来是来探望小宁的，跟你有什么关系，你是她父母还是她男朋友啊？没事儿别瞎管闲事，赶紧走！"

刘小宁轻轻皱了皱眉，刚想开口说话，就听见沈俊言回头说："小刘，把秦少爷请出去，病房不是什么人都能进的，叫他出去洗洗嘴再来。"

"你——"秦尚气不打一处来，转过头恶狠狠地瞪着沈俊言，拳头都攥了起来。

但沈俊言根本不管，鄙夷的目光投向他。

沈俊言的助理快步走过来，拽住秦尚的胳膊："秦少爷，刘小姐需要休息，一会儿医生就来查房了，您还是先回避吧。再说了，闹出太大动静，没准会惊动这周围潜伏的娱记，拍下什么不好看的场面呢！"

好不容易把秦尚赶走，助理可算松了口气，索性也出去透透气。

刘小宁的脸色总算有了缓和，她笑了笑，温柔地说："沈老师，谢谢你。"

"没事。"沈俊言语重心长地说，"这人家里有钱，是个花花公子，拈花惹草的事情没少干。你最好跟他保持距离，离他远点。"

刘小宁抿唇点了点头："我知道了，我会小心的。沈老师，你好像跟秦先生有过节？"

沈俊言轻描淡写地说："没什么，就是以前去参加一个饭局，碰见他对小姑娘动手动脚，气不过就说了他一顿，还动了手。"

刘小宁愣住了，眨了眨眼，扑哧一声又笑了出来："真没想到沈老师你竟然还会动手，我一直都觉得你是个温文尔雅的人呢。"

她几句玩笑成功地让刚才严肃又危险的气氛变得轻松起来，沈俊言也笑弯了眼睛。

第十章
真的输了

自从知道苏珊她们要在设计方案上动手脚后，舒情便一直在修改自己设计方案的细节，还打个电话叫卡米尔过来取之前方案的另外几张图纸。

舒情把用透明塑封袋装着的图纸交给了她，并嘱咐道："如果吴清冉再过来找你的话，你要把这个图纸放在显眼的地方，让她有机会拿到，知道了吗？"

卡米尔看着那些图纸，点了点头。

果然不出舒情所料，第二天下午吴清冉就到了 Leo 工作室，借口说要看礼服设计得怎么样了。

卡米尔献宝似的把她的礼服图纸拿给她看："你看，这是我设计好的初稿。袖口部分采用的是金线缀边，你看看，要是觉得有哪里不满意告诉我，我再修改。"

吴清冉状似一脸惊喜地接过来看，但其实心思根本没在这上头。她手里拿着图纸，目光却在四处乱转，突然，她注意到卡米尔手边的摆架上放着一摞图纸，还露出来一角，是红色的礼服裙边，是舒情的设计稿。

吴清冉整个人兴奋起来，但她不能表现得太明显，装模作样地看了几眼手里的图纸，点了点头说："你设计得很好啊，我很喜欢，就照着这个款式做吧。那个……我昨晚没休息好，现在有点困，能不能麻烦你帮我倒一杯咖啡呢？"

卡米尔回答："当然可以了。"

说完她准备转身去茶水间，突然想起了什么似的，又回来把那份设计图纸给锁到了抽屉里，还特意拽了拽，确定打不开之后才松手离去。

在卡米尔去茶水间之后，吴清冉来回翻了一圈，发现用来锁抽屉的钥匙就压在鼠标垫下面，她看着左右没人注意这里，便轻手轻脚地拿着钥匙小心翼翼地把抽屉打开，拿出那份图纸，放在自己的手提包里。做完这一切之后，她又把抽屉锁好，钥匙放回原处。

吴清冉喝了几口咖啡，又跟卡米尔敷衍了几句她的礼服设计的事便离开了。

卡米尔露出一点笑，把抽屉打开，见图纸没了之后她耸了耸肩，心情很好地继续开工。

任务圆满完成！

从 Leo 工作室离开以后，吴清冉想到刚才发生的事，脸上露出得意的笑容。舒情，不管怎么样，你不还是要输在我手上？

她直接去了苏珊的工作室，把设计稿从包里拿出来，放在苏珊的桌上："完整的设计图稿我已经拿到了，你看着用吧。"

苏珊面露喜色，忙不迭地把设计稿拿过来放进自己的抽屉里。

吴清冉看着苏珊的动作，脸上露出鄙夷的笑："你要的东西我帮你拿到了，你之前答应我的事情也要做到。"

苏珊点了点头："吴小姐，你要办的事可不容易，我得好好想想办法，设计大赛又近在眼前了。这样，你先回去，等我消息吧。"

吴清冉虽然不能完全信任苏珊，可是她目前也没有别的好办法，何况苏珊在巴黎还是有一定势力的，她只能借助于苏珊了。

吴清冉离开之后，苏珊把设计稿拿出来，仔细地研究Leo的设计风格，不得不说，Leo 的手法很巧妙，总能在细节上别出心裁。苏珊临时改了主意，决定修改后自己使用这份设计稿。

经过几天时间，苏珊总算把设计稿改好了，在舒情原有的设计基础上又增加一些自己的风格，现在她就等着设计大赛开始了。

巴黎服装设计大赛当天。

经过两轮设计稿比拼，最终评委会主席宣布："这次设计大赛的冠军是——Leo 设计室的主设计师——Leo ！"

"什么！"苏珊一直站在人群当中，直到评委会主席宣布之后她才惊叫起来，并走到台上环顾一圈，说，"我举报，Leo 设计师的设计稿，是抄袭我的作品！"

台下坐着的众人纷纷露出惊讶的神色，评委们也面面相觑，甚至拿出了放在台上的设计稿翻看起来。等翻看结束，评委会主席的手一停，脸色异常复杂。

苏珊目不转睛地看着他的反应，笑容很得意。她就不信这次扳不倒Leo！

“苏珊小姐，你先回台下吧。”半晌，评委会主席才说道。

苏珊走下来时，意味深长地看了一眼舒情。直到模特展出成品的时候，苏珊的脸色才变了。

这次所有参赛作品的设计稿都是匿名的，由几十位专业评委经过两轮评选之后才选出冠亚季军，然后会由模特出场展示。然而苏珊看了一圈，并没有看到模特展示那件红色的礼服裙。

怎么回事？她不自觉地皱紧了眉，下意识地看了一眼站在不远处的舒情。

舒情察觉到了苏珊的目光，却看都没看她一眼。

这时，一位身材高挑的模特上台来，全场灯光都暗了下去，礼服裙两米多长的裙摆流光溢彩，连苏珊都被实实在在惊艳了。

一边的主持人介绍：“这件‘坠落星河礼服裙’出自Leo工作室的首席设计师——Leo之手笔，也是本次设计大赛的冠军作品。大家鼓掌！”

怎么会这样？苏珊震惊了！震惊过后感觉心中憋闷，隐约觉得事情没有那么简单，吴清冉这个傻子是不是被人骗了？苏珊越来越觉得自己刚才就像个笑话一样。

而看到苏珊工作室礼服的众人，再看看Leo工作室的“坠落星河”，眼神都变得不对劲起来，有人还摇了摇头。

苏珊觉得脸上就像火烧一样，又尴尬又气恼。

评委会主席说道：“苏珊小姐，Leo设计的礼服跟你设计的并不一样。”

苏珊脸上挂不住，只能干巴巴地笑了笑，索性背过身去走到一边，拿出手机悄悄给吴清冉打了电话。

吴清冉还以为苏珊是来跟她报喜的，她接起电话，语气轻快：“苏珊小姐，怎么样？舒情是不是出尽了洋相？”

“出什么洋相？！”苏珊气不打一处来，她简直不知道吴清冉是怎么办的事，是不是随便弄了一份设计图来搪塞她。

她小心翼翼回头看了一眼，发现其他人没注意这里，这才稍稍安心一些，小声又急促地对吴安冉说：“你怎么回事？是不是拿错设计稿了？为什么 Leo 设计的成衣跟你给我的设计稿完全不一样！根本不是什么复古红色礼服裙！”

“怎么会呢？”一听这话，吴安冉也急了，她明明看见卡米尔把设计稿锁在抽屉里的啊，“我拿到的就是这一份，我确定！”吴清冉不相信卡米尔那个看起来有些蠢的姑娘会骗她。

“苏珊小姐——”

苏珊听见身后一道声音，心头一震，连忙挂掉电话，惊惶回头。

评委会主席走过来说：“苏珊小姐，请你讲解一下自己作品的设计理念。”

苏珊听完松了口气，她故作气定神闲地走到展架前，露出一个礼节性的微笑：“这件礼服是我某天在看电视剧的时候得到的灵感……”

苏珊洋洋洒洒地说完了，倘若不是舒情知道是怎么回事，恐怕连她都要信了苏珊的话。在场的设计师的表情各不相同，大多数都有些犹豫，甚至是很奇怪的表情。

苏珊一头雾水，下意识地看了一眼礼服，她有什么地方说错了吗？

人群当中的卡米尔和舒情对视了一眼，脸上露出心照不宣的笑意。卡米尔回过头，佯装不懂似的，还举了一下手。

“等等！”她从人群当中走了出来，故作疑惑地问，“苏珊小姐的确很有想法，但是这件礼服，我怎么觉得有些细节好像在哪里看过啊？好像在……在高乐大师的作品集上看到过。你们看，连腰带那里猫眼石的位置都一模一样诶！”

苏珊脸色煞白，尤其当卡米尔说出高乐以后，她心里更有了一种不祥的预感。

“我记得我在高乐大师的著作上看过，他还说这是他最满意的一件作品。怎么苏珊小姐和他的设计差不多啊，该不会是抄袭吧？”卡米尔状似无意地说了一句。

苏珊的脸白了，整个人僵住。其他设计师也议论纷纷起来，向苏珊投去或不屑或狐疑的目光，声音也传进她耳朵里。

“我就说那件礼服看着眼熟，我在高乐的书上看过类似的……”

“我刚才也纳闷呢，真不知道她之前是怎么在设计大赛上得的奖，竟然还抄袭，这样的人是怎么当上设计师的啊？”

“要我说啊，Leo 不知道比她强多少，但是那位大神一直没露过面，太遗憾了。我每年都参加这个比赛，就是为了能见她一面呢。”

苏珊的脸红一阵白一阵，尤其是听见 Leo 这个名字的时候，简直踩到了她的命门。

评委们的脸色很严肃，他们都看出来了苏珊所谓的原创设计在细节上是跟高乐大师的设计有七八分相似的。

评委会主席沉声说道：“苏珊小姐，这是怎么回事，请您解释一下。”

苏珊眼中闪过一丝惊慌，她该怎么说呢，难道说出这些细节出自 Leo 工作室的图纸吗？这在她们这个圈子里跟抄袭一样，甚至更低劣啊！

她支支吾吾，连一句完整的话都说不出来，只摇着头否认：“不，不是这样的……不是……”

卡米尔见状说道：“那到底是怎么回事啊，你倒是跟我们说一下你的礼服为什么会跟高乐大师的这么像啊。”

苏珊一句话都说不出来，只能恶狠狠地瞪着卡米尔。

评委会主席见状，心里也有了论断，他转过身，跟另外两个评委低声商量着，不到一分钟的时间，他便转过身来，一脸严肃地对苏珊说：“苏珊小姐，经过评委会讨论，我们一致决定取消你这次的参赛资格，甚至以后你都不用再参加了。剽窃他人设计作品，是作为一个设计师的大忌！”

苏珊完全僵住了，手心出了冷汗，甚至连血液都是冷的。这句话，无疑是在设计圈里给她宣判了死刑。她不敢相信地看着那件复古红色的欧式礼服，原本华丽炽热的颜色变得如此刺眼，怎么看都是对她无声的讽刺。

评委会主席登上颁奖台：“现在我们有请本次大赛的冠军——Leo 工作室上台领奖！”

所有人鼓掌祝贺，卡米尔却并没有上前。她接触到评委会主席询问的目光，摇了摇头，落落大方地开口：“今天我不用上台领奖啦，因为 Leo 已经来到了现场！”

“什么？Leo 来到了现场？！”听见这句话的设计师无一不露出惊讶的神情。

大家都知道 Leo 是设计圈的大神，可此人神秘得很，参加了这么多次设计大赛却从没有出来领过奖。这次 Leo 工作室的负责人却说大神今天就在现场？真的假的？

卡米尔得意地一笑，稍稍往后侧身，让出身后的舒情。众人纷纷随着她的动作看去，舒情出现在了众人眼前。她面带笑容，缓缓往前走去，随着她行走的速度，眼前拦着的人缓缓地让开了一条路。

评委们看见从人群中走出来的是一个黑发黑眸的中国女孩之后，更惊讶了。那些之前一直对Leo有猜测的设计师，看见他们心目中的大神是个女人之后，也都露出了或赞赏或不敢相信的眼神。

舒情露面，可以说是震住了全场。记者们当然不肯放过这位神秘设计师露面的大好机会，快门声此起彼伏。谁敢相信，年年拿奖的设计师竟然是个看起来只二十出头的中国姑娘呢？

舒情走上台来，评委会主席也很激动，他想了想，说："这是Leo女士第一次亲自上台领奖。我有个想法，不知道Leo女士愿不愿意？"

舒情侧目，笑着说："您请说。"

"为了这个有纪念意义的时刻，我想邀请Leo女士穿上自己设计的礼服，由您亲自展示您的设计作品，并上台领奖，可否？"

舒情有点惊讶，不过法国人向来想法浪漫，她略微沉思了一下就点了点头："可以，不过我需要助理协助我略微调整一下礼服，可能需要各位等一会儿，不知道可否。"

"当然了，我们很愿意等待这一刻！"评委会主席如是说。而在场其他人也表示十分乐意。

舒情带着卡米尔去了后台，把礼服的尺寸做了一些临时调整，毕竟她的身形和模特不一样，一旁有造型师同时在给她整理妆发。

半个小时之后，舒情穿上亲手设计的"坠落星河"走出了后台。

星空蓝的收腰长尾礼服裙，紧紧地贴着曼妙的身体线条，在腰间攒出云朵般锦簇的褶皱，然后突然释放开来，犹如星光般的碎钻点缀其间，连绵却又变幻，熠熠生辉。

舒情双手提着礼服裙，简单地绾起一头秀发，露出她优美的颈项和迷人的一字肩，整个人如坠渺渺星河，神秘、优雅，而又梦幻，如同Leo这个身份一样。

全场都安静下来。

舒情从暗处走向颁奖台，落落大方地接受着众人的注目礼。评委会主席见她走过来，这才回过神，眼中难掩惊艳，微笑着点点头，把奖杯递给她。

舒情微笑着稍稍躬身，双手接过奖杯，对准话筒：“大家好，我是Leo。”

舒情说完之后有一瞬间的停顿，台下响起了热烈的掌声。尤其是那些来观看比赛的观众，他们之中有一大部分人都是奔着Leo来的，本来这次也没抱多大希望能看见大神，谁知道Leo今天竟然现身了，还是个十分年轻美貌的女子。

舒情等待掌声结束之后继续说：“很高兴今天能够再次参加巴黎服装设计大赛。这件参赛作品的设计理念，来源于一个人——他有些霸道，有些小孩子气，可他总会在我需要时，给我支撑和陪伴；在我想要放弃时，给我前行的动力；在我陷入黑暗时，给我光明和温暖。宇宙浩渺，他便是我的人间理想。我很荣幸获得这个奖项，这应该也是我第一次出现在大家面前，以后，我会让Leo这个名字不再成为神秘的代名词。”

她一番话说得大方又真诚，台下的掌声经久不息。记者们不断站起来提问，舒情都很有礼貌地一一回答，谈吐优雅而舒展。

就在舒情想拿着奖杯下台时，忽然听见远处传来一声：“等等——”

众人回头看去，台上的舒情也疑惑地张望，只见从门口走进来一个身形高大的男人。是霍云城，手上还捧着一大束由白色蝴蝶兰、渐变碎冰蓝玫瑰、洋牡丹、雪柳以及白色紫罗兰混搭的花束。

舒情有些惊讶地看着朝她走过来的男人，看到他手中的花束，舒情眼眶突然一热。

霍云城注视着台上的舒情，面露微笑，目光中满是惊艳和宠爱。舒情的这番获奖感言，尤其是“坠落星河”设计理念的来源，直直地戳进了他的心里。他是第一次听到舒情对自己这样毫无遮掩的告白，作为神秘设计师Leo的她此刻是那样优美、自信、充满爱意。她是他霍云城的女人，是他心口缠绵的甜，亦是他的可遇不可求。她立于浩瀚星河，光芒万顷。

霍云城缓缓走上台来，颔首对舒情笑道：“抱歉，去准备献给你的鲜花了，来晚了一点。”

“你……”舒情目光落在霍云城手中的花束上，心里一甜。

“各位，”霍云城笑了笑，转过身面向观众席，“Leo设计师，也就是舒情小姐，是我的未婚妻，很抱歉这个时候才来观看她的比赛，但今天，我想对她做一件更重要的事情。”

说着，他转过身去，单膝跪地，向舒情送上鲜花：“舒情，我知道今天对你来说是很重要的日子，对我同样如此。我们一起经历过风风雨雨，从喜欢你开始，我就没打算和你分开……现在，我想问你，舒情，你愿意嫁给我吗？”

舒情愣住了，她没想到霍云城会在这样的场合求婚。她忍不住眨了眨眼，低头看向霍云城，正和他四目相对，她突然就笑了起来。虽然她不喜欢张扬，但是为了此刻的霍云城，也为此刻的自己，张扬一些又如何？

她点了点头，轻柔而坚定地吐出三个字：“我愿意。”

台下爆发出一阵欢呼起哄，不少人立马送上了祝福。霍云城露出了欣喜的笑容，站起身来给了舒情一个坚定而温暖的拥抱。

两人十指相扣，同时向台下的众人鞠躬道谢。

在高兴的众人面前，个人的痛苦总是不值一提的。

苏珊被告知取消参赛资格，又看到舒情上台领奖以及霍云城求婚的一幕，不由得抿紧了唇，眼神愤恨地看着台上的女人。如果没有意外的话，这个奖杯本来就该是她的……

很好，Leo，你算计我！

舒情和霍云城携手走出大赛现场，刚走到停车位，苏珊却突然冒了出来，她死死地瞪着舒情：“Leo……哦，不，应该是舒情，你为什么要陷害我？这个奖杯，明明应该是我的！是我的！”

苏珊的声音越来越疯狂，脸上的表情也逐渐狰狞起来。有不少路人开始驻足围观，霍云城紧皱眉头，用胳膊护住舒情。

舒情皱眉，冷着脸看着苏珊，她没想到这女人的执念已经到了这个地步。

拉了拉霍云城的衣袖，示意他别行动。她上前一步，稍稍眯着眼鄙夷地看向苏珊：“明明是你陷害我。苏珊小姐，大家都是设计师，倘若你是凭真本事跟我比试，我尊敬你这个对手。可你这次实在令人不齿，剽窃别人作品，这在法国是可以判刑的。”说着，她便示意霍云城拨打电话报警，并用口型告诉他，“吴清冉。”

霍云城会意，点了点头，立刻掏出手机拨打了报警电话，用流利的法语叙述了设计大赛的情况，并把苏珊抄袭、吴清冉偷窃设计图纸的事一五一十地说了出来。

苏珊听着脸色骤变，她在法国生活很多年，当然知道这意味着什么。

霍云城挂了电话，大概半个小时之后，警车开了过来。两个警察下车，请苏珊跟他们回警局一趟。

另一边，吴清冉在酒店看到了设计大赛的现场直播，心里也怕得要命，她坐立不安，怎么也没想到舒情竟然会反将一军。她紧紧握着手机，想给苏珊打一个电话，却又十分犹豫。

突然响起一阵急切的门铃声。

吴清冉心里咯噔一下，试探着问一句："谁在外面？"

说着手搭在门把手，轻轻旋转打开。令吴清冉没想到的是，外面是两个警察，其中一个出示了警官证，说："安娜小姐，有人举报你涉嫌偷窃罪，请你跟我们回警局一趟。"

吴清冉大惊失色，她想跑也没机会了，只能低着头，跟警察出了门。

舒情跟霍云城痛痛快快地在法国玩了几天，没有任何杂事，每天不是出去散心，就是窝在家里度过愉快的二人时光。

回到A市之后，他们第一件事就是回老宅看霍爷爷。

霍云城牵着舒情的手，生怕她跑了似的，进门也带着笑容："爷爷，我和舒情回来了。"

霍爷爷一天到晚都念叨着这两个年轻人，此刻看见霍云城和舒情回来，止不住地露出笑容："你们两个终于回来了，爷爷好惦记你们啊。"

"舒情参加完大赛以后就说要回来看您，我觉得她太累了，带她在法国多玩了几天。我们回来后会尽快筹办订婚典礼，我在颁奖现场跟舒情求婚，她答应我了。"

霍爷爷笑眯眯的："情情，你就这么答应这个臭小子了？他的求婚浪不浪漫？"

舒情不好意思地点了点头："嗯，我们都选好戒指了，爷爷您就放心吧。"

此刻她的左手中指上戴着一枚钻戒，是霍云城和她在法国一家珠宝店里选的。

"哎哟，那可太好了，那我就放心咯！"霍爷爷笑着说。

祖孙三人正说话间，霍母和霍倩也到了老宅。两人一进门就看见舒情和霍云城在霍老爷子身边坐着，霍倩的脸色一下子就垮下来。

霍母故作淡定："爸，我和倩倩来看您了。"

霍云城淡淡地说道："你们来之前怎么不说一声。"

舒情稍稍皱了一下眉："云城。"她不想让霍云城跟霍母、霍倩起正面冲突，闹起来不好看。

"表哥，我们是来看爷爷的。"霍倩笑着开口说，"爷爷，这是我和姨妈给您买的补品，您最近身体怎么样？"

霍爷爷撇撇嘴，不咸不淡地落下一句："你们倒是有心了。"

"舒情，恭喜你啊，我看了你的比赛和颁奖典礼。"霍倩趾高气扬地对着舒情。

她知道舒情拿了冠军，也看到了霍云城向舒情求婚，心里嫉妒得都快疯了。这个女人，不就是得了个冠军嘛，凭什么可以得到霍云城的心？

"谢谢。"舒情客套了一句，她不想当着霍爷爷的面跟霍倩她们闹不痛快。

霍母就当没看见舒情似的，只跟霍爷爷说话。

几个人在老宅吃了一顿并不愉快的午餐，席间霍母和霍倩一声不吭，霍云城和霍爷爷一直在给舒情夹菜，他们仨才是其乐融融的一家人。

饭后，舒情站在游泳池边，微风吹拂着她的长发，她出来透透气。

霍倩从阳台推门出来，看见舒情站在泳池边上，嘴角不由得露出了一丝阴冷的笑意，不如就让她跌进泳池里做个落汤鸡。等到表哥问起来，就死不承认好了。

霍倩走过去，若无其事地站在舒情身边说道："哟，大设计师一个人在这里看风景啊。"

舒情看了她一眼，抱着胳膊说："看看风景，吹吹风。怎么，你要游泳？"

霍倩笑了一声："我可没有你那么好的闲情逸致，不过我倒是很愿意——帮你游个泳！"

说着霍倩伸出胳膊，恶狠狠地想往前一推，谁知道在她刚要伸手的时候，舒情突然迅速地往旁边退了一步。

舒情早就注意到霍倩那些小动作，便暗中留了心思。

霍倩大惊失色，但已经来不及了，穿着细高跟的她重心失衡，跌进了游泳池中。

哗——泳池溅起大片水花，而霍倩却只能闭着眼睛胡乱扑腾。她根本不会游泳，这里貌似还是深水区。

“救……救命……”霍倩呛了好几口水。

舒情站在一边，掐算着时间。眼见霍倩脸色苍白，觉得差不多了，便跳下去把霍倩救了上来。

霍倩脸色苍白，化妆品虽然号称是防水的，但她精致的妆容看起来也惨兮兮的，浑身湿透，整个人狼狈得很。

“闹够了？”舒情垂眼看着她。

霍倩眼底都红了：“舒情，你真卑鄙！”

“卑鄙？”舒情笑了一声，“这个词应该送给你。你那点小把戏谁猜不出来，这次只是警告你一下，以后不要对我乱动手脚，不然下次你会更惨。”

舒情说完这句话就转身离开。回到客房，她换了身干净的衣服，出门时正好碰见霍云城。

霍云城看见舒情的发梢有些湿意，不免有些奇怪：“你怎么了？”

“没事，刚才霍倩想推我下游泳池，我让她自己下去了。”

霍云城皱起的眉头松开，笑出声来。

“怎么了？”舒情看着他，“你笑什么？”

霍云城摆了摆手：“我只是没想到你还有这样的一面。”他走近舒情，抚摸着她的秀发，“不过，我很高兴，我的女人不是个软包子，不是朵小白花，她有足够保护自己的能力。”

舒情有些得意地笑了一声。小白花？等着挨打吗？她可是带刺的蔷薇！她能用自己尖锐的刺，保护她想要保护的一切。

舒情回了书房，鼓捣了一阵儿，神秘兮兮地拿出一个本子抱在胸前，拉起霍云城的手跑到花园里。

霍云城有些疑惑：“怎么了？”

“你看。”舒情这才把手里的本子递给他，原来上面画的是一件婚纱，裙纱用了百褶渐变色，舒情不知道用了什么涂料画的，阳光折射过来的时候，渐变色部分的层次感便显现出来。

霍云城不由得露出了惊艳的神色。

舒情问：“你觉得怎么样？”

“你穿什么都是最好看的。”

舒情闻言，低下头不好意思地笑了。

霍云城伸手搂住舒情的腰，拉近两人的距离，深情款款地说：“只要是你，怎样都好看。”

别看霍云城平时不苟言笑，对着舒情说起情话的时候简直信手拈来。

正是草长莺飞时，园子里繁花似锦，海棠和梨花竞相开放，艳粉和糯白的花瓣在空气中飞舞旋转，两人在草地上跳起了华尔兹，有花瓣飘落到舒情黑长的秀发上，映得她脸色娇艳，眼波晶莹。

徐婉儿也看到了霍云城跟舒情求婚的视频，一口银牙都要咬碎了。一想到他们即将举行订婚典礼，徐婉儿心烦意乱起来，忍不住愤恨地拍了一下桌子。

徐沐阳听见声响走进来，担心地看着妹妹：“婉儿，你怎么了？”

“哥……”徐婉儿脸上有泪，“这次你一定要帮我，云城竟然要跟那个女人结婚了，你一定要帮我！”

“霍云城？”徐沐阳一听见这个名字就头大，他不止一次劝徐婉儿放下，可是徐婉儿一句话也不听。

“他和舒情下个月要举行订婚典礼，哥，现在我只有你了，你可一定要帮帮我，不能让他们两个订婚！”

徐沐阳愣了一下，他看着徐婉儿，久久没有说话。他不知道霍云城到底给徐婉儿灌了什么迷魂汤，让她魂牵梦萦。这种事他本来不想答应，但是眼看着徐婉儿如同疯魔，徐沐阳又狠不下那个心，更害怕徐婉儿一时被刺激，又做出自杀之类的举动。他答应过妈妈要好好照顾妹妹的。

徐沐阳咬了咬牙：“那我……我再想想办法吧，但是你一定不能闯祸了，知道吗？”

徐婉儿的神情终于有所松动：“哥，要不你想办法追求舒情吧，或者跟她先有个夫妻之实……霍家这样的家世，很在乎未来儿媳妇的身世清白，更何况霍伯母也不喜欢舒情。只要你能让舒情成为你的女人，那她就不能嫁给霍云城了。”

“你——”徐沐阳没想到徐婉儿会想出这样的主意，一时间也哽住了，眼中有迷茫，有不解。

徐沐阳沉默下来，徐婉儿见状，心里不免着急了，她握住徐沐阳的手腕：“我真的很喜欢他，哥，我这辈子只有这样一个愿望，你能帮帮我吗？”

看着妹妹这副样子，徐沐阳到底还是心软下来，他点了点头，硬着头皮说："好，我可以帮你，但是你以后千万不能闹事了。"

徐婉儿忙不迭地点头，只要能得到霍云城，她怎么样都可以！

第二天，徐沐阳到了星辰娱乐，请求拜访舒情。

总裁办公室里。

"徐先生，你好。"舒情看见徐沐阳的时候愣了一下，但很有礼貌地和他打了招呼。

她对徐婉儿虽然没什么好感，但对徐沐阳倒也没什么偏见，这个哥哥最大的错误就是太溺爱他的妹妹。来者即是客，她没有不见的道理。

"舒小姐。"徐沐阳点了点头，拢好西装坐在沙发上。

"徐先生今天来是有什么事吗？"

"是这样的。"徐沐阳沉吟片刻，"我们公司最近想要开拓一下影视领域，之前看到有几部贵公司出品的电视剧都很不错，所以我也想投资一部新片，是一部古装剧，本子我已经在找人写了，我想请贵公司来承制这部剧，舒小姐意下如何？"

舒情有些惊讶，在她的印象中，徐氏从来没有涉足过影视领域，而业内比星辰娱乐年头更久的公司还有很多，徐沐阳能找上她们星辰娱乐，着实意外得很。

沉吟半晌，舒情同意了："如果徐先生有这个意向的话，我们可以试一试。等您那边的本子写好之后，先给我看一下，我们好继续谈接下来合作的事情。"

"好。"徐沐阳笑了笑，"那剧本送过来之后，我就期待着舒小姐的答复了。如果舒小姐愿意亲自担任制片人的话，我愿意将星辰娱乐写在出品方的第一位，至于贵公司旗下的影视平台，也将拥有这部剧的独播权。"

这是一个丰厚的条件，舒情虽然心里犯嘀咕，但她也是个商人，当然要从公司的利益来考虑。既然徐沐阳给出的条件这么优厚，她有什么理由不试试呢？

林家。

"娜娜，今天感觉怎么样？"林楠关切地问道。

于娜经过上次的事情，胎儿虽然保住了，但也在医院里保胎了半个月，刚刚出院不久。这次林母不敢多说什么，忙不迭地把于娜接进了林家，生怕她再有什么闪失。

于娜微笑着摇了摇头："挺好的。医生不是都说我没事了吗？你不用担心我啦。"

林楠想起上次在医院里发生的事情，还是心有余悸："作为家里的顶梁柱，我当然要保护好你们两个，不让你们受到任何伤害。"

"好了好了，你们等会儿再说。来，娜娜，先把这碗汤喝了。"林母走上前来，把炖好的一盅汤放在桌上。

于娜抿唇，微笑着点了点头。

门铃响了起来，原来是舒情。

只见她提着一大堆补品走了进来，冲于娜笑着说："我来看你啦，最近身体怎么样？"

林楠赶忙笑着招呼舒情，接过她手里的补品放好。

舒情亲热地坐到于娜身边，看着她隆起的小腹，试探性地摸了摸，笑道："这得有四五个月了吧？医生说没说是男孩女孩啊？"

于娜嗔怪了一句："你怎么还带了这么多东西过来啊，我现在又不是国宝，再说已经没事了。"

"你现在怀着孕，可不就是他们家的宝贝嘛。说好了啊，你这个孩子出生之后可得认我当干妈。"舒情笑呵呵的，眼看着于娜得到了林家的一致认可，作为于娜的闺密，她也放心很多。

于娜不好意思地笑了笑，现在林楠和林母真把她当宝贝似的，有点危险的事情都不让她做，她整个人都胖了一些，精神看起来好了很多。

"这是当然。不过，你和霍总什么时候生一个小孩子呀？到时候我们一起去给孩子买衣服。"

舒情一时哽住，看着于娜微笑的脸，突然就有点不好意思，说实话，她和霍云城还没想到那一步呢。

"我们……还早呢，倒是你和林楠，准备什么时候办婚礼啊？总不可能不办吧？"

于娜叹了口气："现在孩子都五个多月了，穿上婚纱也不好看，而且医生说我和孩子这次是捡回来的命，出院了也需要静养，不能乱动不能劳神。所以我跟林楠商量，想着等生完孩子身体好了之后再补办婚礼。"

“对。”林楠端了一盘葡萄放到舒情和于娜面前，“娜娜最近怀孩子辛苦，她身体又不好，我们就想着先别折腾了，而且两边父母也都同意了。”

“你们这样真好，挺好的。”舒情欣慰地点了点头，“你现在最要紧的就是好好照顾自己的身体和孩子，可千万别出什么乱子了。你不知道，那天知道你进了手术室，我都要吓死了。”舒情嘴上虽然嗔怪，但是眼里都是担心，还抓住了于娜的手腕。

于娜点了点头：“好了，我知道了。你和霍总的订婚典礼下个月举行，现在都筹办得怎么样了？”

“快好了，他说还有一些典礼上的细节没定，也就这几天了。霍爷爷把婚礼宾客的名单都列好了，到时候你和林楠都必须来啊。”

“一定！”林楠一听这话，立马笑嘻嘻地答应了，又嬉皮笑脸的，“我和娜娜肯定会到场的，情姐你就放心吧，再怎么说我也得取一下经呀。”

“说什么呢。”于娜嗔笑着看了他一眼。

舒情也连声附和，氛围无比欢乐和谐。

舒情从林家出来，走到大门外发现门口停了一辆白色的保时捷，再一看是徐沐阳的车，他正从车上下来。

徐沐阳走上前说：“舒小姐，好巧啊。”

“不是很巧吧。”舒情露出一个礼貌的微笑，“您等在这里很久了？我这个人说话比较直，徐先生您有什么事也不妨直说比较好。”

徐沐阳笑了笑，似乎并没有感到尴尬：“好吧，我的确是在这里专门等你的。想问问舒小姐，关于合作的事情考虑得怎么样了。还有，现在都中午了，不知道舒小姐吃过午饭没有？要不，我们找个餐厅边吃边聊？”

“谢谢徐先生的好意，我想还是不用了。”舒情实在是不太适应，她跟徐沐阳根本就不熟，这男人最近的殷勤也实在让她感到奇怪。

徐沐阳却穷追猛打：“舒小姐别这么着急拒绝，放心，我只是想请你吃顿饭而已，毕竟徐氏跟星辰娱乐将来可能是合作伙伴，就当交个朋友，如何？”

舒情抬眼看了看他，沉吟片刻点了点头：“好吧，边吃边聊。”

徐沐阳伸手拉开了后座的车门请舒情上车，两人到了A市一家很有名的私房菜餐馆。

服务生领着他们到了一个相对僻静的靠窗的位置，徐沐阳伸手示意服务生把菜单递给舒情。

“舒小姐看看想吃什么。”

舒情一边接过菜单一边说：“徐先生看起来是有备而来啊，你提前定好位子了？”

徐沐阳笑了笑，虽然很不适应，但是为了妹妹，他什么都愿意做。

“毕竟谈生意就要表现出诚意嘛，舒小姐觉得我提出的条件，还有什么不满意的吗？”

徐沐阳不遮掩的态度倒是让舒情略有些惊讶，至于他提出的合作条件，确实很优厚，但是舒情总怀疑其中有诈，不过人家都问到眼前了，没有避之不谈的道理：“徐先生说的条件我已经考虑过了，对星辰来说的确有不小的吸引力，不过我想问问徐先生，为什么如此信任我？您明知道我和你的妹妹——”

话说到这里，舒情就没有继续下去，她的潜台词相信徐沐阳已经很明白了。

徐沐阳脸色没有丝毫变化：“舒小姐，我知道我妹妹之前做了很多错事，不过我是个生意人，星辰娱乐虽然是家成立没有多久的公司，但是不可否认，人才济济，有创造力有活力。近年来好几部热映、讨论度高的电视剧和电影都是出自星辰娱乐，我有什么理由不选择你们呢？”

舒情轻轻点了点头，徐沐阳给出的理由的确很充分，而且他的话不无道理，自己虽然和徐婉儿不对付，但是没有必要跟徐沐阳过不去，都是打开门做生意的……

“既然徐先生都这么说了，如果我再犹豫，就太不给面子了。”

徐沐阳闻言笑起来：“那舒小姐，我们合作愉快？”

两人都没有注意到，霍倩就在外面，刚好看见了两个人吃饭的场景。

霍倩愤恨地看着这一幕，不过眼里又有些快意，她跟朋友出来逛街吃饭，刚好就看见舒情跟徐沐阳进了餐厅。这次可算是被她抓到了！

霍倩拿出手机对准舒情和徐沐阳，拍下了他们一起吃饭的照片，转手就发给了霍云城。

霍云城处理完事情刚要出门，听见手机响声，打开来就看见霍倩发来的照片。

霍云城变了脸色，直接摁灭了屏幕。

舒情跟徐沐阳吃过饭之后又去了公司，一直忙到晚上六点才回家，一进门就见霍云城黑着脸坐在沙发上不理她。

舒情不明所以地看向他：“你怎么了？脸色这么黑！”

霍云城抬眼看向她，明显不高兴：“你今天跟徐沐阳去餐厅吃饭了？”

舒情愣住了，霍云城是怎么知道的？不过她也没有什么好隐瞒的：“我今天去林楠家看于娜，出来的时候就碰见徐先生了，他因为工作的事情想找我谈谈，我就跟他去了餐厅，边吃边聊。话说你是怎么知道的？”

霍云城不悦地开口：“你以后和其他男人单独吃饭前要告诉我，知道吗？不然我会想很多。”

舒情无奈地叹了口气，将头扭到一边，甚至翻了个白眼，霍云城怎么总是这样。

“我只是在跟徐先生谈工作。云城，我不可能不接触其他异性吧？你也知道我有我的事业、我的圈子。”

“我不是要限制你。我就是……”霍云城语塞，他也觉得自己小题大做，可他一面对舒情就失了理智，“总之，你得提前给我报备！”

说着便吻住了她的唇。

舒情好半天才从霍云城怀里挣脱出来：“好了好了，别闹了……电话响了……”

电话那头传来爷爷的声音，舒情露出惊喜的眼神，连声音都变得异常兴奋：“爷爷，您怎么才给我打电话呀！我都想你了！”

爷爷笑着说：“我看到你订婚的消息了。爷爷想着最近有空，身体也挺好的，想回来参加你的订婚典礼。”

“真的吗？”舒情笑了起来，语气中洋溢着惊喜，“那当然好了，您什么时候来A市，我去接您！”

“过几天过几天……爷爷到了就会给你打电话的。”

舒情笑着答应了一声，又跟爷爷说了几句话之后才挂了电话，转过头对霍云城说：“爷爷打来电话了，说他过几天回A市参加我们的订婚典礼。真好，我已经很久没见到他了！”

霍云城笑了笑：“好，等爷爷到A市了，你告诉我，我们一起去接他。”

刘小宁出院是沈俊言来接的她。

走出医院大门的时候，刘小宁抬起头来，就看见秦尚拿着花朝她走过来。

“小宁，我知道你今天出院就赶过来接你了。来，我送你回家。”说着，秦尚就想过去拉刘小宁的手。

刘小宁本能地往沈俊言身后一躲，抓住沈俊言的衣袖，明显是求助的信号。

沈俊言皱了皱眉，看向秦尚：“你怎么又来了？”

秦尚没好气地白了沈俊言一眼：“不是，我说沈俊言，你怎么阴魂不散的？我来接小宁出院你也在这里，你是不是存心跟我过不去啊。”

沈俊言下意识地把刘小宁护在身后：“我警告过你不要招惹小宁，不要招惹我们公司的人，看来你是把我的话当成耳旁风，是不是？”

“沈俊言，你以为你是天王老子啊？还谁都要听你的话？你这么护着刘小宁，是不是也看上她了？”

刘小宁脸色苍白，不免有些害怕，但是又担心沈俊言，只能小心翼翼地抬头看向沈俊言。

沈俊言脸色铁青，秦尚这个人，着实招人讨厌。

“怎么不说话了？是不是被我说中了？沈俊言，没想到你也是吃锅望盆的主儿啊，你不是一直都喜欢舒情——”

沈俊言一拳头打到秦尚身上。秦尚措手不及，往后退了几步，他愤怒地盯着眼前的沈俊言，破口大骂：“沈俊言，你疯了是不是？”

“我帮你治治你这张破嘴！”沈俊言怒不可遏。

他们的动静很快吸引了路人驻足围观，别人可能不知道秦尚是谁，但沈俊言可是家喻户晓的大明星，很快就被人认了出来。有不少人拿出手机拍照，包括站在一边的刘小宁也被人认了出来。

“啧啧啧，这不是沈俊言吗？怎么和人当街打架？”

“旁边那个女的是不是新晋演员刘小宁？这是有什么内幕吗？”

更有潜伏着的娱记早就围了上来，生怕错过了第一手新闻。已经有网友把现场照片发到了微博上，连配文都是添油加醋的，猜测沈俊言跟刘小宁有什么。

“沈俊言，两男争一女”这个词条也迅速上了热搜。

星辰娱乐。

网上闹得沸沸扬扬，舒情不可能不知道，已经让公关部去紧急处理了。她坐在办公室里，双手撑在桌上，目不转睛地看着电脑屏幕，皱紧了眉头，不免有些头疼。

“沈俊言在哪儿？让他回来。”拿出手机，舒情给沈俊言的助理打了一个电话。

一个小时之后，沈俊言和刘小宁才回到公司。

刘小宁明显怯生生的，跟在沈俊言身后，眼眶红着，脸上有泪痕。而沈俊言脸上有淤青，冷着脸不说话。

“还知道回来呢？”舒情紧抿着唇，直视沈俊言。

沈俊言脑袋是不是坏掉了，自己是什么身份不知道吗，竟然能跟人动手。

沈俊言一句话也没说，刘小宁想开口解释：“舒情姐，是这样的……”

“你不用替他说话。”舒情截断了刘小宁的话，看着刘小宁，语气缓了缓，“小宁，你先回家好好休息吧，刚出院，身体要紧。我和沈俊言单独聊几句。”

刘小宁喉头动了动，还想说些什么，但看了一眼舒情的脸色也就作罢了。

舒情皱着眉看了沈俊言一眼，快步走到他面前，头一次生那么大的气。

“沈俊言，你到底是怎么回事？！你现在是知名演员，自己心里应该有点数，怎么还能干出这样的事情？如果处理不好，公司会因为你遭受多大的损失你知道吗？我知道你是为了小宁好，但是你好歹应该注意一下自己的公众形象啊！”

舒情简直恨铁不成钢，沈俊言一向冷静沉着，这次为什么就这么冲动呢！

“我……”沈俊言俊脸冷沉，想要解释。

舒情摆了摆手，打断了他：“行了，你先去医院看看吧，脸上都受伤了。这件事情我会想办法处理。”

傍晚，舒情回到水月新城。客厅里面没有开灯，她不由得有点疑惑，霍云城还没有回来吗？

舒情开了灯，听到厨房里面有动静，她以为是王妈在做饭：“王妈，云城回来了吗？”

可没人回答她。她走进厨房，才看到霍云城穿着衬衫、西服裤子在做饭。

“怎么是你在做饭？霍大总裁今天这么闲啊！”舒情莞尔一笑。

霍云城回头，不徐不缓地说：“我知道你今天心情不好，给你准备一顿晚餐。”

因为沈俊言的事情，给星辰娱乐带来了很多负面新闻，舒情已经让公关部去解决了，但是有关此事的热搜热度不减，好像有人专门抹黑星辰娱乐似的。

“你怎么那么了解我，知道我心情不好，还特意给我做饭。”舒情伸手从后面环住霍云城的腰，将脸颊贴在了他的后背。感受到男人的体温，舒情的心也暖暖的。

“你怎么没系围裙？衣服上面会沾到油烟味的。”舒情取下门后挂着的围裙，亲手给霍云城系上。

霍云城大手一伸，反客为主地抱上舒情。他微微颔首，对上她发亮的眼眸，忍不住低头吻上了她的唇瓣。

舒情推开霍云城：“菜……菜都要煳了……”

霍云城急忙松开了她，关上了火：“这是我今天炖了很久的鸡汤，专门给你补气血的。”

舒情笑了笑：“哇，可以喝到霍总牌鸡汤了，我是不是独一份呀？”转头看到腌制在盘子里面的牛排，“还有牛排！”

霍云城宠溺地揉了一下她的头发：“你开心就好。什么事都不怕，你只管往前走，有我当你的后盾。”

“嗯，我什么都不怕。”舒情温柔地说道，她看着凌乱的厨房，笑了笑，“我帮你打下手，我们两个一起做。”

能跟心爱的人一起做饭，共进烛光晚餐，再难的事情都能过去。

舒情眉眼弯弯，温柔的目光时不时在霍云城的脸上停留。两个人一起在厨房里忙碌，霍云城煎牛排，舒情就在一旁递调料；舒情炒菜的时候，霍云城就在一旁切菜，配合得非常默契。

“牛排鲜嫩多汁，霍大总裁的厨艺还不错，辛苦你了。”舒情端着盘子打趣着。

霍云城棱角分明的脸上露出笑容：“不辛苦，一会儿吃完饭，我再给你一个惊喜。”

他故意卖了一个关子，任由舒情怎么问都不透露晚餐后的惊喜。

晚餐时间，精致的烛台散发着淡淡香味，娇艳欲滴的“弗洛伊德”玫瑰映衬得舒情面色更加红润。她端起酒杯轻笑，红唇微启：“云城，今天谢谢你，我很开心。”

霍云城捏着高脚杯轻抿了一口：“我们早点结婚，跟我在一起，你就不会有这么多烦心事了。”

舒情回想起来，她跟霍云城经历了种种坎坷，终于在一起了，缘分仿佛天注定。

“先吃饭，牛排是你最喜欢的口味。”霍云城深情款款地盯着舒情。

餐后，霍云城眼含深意地说：“走，我带你去找下一个惊喜。”

他起身拉住舒情的胳膊，带着她往门外走。舒情云里雾里的，这个惊喜居然还在外面，到底是什么？

第十一章
给你一个惊喜

“这么晚了，去哪里啊？”舒情跟着霍云城，好奇地打探着。

霍云城牵着舒情的手，两人十指相扣。他侧头看了她一眼，富有磁性的声音响起：“你一定会喜欢的。”

这男人搞得这么神秘，倒是勾起了她的好奇心。

霍云城带着舒情走到车库，十分绅士地替她打开车门：“上车吧，霍太太。”

霍太太……这样的称呼，实在是太亲昵了。

舒情佯装生气，娇嗔着瞪了霍云城一眼：“我还不是霍太太呢！”

霍云城挑了挑眉，凑近了舒情的耳畔，低沉地开口：“除了你，还有谁能当霍太太，嗯？”

舒情深吸一口气，转移话题：“行了，到底要去哪里？赶紧开车吧。”

霍云城点头，发动了车子。

坐在副驾驶上，舒情透过车窗看着外面的夜景闪过，似乎离城市中心越来越远。开了一个多小时，她看到了大海，回忆翻涌而来：“原来是海边啊。”

两个人当初在海边许下承诺，彼此相伴。回想起当初的美好，舒情心中一阵甜蜜，她侧头，对上霍云城深邃的目光，抿了抿唇道：“难怪你说要给我一个惊喜。”

“喜欢吗？”

“嗯。”舒情点头，最近忙于工作都很少来海边了。

下车以后，舒情抬头张开双臂，感受着清凉的海风，她的心情随着放松下来。

看着面色平静的舒情，霍云城嘴角上扬：“怎么样，看看海，听听海风，烦恼是不是都没有了？”边说边脱下自己的外套，披在舒情的身上，“海边温度低，别着凉了。”

舒情莞尔一笑：“谢谢你。”

这天，舒情给爷爷拨通了电话：“爷爷，是我，您那边现在是中午吧？”

听到宝贝孙女的声音，舒爷爷也很高兴：“对，我刚从外面玩回来，应该还要在迪拜再待几天。”

爷爷玩得高兴，她也就放心了：“爷爷，我跟云城的订婚典礼定在了下个周末，您什么时候回来？”

舒情说起正事，她最重要的日子，爷爷是一定要出席的。

舒爷爷回道：“我过几天就回A市，我孙女的订婚典礼我怎么能缺席。”

挂断了电话，舒情的思绪有些飘远。在她的记忆中，从小就只有爷爷，爸爸妈妈的面目很模糊。爷爷只是告诉她，当年她父母出了意外去世了。可是，为什么她一点也不记得了呢？偶尔有些记忆的碎片在脑海中一闪而过，她努力地想要把它们拼凑完整，却总是想不起来。

还有，阿雪究竟是谁？齐叔叔和阿雪是什么关系？为什么她每次提到阿雪，齐叔叔都顾左右而言他，似乎有很多事情瞒着她，不想告诉她。

齐叔叔曾经说阿雪是她小姨，那阿雪现在又在哪里？看齐叔叔的样子，应该是很爱阿雪的。如果阿雪还安好，齐叔叔为什么一个人隐居在玉笔峰，为什么不去找阿雪？

……

很多事情，舒情想不明白，她也曾经用尽办法去查找，却什么也查不到。

一边想着，一边去了星辰娱乐。

关于沈俊言，网络上的谈论热度持续居高不下，出现了很多负面的评论。舒情有些头疼，这样下去，只怕会影响《新霸王别姬》。走进公司，她直奔沈俊言的办公室。

沈俊言正面无表情地看着网上那些对他的各种评论，看见舒情推门而入，眼睛一亮。

舒情迈步走进来：“沈俊言，我仔细考虑过了，这件事情你最好出面澄清一下，否则的话，舆论对我们很不利。”

沈俊言的目光慢慢落下，一句话都没有说。

舒情沉沉呼出一口气，试图调整自己的情绪，好半天才听沈俊言问道："你是不是真的要跟霍云城订婚了？"

都什么时候了，他还在想这个！舒情有时候真的拿沈俊言毫无办法，不知道他为什么如此执着。

"对，下周末！"

沈俊言心里难过到了极点，眼中一片黯然。

舒情见他这样，好心劝解道："俊言，我喜欢的是霍云城。你为什么还要在我身上浪费时间呢？你……不如好好珍惜眼前人！"

沈俊言抬起头来，眼中有些惊讶，没想到舒情会提起这一茬。

舒情叹了口气："小宁是个好姑娘，上次在医院我就看出来她其实很喜欢你，你不如试着相处相处？"

小宁？沈俊言嘴角扬起一点笑意，他承认刘小宁是很好，但是他根本不喜欢她啊。半晌，沈俊言摇了摇头："不耽误人家了，小宁确实是个很好的女孩子，但我只把她当妹妹。"

办公室的门虚掩着，刘小宁一早就来上班了，她正站在门外想找机会向沈俊言说声对不起，没承想听见了沈俊言的这番话。

刘小宁此刻只觉得眼睛酸得要命，自嘲地笑了笑，转身离开。她在期待什么呢？早该知道沈老师不可能喜欢她的。

舒情也不想过多干涉沈俊言的感情："好吧，你的私事我不应该多管，但是我希望你意气用事的时候也能考虑一下公司，毕竟你不是只有你自己。沈俊言，我希望在三天之内，重新看见你认真工作的样子。"

沈俊言知道自己这次做得太过火了，认真地点了点头："好，我知道了。"

《新霸王别姬》剧组历经种种波折，终于赶在预计时间杀青了。

为了犒劳大家，舒情特意举办了杀青宴。她举起酒杯在主桌站起来，看向大家笑道："这段时间辛苦大家了，我相信，这次我们一定能在电影节中取得佳绩！"

众人纷纷起哄，举起酒杯庆贺。

一片其乐融融中，一个穿着黑衣服、戴着白手套，看起来十分帅气的年轻男子突然走了进来，手里还拿着一个蓝丝绒缎面盒子："请问哪位是舒情小姐？”

舒情从桌子旁边绕了出去：“我是。”

男子微微颔首，面带微笑地把盒子递给她：“您好，这是一位先生请我们带给您的，他说一定要当面给您。如果没有什么异议的话，您签一下字就可以了。”

舒情愣了愣，一头雾水地接过盒子。是谁给她送的礼物，还搞得这么神秘，难道是霍云城？

在座的大家都知道舒情和霍云城马上要订婚了，所以，理所当然地认为这是霍云城霍总送的。

“舒情姐，霍总真浪漫啊，杀青宴给你送礼物。”

“对啊，你们夫妻感情好甜蜜哦。”

舒情耳边听着赞美声，慢慢打开盒子，里面是一条价值不菲的钻石项链。这条项链她在杂志上见过，是一个法国品牌的限量款，造价昂贵。除了霍云城，她一时间也想不到谁会送这么贵重的礼物给她。

舒情嘴角不自觉地勾起，盖上盖子，把首饰盒收起来。不过，霍云城前几天不是刚送了一条项链给她吗？

回到别墅的时候已经是晚上十点了，舒情进门就看见霍云城坐在沙发上看书。

霍云城见她进来，放下了手中的书：“怎么这么晚才回来，也不告诉我一声，让我去接你。”

“没事！”舒情摇了摇头，笑得很甜，她主动搂上了霍云城的脖颈，“对了，你今天怎么花那么多钱给我买礼物，也不告诉我一声，我都没有心理准备。”

霍云城原本还很享受舒情主动撒娇，但是一听这话，他疑惑出声：“什么礼物？”

舒情也愣了，霍云城这反应，难道项链不是他送的？舒情疑惑地从包里拿出首饰盒递给霍云城：“就是这个啊！我还在杂志上看过这条项链，价格不菲，今天有人直接送到了我们杀青宴上，我还以为是你送的。”

霍云城看着项链，眼中的疑惑越来越深，他这几天都在忙订婚典礼的事，确实没抽时间去买杀青宴礼物。

“不是我。”霍云城摇了摇头，脸色有些不好看。

竟然有人神秘兮兮地送他未婚妻这么贵重的礼物！

舒情凝眉，索性把首饰盒扔在一边：“那就算了，不是你送的我就不稀罕了。”

她熟知霍云城的命门，想让他放心就得这么干，另外，她真的不需要来路不明的礼物。

第二天，舒情刚到公司不久，前台的内线电话就打了过来。

“舒总，前台有人找您，说是您的朋友。”

“是哪位？”舒情有些疑惑，她的朋友来星辰娱乐哪儿用预约啊！

“他说他叫约瑟夫，您认识他。”

舒情听到这个名字想了好半天终于想起来了，约瑟夫？他怎么来了！她抿了抿唇。虽然心里纳闷，但让人一直在前台等着也不好，更何况他们在晚宴上跳舞的照片还被人拍到过，她不想再闹出什么新闻来。

“让他到我办公室来吧。”想到这里，舒情淡淡开口说道。

约瑟夫一听舒情要见他，脸上立马露出了笑容，果然，他的中国女孩还是记得他的。

舒情的总裁办公室跟剪辑组工作人员的办公室挨在一起，约瑟夫走过去的时候，吸引了几个同事的注意。

约瑟夫今天为了见舒情还特意打扮了一下，他走到总裁办公室门前的时候也是满脸的笑意，敲了敲门就走了进去。

舒情抬头看见他，没有什么表情。

约瑟夫扬了扬唇角，热情地打了个招呼：“舒情，还记得我吗？”他从米歇尔那里打听到了舒情的名字，还有她在 A 市的住址和公司地址，就赶了过来。

舒情礼节性地勾了勾嘴角：“当然记得，不知道你怎么会来找我，是有什么事吗？”

约瑟夫笑得更开心了，脸上一副春风得意的神情：“我送给你的项链你还喜欢吗？”

没想到项链是约瑟夫送的，舒情愣了一下，随即摇了摇头：“谢谢，但是我并不需要这么贵重的礼物，不好意思。”说着，就绕到办公桌后，拉开抽屉把首饰盒拿了出来，“你还是收回去吧。”

约瑟夫急了，眼里满是诚恳，急急追问道：“为什么？是我送的礼物你不喜欢吗？我可以再换别的，这条项链我觉得很好看，很配你，你还是收下吧。”

这个时候，总裁办公室外面已经有了几个来看热闹的同事，有人小声议论起来。

舒情摇了摇头："不，我想说的是其实我并不需要，啊……不好意思啊，我先接一个电话。"

见是霍云城来电，舒情抿了抿唇，干脆当着约瑟夫的面接听起来："喂，云城，怎么了？"

霍云城刚到星辰娱乐楼下，他语带笑意地说："今天我下班比较早，公司没什么事，我接你一起出去逛逛街？"

"啊……可我这会儿有客人……"

约瑟夫不知道舒情说的云城是谁，但是他按捺不住，直接说："舒情，自从米歇尔的生日宴会后，我就一直对你念念不忘，你真的很美，舞姿也很美……我很喜欢你，希望你可以跟我在一起！"

约瑟夫这番话没有刻意压低声音，甚至都被门外的员工听见了，众人露出了惊讶且八卦的眼神，面面相觑，小声交流着什么。

当然，霍云城也听见了，甚至清清楚楚。

他握着手机的手紧了紧："谁在你那里？约瑟夫吗？就是上次我去接你的时候碰见的那个法国人？"

舒情瞥了一眼约瑟夫，匆匆往外走："等我下楼再说吧，你是在楼下吗？"

霍云城"嗯"了一声。

舒情出了办公室，约瑟夫也追了出来。

出了大楼，舒情一眼就看见了霍云城的车，她小跑过去拉开车门坐在副驾驶上对他说道："我也不知道约瑟夫怎么就找来了这里，而且昨天的项链是他送的……不说了，你快开车，先不吃饭，到你公司去吧。"

霍云城当下一点不迟疑，踩动油门掉转方向往霍氏集团开去。

到达霍氏集团楼下，霍云城拉着舒情的手快步走进大厅，一路来到总裁办公室，也不忌讳别人的目光。

在办公室的门关上的时候，舒情总算松了一口气。她无奈地看向霍云城："就是上次在米歇尔的生日宴会上邀请我跳舞的那个男人，项链也是他送的，我也不知道他是怎么找到星辰娱乐的。"

霍云城抿紧了唇，眼神骤然阴沉下来，但没说舒情一句不是，只是心里有些酸。他抬眼向舒情看去，一个念头在他脑海中形成，随即脱口而出："我们明天就去领证吧，我不希望别的男人再觊觎你了。"

舒情发誓，这绝对是霍云城最冷静的一次了。但她还是有点无奈，忍不住提醒道："可是我们还有几天就要订婚了，你这个提议也太心血来潮了吧。"

霍云城沉默了一下，又改口道："也对，那举行完订婚典礼之后就去领证吧。"

舒情嘴角忍不住勾起一丝笑意，她有的时候很讨厌霍云城的占有欲，但有的时候又觉得这个男人幼稚得可爱。

她看了霍云城一眼，揶揄道："还要看你表现咯——不然，我可不答应。"

霍云城笑笑没说话。

等两人走出霍氏集团大厦准备去吃饭的时候，赫然看到约瑟夫居然等在门口。

舒情顿时感到头疼。

约瑟夫看见霍云城哼了一声："是你！"

霍云城啧了一声，冷冷地看向约瑟夫："对，我是她的男朋友。"

"男朋友是吗？"约瑟夫反应很快，"从现在开始，我要跟你公平竞争，我喜欢她，我要追求她。"

舒情无奈扶额。

"追求她？"霍云城笑了一声，不屑地看着约瑟夫，觉得这个男人有点自不量力。他把舒情搂进怀里，"我是她的未婚夫，我们下周就要举行订婚典礼了，约瑟夫先生，我觉得你还是认清现实比较好。"

舒情抿了抿唇，没有说话。

约瑟夫不以为意，他追求的是自由和浪漫："你们现在不是还没有结婚吗？只要没有结婚，我就有机会，还不到最后一刻谁知道舒情会不会喜欢上我呢？"

约瑟夫的回答十分自信，霍云城听见这句话的时候忍不住笑了起来，这个小子未免也太猖狂了。

"那就拭目以待了。好了，如果约瑟夫先生没有事情的话，请尽快离开，我和我的未婚妻要去吃饭了。"说完牵着舒情就走。

霍云城走了一会儿却突然笑了起来。舒情有些疑惑地看着他，刚才还生着气呢，怎么这个时候又笑起来了？

“你怎么了？”她歪头问道。

霍云城摇了摇头：“就是觉得霍太太的魅力真大，有其他男人喜欢你，其实也无可厚非。”

舒情盯了霍云城两秒：“你刚才怒发冲冠的样子，我都怕你跟约瑟夫打起来。”

霍云城揽住她的肩：“那倒不会，我对我自己当然有信心了。”

夜色渐深，魅色酒吧，灯红酒绿，纸醉金迷。

刘小宁坐在卡座，将杯子里的酒一饮而尽，辛辣的液体呛得她猛地咳嗽了几声，嘴上却说：“再来一杯。”

她的视线与调酒师相接，抿了抿嘴唇，将空杯推过去。

“这可是很烈的酒，小心喝醉。”调酒师的表情有些微妙，眼神朝着另一边的卡座投去。

“关你什么事。”刘小宁打断了调酒师的话，眼眸注视着杯壁上滑落的水珠。

她吸了吸鼻子，酒吧里的音乐渐渐变成了沈俊言的话：我一直把小宁当妹妹。

妹妹……阵阵酸涩席卷了刘小宁全身，尽管她知道沈俊言喜欢的人是舒情，可亲耳听见沈俊言说只是把她当成妹妹，心中还是异常苦涩。原来都是她自作多情了，她默默地暗恋他，鼓起勇气向他表白却被他拒绝。可她总觉得他对自己是不一样的，他的温柔、他的笑容、他的维护……

想到这些，刘小宁的眼眶不禁红了起来，紧咬着下唇，捏着杯子的手指慢慢收紧。

突然，口袋中的手机响起，刘小宁眼睛一亮，忙掏出来看，笑容却沉了下去。

“小宁，你在哪儿呢？明天还有一个通告，台本已经送来了。”经纪人的声音从电话中传来。

“我不想……”刘小宁呢喃着，再次饮尽了酒。

听见刺耳的音乐声，经纪人的语气紧张起来：“你那边这么吵，你到底在哪儿，你是不是在……”

“吵死了……”刘小宁第一次挂断了经纪人的电话。

酒精让她的脑袋有些恍惚，隐约间好像有一个人向她走来。

“好巧啊。”秦尚在刘小宁身边坐了下来，“一个人来的？”

刘小宁认出了眼前的人，立即不悦地皱起了眉头，这个秦尚一直不怀好意地纠缠自己，上次沈俊言为她出头，惹上了那么大的麻烦。没想到如今来酒吧都能遇到他，刘小宁根本不打算理会他。

起身想要走，却感觉一阵头晕目眩。

“小心一些。”秦尚和调酒师对视一眼，伸手扶住了刘小宁。

“放开！”刘小宁欲要甩开秦尚的手，却感觉身子发软，根本使不上劲儿来。

她的酒量虽然算不上非常好，但也不至于两杯就醉成这样，刘小宁揉了揉太阳穴，视线却开始模糊起来。

怎么回事？刘小宁心中警惕着，想要推开秦尚，却浑身无力。渐渐地，刘小宁只觉得脑袋放空，耳边的声音也开始模糊。

“小美人？”秦尚将刘小宁抱了个满怀，试探性地叫了她几声，见怀里的人完全没有反应，这才满意地勾起嘴角对调酒师说，“做得不错。”

他从口袋里抽出几张钞票扔在了吧台上，带着刘小宁离开。

“为什么……为什么你要这么对我……”意识模糊的刘小宁呢喃着，小手拍打着秦尚的手臂。

秦尚摸了摸刘小宁的脸颊，开口道：“我肯定会对你好的。”

然而，就在秦尚刚抬头的时候，迎面一个拳头袭来，毫无防备的秦尚被打得一个踉跄。

“哪个浑蛋？！”秦尚吐了一口口水，抬眼就见到一个长相斯文的男人接住了刘小宁。

“禽兽！”一身西装革履的金锦然看着怀中面色不自然的刘小宁，脸色沉了下去。

他作为一个医生，一眼就看出来刘小宁是被下了药，再加上刚才看到秦尚和调酒师的互动，金锦然忙跟了上来。

“你算什么东西，别多管闲事。”秦尚脸色阴沉，没想到半路居然杀出这么一个人。

金锦然没有理会秦尚，抱着刘小宁转身就走。秦尚怎么肯，骂骂咧咧地就要出手。然而秦尚这么多年早就被酒色掏空了身子，出手也不过是花架子，金锦然转身，直接一脚将秦尚放倒。

怀里的刘小宁体温升高，开始有些不安地挣扎起来，原本想要报警的金锦然见状，只能将刘小宁先带走。

刘小宁身子发沉，她费力地想要睁开眼睛，但胸口涌上一股恶心感。就在这时，一个冰凉的东西压在了她的额头上，将难受的感觉缓解了不少。也不知道过了多久，耳边隐约有响声，刘小宁缓缓地睁开眼睛，入眼是完全陌生的环境。

她心里一慌，想要回想发生了什么，却发现脑中一片空白。

“你醒了？”男人沉稳的声音传来。

刘小宁猛地转头，就看见有个男人拿着一杯水走了进来。恐惧瞬间占据了心头，刘小宁马上要坐起身来，但是沉重的四肢却抑制了她的动作。

“你是谁？你对我做了什么？”刘小宁现在非常悔恨自己去酒吧买醉，一时间有些慌张，紧抓着被子不知所措。

“你别害怕，我不是坏人。”金锦然见到刘小宁警惕的表情，连忙挥手解释，“我叫金锦然，是个医生，昨天你在酒吧被人下药，差点被带走，我把你救下带回了我家。”

说着，金锦然指了指床头的医药箱，还拿了一个胸牌递给刘小宁，许是着急解释，动作显得有些笨拙慌乱：“因为药剂副作用，你现在有些低烧，得休息一下。”

刘小宁接过胸牌看到了金锦然的名字，又看着自己被挽起的袖子，果然手臂上有包扎的痕迹。

她抬眼打量着金锦然，这个人看起来确实不像是坏人。

“你……救了我？”稍稍冷静下来的刘小宁揉了揉太阳穴，仔细回忆昨天在酒吧发生的事情，果然想起了一个人——秦尚。

“其实……我是你的影迷，你的几部电影我都看过。”金锦然将掉在床上的冰袋拿了起来，抿唇轻声说，“昨天在酒吧我看见那个男人和调酒师好像说了什么，之后就把你带走了，我很担心，就跟了上去，果然那个人没怀好意。”

听了金锦然的复述，刘小宁只觉得浑身发冷。一定是秦尚那个卑鄙的男人给她下了药！如果昨天自己没有遇到金锦然，后果将不堪设想。

金锦然看着脸色沉重的刘小宁，本想要说什么，最后还是咽了回去。

两个人相对无言，刘小宁垂下眼睫：“真的谢谢你，如果不是你，后果不堪设想。”

金锦然将杯子递给刘小宁，轻声说：“我昨天本来想报警的，可是想到你的身份，我便自作主张把你带回我家了，冒昧了！那个……以后还是要注意一些，先不说你是公众人物，就说你是女孩子，一个人去酒吧还是要小心啊。”

刘小宁点着头，小半张脸都要埋在杯口里了，她默默地喝水，突然想起了什么，连忙在身上找了起来。

金锦然被刘小宁的动作吓了一跳，将手中的温度计放在了一旁：“你在找什么？”

“你看到我的手机了吗？”刘小宁深吸一口气，自己一夜未归，经纪人要是知道这件事情，一定不会饶过自己的。

转头见到了床头的手机，刘小宁忙扑过去，却发现手机已经自动关机了，一瞬间，刘小宁感觉自己的前途一片灰暗。

“怎么了？”见刘小宁动作定住，金锦然有些担心地询问道。

刘小宁慢慢转过头，脸上的表情委屈极了，她双手捧着手机，仰头望着金锦然：“大恩人，你有充电器吗？”

刘小宁充好电之后，首先就给经纪人拨通了电话：“我不是故意挂的电话，手机没电自动关机了。”

“刘小宁，你能不能有些分寸，你是公众人物，你知不知道你的一举一动都被媒体关注着！”

刘小宁悄悄地将听筒远离了自己的耳朵，吸了吸鼻子，想要马上结束通话：“知道了知道了，我马上就赶回去。”

“你现在在哪儿？我去接你。”经纪人那边传来了开门的响动，显然是准备出发了。

“在……”刘小宁刚要回答，一想到自己在别人家里，登时就打断了经纪人的话，“不用！我可以自己回去！我直接回公司，不用麻烦你来接我了。”

经纪人听见刘小宁的语气，心中生疑：“刘小宁，你不会谈恋爱了吧？”

听见这话，刘小宁微微怔愣，她倒是想谈恋爱，可是她爱的人爱的不是她！

“我怎么可能谈恋爱啊，我马上就赶回公司，昨天的事情我们见面再说。”说着，刘小宁挂断了电话，松了一口气。

“真是太感谢你了，金锦然。”刘小宁看着面前的金锦然，露出了感激的笑容。

“你这感谢的话都说好几遍了。”金锦然有些无奈地摇了摇头，沉声开口叮嘱道，“烧已经退了，回去之后三天内注意一下饮食，多休息。”

刘小宁闻言抬眸看了一下金锦然，开玩笑地说：“你还真是医生，这样的口吻真的太让人讨厌了。”

金锦然听闻哑然一笑：“职业病罢了。”

“无论怎么说，还是要感谢你。”刘小宁一边说着，一边起身朝着金锦然深深鞠躬。

金锦然连忙推拒着，目光落在面前的刘小宁身上，有些恍惚。

说起来他成为刘小宁的粉丝也是一次偶然，不过出乎他意料的是，荧幕上的刘小宁和如今面对着自己的刘小宁有很大的差别。

“你有纸和笔吗？”刘小宁抬头看着金锦然，笑起来的时候脸颊有两个小小的酒窝。

金锦然不明所以，但还是从书架上抽出了一个本子递给了刘小宁。刘小宁接过之后在上面写了些东西，最后展开递到了金锦然的面前。

金锦然打眼一看，竟然是他的简笔画，下面还有刘小宁的签名，还配着“救命恩人”四个大字。

这倒是让金锦然有些意外。

刘小宁吐了吐舌头，俏皮地歪头：“这叫粉丝福利，不仅有我的签名，还有我亲自给你画的简笔画，怎么样，你可是头一份儿呢。”

“我会好好珍藏的。”金锦然合上本子，唇角勾起了一抹笑意。

“那我走了，而且……”刘小宁欲言又止，“昨天和今天的事情，我希望你可以保密。”

金锦然颔首：“当然。我还是送你回去吧，这边不太好打车，万一被娱记拍到了也不好。”

刘小宁斟酌一番后也觉得有道理，跟着他去了车库。

送刘小宁回星辰娱乐的路上，两个人并没有多说什么。刘小宁望着车窗外飞逝而过的景色，有一股莫名的情感涌上心头。她的手指滑动着手机壳，最后直接卸了下来，这个手机壳，还是因为沈俊言买的，因为看起来像是情侣款。现在想一想，那时候自己还真是有些可笑。

恍惚之间，车子稳稳地停了下来，刘小宁缓过神来，对金锦然笑道：“谢谢，麻烦你了。”

金锦然并没有说话，只是摇了摇头，帮刘小宁打开了车门。两个人又随便说了几句，金锦然便开车离开。

正当刘小宁深吸一口气准备进公司的时候，舒情却不知何时站在了她的身后。

“舒情姐。”刘小宁有些意外地眨了眨眼睛。

“刚才送你来的是谁啊？我听你的经纪人说，你昨天晚上一直没回去？”舒情朝着金锦然离开的方向看去。

听到这话，刘小宁想到了昨天发生的事情，表情一下子阴沉下去，将在酒吧发生的事情尽数告诉了舒情。

“秦尚？就是那个一直纠缠你的富二代？”舒情的眉心骤然蹙起，没想到竟然会发生这样的事情。

“嗯。”刘小宁点头，一想到昨晚的事情，她就心有余悸。

舒情拍了拍刘小宁的肩膀，沉吟着说：“小宁，你马上报警，我去调监控，一定不能放过这个秦尚。”

“报警……”刘小宁有些犹豫，她毕竟是公众人物，况且秦尚也有些背景，一旦闹大了，恐怕影响非常不好。

舒情看出了刘小宁的犹豫，语气严肃了几分：“小宁，这种人如果不给他点教训，他只会得寸进尺！放心，这件事我会着手处理的。”

舒情的目光冷下去几分，敢动她手底下的人，她一定要狠狠地教训一顿这个秦尚！

和刘小宁的经纪人商量之后，舒情直接要求酒吧经理调了那天在酒吧和停车场的监控，将秦尚的一举一动都备份了下来。刘小宁也按照舒情的话去公安局报了警。

秦尚直接被人带到了公安局接受调查。

“这件事和我没关系，我只是看到她喝醉了，好心送她回家。”秦尚面上淡然地开口，心底却生出几分怨恨。没想到刘小宁居然会倒打一耙，人没到手就算了，还被不知道哪里冒出来的人打了一顿。

“还有你们得找到那个人，他可是狠狠地打了我一顿，我嘴角的伤到现在还没好呢，说不定是他们联合起来要敲诈我呢。”说着，秦尚指了指自己嘴角的伤口，态度倨傲，“看到没，我这里受伤了，我要进行伤情鉴定，我要告那个人故意伤害。”

玻璃窗后，听见此话的舒情唇角冷然勾起，这个人还真是不见棺材不落泪。

刘小宁站在一旁，有些担心地望向舒情。舒情拍了拍她的肩膀，给了一个安心的眼神。

紧接着，舒情将之前备份的监控视频交给了警察，这样的铁证下，原本十分淡定的秦尚终于开始慌张，扬言要请律师。

“你们这是诽谤，我要找我的代理律师，或者你们可以联系我爸，你们知不知道我爸是谁……”

秦尚的表情越发狰狞，他居然会被人摆上一道。这个仇他记下了，他一定不会放过刘小宁的！

刘小宁的经纪人说：“警察同志，你们也可以去调查一下昨天酒吧的那个调酒师，相信他能提供不少线索。”

转头看着还在愤怒吼叫的秦尚，经纪人脸上多出了几分厌恶，她也知道这个一直纠缠刘小宁的人，只是碍于这人背后的势力一直没正面交锋。没想到这次差点让他害了小宁，万一他真的得逞，那后果简直不堪设想。想到这里，经纪人转头看向刘小宁，眼神中有几分责备的意思。

刘小宁默默低下头，一句话都不敢说，回去之后肯定死定了。

证据确凿，秦尚最终被拘留。但秦家似乎在暗中动用关系，舒情在调查了秦尚的背景后，将这件事压了下去，没有走漏一点风声。

忙完这一切，舒情低头看手机，发现居然有一个霍云城的未接来电。今天忙着处理刘小宁的事情，连霍云城的电话都没接到。

本来想给打回去，公司那边又有电话打进来，舒情便着手处理别的事情，一来二去竟将霍云城的电话忘记了。

晚上回家，舒情就见霍云城一个人坐在沙发上。

舒情懒懒地凑了过去，但霍云城却没有和往常一样将她揽在怀里，只是一动不动地坐在那里。

“为什么不接电话？”霍云城转头看着舒情，神色冷然。

听见这话，舒情这才拍了拍掌心，她怎么忘记这件事情了。

“对不起啊，云城，我忘了。”舒情环住了霍云城的臂弯，语气有些撒娇。

霍云城将她带到了自己的怀里：“你今天和谁在一起？不会又是那个什么法国男人来纠缠你了吧？”

看着霍云城的脸色，舒情眨了眨眼睛，伸手揽住了他的脖颈，故意说道：“人家叫约瑟夫。”

果然，一提到这个名字，霍云城的脸色更不好了，连带手上的力道也重了几分。

“云城，你弄疼我了。”舒情吃痛地撇着嘴，娇嗔道。

霍云城微微松手，幽深的视线却一直放在舒情的脸上。

难得见到霍云城这样的表情，舒情倒是多了几分想要逗他的心思：“如果……我真的去找约瑟夫了呢？”

霍云城顷身将舒情压在身下，低沉地开口，“那我今天就把你吃干抹净了！”

舒情偏了偏头，笑着说：“怎么可能！我今天都在公司处理小宁的事情，发现你打电话来想给你回电话来着，结果又碰上别的事情，忙忘了。”

霍云城沉默不语。

见霍云城没有反应，舒情转了转眸子：“霍先生，你是不是吃醋了？”

“是，我吃醋了，霍太太。”霍云城毫不犹豫地应下，“我不喜欢你和别的男人接触，尤其是……”

然而霍云城的话还没说完，舒情便低下头在他的唇瓣上印下一个吻：“霍先生，我爱你。”

舒情目光灼灼，静静地看着霍云城眸中映出的自己，轻轻开口：“自始至终都是你一个人。”

回应她的是霍云城铺天盖地的吻。

就在两人吻得昏天暗地的时候，舒情的手机不合时宜地响了。

舒情眼神迷离，喘息着开口：“我……我先接电话……”

推开霍云城，舒情拿过手机看了看，是舒爷爷打来的。

“爷爷！”舒情惊喜地接通了电话。

电话那头传来了舒爷爷爽朗的声音：“情情，我定了明天的机票到A市。”

“真的吗？太好了！”明天就能见到爷爷了，舒情脸上洋溢起笑容，“明天我去机场接你。”

“好。”舒爷爷心情很好的挂断了电话。

“爷爷明天到A市。”舒情放下手机，整理了一下衣服，侧头对霍云城说。

“嗯。”霍云城点了点头，“明天我和你一起去接。”

第二天，舒情早早地醒来，今天是爷爷回国的日子，她昨天激动了一晚上，想着今天就可以见到爷爷了，怎么都睡不着。

“我跟你一起去机场接爷爷。”霍云城推开门缓缓地开口。

舒爷爷在舒情心目中的地位霍云城是知道的，爱屋及乌，他对舒爷爷也是满满的敬意。

舒情笑着点了点头：“好，爷爷看到你肯定很开心。”

驱车去机场的路上，舒情脸上一直带着笑容，语气轻快：“爷爷这次环球旅游时间也挺长的，不知道他玩得怎么样。”

舒情是被爷爷一手带大的，和爷爷的感情非常深厚，以前爷爷忙于各种事情，现在终于有时间出去玩了，舒情希望爷爷能够玩得开心。

“一会儿见面了，你问问爷爷不就好了。”霍云城听着一旁的舒情絮絮叨叨说个不停，忍不住挑了挑眉，揶揄道。

此刻，舒爷爷在飞机上面也在想着舒情这段时间过得好不好，霍云城有没有照顾好她。

机场外，霍云城将车子停好，陪舒情走进机场大厅。

“航班还有十几分钟到达。”霍云城抬头看了一眼机场的滚动屏说，“你要不要先坐下来休息一会儿，爷爷还得一会儿才能下飞机。”

霍云城知道舒情昨晚一直没有睡着，所以让她先休息一下。

迫不及待想要见到爷爷的舒情，一刻都等不了，她始终盯着出口：“不了，我想第一时间见到爷爷，说不定飞机会提前降落呢。”

十几分钟的时间里，舒情目不转睛地盯着出口，等待着爷爷出来。

“从迪拜飞往A市的航班已经降落，请各位旅客有序下机。”机场的广播响起，舒情眼神一亮，急匆匆地往前走了两步。

舒爷爷刚走出出口，就看到舒情冲着自己招手，连忙举手回应：“我的宝贝孙女！”

看到爷爷，舒情小跑过去接过他的行李箱：“爷爷，飞机上累吗？你环球旅行这段时间玩得怎么样啊？”

“还不错，国外的风景各有特色，很好。”舒爷爷慈祥地笑着说，“等你们结婚蜜月旅行的时候也多出去走走，别一天到晚工作工作。”

“哎呀，爷爷……”一提到结婚，舒情有些不好意思了。

霍云城看到舒爷爷，礼貌地叫了一声，贴心地接过舒情手上的行李箱：“还是我来拿吧。”

舒爷爷笑得合不拢嘴：“云城啊，你也来了，你对我们家情情好就行。”

到了这个年纪，舒爷爷觉得舒情能找一个真心对她好的人共度余生就是最幸福的。

“那是当然，我会让舒情成为全世界最幸福的女人。”霍云城眼神诚恳，语气肯定。

“好，好！”舒爷爷不住地点头，眼中尽是对霍云城的满意。

爷爷一个劲儿地跟霍云城说话，舒情都有点吃醋了，她抱着爷爷的胳膊撒娇道：“爷爷，我们两个到底谁才是亲生的啊。”

“还吃醋了。”舒爷爷笑着打趣，轻轻拍了拍舒情的手，又把目光转向霍云城，“云城，我这个孙女看起来懂事，但还是小孩子脾气，希望你能包容她，照顾好她，别让她受委屈。”

霍云城明白老人家的担心，认真地点了点头，郑重其事地说：“爷爷，你放心，我不会让她受到任何委屈。”搂着舒情的肩膀，温柔地笑了一下，“对了，爷爷，今天我爷爷在霍家老宅准备了家宴，特意为您接风洗尘，我们先开车去霍家老宅吧。”

霍爷爷一听说舒爷爷要来 A 市参加舒情和霍云城的订婚典礼，别提有多高兴了，早就在家盼着了。

舒老爷子点了点头：“好，正好我也很久没有见到你爷爷了。他现在身体还好吗？”

“挺好的，身体还算硬朗，就是也想跟您一样出去旅行。”霍云城轻笑着说道，“他看到您去旅行了，心里很羡慕。”

霍老爷子心脏不好，身体不适合坐飞机，所以旅行一直没有成行。

舒情坐在后座陪着爷爷，看到霍云城跟爷爷聊得这么开心，她也就放心了。这辈子最珍爱的两个男人能够相处如此融洽，她感觉自己此刻很幸福。

霍家老宅门口，舒老爷子大老远就看到霍老爷子站在门口等待着。

“爷爷已经在门口了。”霍云城看到这一幕，开口说，“我怕他着凉，让他在家里等着，他偏不听，就急着见您呢。”

两个许久未见的老朋友，都期待着这次见面。

车子刚刚停下，霍老爷子笑着迎了上来：“老舒，你终于回来了！

这次环球旅行去的时间可是有点长了啊。”说着，霍老爷子伸出手紧紧地握上了舒老爷子的手，感慨道，“好久不见。”

“老霍啊，真是好久不见！我从国外带了一些礼物给你。”舒老爷子让舒情把礼物送上来，“里面还有一些小礼物，送给你的家人们。”

寒暄了一阵，两个老爷子并肩走进了客厅。

霍老爷子回头看到舒情跟霍云城并肩而行，欣慰地笑道：“你看这两个孩子多好，多幸福啊，咱们俩也能放心了。”

“对啊，情情跟云城订了婚，我们就是一家人了。”舒老爷子附和地笑，“云城这孩子真不错，对我家情情也很好。”

听着长辈的打趣，舒情有点不好意思了，她低着头亲昵地挽上了霍云城的胳膊。

看到这一幕，霍老爷子脸上的笑容更加灿烂了：“最好订婚以后情情能赶紧生一个孩子，让我们也享受一下四世同堂的乐趣。”

两位老人年纪都大了，都想要抱重孙子，享受天伦之乐。

舒老爷子轻轻拍了一下舒情的肩膀：“情情，听到了吗，你身上还肩负着重任。”他笑着看向霍云城：“云城，我跟你爷爷可是都等着呢。”

这么直白的催生，让舒情有点不好意思，她低着头红着脸。

“两位爷爷，舒情都不好意思了，她脸皮薄，你们就不要打趣她了。”霍云城紧紧地握着舒情的手，替她解围，“爷爷，咱们先去餐厅就坐吧。”

看到霍云城这么护着自己的孙女，舒老爷子脸上露出了欣慰的笑容。

一家人其乐融融地走进餐厅，突然门口传来了一阵门铃声，霍云城和舒情还未完全走进餐厅，这时停下了脚步。

“谁来了啊？”舒情好奇地问霍云城，今天霍爷爷还邀请了别人吗？

用人打开门，是霍母跟霍倩。

霍母跟舒情四目相对的时候，脸上的笑容瞬间消失了：“怎么你也在这里啊。”

“伯母，您好。”舒情礼貌地打招呼。

霍母和霍倩怎么突然过来了？本来今天爷爷回国，大家都开开心心的，可这两人一出现，准会扫兴。

“妈，今天是爷爷给舒爷爷接风洗尘，舒情自然在这里。”霍云城在旁边接过问题。

霍倩看到霍云城护着舒情，心中很是不快。

霍母脸上不悦："你爷爷呢？"

"餐厅。"霍云城牵起舒情的手，"刚才爷爷还说让舒情生一个重孙子，享受天伦之乐。"

他有意这么说，意在提醒二人不要惹霍爷爷不快。

"姨妈，您别跟云城哥哥生气，他啊，是当局者迷。"霍倩暗讽道。

霍母带着霍倩一起走进餐厅，看到霍老爷子的时候，立刻露出了笑容："爸，我带倩倩来看您了，这是给您准备的茶叶。"

"爷爷，您最近身体还好吗？"霍倩懂事地问道。

虽然说之前她们两个人算计霍老爷子的事情败露了，可最终霍老爷子还是没有把她们赶走。毕竟，霍母还是霍云城的母亲。

霍老爷子轻笑了一下，点了点头："你们今天来得正好，老舒环球旅行回来了，我在家里给他接风。"

"舒伯父，您好。"霍母虚伪地笑着，拉过身旁的霍倩说，"这位是云城的表妹，倩倩。她跟云城一起长大的，他俩从小感情就很好。"

"舒爷爷好。"霍倩跟随着霍母乖巧地问好，上上下下打量着舒爷爷。

这就是传闻中让人闻风丧胆的舒家老爷子？也不过如此！

听着霍母多余的话，霍老爷子有点不高兴，他轻轻咳嗽了一声。

餐厅里的氛围有些尴尬，霍老爷子冷声道："我们吃饭吧，厨房的饭菜已经做好了，今天准备了很多菜，咱们一家人好好聚聚。"

"一家人"，霍倩听到这三个字，觉得很刺耳。

吃饭的时候，霍老爷子跟舒老爷子并排坐在主位，霍云城跟舒情坐在一侧，霍母带着霍倩坐在另外一侧。

霍云城时不时给舒情夹菜："你尝尝这个，味道不错。"

霍云城温柔贴心的举动，刺痛了霍倩的眼睛，她低头扒拉着碗里的饭菜，却根本没什么食欲。霍母心里也不悦，撇了撇嘴没有说话。

"云城，你别光照顾舒情了，自己也吃。"舒老爷子笑着说。

看不下去的霍母故意将筷子碰掉："哎呀，筷子掉了，舒情，你能帮我捡一下吗？"

霍母故意将筷子掉在了桌底的中间，需要弯腰钻进桌子才能捡起来。舒情一脸的无语，霍母这是把她当什么了？用人不是在旁边吗？

她还没来得及开口，就被舒老爷子打断了："自己不会捡吗？让用人给你换一双就好了！情情是我从小捧在手心里的宝贝，到别人家不是来做用人的，我都不舍得使唤她。”

舒老爷子早就知道霍母不喜欢舒情，但只要他在，就不会允许任何人欺负自己的宝贝孙女。

面色尴尬的霍母一时不知道怎么办，她现在是进退两难，低头捡筷子也不是，换一双也不是。

在一旁的霍倩立刻乖巧地出声：“姨妈，我帮您捡。”随后看了一眼对面的舒情，笑着说，“其实低头捡一下筷子就是举手之劳，没那么麻烦的，有些人天生不知天高地厚罢了。”

“你离筷子那么近，刚才怎么不吭声，现在倒是乖巧懂事了，人设立得很好啊？”舒情冷笑了一下，她也不是吃素的。

“你！”霍倩被撑得面色一僵，一脸愠色地弯腰捡起了筷子。

本来她和霍母今天过来老宅，是想借机打探一下当年的往事，没想到却遇到了舒情，真是晦气！下周就是他们的订婚礼了，上一次他们订婚，她暗中作梗，再加上唐若颖的出现，订婚礼没办成，舒情甚至和霍云城决裂了。可这才短短几个月时间，他们就冰释前嫌，感情甚至比以前更好了！

霍倩暗自握了握拳。

第十二章
揭穿

一顿午饭，就因为霍母和霍倩这两个女人，舒情原本很愉悦的心情，被搅得糟心起来。

“爷爷，您就住在老宅，和霍爷爷肯定有很多话要说，我和云城先走了。”这次爷爷回国就待几天，等参加完订婚典礼，就继续环游世界。因此，舒情便安排了爷爷住在霍家老宅，这也是霍爷爷的意思。

“好。”舒老爷子笑眯眯地点了点头。

尽管霍母和霍倩对舒情百般刁难，但是只要有霍云城和霍老爷子护着舒情，那就够了。更何况，他也相信自己的宝贝孙女，绝对有能力应付霍母和霍倩这两个难缠的女人。

从霍家老宅出来，舒情坐上了霍云城的车：“你送我回水月新城吧，我觉得有点累，想回去休息一下。”

“怎么了，没事吧？”

舒情笑了笑：“没事，只是觉得有点累。”

“嗯。”霍云城先把舒情送回了水月新城，然后回了霍氏。

舒情正准备午休，忽然接到了刘小宁的电话。难道秦尚又去纠缠刘小宁了？舒情疑惑着接起了电话：“小宁，怎么了？”

“舒情姐，你快来公司看看吧。”刘小宁的声音带着几分急切。

舒情心里咯噔一下：“发生什么事了？”

“那个约瑟夫好大的阵仗……”刘小宁在电话那头说道，“在公司门口铺满了玫瑰，拉了横幅，还有一个礼仪队，大张旗鼓地向你求爱呢。现在好多记者都在，沈老师正在和他理论。”

“啊！”舒情有些头疼地扶额。

这个约瑟夫在搞什么啊！她不是已经和他说得很清楚了吗？

“行了，我知道了，我马上过来处理。”舒情冷声道。

舒情赶到星辰娱乐门口的时候，正如刘小宁所说，好大的阵仗。公司周围放满了娇嫩欲滴的蓝色妖姬，摆出各种各样唯美的图案，中间是几个大字——舒情，我爱你！周围几座大楼拉上了横幅，上面是各种表白的情话。阵仗越大，就越让舒情头疼。

记者们纷纷围着约瑟夫，争先恐后地采访——

“约瑟夫先生，请问您和舒小姐是什么时候认识的？您对她是一见钟情吗？”

“不错。”约瑟夫点头，毫不掩饰自己对舒情的爱慕之意，“我认识舒小姐是在法国的一场宴会上，我对她一见钟情，舒情是我心目中的女神，我爱她！”

“好浪漫！不过约瑟夫先生，不知道您是否听说舒小姐是霍总的未婚妻？他们下周末就要举行订婚典礼了，请问您对此有什么看法呢？”记者又追问道。

“我知道。”约瑟夫耸了耸肩膀，脸上的笑意不减，“订婚而已，这没什么。只要她还没结婚，就是单身，我就有追求她的权利。”

这约瑟夫是疯了吧？

“舒小姐来了！”有眼尖的记者发现了舒情，兴奋地喊道。

话音刚落，立刻有记者冲了上来：“舒小姐，霍总知道约瑟夫先生在追求你吗？会不会影响你们下周的订婚典礼？”

舒情皱着眉心：“我和云城的订婚典礼会如期举行，请你们不要恶意揣测，就这样！”

话落，舒情推开记者，直接让保安把记者拦住。

“舒情，你终于来了！”约瑟夫一见到舒情，湛蓝色的眼眸中尽是欢喜和爱慕。他在星辰娱乐等了大半天，一直都没见到舒情，现在可终于等到了。

“这是我特意给你准备的惊喜，喜欢吗？”约瑟夫又像变魔术似的，拿出了一束玫瑰，单膝跪地，递给舒情。

惊喜？惊吓还差不多！

“你赶紧起来。”

约瑟夫站起身，眼神深邃：“舒情，你是不是不喜欢玫瑰？你喜欢什么告诉我，无论是什么，我都会送给你，就算你要天上的月亮，我都想办法给你摘下来！”

舒情深吸一口气：“你跟我进来。”

把约瑟夫带到会客厅，舒情指了指沙发：“坐吧。”

约瑟夫的目光始终没有离开舒情，面前这个风情万种的中国女孩，一举一动都牵动着他的心。

“约瑟夫，我们好好谈一谈。”舒情在约瑟夫身旁坐下，沉声开口。

“OK！”约瑟夫点头。

舒情清了清嗓子：“我想你应该知道我和霍云城的关系吧？我们下周就要订婚了。”

“我知道，但这又怎么样？”约瑟夫听出了舒情明显的拒绝之意，目光黯淡了几分。

他可是贵族，加上俊朗的外形，在法国可以说是国民男神，年轻女孩为之疯狂的对象。可他对那些女孩都没有什么特别的感觉，即便之前交过几个女朋友，也都没有真正心动过。直到在米歇尔的生日宴会上，他见到了舒情，这个美丽、大方、自信、光彩照人的东方女孩，一下子就落在自己的眼中、心中。他觉得自己被丘比特之箭给射中了，他不远千里地追来中国，就是要告诉舒情，他爱她！

约瑟夫双目含情，目光灼灼地看向舒情：“舒小姐，请给我一个机会，试着了解我，我相信你会发现，我比霍云城更加适合你。”

“不需要。”舒情揉了揉眉心，耐下性子开口，“我已经找到了真爱，就是霍云城，我们彼此相爱，不可能分开。约瑟夫，你条件这么好，一定可以找到比我更好更适合你的女孩。”

舒情这样明显的拒绝，让约瑟夫很是受伤。一直以来，都是他拒绝别人，他还从来没有被女人拒绝过！舒情是第一个，也是唯一的一个！

那种受伤的感觉让约瑟夫很难受，难受的同时，也激发了约瑟夫的斗志。他抬起头，湛蓝色的眼眸中尽是坚决：“舒情，你可以不喜欢我，但是你不能阻止我喜欢你，我有权利追求你！”

舒情很是头疼，这约瑟夫怎么就一根筋呢？

这事很快就上了热搜。

霍氏，总裁办公室。霍云城看着手机屏幕上那些关于约瑟夫向舒情求爱的新闻，脸上乌云密布。尤其是那张大幅照片，约瑟夫单膝跪地，手捧玫瑰向舒情求爱。照片拍得这么暧昧……霍云城怎么看怎么刺眼。

“霍总……这里有一份文件需要您签字。”林岩峰推门而入，迎面就扑来一股低气压。关于舒情和约瑟夫的新闻，林岩峰也看见了。

“去把那些热搜给撤了。”霍云城抬眸，冷冰冰地扫了林岩峰一眼。

“是，霍总。”林岩峰脸色一凛，忙恭敬地应了下来。

晚上，舒情回到水月新城的时候，看见霍云城一脸阴沉地坐在客厅沙发上看财经杂志。

她走去坐在霍云城的身旁：“那些热搜是你让人撤的？”

霍云城放下杂志，侧头斜睨了舒情一眼：“你说呢？”

舒情轻笑了一声，双手主动环住了他的脖子：“我也不知道约瑟夫在搞什么，我已经很明确地拒绝了他。”

“要是他再缠着你，我就不客气了。”霍云城双眸眯了眯，语气带着几分危险。

就算是贵族又怎么样？他有的是办法把约瑟夫弄回去。

“你想干什么？”舒情一怔，忙说道，“你可别乱来，约瑟夫就是小孩子脾气，觉得得不到的就是最好的。总之我不会理他，过几天他没了兴趣，也就自己回欧洲去了。”

舒情并不觉得约瑟夫爱她，约瑟夫完全就是自尊心作祟罢了，身为贵族，条件优秀，众星捧月，却被她当众拒绝，不甘心而已。只要她持续不回应他，他就会觉得没趣，转移目标了。

“嗯？约瑟夫身份高贵，条件优秀？”霍云城抓住了这两个词语，脸色不悦，“在你心目中，他这么好？”

舒情：“……”

“在我心目中，霍先生你就是全世界最好的男人！”舒情对上霍云城那带着深意的目光，薄唇微启，很认真地说道。

这句话让霍云城很受用，他伸出大手，揽住了舒情。

在那之后，约瑟夫几乎就像上学报到一样，每天中午或者下午准时出现在星辰娱乐，来的时候不是拿着巧克力就是捧着鲜花，或者约舒情一起出去吃饭逛街。但舒情每次都拒绝他，或礼貌或直接，无一例外。

几天下来，约瑟夫也有些颓废，可心中对舒情的那种渴望越来越深。

这天，徐婉儿碰巧到了星辰娱乐楼下，看见了从大楼里面出来的垂头丧气的约瑟夫，他手里提着一束红玫瑰，低着头往前走，嘴里还嘟囔着：“舒情到底喜欢什么呢，要怎么样才能打动她呢……”

徐婉儿刚好听见了这句话，一下就站住了脚，转过头问道：“你刚才说什么？舒情？”

约瑟夫听见身后的声音，愣了一下转过头来：“你认识她吗？”

徐婉儿看着眼前这个明显是外国人长相的男人心想，这人肯定就是跟舒情一起上热搜的什么法国贵族，一个计划在她心中浮现出来。

她看着约瑟夫，嘴角露出一丝意味不明的笑意，目光在约瑟夫手上的红玫瑰停留了一瞬，然后说：“你是要追求舒情吗？我认识她，我可以帮你。”

“你喜欢霍云城？”约瑟夫又问了一遍，他不知道徐婉儿到底是什么人，但只要她是真的喜欢霍云城，这事儿就有戏！

徐婉儿大方地点了点头：“对，我喜欢他，而且我也认识舒情，所以我可以帮你得到她，我们各取所需。”

“好！”约瑟夫不假思索地答应了，他拿出手机，跟徐婉儿交换了联系方式。

在约瑟夫走远之后，徐婉儿露出一丝冷笑，她看了看屏幕上面的电话号码，满意地把手机收了起来，当真是天助她也。

回到家之后，徐婉儿特意四处张望了一圈，发现徐沐阳还没回来，就坐在沙发上佯装若无其事地等他。

一个多小时候，徐沐阳才进家门，西装上都是烟味和酒味：“婉儿，今天没出去散散心吗？”

“没有啊，昨天才出去逛街买了衣服，累都累死了。”徐婉儿敲了敲自己的肩膀，“哥你身上味儿真冲，我坐在沙发上都闻到了，你快去洗洗澡。”

“是吗？”徐沐阳抬起胳膊，果然闻到了一股刺鼻的酒味儿，“今天有几个公司的老总特别爱喝酒，我去洗个澡。如果有电话，婉儿你帮我接一下啊。”

徐婉儿点了点头。

在徐沐阳把手机放在桌上回到卧室后，她特意注意了一下楼上的动静，然后拿起手机翻了一下通讯录，果然看见了舒情的聊天窗口。

徐婉儿抿着唇，跟舒情发送信息："舒小姐，明天下午四点能不能在金鹤酒店 302 号房见个面谈一谈关于后续合作的具体事宜？"

舒情正在看电视剧，听见手机响动，看见徐沐阳发过来的消息见面地点是在金鹤酒店，不免有些奇怪，但还是回复了一句："好。"

徐婉儿收到舒情发过来的消息，得意地笑了起来。

接下来，就看那个法国人到底争不争气了。

舒情关掉手机之后，越想越觉得不对劲。

霍云城从书房里出来，发觉她情绪不对，关切地问道："怎么了？"

舒情把手机推给他："徐沐阳约我明天下午四点在酒店房间见面，说是谈合作。"

霍云城看见消息也皱了一下眉头，他跟徐沐阳不是没有打过交道，他谈生意一般不会约在酒店房间，随后看了舒情一眼："那你要怎么办？"

"随机应变。"舒情摇了摇头，留了个心眼。

第二天下午，舒情准时到了酒店，刚敲过门，房间里面就传来动静，房门应声而开，出现的却是约瑟夫大大的笑脸。

"约瑟夫？"舒情有些疑惑，同时也起了警觉心，下意识后退一步，"你怎么在这里？"

"我不应该在这儿吗？"约瑟夫顿了顿，下意识地反问了一句，不过很快想到了徐婉儿告诉他的话，"对啊，我特意过来找你的，那个先生说自己出去打个电话，你先进来吧。来，你先喝口水吧。"

说着，他把特意放在吧台的瓶装水拿了过来。当然，这也是徐婉儿准备好的。

舒情越想越不对劲，所以在约瑟夫把水拿过来之后，她先闻了闻，十分警觉地只抿了一点。

这水有不一样的甜味儿，是那种发腻的甜。舒情的目光一下子就暗下来，转过头十分严肃地看着约瑟夫："你为什么要这么做？"

约瑟夫疑惑着问："怎么了？你不想喝吗？"

舒情顿了顿，端详着约瑟夫的眼神，意识到他是真的没有注意到水有什么问题之后，叹了一口气，看来她和约瑟夫都被人给算计了。

"这水有问题。"舒情把水放在桌子上，推过去给约瑟夫，"被人下了药。”

“什么？！”约瑟夫惊讶地看着水，眼里充满了不可置信的神情。

舒情无比认真地点了点头，问道：“你能不能告诉我，这水是谁给你的？我不相信你会做这样的事情。”

约瑟夫把他从星辰娱乐出来之后遇到徐婉儿，对方说要给他出主意的事情一五一十地告诉了舒情。

舒情越听脸越黑，徐婉儿还真是死性不改。

“你被她骗了，你遇上她应该是巧合，但是……”舒情垂眼盯着面前的水，笑了一声，“这水应该就不是了，徐婉儿是我一个合作伙伴的妹妹，你最好离她远一点，她心术不正。”

舒情跟约瑟夫大致讲了一下徐婉儿做过的那些事。

约瑟夫这才知道徐婉儿所谓的帮助他到底是怎么一回事，顿时露出了鄙夷的神情。他本来就很年轻，跟米歇尔一样都是刚毕业不久的大学生，他虽然喜欢舒情，但不会用这么卑劣的手段来得到她。

“原来是这样！她骗我说你最喜欢喝这个品牌的纯净水了，进门都得先喝一点解渴。还说把你约来酒店，我们单独相处，会比我在大庭广众之下追求你的效果要好！”约瑟夫瞪着眼睛，看起来一脸义愤填膺，“我还以为她是真心真意想要帮我。舒情，真是对不起，我太愚蠢了，差点就害了你！”

“好了，我知道，不怪你。”看着约瑟夫生气又委屈的样子，舒情心里又无奈又好笑，轻轻拍了拍约瑟夫的肩，安慰他。

“那我们现在怎么办？”约瑟夫气不打一处来。

舒情眼珠一转，给霍云城打了个电话。

约瑟夫给徐婉儿发了条信息：“你说得很对，舒情现在真的接纳我了，谢谢你！”

楼下咖啡厅的徐婉儿心下大喜，拿出手机给几个娱记发消息：“金鹤酒店 302 号房，霍氏总裁集团未来夫人跟陌生男人开房，猛料，速来！”

原来，徐婉儿早就联系好了一些网络媒体的记者，就等着狠狠地踩舒情一脚。

过了二十多分钟，有三五个记者急匆匆地跑过来，看见徐婉儿便急忙问道：“徐小姐，您说的消息是真的吗？我们可都是休息日过来的，您可千万别骗我们。”

徐婉儿不耐烦地啧了一声："我骗过你吗？这可是我亲眼所见，你要是想完成这个月的业绩，就赶紧跟我上楼！"

记者一听这话顿时相信了。

一行人浩浩荡荡地进电梯上了三楼，徐婉儿拿着特意在酒店熟人那儿得到的房卡，走到了302号房门前。房门打开后，几个记者冲了进去，不论青红皂白就是一顿拍摄。

床上果然有一对男女，还保持着极暧昧的姿势。女人是舒情，男人……

"谁让你们进来的！"一声压抑低沉的怒吼传来。

记者们顿时愣了愣，不约而同地停下了手里的机器。

是霍云城，这个声音他们可是太熟悉了。

徐婉儿原本躲在记者身后，嘴角的笑意刚持续了没几秒钟，就听见男人压抑着怒气的声音。她一下就僵住了，拨开两个记者走了进去，不敢置信地看着面前回过头来的男人。

真的是霍云城本人。

不是说好了那个法国贵族在这里的吗？徐婉儿愣愣地看着，眼中又是惊讶又是气恼，垂在身侧的手也忍不住攥成拳。

舒情正揽住霍云城的脖颈，脸上还带着潮红，而霍云城正伏在舒情身上，两人身上还盖着被子。

霍云城转过头来，死死地盯着那些记者，咬着牙从嘴里蹦出来一句话："看够了吗？"

霍云城这话一说，记者的脸色都变了，一个个战战兢兢的，心里也不免恼怒起来。人家小两口开房亲热，这算哪门子的爆点新闻？他们可真是冲昏了头了，别人说什么就忙不迭地来拍。这下可好了，不光爆炸性的新闻没拍到，自己的饭碗恐怕都要没了。他们连看都不敢看一眼霍云城，生怕自己触了霉头。

这个时候，总算有一个看起来有些资历的娱记站了出来，抹了一把头上的汗，赔着笑说："哪儿能呢，今天……今天是有人报了假新闻，说一个小明星在这里跟女朋友开房，我们才过来的。这……实在是不好意思，不好意思啊霍总。您跟舒小姐继续，继续，我们就不打扰您二位了。"说着，他就后退两步，转过身赶紧挥了挥手，轰着大家出门，压低声音催促道，"走，快点走！"

这叫什么事儿！徐家那个千金小姐是不是有毛病？而徐婉儿听到霍

云城的声音之后立马就跑了。

记者们都离开以后，舒情才把脸抬起来，露出一抹轻松的笑，长出了一口气："可算让他们都走了。"

霍云城也笑笑，从床上坐起来，裤子好好地穿在身上。

舒情双手十指交叉，掌心向外长抻了一下胳膊，笑了笑开口道："好了，那些记者都走了，我们也该让约瑟夫回来了，这是人家的房间。"

霍云城闻言点了点头，忽然又低沉地笑起来。舒情心里一阵尴尬，赶紧把外套穿好，去隔壁房间敲了敲门，叫出来一脸怨念的约瑟夫。

"……计划成功了？"约瑟夫看起来闷闷不乐的，脸上一点笑模样都没有。

舒情点了点头，和约瑟夫一起回了原来的房间，跟他道谢："约瑟夫，谢谢你，如果不是你的话，我今天可能又要上一次新闻了。"说着，她下意识地看了一眼霍云城。

约瑟夫心里五味杂陈，他还不信了，自己凭公平手段竞争不过霍云城！

霍云城笑了笑，上前一步，诚恳地伸出手来："约瑟夫，谢谢。如果不是你坦诚相告，舒情可能就会被人算计了。"

约瑟夫垂眼看看男人伸出来的手，却并没有回握，而是哼了一声，双手搭在小臂上，对霍云城说道："你别以为你跟我说谢谢，我就会当什么事都没发生过，虽然今天我配合了你们，但并不代表我会放弃舒情。"

舒情尴尬地看向霍云城。霍云城指尖屈了屈，慢慢放下手，看着约瑟夫，但脸上一点怒气也没有。

下一秒，这个年轻的法国男人就梗着脖子说："虽然这次我也差点被人算计了，但我一定不会放弃舒情的，我要用最公平的方式跟你竞争！"

霍云城："……"

霍云城第一次对自己的情敌产生了并不想吃醋的情绪，他只觉得幼稚以及无语。这明明就是个小孩子，算了，随他去吧！反正舒情是不会跟约瑟夫交往的，霍云城对自己还是很有信心的。

不得不说，在怀孕期间，林楠的表现完全是一个完美的未婚夫。林母对于娜也还算不错，只是偶尔会斗气。

这天，正当两人准备休息的时候，保姆突然上来敲门："林先生，家里有客人来了。”

林楠蹙了一下眉头，谁啊，还需要叫他亲自下去：“娜娜，我下楼去看看，你休息一会儿。”

需要林楠下去应酬的客人应该很重要，于娜费力地起身说：“我还是陪你一起下去吧，不然又要惹你妈不高兴了。”

客厅里面，林母正跟一个年轻女孩亲昵地寒暄，她握着女孩的手，笑意盈盈。

“妈。”林楠跟于娜下楼。

林母一看到林楠，赶紧拽过了他：“你看谁来了？”

林楠愣了一下，这才认了出来：“你是岑心爱？”

岑心爱是林楠的邻居，两人从小一起长大，后来岑心爱出国留学了，两人就没有联系了。

“心爱刚从国外留学回来，特意来家里看我，你看这都是她给我准备的礼物。”林母笑着说，“这孩子就是懂事。”

说着握着岑心爱的手，赞不绝口。

于娜看着他们三人其乐融融地寒暄，自己仿佛局外人一般，心里有点不得劲。

林楠注意到了于娜的尴尬，拉过于娜的手介绍道：“心爱，这是我未婚妻，她怀着孕。”提到于娜的时候，林楠满眼都是笑容。

岑心爱尴尬地笑了笑。没想到她出国留学一趟，林楠居然有未婚妻了，而且马上就要当爸爸了！

“你好，第一次见面，没听旁人提起过林楠哥哥要结婚了，所以没有准备礼物，等下次过来看望林伯母的时候，我把礼物补上。”岑心爱笑着对于娜说道。

于娜看着年轻女孩的目光一直落在林楠的身上，心中有一丝怀疑。

“他们还没举办婚礼。”林母拉着岑心爱的手缓缓说道，“我还记得你小时候在我家跟林楠一起玩，说长大以后要嫁给林楠哥哥。”

“伯母，那都是小时候的事情了。”岑心爱脸色微红，“我跟林楠哥哥都长大了。”

“嗐，那时候都是小孩子嘛。妈，您这样说，心爱会尴尬的。”林楠看到多年未见的好朋友，也回忆起来小时候的事情，忍不住说道，“一眨眼都这么多年过去了，自从你去留学，我们就不怎么联系了。”

看着林楠跟岑心爱聊天的样子，于娜脸上有点失落。

林母也发现了于娜脸上的表情，却依旧笑着说：“你们两个人啊，还是跟小时候一样关系那么好，一聊天就聊得忘我了，谁都顾不上。”

于娜深吸一口气：“林楠，我觉得有些不舒服，先回房间休息了。”说完，便站起身准备直接上楼。

“娜娜，你没事吧？”见于娜脸色很差，林楠忙追了上去。

“伯母，是不是我说错什么，惹得林楠哥哥不高兴了？”岑心爱的目光紧紧盯着林楠的背影。

“怎么会呢？”于母暗自生气林楠这么紧张于娜，叹了一口气说，“于娜吧怀着孕，比较敏感。”

她真是想不明白自己儿子为什么喜欢一个比他大了好几岁的女人。

唐若颖自从离开A市之后，就租了一间小公寓，反正徐婉儿给她的钱也够她挥霍好几年，根本不愁吃穿。

霍云城和舒情快要举行订婚典礼的事，唐若颖也在社交平台上看到了，顿时不是滋味儿起来。明明跟霍云城订婚的人应该是她啊！

唐若颖抿紧了唇，脸色黑沉下来，当她看到评论区网友的祝福时，嫉妒的藤蔓压制不住地越长越快，几乎是下意识地拿起手边的电话，在手机通讯录里面找到了李承阳的电话。

霍云城俨然成了唐若颖的心魔，只要他和舒情在一起一天，唐若颖就始终心里不平衡……现在能帮她的人，只有李承阳。

听筒里响起男人疏离而客套的声音：“你好，哪位？”

唐若颖稍稍深呼吸两下，才鼓足了勇气开口：“喂，哥……是我。”

“唐若颖？”李承阳听见电话里的声音之后眼中的厌烦清晰可见。也不知这个女人想了什么办法取保候审的，现在还敢给他打电话？！李承阳咬着牙，嘴角牵起一抹冷笑，额角暴出青筋，不耐烦又讽刺地说，“你竟然还没死啊？”

唐若颖抿了抿唇，耐着性子软下语气小心翼翼地说：“我今天给你打电话……是想让你帮帮我。”

李承阳觉得唐若颖简直是脑子有病。倘若不是他在那个假的订婚典礼上走得快，又叫人处理干净了关于霍氏集团的东西，恐怕当初他就跟唐若颖一起进监狱了。

“唐若颖，你现在有什么资格求我帮忙？我劝你最好不要来烦我，否则我就不知道，我会不会到警局去说些什么了。”

李承阳生性唯利是图，对唐若颖这种没有利用价值的棋子，他已经耗尽了耐心，说完便要挂上电话。

“等等——”

“嗯？”李承阳的声音仿佛下一秒就要破口大骂似的。

唐若颖紧紧咬着牙，心怦怦直跳，如果让舒情和霍云城成功订婚，她恐怕这辈子都会活得犹如行尸走肉一般！

“李承阳。”唐若颖第一次鼓足勇气叫了李承阳的名字，在这之前，她一直都小心翼翼地活着。唐若颖停顿了两秒，继续说道，“我们做个交易。我可以帮你做任何事情，只要，只要你能阻止霍云城和舒情的订婚典礼，从此之后，我的命就是你的。”

唐若颖说完这番话之后，果不其然，又惹来李承阳的一阵讥笑。他觉得唐若颖这个女人愚蠢得可怜，霍云城明明就不爱她，还非要往上凑。但是……唐若颖说的也未尝不可，他想扳倒霍云城很久了，虽然唐若颖这枚棋子没有什么利用价值，但也不算是个彻头彻尾的废物。

“这话可是你说的，如果再搞砸了，你应该知道自己的下场。”

唐若颖的眼睛亮了一下：“好，我知道了，只要你帮我。”

“好，后天我会安排合适的航班让你回A市。”

两天之后，A市机场，唐若颖拉着行李箱走了出来。不远处有一辆白色轿车，是李承阳的车。

唐若颖坐进车后座，垂着头一句话也没有说，心里又紧张又激动，想到要见到李承阳，总是会有种恐慌感。

到了李承阳办公室外，唐若颖整理了一下自己的情绪，深呼吸两下，才推开办公室的门。

李承阳抬头看过去，冷冷地说了一句：“你回来了。”

“嗯。”唐若颖慢腾腾地走过去，和李承阳之间隔着一段距离，“你需要我做什么？”

李承阳满意地点了点头：“看来你还是有点眼力见儿的。”

他转过身，在办公椅后的架子上拿下来一个盒子，打开之后，唐若颖发现里面是……看起来有点像微型炸弹？

“这是什么？”唐若颖有些疑惑。

李承阳笑了笑，把盒子交给唐若颖：“这是我从特殊渠道弄来的小玩意儿，七天之后就是霍云城跟舒情的订婚典礼，到时候我会设法给你入场请柬，你要把这个放到订婚典礼上，让他们——”

李承阳说到这儿就闭了嘴，眼神也变得森然起来，阴沉沉地盯着唐若颖：“懂了吗？”

唐若颖愣住了，她没想到李承阳怀揣着这样的心思，但是对舒情的恨意占据了她的心，以及对霍云城的失望——对，因爱生恨。她低下眼看着盒子，鬼使神差地接过来：“好，我知道了。”

“还有一点，唐若颖，如果你敢透露一丝关于这玩意儿的来源，你知道的，我有的是办法让你生不如死！”李承阳狠狠地盯着唐若颖威胁道。

“我……我懂！”

随着订婚典礼的接近，霍云城的心情愈加好起来，在霍氏集团里每天脸上都带着笑，看得公司员工都一愣一愣的。

这天，霍云城早早结束了工作，在家里陪着舒情拼拼图。

舒情今天看起来闷闷不乐的，霍云城已经注意她很久了，终于开口问：“你怎么了？今天看起来情绪不高啊。”

舒情放下手里最后一片拼图，摇了摇头，她今天总有一种不祥的预感，但是不知道这种慌乱感从何而来，明明什么都没有发生。

“我……”她迟疑了一下，“不知道为什么，今天总觉得心里很慌。”

霍云城稍稍停了一下，自然而然地认为舒情只是最近工作太忙，精神压力太大所致，于是抬手宠溺地摸了摸她的头：“没事的，我把一切都准备好了，你别想那么多。是不是最近工作太忙，太累了？”

“也不是……”舒情抬头对上霍云城的双眼，强打起精神笑了笑，到底是不想让他担心，索性就把这话茬揭了过去，“可能是我想太多了吧。没事，你不用担心我。”

“好了，你就好好在家里，工作的事不想忙就不忙，反正我们都要订婚了，你就准备准备，当个漂漂亮亮的新娘好了。霍氏那么大，又不是养不起你。”霍云城拉着舒情站起身来，故意转变话题说道，“对了，你不是说想爷爷了吗？正好我们一块儿到老宅去看看两个老爷子，他们两个相处得应该很不错。”

舒情点了点头，爷爷和霍爷爷是几十年的好朋友了，自然是相处得不错的。

两人一块儿收拾妥当出了门，到老宅的时候，正好迎面碰上出来浇花的用人。

“爷爷呢？”霍云城问道。

用人微笑着回答：“少爷，舒小姐，两位老爷子在书房下棋，他们看见你们来了，一定会很高兴的。”

霍云城勾了勾唇角，和舒情刚走到书房门口，就听见舒爷爷中气十足的声音：“杀，吃你的象！”

听起来很是开心。霍云城和舒情相视一笑，霍云城抬手敲了敲门，没过一会儿就听见里面传来一声“进”，霍云城这才牵着舒情的手走进去。

“爷爷。”两人的声音同时响起。

霍老爷子和舒老爷子抬头看见是他们，脸上都堆满了笑：“来来来，快过来，我们前两天还念叨着你们呢，怎么回来之前也不知道打个电话？”

“这不是想给你们个惊喜嘛。”舒情一看见爷爷，顿时笑弯了眼，心里的焦虑和烦恼顿时烟消云散。

“情情啊……几天没见你，你好像都瘦了，最近怎么样啊？没什么事情吧？”说着，舒老爷子还特意看了一眼霍云城。虽然他对这个孙女婿很满意，但是一想到舒情就快嫁人了，他这个做爷爷的心里还是有点舍不得，“跟爷爷说，他没有欺负你吧？”

霍云城听见这话，无奈地摇头笑了笑。

舒情垂眼浅笑，宽慰舒老爷子道：“爷爷，云城一直对我很好，您就放心吧。”

霍老爷子见状，也在一边帮腔：“老舒，你就放心吧，云城这孩子是我看着长大的，没什么坏心眼，而且他要是敢对情情不好，我第一个不饶他！”

舒老爷子故意哼了一声：“孩子是好孩子，但是情情可是我养大的孙女，就这么嫁给你孙子了，还不许我问一嘴了？”

“好了好了，你们别再因为这点事情吵起来，我跟云城现在很好，你们就放心吧。”舒情忙解围道。

霍老爷子一拍额头说道：“今天不知道你们两个回来，都没让用人准备你们爱吃的东西。”

说着，霍爷爷就要起身去叫人。

舒情见状连忙把他劝住，好言好语地说："不用忙了霍爷爷，我和云城好不容易回来一趟看看你们，不如今天就别让王嫂忙了，我们给你们做饭吧，刚好也尝尝我跟云城的手艺。"

舒老爷子和霍老爷子对视一眼，忙不迭地同意了。

舒情和霍云城在厨房忙完已经是两个小时之后了，他们做了六菜一汤。两个老人早就从书房出来坐在餐桌旁等候，祖孙几人吃饭的时候其乐融融。

"情情的手艺真好，这顿饭是我吃过最好吃的。"霍老爷子看起来精神和心情都很好，舒老爷子则是一脸自豪地盯着他，眼神好像在说：看没看见，这就是我孙女。

晚上八点多的时候，霍老爷子正跟舒情和霍云城聊天，管家走过来说："老爷子，今天少爷和舒小姐回来，那他们的房间……"

"哎呀！"霍爷爷一听这话，才如梦初醒一般，看向管家说，"我记得楼上几个房间都放满了我的东西吧？是不是只剩下留给云城的那间卧室了？"

管家一愣，看见霍老爷子的眼色之后才明白过来，忙不迭地接上话："对对对，这不是您前几天说太闷，倒腾了一堆东西吗，现在就剩下少爷那一间屋子空着。"

霍云城是知道爷爷的用意的，所以只是低头偷笑，并没有提出反对意见。

霍老爷子对管家露出赞许的眼神，然后就状似无意般说道："好了，那你就去安排吧。"

在管家离开之后，霍老爷子才对舒情说："情情啊……爷爷知道你和云城还没有正式结婚，但是你看，就是这么不巧，不如今天你就和云城住在他的卧室里，反正以后我们都是一家人了，爷爷也不是什么老顽固。"

舒情听这话难免有些不好意思，霍云城也帮着打圆场："爷爷，你——"

舒老爷子一脸的"我都明白"的表情看着对面的老哥，两个人交换了一个眼神，一前一后地起身说道："哎哟，人老了就是困得早，就不打扰你们年轻人了，我们也回房间睡觉了……"

舒情没办法，只能和霍云城睡一间卧室。她躺在床上的时候还有点不太适应，连手脚都不知道往哪里放。虽说两人现在是正儿八经的未婚夫妻，亲密的肢体接触也不是没有过，但是躺在一张床上过夜毕竟还是头一回。

霍云城洗完澡从卫生间出来的时候就看见舒情尴尬地躺在床上，手捏着被角，看起来很紧张的样子。他忍不住笑了笑，忽然觉得舒情这样还挺可爱的。

掀开被子一角躺了进去，他试探地碰了碰舒情的指尖，却明显感觉到对方的手指都僵住了："你怎么了？怎么这么紧张？"

舒情的耳根不受控制地红了起来，她能感受到面前男人的呼吸，不自觉地吞咽了一口口水，说话的时候都有点不太流利："没有……没什么，只是有点紧张。"

霍云城低低地笑了，索性不再迟疑，手臂直接揽上舒情的腰，将她带向自己身边："有什么紧张的，我们又不是没有在一个房间睡过，你不用害怕。"

床头只留了一盏夜灯，灯光是暖黄色的。

舒情看着霍云城的脸："你……你怎么净说些不正经的，不害臊。"

霍云城顿时露出无辜的神情，只是揽着舒情腰的手又紧了一点，两人几乎贴在一起。

"天地良心，我可只有对你才能说出来这么不正经的话，不对自己的老婆说甜言蜜语，还能说什么？"

舒情被逗笑了，她慢慢放松下来，从被子里伸出手揽上霍云城的脖颈，稍稍凑近一点，附在霍云城的耳边说："云城，你有时候皮得像个孩子。"

霍云城没有说话，只是眼神又幽深了一些，心里像是被火星子燎过一样，烧着了一片。他伸手捧住舒情的脸，骤然低头吻了下去，温柔而又缠绵。

正是情浓时，舒情却硬生生地拉回了理智，她是一个很有原则的人，绝对不会做出在结婚之前就把自己交给对方的行为，即便对方是霍云城，是她很爱的人，也不行。

"不行——"就在霍云城想要更进一步时，舒情伸手抵在了他的胸膛，"云城……你答应过我的，我们等到结婚之后，好不好？"

“……霍云城硬生生忍下了一口气，他心里颇有些苦不堪言，平生第一次产生了反悔的念头。

舒情真是太磨人了。但是看到舒情的眼神之后，他又不忍再勉强她。能怎么办呢？自己的老婆，只能自己宠着。

他沉沉呼出一口气，垂眼看着身下的人，最后还在舒情鼻尖上刮了一下：“你要憋死我了。好了，你先睡觉，我……出去一下。”

舒情的脖颈和胸前都红成一片，她轻轻点了点头，转过身去把自己整个裹进了被子里。房门被打开又关上，她紧紧闭上眼睛，嘴角却漾起了甜蜜的笑。

第十三章
匿名送花人

“今天的访谈就到这里了，下次再见啦。”

走出直播间，刘小宁躺在沙发上，伸了一个懒腰。自从她和沈俊言合作之后，人气一路飙升，经纪人给她安排了几个访谈节目、现场直播之类的。

“辛苦了。”经纪人拿着水递给她。

“真的好累啊！”刘小宁赖在沙发上，让自己久坐的腰椎放松一些，“下回我能不能弄什么吃播啊。”

“吃播？你想吃什么？”正在整理资料的经纪人看了刘小宁一眼。

“吃什么都行啊，不然给我准备一杯奶茶也好啊。”刘小宁正说着，就被经纪人戳了戳额头。

“不知道奶茶被称作女明星杀手吗？而且你是不是忘了你要控制体重了，我看上一次拍摄杂志封面，你好像胖了一些。”

听见这话，原本乖乖等着卸妆的刘小宁一下子直起腰来，连忙出口反驳：“我哪有胖啊，不知道镜头会将人照得很胖吗？本小姐明明天生丽质！”

在保姆车送刘小宁回去的路上，经纪人突然告知刘小宁过几天要接一个广告。

“回去别熬夜，做做皮肤护理。”

“什么广告？化妆品还是护肤品？”刘小宁好奇地伸出头来询问道。

“洗发水。”

“洗发水？”刘小宁愣了一下，然后抓着自己因为前几天上杂志而染的青棕色头发，一时间沉默了。

还没打扮几天的新发色又要染回去，她真的好心痛。

“还没敲定，但十有八九这个广告非你莫属了。”说着，经纪人转头看向刘小宁，就见她正在用手机疯狂自拍，顿时有些纳闷。

“纪念一下，毕竟我染头发很不容易。”刘小宁虽然语气失落，但自拍的表情可谓是相当活泼。

“对了，你发条微博和粉丝互动一下，毕竟刚直播完。”经纪人提醒着。

刘小宁点头。她在方才拍的照片里选了几张满意的发了微博，不一会儿就收到了很多回复。看着粉丝们回复的话，她的嘴角忍不住咧开。

其实一开始她并不觉得进入娱乐圈是什么好事，毕竟每天都要面对镜头和媒体，这样的生活让她觉得有些压抑。但是后来，接触到了粉丝，见到了这么多真心喜爱自己的人，心中生出不少感动，对艺人这个职业或者身份就不是那么排斥了。

这时，一条微信消息发来，刘小宁打开一看，是金锦然。

自从上一次他救了自己之后，两个人就互相添加了微信，经常有一搭没一搭地聊天。

“今天你直播了？可惜我才下班，没看见。”

“这个时间才下班？医生你好忙啊。”

“有一个病人手术后病情突然恶化了，情况有些不好。”

“很辛苦啊。”

“职责所在。你的新发色很好看。”看着屏幕上的照片，金锦然的唇边漾开了一抹笑意。

“也就只能看几天，马上就要换发色了。”

刘小宁发来的消息后面还跟着一个哭泣的表情，这不禁让金锦然想起之前刘小宁在自己面前被经纪人隔着手机训话的小模样。

两个人又聊了一会儿，刘小宁已经回到了公寓，金锦然便识趣地用晚安结束了聊天。

翌日，如往常一般来公司的刘小宁却被前台拦了下来。

“怎么了？”刘小宁看前台小姐一脸的神秘，顿时有些摸不着头脑。

前台同事看着刘小宁，露出了一个笑容，然后不知道从哪儿拿出了一大捧鲜花，吓了刘小宁一跳。

“给你的。”

“我？”刘小宁抽了抽嘴角，一股微妙的感觉从心底生出。

这前台小姐总不能是自己的粉丝吧，但她当前台已经好几年了，现在才暴露是不是有点晚了？

察觉到刘小宁怀疑的眼神，前台连忙摆手解释：“啊，今天快递小哥送来的，指名送你，但我看了一眼，没有署名。”

刘小宁一脸茫然地抱着白玫瑰花束，整个画面很美，唯一不足的就是大簇的花朵中夹着一张有几分幼稚的卡片，上面画着一个笑脸，看起来有些滑稽。白玫瑰是刘小宁最喜欢的花，这不是什么秘密。

刘小宁并没有将这件事放在心上，毕竟之前也有很多影迷粉丝给她送花。不过这一次不同的是，从此以后的每一天她都收到新鲜的花束，没有署名，只有简笔画的一个笑脸。

“又收到花了？”经纪人看到捧着一大束花进来的刘小宁已经见怪不怪了，她伸手拨弄了一下绽放的花瓣，朝着刘小宁笑道，“谁啊这么有心，一天一束？”

“不知道，而且一直都没有署名。”刘小宁说着，在花束里面抽出几枝开得好看的插到了花瓶中。她低头看见里面夹着的卡片，顺手拿了出来将它放到了一旁的书架上，上面有很多粉丝送来的她没来得及拿回家的礼物。

舒情来星辰娱乐的时候，正看见刘小宁手中捧着白玫瑰。她笑了笑：“小宁，是谁送的玫瑰？”

“我也不知道。”刘小宁看见舒情的时候愣怔了一下，放下了手中的花。

经纪人打趣道：“说不定是你爱慕的人要追你呢。”

原本捏着花瓣的手停顿了一下，刘小宁像是想到了什么，嘴角挑起了一抹苦笑。她拿出包里的剧本，坐在一旁背起了台词，又说了一句：“肯定是影迷送的礼物，而且你不是说作为公众人物不能谈恋爱吗？”

“小丫头，谈恋爱……”

“掉粉的。”经纪人的话还没说出来，刘小宁就已经熟练地将话头接了过去。

经纪人闻言笑了笑，刚才也不过是打趣一句：“对了，那个洗发水的代言下来了。”

刘小宁愣了一下：“佳乐洗化公司？这个公司之前好像请的都是大牌明星啊，怎么会找上我？”

“公司请代言人要的还是粉丝基础，像你这样的新生代小花不是最好的吗，更何况你现在就是大明星！”经纪人说道，“明天直接去拍摄现场。”

“小宁，这个广告很适合你，加油。”舒情拍了拍刘小宁的肩膀，转身走进了她的办公室。

“明天就拍？”刘小宁嘀咕了一声，伸手摸了摸自己的头发，“能不能和广告商商量一下，咱们后期修修图？换个发色还是比较容易的吧。”

“你怎么不让人家直接把你修图上去呢，省得你去了！”

“我就要丢失我漂亮的发色了，你就不能心疼一下我吗？”刘小宁可怜巴巴地看着经纪人，然而经纪人早就对她这一套有了免疫力。

“不过我也没想到，这一次佳乐公司直接点了你的名字，让你代言，而且还不是地区代理，而是总代言人呢！”

“这么豪气？”刘小宁有些吃惊。

佳乐洗化是个老品牌了，产品质量没得说，因此树立了良好的口碑，算得上是这一区域的佼佼者。之前请的代言人都是拿过各种奖项的大牌明星，这一次突然签了她，倒让刘小宁有些受宠若惊。不过惊喜归惊喜，刘小宁臭屁的毛病也没有改变分毫。

“人家这叫慧眼识人，我以后绝对会大红大紫的。”

“好的，明日之星，真不够你显摆的。”经纪人笑道。

刘小宁看着手上厚厚的剧本，突然拿起笔在角落上画了一个笑脸。画完后笑了笑，嘀咕了一声真丑。

因为广告拍摄中还有外景，所以刘小宁一早就去了现场做造型。和导演交谈过流程之后，刘小宁开始拍摄宣传照，还有一小段广告。

刘小宁本以为这样的大制作会有很苛刻的要求，但恰恰相反，拍摄得很轻松，导演也让她放松心态，一上午下来，刘小宁倒没觉得有多疲累。

“咔！”导演结束了上午的拍摄。

刘小宁松了一口气，走到监视屏前查看自己的表现。

“表情很不错，效果很好，下午开始拍摄正片，先去休息吧。”导演是个中年男人，笑起来让人觉得很亲切。

“辛苦了。”刘小宁感谢了工作人员，向休息区走去。

中途手机有消息进来，正在看手机的刘小宁面前突然出现了一杯果汁，她本以为是工作人员，抬头刚要道谢，却发现一张熟悉的面孔。

“你怎么在这儿？”刘小宁惊喜地眨眼，笑看着眼前的金锦然。

“听说今天新代言人拍广告，我过来看一看。”金锦然在一旁坐了下来。

刘小宁抱着果汁，有点没反应过来金锦然的话。

见她蒙了的样子，金锦然眨了眨眼睛，故作神秘地说：“告诉你一个秘密，佳乐洗化公司的董事长姓金。”

“金？”刘小宁嘀咕了一声，又看着金锦然的笑容，恍然大悟，“你……是你……”

“是我爸。”金锦然推了一下鼻梁上的眼镜，笑起来。

虽然听起来有些炫富的嫌疑，但从他口中说出并不让人觉得讨厌。在刘小宁的印象中，金锦然给她的感觉是一个温文尔雅，又诚恳热忱的人。

“既然佳乐集团是你家的，为什么你当了医生？”刘小宁疑惑地眨了眨眼睛。

“我爸爸一直想让我继承家业，甚至大学的时候逼我学金融，只不过我不喜欢商场。”金锦然淡然地说，“所以我偷偷改了志愿，学医，然后做了医生。因为这件事，我爸差一点把我逐出家门。”

一边说着，金锦然还露出了一副可怜的表情，将刘小宁逗得笑了出来。虽然违背长辈的意愿不好，但是他愿意为了自己的热爱拼搏努力，已经难能可贵了。

“刚才你拍摄的时候我也在看，果然在镜头之下你和平时完全不一样呢。”金锦然开口夸赞。

“你一直都在看？”刘小宁连忙回想自己没有在镜头前做什么奇怪的动作吧。

“我也是刚刚才到。”金锦然笑着将手边的果汁推给她，“饭还要等一会儿，你先喝点垫垫肚子。”

看着杯中鲜艳的果汁，刘小宁眨了眨眼睛，然后毅然决然地拒绝了：“不行，我最近在减肥，果汁高糖。”

虽然这样说，但是刘小宁的视线一直在果汁上停留，垂涎欲滴的样子让金锦然觉得很有趣。

“减肥？你一点也不胖啊。”

“女明星的事情你不懂。”刘小宁小声嘟囔了一句。

金锦然见状，曲指敲了敲桌子：“明星的事情我不懂，但是健康的事情我很了解，一上午连续拍摄，需要补充能量。”

刘小宁转了转眼珠，继续抵挡着诱惑。

“那就偷偷喝一口，我帮你挡着，不让你经纪人看见，怎么样？”金锦然轻声开口。

“好，就一口。”刘小宁接过了果汁，和金锦然对视一眼，喝了一大口。甜甜的口感瞬间让刘小宁感觉自己被治愈了，脸上露出了满足的笑容。

因为刘小宁的凑近，金锦然低头的时候看见的是她柔顺的长发，已经染回了栗色，柔顺地垂落在她的肩膀上。金锦然看着，眼神也温柔了许多。

很快，经纪人拿回了午餐，刘小宁因为要减肥所以只简单地吃了几口，便接着开始拍摄。刘小宁还打趣地询问金锦然要不要客串，当然被金锦然拒绝了。

这次是个大场景，还有不少群演，刘小宁调整好状态，拍摄顺利进行。然而，就在最后收尾的时候，意外发生了。

一个群演老奶奶突然面色痛苦地倒了下去，这吓坏了在场的所有人。老奶奶呼吸急促，身子都在抽搐。

“怎么回事？”刘小宁忙上前查看，但也有些不知所措。

这时，金锦然拨开人群走了过来，相比别人的慌张，他就要冷静得多。他蹲下身子，给老奶奶把了把脉，沉声说道：“可能是突发心脏病。”

“那要怎么办？”刘小宁有些紧张地问道。

“快叫救护车。”金锦然一边说着一边对老奶奶进行心肺复苏。

工作人员立马忙拨打120，很快，救护车赶到，医生把老奶奶抬上了担架。

“她没事吧？”刘小宁有些紧张地问道。

医生笑了笑：“幸亏抢救及时，目前没问题，不过我们要把这位老人家送去医院做全面的检查才行。”

刘小宁松了一口气，看向金锦然的目光中带着一丝敬佩：“幸亏有你，要不然这位奶奶就危险了。”

金锦然勾了勾唇角：“救死扶伤是每一个医生的职责，我只是做了我分内的事。”

“婉儿——”徐沐阳气冲冲地走进家门。

自从上次那件事情之后，霍云城留了后手，他和舒情从老宅回来之后，就让林岩峰把酒店的事情调查清楚。

之后，霍云城去找了上次那家报社跟徐婉儿串通好的记者，把事情全部问了个清楚，并且用录音笔录下来。在此之后，还特意去徐氏集团找了徐沐阳，当着他的面把录音笔打开，将里面的录音一五一十全部放了出来。

徐沐阳当场傻在了那里，并且有些无地自容。

“希望徐先生以后能好好管教自己的妹妹，让她不要再用这些下三烂的手段，也不要再来打扰我和舒情，不然下次让我发现，就不仅仅是警告了。”这是霍云城在离开徐氏集团前说的最后一句话。

徐沐阳看着放在桌上的录音笔，忽然有些焦灼。所以，他一进门，就忍不住质问徐婉儿。

徐婉儿不紧不慢地从卫生间里出来，看见自家哥哥黑沉下来的脸，颇有些不解地问：“哥，你怎么了？”

徐沐阳看到徐婉儿就气不打一处来，他没想到徐婉儿为了不让舒情和霍云城在一起，竟然能做出这样的事！简直让他太失望了！

“你为什么要这样做？！”他一脸怒容地盯着徐婉儿，平时温和有礼的他在这时候终于控制不住爆发，“我已经在接近舒情了，你为什么还要做这种糊涂事？要不是有人告诉我，我真不敢相信你会做出来这样的事！”

徐沐阳怒不可遏，眼中满是对徐婉儿的失望与难过，他从来没想过有一天自己最宠爱的妹妹会变得这样不堪和偏执。他感觉自己辜负了妈妈的嘱托。

徐婉儿反倒是一脸平静，眼中的讥诮一晃而过，她不知道徐沐阳为什么生这么大的气，因为她吗？不，他只是没有真正喜欢的人罢了，所以不能理解她。

她的哥哥，总是太善良了，优柔寡断，这样的人，很难有什么出息。

“哥，你生这么大气干吗？最后不是什么也没拍到吗？”徐婉儿轻飘飘地说。

徐沐阳不可置信地看着她，甚至有一瞬间的错愕，随即而来的便是更大的怒火：“这么说你还很遗憾？霍云城都到公司来了，你知道如果拍到了关于舒情的负面新闻，会出多大的事情吗？你知道霍云城会怎么做吗？到时候，父亲留下的公司，我们的家，都要跟你一起完蛋！而且你找来的那个法国人，他是欧洲贵族，你知道得罪他我们会怎么样吗？你什么都不知道！”

徐沐阳彻底暴怒起来，恨铁不成钢，不知道怎么才能骂醒徐婉儿。

跟徐沐阳的暴跳如雷相比，徐婉儿冷静得可怕。她摊了摊手，俨然一副无所谓的样子，走到沙发旁坐下，有点无奈地看着徐沐阳。

“哥，你急什么，这又不是什么大事，就算他知道了又怎么样？舒情本来就不配跟云城在一起啊！她只不过是个乡下来的野丫头，运气好而已。而且……他们说那个人是欧洲贵族，你就信了吗？不过是一个不知道从哪儿冒出来的傻小子，我说什么他都信。算了算了，什么事也没有，哥，你还是快点追到舒情吧，这样对我们都好，嗯？”

徐沐阳转过头，难过地看着徐婉儿，张了张嘴，却只吐出来一个字：“你——”

他能说什么呢？你变了，你让爸妈失望了，你以前不是这样的？迟疑一会儿，却什么也没说出来。

徐婉儿挑了挑眉：“哥，你以前不是也说我跟云城看起来很登对吗？现在我想要嫁给他，这不是刚好吗？哥，你也得努力啊，我们分开行动，这样云城就是我的了。”

徐沐阳实在没办法，他狠狠地瞪了徐婉儿一眼，第一次萌生了不想跟她说话的念头，回房间去了。

导演让助理联系了老奶奶的家人，因为这件事的发生，剧组决定先将广告的拍摄停止。

“多亏了你，不然老奶奶就危险了。”刘小宁看着坐在对面的金锦然，感觉他的形象更加高大起来。

“这些都是我应该做的。”金锦然淡然地笑着。

“我当时真的吓傻了。”刘小宁还是有些后怕。如果今天金锦然没有在片场，或者没有人懂得急救的知识……一瞬间，刘小宁就感觉双手冰冷。

看到刘小宁有些苍白的脸色，金锦然走到她的身边轻声说：“好了，老人家应该没事了，医院那边我也会关注的。”

看着金锦然的笑容，刘小宁像是吃了一颗定心丸，她眨了眨眼睛，低头看了眼手机，表情有些气馁：“啊……已经过了时间啊。”

“什么时间？”金锦然好奇地询问了一句。

“是我喜欢的一个吃播，本来今天我拍完广告正好能看到她的直播，结果现在错过了。”刘小宁解释道。

“吃播？”金锦然加重了几分语气。

刘小宁一下子就听出了其中的诧异，连忙解释：“我只是看，减肥的话自己不能吃，还不能看别人吃解解馋啊。”说完撇着嘴巴。

金锦然搜索了一下刘小宁说的主播，看着上面红艳艳的视频，嘴角抽动了一下：“节食减肥对身体不好，而且看这些吃播你不会更饿吗？”

“连一点心理安慰都不让人有吗，没办法，谁让我是大明星呢。”

“不如这样，我给你列一个减肥菜单，减肥和美食两不误，怎么样？”金锦然难得露出一副调侃的表情，朝着刘小宁挑了挑眉头。

“你还会这个？”刘小宁诧异地转头。

“拓展副业而已。”金锦然笑着晃了晃自己的手机，“金医生独家秘方，不收费的哟。”

刘小宁被他逗笑了，刚要说些什么，经纪人在叫她，两人就此分别。

“那个人是谁？长得很帅啊。”经纪人转过头去，好奇地看着金锦然，好像在娱乐圈里没有见过这样的明星。

刘小宁摆弄着手机，漫不经心地回答：“朋友，佳乐公司董事长的儿子。”

经纪人的表情有些诧异，似乎没想到刘小宁会认识佳乐公司的大少爷，而且她也看到两个人交谈甚欢，应该是交情不浅：“快老实交代，你们怎么认识的？”

经纪人隐约嗅到了一丝八卦的味道。

回想起那段不好的经历，刘小宁皱了皱眉头：“算是意外吧。”

经纪人用手机查金锦然的信息：“不过看他今天救那位老人家的样子，应该是医护人员？”

“对，他是医生。”刘小宁点头。

扫了一眼低头玩手机的刘小宁，经纪人像是想起了什么，神秘兮兮地开口：“每天匿名送你花的人不会是这个金大公子吧。”

这句话让刘小宁手上的动作停顿了一下，她眨了眨眼睛，轻笑了一声：“怎么可能……”

过了几日，把耽误的广告进度补拍完，刘小宁坐着保姆车赶回公司，却不想星辰娱乐的门口大厅围了几个人，其中有一个赫然是上一次心脏病发的老奶奶。

“小姑娘！”老奶奶见到刘小宁时眼前一亮，忙在亲属的搀扶下走了过去。

“老奶奶，您怎么在这儿？”刘小宁有些诧异，抬眼看到了老人家身后的金锦然。

两人对视一眼，金锦然朝她露出了一个笑容，让刘小宁更加摸不着头脑。

“刘小姐，谢谢你，那天要不是你救了我母亲，她可能就……”站在老人家身旁的年轻人拿着一大束花递给了刘小宁，连说了好几声感谢。

看着怀中的花束，刘小宁整个人还没从愣神中反应过来，就听老奶奶又是一顿夸赞。

刘小宁第一次遇到这样的情况，有些不知所措：“我那天也没做什么，主要还是要谢谢金医生啊。”

“是金医生带我们来的，他说那天如果不是你及时发现，他也没法及时抢救啊。”老奶奶拍了拍刘小宁的手背，欣慰地说道。

刘小宁猛地看向金锦然，这家伙怎么把功劳都推到了她的身上了？

然而，金锦然就像没有看到刘小宁的表情，还应和着老奶奶：“是啊奶奶，而且也是刘小姐及时让人拨打了电话，救护车才能那么快地赶到。”

“金……”刘小宁刚开口，一面红艳艳的锦旗就堵住了她的话。

看着锦旗上的一行大字，刘小宁只感觉眼前发晕，她还从来没有被人送过锦旗。

金锦然看着刘小宁的表情，轻笑了一声。

当天下午，热搜就被刘小宁承包了，有记者拍摄到了送锦旗的一幕，之后又去采访了老人家，将刘小宁在片场的事情发布了出来。

一瞬间，网上好评如潮，刘小宁本就有极好的路人缘，今天的事情一发生，更是收获了一大批的粉丝，刘小宁直接被网友称作人美心善的最美玉女。

然而看着网上的夸奖，刘小宁却觉得有些心虚，毕竟救人的不是自己，自己只是做了力所能及的事情。因此，她有些抱怨金锦然将老奶奶带来的做法，却不想得到了这样一句回答——你没必要谦虚，这些是你应得的。

“没想到小宁还做了这么件好事。”看着网上的新闻，舒情满意地点了点头，刚才她也向刘小宁的经纪人确认了事情的真实性，这才让公司的公关稍稍稳住这个热搜，让刘小宁的热度再维持一段时间。

就在这时，办公室的门被敲响，舒情抬了下眼：“请进。”

沈俊言走进来，他朝着舒情礼貌地点了点头：“经纪人说有几个剧本让我挑一下，他那边有个新人要带，我想问问你的意见。”

听沈俊言这么一说，舒情这才想起来应该趁热打铁让沈俊言继续下一部新戏了。她刚起身，余光却瞥见电脑屏幕，动作停了下来。

“是有什么事吗？”沈俊言看着舒情，疑惑地询问。

舒情摇了摇头，将书架上的一沓剧本拿了起来，简单翻看了一眼，发现这些剧本角色都和沈俊言上一次出演的人设差不多，这对演员来说也是一种变相的限制，她抬起头看着沈俊言说：“这些不行。沈俊言，你想要演和上一部戏一样的角色吗？”

沈俊言自然是毫不犹豫地摇头，身为演员就应该挑战自己，而不是故步自封在一个区域。

“我决定量身打造一部电视剧。”舒情沉吟道。

“为我？”沈俊言一怔。

“一半一半。”舒情拍了拍手，让沈俊言看了一眼电脑上关于刘小宁的新闻，“你担任男一号，刘小宁担任女一号。”

沈俊言今天虽然看到了刘小宁的热搜，但并没有放在心上，没想到……

“青春偶像励志类型的电视剧。现在刘小宁的热度在上升期，正适合这样的宣传。”舒情说着，抬头却看见沈俊言有些犹豫的神色。

“有什么问题吗？”舒情开口询问道。

沈俊言缓过神来，轻声询问道：“可以换人演男一号吗？我……”

上一次刘小宁突然向他表白，他们两个人到现在都有些尴尬，现在又要主演同一部剧，沈俊言觉得，在刘小宁缓过来之前，他们两个人还是应该少接触。想到那天刘小宁受伤却又隐忍的表情，沈俊言心中隐隐难过。

“上一次你和刘小宁的荧幕 CP 大火，现在影迷都喜欢看你们再合体互动。”舒情神色淡淡道。

“这……”沈俊言微微蹙起眉心。

“趁着现在你和刘小宁的热度，这样做只有好处没有坏处。”

角色的重叠可能会让人觉得审美疲劳，但是这样的再度合作不会，相反还是宣传新戏的好噱头。

沈俊言自然也明白这些道理，所以他没有办法拒绝，只能答应下来。

“很好，过几天就挑好剧本给你。”舒情点了点头。

沈俊言转身离开了办公室，他看了一眼朋友圈，发现刘小宁发了一张杀青的照片。

“沈老师！”这时，身后传来的经纪人的声音，“选了什么剧本？”经纪人见沈俊言两手空空，忍不住询问起来。

“舒情说会定制一部剧。”沈俊言将手机放回口袋，平静地回答着。

“你说什么？”刘小宁诧异地看着自家经纪人，她有些怀疑自己是不是听错了。

“怎么，现在被网上夸得连耳朵都不好使了？”经纪人轻笑一声，“公司决定要力捧你，趁着现在你的热度，给你接了好几个通告，还有综艺，以后这段时间你有得忙了。”

刘小宁有些受宠若惊地眨了眨眼睛，感觉惊喜来得太快了。其实她之前的资源也还不错，但是远远没有达到这样的高度，刘小宁心里清楚，这就是她大火的契机。

经纪人翻了翻日程表：“之后公司还要定制一部电视剧，女一号给你。”

“那男一号呢？定了吗？”刘小宁马上好奇地询问。

然而经纪人接下来的话却让刘小宁嘴角的笑容僵住了：“定了，你熟悉的，沈俊言。”

“什么？”刘小宁只感觉自己的心脏疯狂地跳动起来。

“沈老师啊，你们之前合作过了。”经纪人重复道。

刘小宁轻咬着下唇，缓缓地坐回了沙发中。她以为，自从上次自己表白被拒绝之后，他们两人或许就再也没有什么联系了，但现在又有了合作的机会。

刘小宁垂着眸子，手指忍不住绞着衣摆，不得不说，她确实很高兴。她每天都会看着沈俊言的微信发呆，却不敢去联系，害怕将两个人的关系弄得更加僵硬。可是除了开心，她还有些不知所措。

“怎么，你看起来不高兴？”经纪人看到刘小宁有些失落的表情，连忙询问道。

“不是，我挺想和他再合作的，只是害怕尴尬……”刘小宁轻声说道。

“尴尬？你们俩已经合作过了，不会尴尬的。”经纪人拍了拍刘小宁的肩膀。

“嗯……”刘小宁转回身去，脸上的表情有些微妙。

自己一腔热血地向他表白，他却只当自己是妹妹。刘小宁突然有些感慨，有些电视剧看着不靠谱，却绝对是按照真实事件改编的。

“放轻松，你第一次和沈老师合作的时候不也没什么嘛，况且你们两个人这么火，公司肯定会趁热打铁地再宣传一波啊。”经纪人开口鼓励着刘小宁，她从刘小宁出道就带着她，所以对刘小宁还算了解。

“希望吧！”听了这话，刘小宁挺直了腰身，给自己加油打气。

清晨，林楠早早地让厨房帮于娜准备了早饭，轻轻在她的额头上留下一个吻：“我先去公司了，你在家好好休息。”

于娜慢慢地起身：“我送你下楼。”

林楠再三拒绝：“娜娜，你就在床上好好休息，我自己下楼，你不用下去了。”

“没事，我想看着你出门。”于娜轻笑了一下，套了一件外套，挽着林楠下楼出门。

于娜将林楠送到门口，叮嘱道：“那你开车路上注意安全。”

林楠点了点头。

目送着林楠离开，于娜抿了抿唇角。不知不觉中，她似乎越来越依赖这个男人了，想起吴天合的时间也越来越少。只是……这是爱情吗？于娜不知道。比起之前和吴天合的轰轰烈烈，她和林楠更像是细水长流。

林楠刚走进公司，经纪人立刻跟上他：“楠哥，我帮你接了一部MV，是为了新歌《再多爱你一次》的宣传，我看制作班底跟导演都不错。”

林楠接过平板，看着MV的基本信息，就是一部很简单的MV，但是有对手女演员的合作。

“这部MV选用的女演员是谁？”林楠挑了挑眉问道。

经纪人缓缓地开口：“是一个新人演员，刚刚从国外回来，拍的时候可能需要你多多带动一下她了。”

林楠在业内一向是口碑很好的演员，他对于新人演员没有任何的抵触情绪。

“是从来没有拍过戏吗？”林楠问道。

“对，上周才从国外回来，是一个年轻漂亮的女生。等一会儿她会来公司，我帮你介绍一下，你们两个人提前熟悉一下。”

林楠点了点头，以为是一次正常的合作，也没有多想什么。

几分钟后，经纪人接到了女演员的电话，转头对林楠说：“楠哥，人过来了，我先过去接一下她。”

林楠坐在办公室里静静等着，一边看着 MV 的剧情打发时间。

“我们楠哥脾气很好，在业内口碑也很好。”林楠能够清楚地听到经纪人在门口介绍，“这次你跟他合作，可以学到很多东西。”

门外一道熟悉的女声传来：“好的，我一定会跟楠哥好好学习，提升自己的演技。”

听着女人的声音，林楠总有一种熟悉的感觉，可是又想不起来在哪里听过了。

“楠哥，这位是这次 MV 的女主角岑心爱。”经纪人介绍道。

看到来人的时候，林楠大吃一惊，他微微蹙了一下眉头：“怎么是你？”

岑心爱早就知道这次 MV 的男演员是林楠了，但她仍然装作惊讶的样子：“林楠哥哥，你是这次 MV 的男主角啊？”

听着两人的谈话，经纪人明白这两人可能认识。他疑惑地看着两人，开口道：“楠哥，心爱，你们认识？”

林楠还没有开口说话，就被岑心爱打断了：“我跟林楠哥哥是邻居，从小一起长大，没想到拍 MV 也可以碰到，真是太有缘分了。”

林楠点了点头，没有再说什么。

原来是这样，经纪人放心了：“你们原本就认识，那这次 MV 的合作应该会更顺利了。”

本来他还担心林楠跟新人女演员默契度不够，拍戏的时候代入感不强。

“你怎么进军娱乐圈了？”林楠看到岑心爱实在是太惊讶了，忍不住开口问道。

岑心爱目光崇拜地盯着林楠，柔柔地说："都是因为你啊，林楠哥哥，我在国外听说你成了一名优秀的男演员，心里面很羡慕，我也想像你一样。"

"心爱，娱乐圈没有你想象的那么光鲜，其实很辛苦的，尤其是女演员。"林楠好心规劝道，女演员想要立足都很难的。

岑心爱甜甜一笑，表示自己完全不害怕："林楠哥哥，我知道娱乐圈很辛苦，但是你那么优秀，我也不想落后，也想在娱乐圈发光发热。"

听完岑心爱的话，林楠也不好再说什么了，他微微点了点头。

"这次公司给我接下了 MV 拍摄，我本来还担心会碰到其他不好惹的演员，没想到碰到你了，林楠哥哥，我一定会跟你多多学习的。"岑心爱一脸单纯地开口。

林楠唇角微勾，轻笑道："你不用太担心，按照你的逻辑跟想法去演就好，有一些需要对戏的地方我会提醒你。"

林楠把岑心爱当成邻居妹妹，好心地提醒她、帮助他。

岑心爱亲昵地站在了林楠的身旁："那可太好了，有机会跟林楠哥哥一起拍戏，我一定会好好珍惜这次机会。"

经纪人看到这一幕，感觉事情有点不对劲，但是转念一想，两个人从小一起长大，青梅竹马的，可能稍微亲近一点吧。

为了打破尴尬的氛围，经纪人把剧本分给两个人："楠哥，心爱，这是这次拍摄的剧本，你们看一下。剧情很简单，是爱情题材的歌曲，最重要的就是表现出来两个人之间浓烈的感情。"

林楠认真地翻看着剧本，大概了解了一下人物的心理。而岑心爱则是看剧本里面有没有需要亲密接触的地方。

"这个感情应该怎么表现？我怕我表现得不好，需不需要多练几次。"她一脸无措地看着林楠。

"我可以跟你多排练几次，多对几次剧本，这样你的感情就找得比较准了。"林楠完全把岑心爱当成一个新人演员，提点着她。

经纪人默默地看着两人，心中若有所思。难不成岑心爱喜欢林楠？可是林楠已经有未婚妻了啊，而且都怀孕了。

林楠上午刚接了新 MV，下午公司就安排了宣传部门负责营销。公司铺天盖地地展开了宣传，准备拍摄 MV 宣传照，吸引粉丝的关注力。

"楠哥，心爱，你们准备一下，一会儿先拍一张宣传照，发在微博上。"

经纪人接到公司的通知，第一时间就告诉了他们。

正在对词的两人点了点头，岑心爱好奇地看着林楠问："林楠哥哥，宣传照是什么啊？"

"类似于定妆照。"林楠简明扼要地解释。

摄影棚内，岑心爱已经换好了衣服，化上精致的妆容，一脸期待地盼望着一会儿的拍摄，她在想怎么能让两个人更加亲近一点。

拍摄过很多次宣传照的林楠一脸的淡定，临上场之时，还在叮嘱于娜一定要好好吃饭。

"楠哥，心爱，来，我们开始拍摄了。"摄影师开口道，"今天只是宣传照，大家不用紧张，表情姿势自然一点。"

第一次拍摄宣传照的岑心爱表现力极好，她亲昵地挽着林楠的手臂，脸上洋溢着甜美的微笑。

"很好，换个姿势再来一张。"看着两个人熟悉亲密的姿势，摄影师满意地点了点头。

岑心爱思考了一会儿，踮起脚搂上林楠的脖子，她的举动把林楠吓了一跳。

"林楠哥哥，是经纪人让我摆的姿势。"

林楠刚想推开岑心爱，听到她这么说，也就任由岑心爱搂着了。

"好，今天的拍摄到此结束。"摄影师满意地看着相机里面的照片，示意他们可以离开了。

宣传照一经确定，公司立马发在了微博上面，男俊女美，一时引来了不少的话题关注。

冷峻帅气的林楠跟年轻貌美的岑心爱氛围感很强，在网上吸引了很多粉丝，甚至为他们自发创建了两人的话题。

"再多爱你一次"男女 MV 演员，微博话题很快引爆了热搜。

在家里养胎的于娜在微博刷到了这一条热搜，看着岑心爱跟林楠亲密的样子，于娜心中不免有些难受。

林母同样看到了新闻，她觉得两个人非常般配，余光不由得瞥了一眼于娜。于娜默默地低头坐在一旁，不发一言，眼睛始终盯着手机。

"我肚子有点不舒服，先上楼休息了。"于娜找了一个理由上楼了。

回到房间，于娜拨通了舒情的电话，语调失落地说："情情，林楠跟岑心爱一起拍 MV 了，微博上面很多人都在说他们般配。"

舒情：“我刚才也看了，但我觉得林楠没有什么过分的表现，是那个女孩表现得过于亲密了。”

同样是女人，舒情一眼就看出岑心爱心思不单纯。

“岑心爱跟林楠是青梅竹马，而且林楠的妈妈很喜欢她，那天岑心爱来我们家送礼物，我觉得她可能喜欢林楠。”于娜缓缓地说出来自己的分析。

舒情安慰道：“娜娜，你现在怀着身孕，不用操心这些事情，林楠平日在家里对你那么好，而且你们两个人之间经历了那么多的不容易，我觉得他不会背叛你的。”

想起林楠平日里对自己的种种好，于娜心中松了一口气：“可是岑心爱……”

现在岑心爱也进入了娱乐圈，以后两个人见面的机会肯定更多。

“娜娜，你别胡思乱想，林楠在娱乐圈碰到过多少女明星啊，那么多比岑心爱好看的，他都没有动心。你现在要做的就是好好养胎，把孩子平平安安地生下来。”

在舒情的安慰下，于娜点了点头：“我知道了，我应该相信林楠，不该怀疑他。”

两个人闲聊了几句，挂断了电话。

傍晚，林楠从公司回到家，一进门就听到了林母的声音。

“儿子，妈今天看到你跟心爱两个人的宣传照了，拍得真不错，男俊女美，很般配啊。”林母笑着夸赞道，“心爱上镜感觉更加漂亮了。”

林楠随口回答了一句：“还行吧，”随后好奇地问，“心爱怎么进入娱乐圈了？”

“当然是看你在娱乐圈，也想进去了。”林母笑着说。

林楠在客厅找了一圈都没有发现于娜的身影，转过身问：“妈，娜娜呢？”

“身体不舒服，回房间了。”林母蹙着眉头说，“她啊，就是看到你跟心爱的照片心里面不舒服，太小心眼了。”

听到于娜吃醋，林楠心中暗自窃喜：“那我上楼看看她。”

听到门外的脚步声，于娜知道是林楠回来了，立刻装作睡着的样子，把手机丢在一旁。

林楠推开门，房间里面一片漆黑。

“你回来了。”于娜装作刚睡醒的样子。

“嗯，听妈说你身体不舒服。”

于娜嗯了一声：“你……今天在公司怎么样？”她旁敲侧击地问着。

“还好，跟岑心爱一起拍了宣传片。”林楠试探性地回答，想看看于娜的反应。

于娜扯了一下被子，小声地问：“公司那么多人，怎么是你们两个人一起拍？”

林楠知道于娜吃醋了，嘴角轻笑，于娜终于在意自己了。他隔着被子搂上了于娜：“是公司安排的，不过你放心，我只是把她当成妹妹。”

“是吗？”于娜显得有些兴致缺缺。她满脑中尽是林楠和岑心爱的合照，怎么也挥之不去。

“当然了。听妈说你今天又没怎么吃东西？”林楠低头看向于娜，眼中尽是关心。

于娜坐起身，摇摇头：“没什么胃口。”

“那怎么行？”林楠站起身，“我去厨房让他们做些你爱吃的，你等我一下。”

说着，不等于娜开口，林楠便迈步走出了房间大门。

看着林楠远去的背影，于娜有一瞬间的晃神。也许舒情说得对，是她太过敏感了。林楠和岑心爱只是合作关系，林楠对她一心一意，她吃什么干醋呢？

十分钟后，林楠端着一碗鸡汤回到了房间：“娜娜，这是下午炖好的老母鸡汤，鲜美营养，你尝尝。”

“谢谢。”于娜淡淡一笑，伸手去接林楠手中的碗。

林楠却没有把碗递给于娜，他挑了挑眉，薄唇凑近于娜的耳畔，醇厚的嗓音响起：“我喂你。”

他那富有磁性的声音，激得于娜的耳根子一红：“别……我自己来就可以了……”

于娜话音未落，却见林楠用勺子舀了一勺汤，放在嘴边吹了吹，小心翼翼地喂到她的嘴边：“好了，不烫了，可以喝了。”

“嗯。”于娜心头一暖，微微点头。

林楠一勺一勺地喂给于娜，极其耐心。看着面前那张俊脸，于娜的心跳莫名地漏了半拍。

其实，林楠真的很不错。长得帅气，家世又好，还是个大明星，最重要的是，对她一心一意，温柔耐心。这样的男人，真是打着灯笼也难找，只是……

于娜的脑海中，不由自主地浮现出吴天合的身影。不知道现在的他，腿完全恢复了吗？直到今时今日，她都不相信，吴天合会爱上别人。她实在是想不明白，当日的他为什么对她如此绝情。

看出于娜的走神，林楠把碗放下，伸手将她揽入怀中，低声开口：“在想什么呢？”

于娜回过神，收起思绪，笑了笑：“没什么。”

“别胡思乱想了，我和岑心爱没什么的。”林楠低头，在于娜额头上印下了深深一吻。

……

第十四章
亲昵的称呼

星辰娱乐。

舒情来了公司，一路上逢人就打招呼，看起来心情很好的样子。员工们也知道她即将订婚的消息，所以聊天的时候少不了揶揄。

下午的时候，舒情坐在办公室里察看最近网络上播放平台的数据，忽然有人敲了敲门。

“进。”舒情开口道。

沈俊言走了进来，手里还拿着一个平板电脑。

“有事吗？”舒情抬眸看了沈俊言一眼，新剧的剧本还得过几天才会出来一稿。

“《新霸王别姬》的后期剪片基本上都完成了。这是刚送过来的样片，正好你今天在公司，看看吧。”说着，沈俊言手指在屏幕上划了划，点开样片的视频递给舒情。

舒情接过平板电脑，低头仔细看了起来。画面镜头和特写都恰到好处，一些必须要用后期合成的画面也制作得很精致，如果放到大屏幕上播放的话，也不会粗糙。

仔细查看几个重头戏片段，确定这几个镜头的后期剪辑打光无误之后，舒情才满意地点了点头，把电脑还给沈俊言。

“后期处理得不错，可以准备准备将样片交送给电影节了。如果这次发挥正常的话，希望可以拿到电影节上的金奖吧，这样对公司来说，也是一次好机会。”

沈俊言点了点头，又想起什么似的，食指指尖在桌面上点了点，看向舒情说：“对了，这几天你不在公司，我听说环球影视也准备了一部古装电影，想要冲击国际电影节的金奖。虽然他们跟咱们的电影题材不同，但环球影视毕竟是老牌影视制作公司，经验和资历都比我们深得多，而且在这之前，他们就已经在各大影视平台还有院线上推了好几部已经制作完成的电影，估计到时候还准备靠数据说话。

“《新霸王别姬》之前声势够大，现在后期基本上也已经完成了，既然你刚刚说没问题的话，那我们要不要尽快推出这部电影？或许还能在电影节之前跟环球影视抗衡一下，要不然我怕一个崭新的片子……很容易被刷下去。”

舒情却摇了摇头，她已经考虑好了：“不用了，我相信你，也相信这部片子，等所有的东西都处理好了，直接选送到电影节上去吧。”

沈俊言沉吟片刻，还是轻轻点头，转身离开了。

没过多久，前台的一个电话打进来：“舒总，徐氏集团的总裁来了，说要见你。”

徐沐阳？现在一听见这个名字，舒情就有些头疼，但是考虑到刚接了徐氏集团的生意，再怎么说也没有把合作伙伴拒之门外的道理，便回道：“好，让徐总上来吧。”

徐沐阳走到舒情办公室门前的时候，还特意整理了一下着装，进去之后温和地笑了笑：“舒小姐。”

舒情抬起头来，把手边助理刚才倒好的一杯咖啡推给他：“徐总不必客气。你这次过来，是剧本那里出什么问题了吗？如果是的话，您可以尽管说，我可以处理。”

“不不不。”徐沐阳连忙摆了摆手，一脸真诚地盯着舒情，但眼神有点局促，好半天才吞吞吐吐地说道，“其实……我今天是来道歉的。”

“嗯？”舒情挑了挑眉，“徐总怎么了？”

“……”

徐沐阳沉默半晌，还是不知道怎么说出口。站在他的角度来说，徐婉儿这次做的事太离谱，而且上次霍云城还来找过他，不管是出于对公司的考虑还是私人感情，他都应该来道歉的。

“其实，我已经知道了我妹妹上次做的事情，金鹤酒店那件事……的确是她做得有些过火，也是我没约束好她，给舒小姐和霍总造成了麻烦和困扰。我今天来，是代婉儿跟舒小姐道歉的，希望你能原谅我，也原谅我的妹妹。她平时被我惯坏了，很不懂事，也希望舒小姐不要因此对我和我们的合作有任何看法，好吗？”

原来如此。徐婉儿不是第一次算计她了，她跟徐婉儿博弈过很多次，但是现在，徐婉儿都逼得自己的哥哥来道歉了。舒情甚至有些怀疑，徐婉儿真的还算是个人吗？

“既然你这么说，”舒情抬起下颌，直视徐沐阳的眼睛，她觉得有必要好好跟徐沐阳谈一下这个问题，“我也不妨跟徐总谈一下这件事。我知道徐婉儿喜欢霍云城，也因为云城不止一次地针对我、陷害我，但是霍家跟徐家是世交，更何况徐总您现在和我公司还有合作，我也不想把两家的关系闹得太难看。不是什么事都是一句不懂事就可以遮掩过去的，我也希望，徐总在照顾自己妹妹的同时，能够好好管教她，让徐小姐知道什么该做什么不该做。”

舒情话说得够直白，让徐沐阳脸上无光，他在椅子上坐立不安，觉得很不自在。但到底是徐婉儿先去挑衅人家，他这个做哥哥的就算再难受，也只能老实听着。

“这是一定的，我当然会好好告诫婉儿，不让她再打搅舒小姐和霍总。不过，我刚才说的话也是真的，希望舒小姐能够理解。公事是公事嘛。”

舒情点了点头，她不是一个公私搅在一起的人。虽说徐婉儿做了很多过分的事，但是徐沐阳道歉还算诚恳，而且他心里肯定清楚，如果徐婉儿把事情闹大，那面子上不好看的肯定是徐家。

霍云城有这个资本，她也有。

“徐总放心，工作是工作，你信任我们，星辰娱乐就肯定不会让你失望的。好了，我们还是聊剧本的事吧，其他的事以后再说，我也相信徐总可以处理好的。”

徐沐阳听见这话，总算是松了一口气，不管怎么说，舒情还是能劝得动霍云城的，既然如此，他就没有什么需要担心的了。

下午五点三十分，霍云城准时来接舒情下班，他在朋友开的法国餐厅预定了一桌烛光晚餐，想给她一个惊喜，谁能想到——

“舒小姐，这次就麻烦你了。”办公室的门半开着，里面传来徐沐阳的声音，他跟舒情握了握手，脸上是绅士的微笑。

“徐总放心，你的要求我们一定会尽力满足，也希望如果这部剧播出效果好的话，我们可以继续合作。”舒情公事公办地回答，说着她就跟在徐沐阳身后往外走，想着送一送对方。

刚好就碰到了站在门口的霍云城。

徐沐阳不免有点尴尬，转头看了看舒情，颔首笑着说："霍总来接舒小姐下班吗？那我就不打扰了，先走了。"

"徐总慢走。"霍云城不咸不淡地说了一句。

在徐沐阳走远之后，霍云城才问道："徐沐阳怎么又来找你？他跟你说什么了？"

"没什么。"舒情摇了摇头，"他来找我道歉，为了徐婉儿的事情。是不是你去找他了？还有，谈了谈徐氏集团要交给公司做的那部影视剧的事情。"

霍云城哼笑了一声，牵过舒情的手往公司外面走："算他识相。我是去找他谈过，让他好好管管徐婉儿。好了，不说这些了，我今天在朋友的餐厅订了包间，去吃饭吧。"

两人有说有笑地出了门。餐厅的气氛也很浪漫，原本有点不快的霍云城被舒情哄好了。

舒情最近有些头疼，因为约瑟夫。

自从上次金鹤酒店的事情之后，约瑟夫彻底跟霍云城较上劲了，每天都到星辰娱乐等舒情，怎么说都不走，还要约舒情去游乐场、看电影，几乎所有追女孩子的方式他都用过了。舒情现在是躲他都来不及，看见约瑟夫的时候就一个头两个大。

"约瑟夫，我们好好谈谈吧。"这天，舒情忍不住了，趁着午休的时候，认真地看着坐在沙发上玩游戏的那个男孩，语气充满了无奈，还有些好笑。

约瑟夫立马放下手机，眼睛里都有了光："怎么了怎么了？舒情，你是不是想跟我出去约会了？"

"不是——"舒情无语，"我其实想知道，你为什么非要追求我呢？我都快跟云城订婚了，你想要什么样的女孩子没有？我想跟你说，我们真的不合适，我完全不喜欢你，而且你比我小，我并不能接受姐弟恋，所以，你还是回法国去吧。"

舒情希望约瑟夫能听明白，但约瑟夫神情疑惑："我喜欢你，因为你长得好看，谈吐又好，是我见过最漂亮的中国姑娘。舒情，在追到你之前，我并不想回法国。而且，"他勾了勾唇角，扬起一抹迷人的微笑，

“如果你不想跟我一起回法国的话，我搬过来陪你住也是可以的，这都没什么。”

舒情这下是真的无语了。她又好气又好笑地看着约瑟夫，半天才憋出来一句话：“你听我说，我们不合适。我是不可能跟云城分开的。你现在对我这么执着，可能是一种错觉，等到有一天，你真正遇到了自己喜欢的人，你就会明白我的心情了。”

约瑟夫也沉默了，皱着眉头好半天，似乎是在消化舒情的话，可他忽然又说：“算了，你可能只是一时半会儿接受不了而已。对了，三天之后是我生日，要不你陪我去A市有名的地方玩玩吧。”

得，还是听不懂，舒情默默转过头去叹了一口气。

抬眼看到约瑟夫的眼神，跟只大狗狗一样可怜巴巴的，但她还是得拒绝他，她更受不了霍云城吃醋：“不行，我有很多工作，忙得很，没时间陪你逛，你赶紧回法国去吧。”

约瑟夫理直气壮地反驳：“上次酒店那件事，我帮了你和霍云城一个大忙，你自己说欠我一个人情的，你不能说话不算话！”

舒情一时间哽住，毕竟她真的跟约瑟夫这么说过……这下好了，想拒绝也拒绝不了了。

“好吧……”沉吟半晌，舒情还是答应下来，“那三天之后，上午九点我在你住的酒店外等你，带你去玩，不见不散。不过现在我要工作，你在这里会打扰我，也会让他们误会，所以可以先回去了吗？”

说着，她露出一个自认为最温和的微笑，实则心里满是无奈和疲倦。

约瑟夫十分高兴地点了点头，走到门口的时候还跟舒情挥了挥手：“不见不散，记得来找我！”

舒情又看了几个剧本，也不知道怎么了，突然很想霍云城。脑海中尽是霍云城俊美无匹的脸庞，明明早上才刚分开的。轻轻摇了摇头，她合上电脑，然后驱车去了霍氏。

这阵子她一直忙于星辰娱乐的工作，已经很久没关注霍氏了。不过，她之前一直负责的“冰与火”项目如今已经步入正轨。“冰与火”系列珠宝销售异常火热，经常卖到断货，而BPL最近似乎也收敛了不少，李承阳没有其他小动作。

一切似乎都风平浪静。

舒情开着车，双手紧紧握着方向盘，默默地想着心事。自从爷爷来到A市，她很想问问爷爷关于她父母、阿雪和齐叔叔的事情，可几次话到嘴边又咽了下去。儿时，每当她提起这个话题，爷爷脸上那种凝重的神情依然历历在目，所以她不知道到底该不该提。

从星辰娱乐到霍氏，不过短短半小时的时间，但不知道为什么，舒情总觉得身后有一辆车子在跟着她，当她想要仔细看清楚的时候，却又淹没在车流之中。

是她看错了吗？舒情皱了皱眉心，心头不安的感觉升腾而起。

很快，舒情便到了霍氏集团。刚走到大门口，就听见几个员工在八卦——

“听说舒小姐和约瑟夫的事情了吗？”

“当然听说了。之前闹得沸沸扬扬的，哪能不知道呢？”

“你们说，舒小姐是喜欢约瑟夫还是喜欢我们霍总？”

“我站队霍总，霍总和舒小姐郎才女貌，天生一对。”

“约瑟夫也不差啊，人家可是贵族啊！”

舒情蹙了蹙秀眉，轻咳一声。

“舒小姐——”几个员工立刻噤了声，战战兢兢地向舒情打招呼。毕竟，舒情可是霍氏未来的女主人，马上要和霍总订婚了。虽然这几天关于舒情和约瑟夫的风言风语源源不断，可传闻毕竟只是传闻。

“如果还想留在霍氏的话，背后不要乱嚼舌根。”舒情扫了这几个员工一眼，走进电梯。

“是，舒小姐，对不起。”这几个员工面面相觑，懊悔不已，生怕丢了工作。

舒情直接到了顶楼总裁办公室，伸手敲了敲大门。

“进来。”霍云城清冽低沉的声音传来。

舒情推门而入，霍云城正端坐在座位上，专心致志地盯着电脑屏幕。

他一身烟灰色的高定西服，将完美的身材展现得淋漓尽致，立体的五官精致帅气。夕阳的余晖透过玻璃窗照在他的身上，仿佛给他周身镀上了一层金色的光芒，卓尔不凡，矜贵耀眼。

看着面前那个帅得让人窒息的男人，舒情有一瞬间的晃神。

听见声音，霍云城抬眸，见舒情正一瞬不瞬地盯着他，不由勾了勾唇角，低沉地开口：“看够没有。”

“没有。”舒情淡淡一笑，迈步走向霍云城。

“嗯？”舒情的回答，倒是有些出乎霍云城的意料。

舒情往旁边的沙发上一坐，秀眉微挑：“我老公好看，还不让看了？”

“老公”这个称呼，一下就取悦了霍云城。他蓦然站起身，长腿一迈，在舒情身旁坐下。

“你刚才喊我什么？”霍云城挑了挑眉，似笑非笑地看向舒情。

舒情这才发现自己刚才竟然喊了他一声老公，她这是怎么了……竟然脱口而出这样的称呼。真要命！

舒情脸一红，小声道：“没什么。”

“是吗？”霍云城低笑一声，“我都听见了。”

他侧头，薄唇附在舒情耳畔，富有磁性的声音响起：“我喜欢听你这么叫我，再叫一声给我听听。”

“你讨厌……”舒情娇嗔着瞪了霍云城一眼。

她那半娇羞半生气的模样，落在霍云城的眼中格外动人。舒情的话音未落，霍云城便直接封住了她的唇。

就在两人吻得难舍难分之际，一阵敲门声响起。

“有人来了！”舒情一下子惊醒，忙用力推开霍云城，整了整被他弄乱的衣服。

霍云城暗骂一声，没好气地开口：“进来。”

林岩峰推门而入，入眼的便是自家总裁一脸的怒容，而舒情则脸色绯红，衣衫不整。总裁办公室充斥着极度暧昧的气氛，一看就知道刚才这里发生了什么。

林岩峰的嘴角忍不住抽了抽，好吧，他又一次打扰了总裁的好事。

他硬着头皮走了进来，目不斜视地把一份资料递给了霍云城：“总裁，这份文件需要您过目后签字。”

霍云城冷眸扫了林岩峰一眼，龙飞凤舞地在文件上签上了自己大名，沉声道：“出去！”

感受到自家总裁的低气压，林岩峰忙拿过文件，战战兢兢地开口：“是，总裁，舒小姐，我什么都没有看见，你们……继续？”

舒情：“……”

太丢人了。

郊外，李承阳的别墅。

唐若颖坐在沙发上，低头紧紧盯着手中的微型炸弹，脑海中情不自禁地浮现出霍云城高大帅气的身影。

往事历历在目，那个她深爱了那么多年的男人，马上就要和舒情订婚了！唐若颖很想恨霍云城，很想按照李承阳说的那样，在霍云城和舒情的订婚典礼上和他们同归于尽。

可是她发现，自己做不到。

并非她怕死，而是……她舍不得霍云城死。即使他对她那么绝情，亲手把她送进监狱，她依然那么爱他。所以，这几天她一直暗中跟踪舒情，却找不到合适的机会下手。

嘎吱一声，房门打开。李承阳迈步走了进来，低头看了唐若颖一眼："你今天去哪儿了？"

唐若颖回过神，低眉顺眼地开口："没去哪儿，只是闷得无聊，随便走走。"

"随便走走？"李承阳脸色一冷，伸手捏住了唐若颖的下巴，"你一个取保候审的人居然没经过审批就出了A市，我不知道谁帮的你，但如果我去公安局举报一下，你还有自由吗？还有你之前做的那些事，证据我可是都留着的，你是活得不耐烦了吗！"

"对不起，哥！"下巴传来阵阵疼痛，唐若颖吓得浑身一哆嗦，"我错了！"

"你最好乖乖听话，别耍花样！"李承阳把唐若颖重重地推倒在沙发上，居高临下地看着她，"你可别忘了，是你苦苦哀求我帮你的。"

"哥，我一定会按你说的做，舒情和霍云城，我一个也不会放过！"唐若颖咬牙切齿地说。

李承阳这才满意地点了点头："记住你自己说的话！"

林楠这几天忙于拍摄MV，每天下班都很晚。于娜躺在床上，心不在焉地刷着手机。林楠怎么还不回来呢？

就在于娜辗转难眠的时候，林楠推门走进了房间："还没睡？"

"你怎么才回来？"于娜坐起身，低声问道。

林楠在床边坐下，伸手搂住她解释道："这几天拍摄MV进度有点赶，所以需要加班。"

"又是和那个岑心爱？"于娜的语气中带着几分自己都没有察觉的

醋意。

“是啊。”林楠点头。

看到为自己吃醋的女人，林楠心中暗暗得意，娜娜终于在意自己了。林楠从背后轻轻搂着于娜，感受着她的体温。

“那……你之前不知道MV的女主角是岑心爱吗？”虽然林楠已经解释清楚了，但是于娜心中还是不舒服。

林楠抚摸着于娜的肚子：“当然不知道，我连她进娱乐圈都不知道，看到岑心爱进门的一瞬间，我都惊讶了。”

于娜相信林楠说的话，点了点头，转过身钻进了林楠的怀里面：“你以后什么事情都要打电话告诉我。”

于娜小声地开口，她今天才发现原来自己这么在意林楠。

“好。”林楠宠溺着答应。

两人相拥而眠，一夜宁静。

次日一大早，林楠就急匆匆地赶往公司了。他刚走进摄影棚，岑心爱便端着一杯咖啡出现在了面前。

岑心爱笑靥如花：“林楠哥哥，我请剧组喝奶茶，这是特意为你点的咖啡，没有加糖。”

岑心爱如此了解林楠的口味，惹得剧组的人纷纷议论两个人的关系。

林楠听着流言蜚语，回想起昨天于娜失落的表情，刻意跟岑心爱保持着距离：“我早晨在家里吃过饭了，先不喝咖啡了。”

岑心爱脸色难看，她咬着嘴唇：“好吧，那我们赶紧熟悉一下剧情，开始接下来的拍摄吧。”

林楠冷漠地点了点头，从岑心爱身旁擦肩而过，迈步走向拍摄场地。

整个拍摄过程中，岑心爱一直有意无意贴近林楠，尝试跟他产生一些肢体接触，甚至还假装摔倒，想要林楠来搀扶她。但这些小心思都被林楠识破了，他冷眼看着岑心爱，一动不动，一言不发。

“还有几段需要拍摄？”林楠换下这一场的戏服，询问着身旁的助理。

看着始终不搭理自己的林楠，岑心爱心中疑惑，是不是于娜在背后说什么了。

“林楠哥哥，这一段应该怎么表现？我感觉我怎么都拿捏不好。”岑心爱蹙着眉头装作勤学好问的样子。

林楠脸色微冷，淡淡地开口：“你要尝试把自己代入角色，这样才能表演得更加真实。”

尽管林楠表现得很冷淡，但岑心爱还是一脸微笑：“谢谢林楠哥哥，有你在，我在剧组拍戏感觉安心多了。”

傍晚，林楠从剧组回家。

于娜刚刚洗完澡从楼上下来，柔声开口问道：“你回来了，今天拍摄顺利吗？”

“顺利。”林楠浑身燥热，一看到于娜立刻将她拽入怀中，“让我抱一下。”

他伸出双手，紧紧地抱着于娜，粗重的喘息时不时传来。

于娜意识到林楠想要发生什么，赶紧伸出手推开了林楠：“不行，我还怀着孕，现在还不稳定。”

“可是我想要……”林楠难受，继续抱住于娜，“就一次好不好，之前医生也说过，偶尔有几次是可以的。”

截止到今天，两人只有过那么一次，距离现在已经是好几个月了，林楠憋得难受，他看着对面的爱人，情难自控地搂住于娜，顺势吻了上去。

“林楠……”于娜呼吸一窒，在林楠的攻势下，她终于回应起来，两个人紧紧相拥，从客厅到房间。

清晨，于娜费力地想要起床，吵醒了睡在一旁的林楠。

“怎么了？身体不舒服吗？”林楠玩味地笑看着于娜。

回想起来两人昨天的疯狂，于娜忍不住红了脸颊：“我……可能是太累了。”她赶紧转移话题，“你今天不用去拍摄吗？现在都九点了，你还不去啊。”

林楠悠闲地躺在床上：“今天是夜场拍摄，白天没有我的戏份，我可以留在家里多陪陪你。”

他说陪你的时候，故意加重了几分语气，于娜更加害羞了。

“你不起来，那我起来了。”于娜扯过被子，慢慢从床上起来。

楼下，林母已经开始催了：“都几点了，你们还不下来吃早饭。”

于娜赶紧推了一下林楠：“快起来吧，你妈都催我们了。”

“知道了，妈。”林楠回应道，“我们马上就下去了。”

整整一天，林楠都陪着于娜，一直到黄昏，他才离开家赶往片场。

“今天拍夜场，会比较晚回来，你早点休息，不用等我了。”林楠走之前在于娜的额头落下深深一吻。

“嗯。”于娜轻声应道，目送着林楠离开。

拍摄现场，岑心爱看着今天的剧本，心中暗暗喜悦，晚上一直拍摄到半夜，她有更多的机会可以接近林楠了。

林楠一到，岑心爱立刻抱着剧本凑到了林楠面前：“林楠哥哥，这是给你买的咖啡。”

林楠点了点头，依旧跟岑心爱保持着距离。

从傍晚时分一直拍到了深夜，林楠都有了一丝困意，岑心爱一直用余光偷偷瞥着林楠，时刻注意着他的反应。

对于岑心爱的小动作，林楠并非不知道，只不过他装作没有看见而已。

夜色越来越深，剧组的人也渐渐少了。

“楠哥，今天辛苦了。”导演开口表示林楠今天的拍摄已经结束了。

“嗯。”林楠穿上西服外套，准备离开。他心中牵挂着于娜，不知道于娜睡着没有。

岑心爱眼看着林楠要离开了，立刻心生一计，她微微眯起眼睛，正跟林楠告别的时候突然装作晕眩：“林楠哥哥，我头好晕啊……”

话还没说完，岑心爱整个人晃了晃。林楠不能确定岑心爱到底是不是装的，但两家毕竟是世交，于情于理，他都不能放任岑心爱不管。

“林楠哥哥，”岑心爱伸手抱住了林楠，“我想回家……”

在场的人没有一个知道岑心爱家在哪儿，他们纷纷看向了林楠。

“导演，我送她回家吧。”林楠缓缓地开口，出于多年邻居的情谊，他才送岑心爱回家，想着把她送到家自己就离开，绝不多待。

岑心爱心中窃喜，她虚弱地靠在林楠身上。

路上，岑心爱靠坐在副驾驶上，轻声开口：“林楠哥哥……我喜欢你……”

一脸淡然的林楠装作没有听到：“你家马上就到了，我一会儿送你到楼下。”

“好好休息。”林楠将岑心爱送到楼下，嘱咐了一声头也不回地离开了。

看着林楠决绝的背影，岑心爱心中一阵气恼。

另一边的于娜在家里等了很久，迟迟没有等到林楠回家，心中有些不安。拨打林楠的电话，一直是关机。

会不会出什么事情了？于娜心中想着不由得蹙起眉头。

林母睡着了，于娜让司机送她去片场找林楠。

到了片场，里面漆黑一片，这让于娜更加担忧。就在这时，她的手机突然响起来，她以为是林楠打来的电话，打开手机却发现是有人匿名发过来的照片，照片上是林楠搀扶着岑心爱，往岑心爱家走。

看到这一幕，于娜心中大惊，难道这就是林楠一直不回来的原因吗？他一整夜都跟岑心爱在一起吗？照片上的两个人看上去很亲密，岑心爱的头靠在林楠的肩膀上。

于娜的心，一点点地往下沉。

林楠明明说过他根本就不喜欢岑心爱的，难道一直以来，林楠都在骗她吗？

于娜目光紧紧地盯着照片，突然她感觉头晕目眩，身体一阵不舒服，肚子也开始一阵一阵地疼痛。

她捂着肚子，痛苦地说："我……肚子疼。"

"于小姐，你怎么了？"司机看到于娜的状态也着急起来。

于娜双手紧紧捂住肚子："快，送我去医院！"

司机吓了一大跳，赶紧把她扶到车上："于小姐，你忍耐一下，我马上送你去医院！"

于娜躺在后座，连忙深呼吸，让自己的心绪平复下来。

司机一边开车，一边打电话给林母。林母正在熟睡之中，被一阵电话铃声吵醒了。

"谁啊？三更半夜的。"林母嘟囔着，没好气地接起了电话。

电话那头响起了司机慌张的声音："夫人，不好了，于小姐突然肚子痛，我送她去医院。"

"什么？"林母愣了一瞬才反应过来，"你说于娜怎么了？"

这个时候，于娜不是应该在家睡觉吗？

"夫人，于小姐去片场找少爷，没看见少爷，于小姐突然肚子疼，现在我们在去医院的路上，您看看是不是找人过来？"司机小心翼翼地开口。

"行了，我知道了。"林母脸色冰冷。

林父也被吵醒，侧头问道："怎么了？于娜出什么事了吗？"

林母没好气地瞪了林父一眼："谁知道啊，说进医院了。三更半夜的不睡觉，跑去片场干什么！"

“什么？孩子没事吧？”林父大惊，立刻爬起床，“赶紧过去看看！”

林楠累了一整夜，疲惫不堪地回到家里，看见林母正急匆匆地换衣服，忙问：“妈，这大半夜的你去哪儿啊？”

林母举着手机着急地说：“刚才司机打电话说于娜突然肚子疼，去医院了。

林楠一下子蹙起眉头：“什么，娜娜去医院了！”

他顾不上回家换衣服，急匆匆地就赶去医院。一路上，林楠都在担心于娜和孩子，祈祷他们千万别有事。

林楠这时候才发现自己的手机没电，关机了，会不会于娜没有联系上他，所以出了意外。林楠懊恼地看着自己的手机，直接将手机丢在车座上面。

到了医院，林楠问司机：“娜娜人呢？”

司机指了指检查室：“医生正在里面检查呢。”

又等了好一会儿，医生终于出来了。林楠一个箭步冲了过去，焦急地问：“医生，我未婚妻没事吧？”

医生推了推眼镜：“孕妇情绪波动，可能是累着了抻着了，所以有些出血，腹部疼痛，不过没大碍。以后要注意适当活动，保持心情舒畅。”

情绪波动？

林楠等到于娜被推出来，伸手搂住了她：“娜娜，你怎么了？”

一想到照片上林楠和岑心爱那么亲热，于娜心中就一阵酸涩，别开了脸不理会林楠。

“我说于娜，医生让你保持愉悦的心情，你拉着一张脸干什么？”林母也听见了医生的话。

“妈，你少说一句。”林楠护着于娜。

“既然没事，那就回家吧。”林父在一旁开口。

还好于娜和孩子都没事，有惊无险。折腾了一晚上，林楠带着于娜回到林家。

“娜娜，究竟发生什么事了？好端端的你怎么会肚子疼？”见于娜一副闷闷不乐的模样，林楠忍不住关心道。

“你自己看！”于娜拿出手机，点开照片，递给了林楠。

林楠接过手机，低头看了一眼，照片上是他和岑心爱。只是，怎么会有这张照片呢？

“这照片哪儿来的？”林楠沉吟着问。

“不知道！”于娜没好气地给了林楠一记白眼，“你自己做过什么自己不清楚吗？”

“娜娜，不是你想的那样。你还不相信我吗，我心里面只有你。”林楠耐心解释道，“当时岑心爱头晕不舒服，我只是送她回家。”

于娜侧过身，给了林楠一个背影。她不知道应不应该相信林楠的解释，一想到那张照片，心中就堵得慌。

第二天，林楠要去上班，不放心于娜，便打了一个电话给舒情：“情姐，娜娜昨晚出了一点事，你能过来看看她吗？”

舒情刚准备去星辰娱乐，忙关心地问道：“娜娜怎么了？”

林楠简单把事情说了一下：“情姐，你是知道我对娜娜的感情的，我和岑心爱真的没什么，可娜娜怀孕了容易胡思乱想，我怎么解释她都不听。”

“行了，我知道了，我去劝劝娜娜。”舒情揉了揉眉心，“不过林楠，你工作归工作，也要多考虑于娜的感受，尤其是她现在还有身孕。”

“我知道，情姐，我会和岑心爱说清楚的。”林楠点头道。

舒情驱车去了林家，见到了于娜。

“舒情？你怎么来了？”于娜有些惊喜，这个时候，舒情不是应该去上班的吗？

舒情走进房间，笑了笑：“听林楠说你昨晚进了医院，我来看看你。”

提到昨晚的事情，于娜眼神一暗：“林楠他……”

“林楠都和我说了，他和岑心爱没什么。”舒情拍了拍于娜的肩膀，柔声安慰道，“我认识林楠这么多年了，他是什么样的人我很清楚，虽然平时看起来有些吊儿郎当的，可对待感情是一心一意的。娜娜，你别胡思乱想，要对自己、对林楠有信心。其实你仔细想想，匿名发照片给你的人，无非是想要你误会林楠，破坏你们之间的感情，如果你真的因此而误会林楠，那岂不是亲者痛仇者快？”

“嗯。”于娜点了点头。

舒情又安慰了于娜好一阵子，才驱车去了星辰娱乐。

“这一季度的报告，最迟周五下班之前交给我。”舒情看了眼手表，对着面前的各部门经理说道。

众人纷纷点头。

舒情见状，便结束了会议。

“舒总，柳编已经将剧本发到您的邮箱里了。”助理整理着手中的资料，跟在舒情身后。

“这么快？”舒情有些诧异，剧本竟然已经写好了。

“柳编说这个故事本来就有一个完整的框架，他也非常喜欢这个故事，本已构思良久，然后看了您的要求，以最快的速度将剧本写出来了。”助理点头笑道。

听见这话，舒情也勾了勾唇角。柳生南是圈里比较著名的编剧，手上出了不少好的作品，舒情与他合作过好几回，所以对于剧本的质量也是放心的。

才回到办公室，舒情的手机就响了起来，看着上面闪动着霍云城的名字，她笑得眉眼弯弯。

“喂？云城。”舒情轻轻地唤他的名字。

“在忙？”霍云城的声音低沉。

“刚开完会，在看新的剧本，我和你提过的，给刘小宁和沈俊言量身打造的那个。”说着，舒情点开了邮件，查看着剧本。

“晚上想吃什么？”霍云城问。

舒情听闻，手从鼠标上离开撑在了脸颊上，语气带着几分戏谑：“怎么，霍先生是要来接我？是不是想我了？”

听电话那头没了声音，舒情嘴角的笑容更深了，她似乎能想象到霍云城现在是什么样的表情。

下一秒，霍云城的声音便传了过来：“嗯，想你了。”

霍云城的性子一向冷然，可在她面前无比厚脸皮。想到这里，舒情勾唇笑了出来，清脆的声音传入霍云城的耳中。

霍云城不由得弯了弯嘴角。

“霍总，这是您要的资料。”这时候，林岩峰走了进来。看见总裁神情柔和的模样，不由得愣了一下，应该是在和舒小姐打电话吧。

舒情也听到了那头的声音：“晚上我等你。”

霍云城应了一声，便挂断了电话。

舒情将视线重新放在了电脑上，这次为刘小宁和沈俊言量身打造的剧叫作《乘风吧》，讲述了男女主角从大学到社会、从懵懂到成熟的人生经历，爱情、友情、亲情彼此独立又交织，在看似天马行空的剧情背后隐藏着无限深意。

对于这个剧本，舒情非常满意，再加上最近刘小宁和沈俊言的热度，这部剧一定会很有前景。这样想着，舒情联系了两人的经纪人，让他们也都看看剧本，给一些意见和想法。

正在片场的刘小宁经纪人接通电话之后，表示明白。

“小宁，定制剧本大纲已经出来了。”经纪人转头将这个消息告诉了刘小宁。

刘小宁眨了眨眼睛，一想到自己要和沈俊言拍一部戏，她就有些不知所措。她最近在躲着沈俊言，却总是能在公司遇到他。刘小宁知道，有些事情他们两个人心知肚明罢了。

“想什么呢？”经纪人注意到刘小宁细微的表情变化，有些疑惑地开口，“我发现你和沈老师最近有点怪怪的。”

刘小宁吓了一跳：“什么？有什么奇怪的？”

“你们是不是吵架了？之前见你们相处得很融洽啊。”经纪人说。

刘小宁悄悄在心底松了一口气，轻笑了一声：“没有啦，就是最近感觉自己红了，有点不适应。”

听到这话，经纪人白了刘小宁一眼：“之前见你自称大明星挺自然的啊，现在怎么就不习惯了？”

“做人嘛，还是要低调一些。”刘小宁摆了摆手，开玩笑似的结束了这个话题。

借由刘小宁近来在网上的热度，舒情马上让公司官宣青春偶像励志剧《乘风吧》的主演已确定刘小宁和沈俊言，等待开拍。一时间，网上掀起了一阵讨论热潮。

“青春偶像剧啊，感觉应该挺有看头的。”

“啊，他们又合作了，真是太棒了！”

“快拍快拍，这个剧我追定了！”

“怎么感觉最近总能在网上看到刘小宁这个人，纯路人，刘小宁很火吗？”

“只有我觉得刘小宁和沈俊言有点真吗？”

“楼上的姐妹！我也有同感！我感觉他们俩实在是太配了！”

老搭档的组合让之前的粉丝们再次喧闹起来，而一直在悄悄关注网上信息的刘小宁在看见这些评论的时候，心中忍不住地想，如果沈俊言看到这些，会有什么反应呢？

这样想着，刘小宁突然有些烦躁地将手机扔到一旁，抱着抱枕在床上翻来覆去的。

“刘小宁！沈俊言不喜欢你，他只把你当妹妹，别想了……”她自言自语着，声音却渐渐弱了下去。

真的只能是妹妹吗？刘小宁静静地看着床头上面摆着之前沈俊言送给她的一个小礼物，那是上一部戏杀青的时候，沈俊言夸她演得好送给她的小玩偶。尽管知道这并不代表什么，可刘小宁还是把这个玩偶当成了宝贝，珍藏了起来。

停止了脑中的胡思乱想，刘小宁坐起身来，伸手将沙发上的剧本拿了过来。今天刚拿到剧本时她只是草草地看了一眼，并没有完全熟悉了解。趁着现在将剧本仔仔细细地读了一遍，却发现这次的剧情生动有趣，让她非常喜欢。

此时的刘小宁并不知道，不久的将来会有什么事情等待着她。

徐家别墅。

徐婉儿看着网络上铺天盖地的新闻，嘴角不由得溢出了一丝冷笑：“定制剧，舒情还真会造势。”

现在所有人都看得出，星辰娱乐要力捧刘小宁。想到这里，徐婉儿思索了一下，舒情不好对付，但是她手底下的艺人可不一样。如果在开机仪式上爆出这个刘小宁的丑闻，那么对星辰娱乐将是一个沉重的打击，舒情也一定会受到影响。

徐婉儿已经能想到舒情挫败的样子了，她翘着唇角给一个号码发送了消息：明天下午三点，我们见一面。

翌日，徐婉儿在约定好的咖啡厅等待，没过多久便有一个人坐在了她的面前，这人摘下墨镜，赫然是当初因为骚扰刘小宁而被告的秦尚。

“你约我有什么事？”秦尚狐疑地看着徐婉儿。

虽然他们秦徐两家有生意上的往来，但是他们两个人并没有过多的交集，现在徐婉儿主动约他，究竟有什么事？

“我听说你被刘小宁告了，还被关进了看守所？”徐婉儿抿了一口杯子里的咖啡。

此话一出，秦尚的面容就扭曲起来，想到之前的事情，秦尚就是一肚子的怨气。若不是父亲动用关系把他带了出来，恐怕他会在那个破地方待上好几个月。

“你什么意思？”秦尚冷然看着徐婉儿，以为她是故意要看自己的笑话。

“我可以帮你。”徐婉儿挑唇说道。

“帮我？”原本想要发怒的秦尚愣了一下，没有反应过来徐婉儿的话。

“既然你喜欢刘小宁，我可以帮你得到她。”徐婉儿曲起手指敲了敲桌面。

秦尚眉心微动。

虽然秦尚没有说话，但是徐婉儿心中清楚，这件事情秦尚求之不得，所以他肯定会答应的。

只要在开机仪式上爆出刘小宁的丑闻，舒情作为星辰娱乐的CEO自然是责无旁贷，到时候舆情汹涌，看舒情怎么收场！

一想到这里，徐婉儿就很期待。

第十五章
怦然心动

“阿嚏——”刘小宁打了个喷嚏，身子没忍住抖了一下，好在导演那边早就喊了停，不然这一条要重新拍。

今天是洗发水广告的补拍镜头，工作量不大，只是拍摄的时间有些晚了。

“着凉了吗？”原本等在一旁的金锦然见状，担心地走了过来。

“应该是今天吹风有点多了。”刘小宁不好意思地揉了揉鼻子。

今天拍摄广告为了营造效果，一直开着吹风机，刘小宁想应该是这个原因。

金锦然仔细地查看了一下刘小宁的脸色，还是有些不放心。

刘小宁见状，朝他打趣道：“金医生，你的职业病犯了啊，本小姐我身强体壮呢，哪有那么容易生病。”

说着，她还拍了拍自己的胸口。

看着刘小宁纤细的手臂，金锦然失笑，他看了看周围，悄悄俯身凑近了刘小宁几分：“请你吃夜宵，补偿一下今天你被吹冷风？”

一听夜宵两个字，刘小宁眼睛一亮，但还是有些犹豫：“不行，我要减肥。”

“吃一顿没关系的，而且别人请客都不想去？吃什么随便你点。”金锦然放轻了声音，一点点地引诱着刘小宁。

本就意志不坚定的刘小宁听见这话，开始疯狂地动摇。天下没有白吃的午餐，但或许可以有白吃的夜宵。

“你真的要请我？”刘小宁眨了眨眼睛。

“当然了，我什么时候骗过你。”金锦然笑眯眯地说。

“那……大资本家，别怪我这个打工人反向压榨你了！”刘小宁笑着，脸颊上的酒窝若隐若现。

金锦然看着心中一片柔软：“我求之不得……”

“你说什么？”心中盘算着要去吃什么的刘小宁没有听清楚金锦然刚才的话，转头问了一句。

“我说我已经准备好钱包了。”金锦然推了推鼻梁上的眼睛，温润地笑着。

“好，我先去和经纪人报备一下。”刘小宁朝他摆了摆手，便收拾东西去找了经纪人。

听见刘小宁要和金锦然去吃饭，经纪人求之不得，只不过……

“小宁，我怎么感觉金医生对你有点意思呢？”经纪人视线敏锐地从刘小宁的脸上划过，随即抬头看向站在不远处的金锦然。

正在收拾东西的刘小宁听见经纪人的话，手上的动作停住了：“说什么呢，我们俩是好朋友而已。”

“或许吧。”经纪人不过是随便猜猜，她也听说过这个金锦然是刘小宁的影迷。

“那我先走啦。”刘小宁直起了腰身，活动了一下僵硬的脖子。

“注意一点，别被媒体拍到，不然又有麻烦了。”经纪人提醒道。

“我知道，我会注意的。”刘小宁点了点头，心想着要不要将今天吃饭的事情告诉网友，但万一给金锦然造成麻烦就不好了，还是一会儿和金锦然商量一下比较好。

“走吧。”全副武装的刘小宁站在了金锦然的面前。

神神秘秘的样子让金锦然扑哧一声笑了出来。

“怎么了？”刘小宁将墨镜摘了下来，不解地看着金锦然。

“你这么打扮成这个样子？”金锦然指着刘小宁的帽子和墨镜，脸上的笑意还没有消退。

“我是明星啊，当然要防着媒体。”刘小宁说，“不过我在想要不要发个微博，说和好友去吃饭？”

“不用这么麻烦的。”金锦然看着刘小宁可爱的模样，唇角的笑意更甚，“娱记的事情我已经找人处理了。”

两个人去了一间水上餐厅，刘小宁见过不少网红博主的推荐，菜式也是刘小宁比较喜欢的，金锦然提前预订了房间。

然而，在到达餐厅之后刘小宁却有一种心神不宁的感觉，她向后看了看，停车场却并没有什么异常的地方。

“怎么了？”见刘小宁的脸色有些不自然，金锦然关切地询问着，同时也观察起四周，应该没有媒体跟踪才对。

“没什么，习惯罢了。”刘小宁笑了一声。

但那种像是被什么人跟踪的感觉却隐隐地萦绕着她，刘小宁抿了抿嘴角，心想着或许是自己精神太紧张了。毕竟这家餐厅的私密性做得很好，再加上实行会员制，娱记应该进不来的。

腹中饥饿的感觉让刘小宁暂时抛却了这些想法，万一被曝光了澄清就好，反正她和金锦然清清白白的，也不怕有什么误会。

走进餐厅，刘小宁便被里面的装修吸引，不愧是大家推荐的地方，给人的感觉真的很不错。

服务员将两人带到了预订好的包房，大面的墙连通着外面的水族箱，漂亮的鱼儿肆意地游动着，另一边可以看到夜景。在这样的环境里，刘小宁感觉自己的身心都放松了许多。

她逗弄着水中的鱼儿，脸上浮现笑容。

“看看想吃什么。”将菜单推到了刘小宁的面前，金锦然笑着说。

“那我不客气了？”刘小宁咧开嘴角，点了几个网上推荐的招牌菜。

点完单之后，刘小宁欣赏着夜景，不由得发出了感叹：“真的好漂亮啊。”

“你喜欢就好。”金锦然应了一声。

两个人有一搭没一搭地聊着，气氛却并不尴尬，两个人都很放松。

刘小宁其实很喜欢和金锦然相处的感觉，金锦然彬彬有礼，会和人保持一定的距离感，却又不让人觉得生疏。刘小宁感觉他们像是多年的挚友，哪怕相对无言，也不会觉得尴尬。

餐厅上菜的速度很快，刘小宁看着桌子上精致的食物，虽然很饿，但还是有点放不开去吃。

“怎么，不合你胃口吗？”看着刘小宁的样子，金锦然询问道。

听见这话，刘小宁摆了摆手，她稍稍清了下嗓子说：“不是啦，只是……”

金锦然紧张地看着她。

“就是在这么漂亮的地方，我觉得我得吃相优雅一些。”刘小宁抿唇说道。

谁承想，金锦然听见这句话咧嘴笑了出来。爽朗的笑声钻进了刘小宁的耳朵，让她有点不好意思。

“你笑什么啊？”刘小宁嘟着嘴说。

金锦然撑着脸，温柔地看着刘小宁：“笑你可爱。”

刘小宁拿着叉子的手一顿，抬眼和金锦然的视线交会。

“怎么还呆住了？来尝尝这个，很好吃的。”金锦然给刘小宁夹了菜。

刘小宁从愣神中反应过来，尝了金锦然夹过来的菜，眼睛一亮，连连点头称赞，忘了方才自己想说什么了。

两个人相谈甚欢，也不知道一顿饭吃了多久，刘小宁只感觉肚子鼓鼓的，她向后仰了仰身子，心满意足地眯起眼睛。

“真的好饱啊，他们家菜品很不错。”刘小宁舒出一口气。

“你喜欢的话，我们可以经常来吃。”金锦然给刘小宁倒了杯柠檬水。

“哇，经常来吃的话，我岂不是要胖死了！我要保持身材，你可休想害我。”刘小宁皱了皱鼻子。

“好吧，我最近又找到了好几家好吃的餐厅，你不能去的话，我会给你拍照片的。”金锦然的眸中闪过一丝狡黠。

刘小宁一听，就像是被人踩住尾巴的猫，冲着金锦然说：“好啊，你要是敢馋我，我就拉黑你！”

“错了错了，我一定带你去吃。”金锦然见刘小宁那奓毛的样子，只觉得她说不出的可爱，扬了扬唇角连忙道歉。

刘小宁朝窗外看去，突然被一个地方吸引了视线：“咦？那个地方是什么？”

顺着刘小宁的手指看过去，金锦然解释道：“那是一个人工湖，最近新开发出来的，可以去上面划船看风景，想去吗？”

刘小宁转了转眼珠，点头说道：“想去，运动运动消消食。”

金锦然颔首，两个人便起身出了包房，朝人工湖走去。

现在虽然是秋初，但气温并没有骤降，仍然是暖热的，晚风吹过脸颊非常舒服，刘小宁小心地坐上船，身体与船面一同晃荡了起来。

“小心！”金锦然见刘小宁身子不稳，直接伸手环住了她的腰。

这样的姿势让刘小宁被半抱在了怀里，两个人抬头的时候，彼此的距离很近，刘小宁清楚地看到在金锦然清澈的眸中映出了自己。

这个姿势……好暧昧。

金锦然首先反应过来，松开了刘小宁，两人之间那种莫名的气氛却并未消退。

“谢谢啊。”刘小宁脸上一烫，忙深吸一口气，笑了笑，转头看着湖边的景色。

小船在湖上稳稳地划动着，刘小宁垂着眼眸，伸手轻轻触碰湖面。指尖沾上水面有点凉的温度。

刘小宁在愣神，没有注意到金锦然一直落在她身上的目光。

“小宁……”金锦然开口唤她。

刘小宁抬头的时候，就见金锦然指着天空。刘小宁看到了满天的繁星，如此漂亮的景色让她一时间找不出形容词。平时她觉得自己的生活有些枯燥，甚至有的时候忙到忘了时间，她已经很久都没有这样放松下来了。

“真的好漂亮啊，在城市里都没有见到这么多星星。”刘小宁拿出手机拍照，却发现相机并不能将眼前的景色照出来，“可惜手机拍不出来，不然回去一定让他们看看。”

刘小宁转头，脸上扬起了一抹微笑：“谢谢你啊，金锦然。”

“小宁……”金锦然再一次唤了刘小宁的名字，声音轻缓，像是星光落在了刘小宁的心尖。

突然，刘小宁像是察觉到了什么，心跳逐渐加速。

“我……”看着面前漂亮可爱的女孩，金锦然怦然心动。

然而，就在金锦然要表达自己的心意时，小船突然剧烈地晃动起来。怎么回事？刘小宁心中一凛，还没等她反应过来，小船一下子就翻了。金锦然下意识地就要拉住刘小宁，可惜还是晚了一步，刘小宁掉进了湖中，他也一样掉到了湖水中。

初秋的夜晚，湖水很凉。那种刺骨的寒意夹杂着无限的恐惧，席卷了刘小宁的全身。

天啊！她不会游泳啊！

“呜呜呜……救命……”刘小宁大声呼救，可是湖水很快就将她淹没了。

“小宁——”

刘小宁即将失去意识的时候，隐隐约约听见了金锦然焦急的声音。

当刘小宁再次醒来的时候，却发现自己被五花大绑绑在床上。

周围的环境极为陌生，刘小宁登时有种不好的预感，身子不免开始发抖。她只记得自己和金锦然在船上，落水之后的事就不记得了。

这是哪儿？她被绑架了吗？刘小宁越想越是害怕，她不敢叫嚷，只能疯狂地挣扎着，然而，一切都是徒劳。

就在这时，门外传来了脚步声，吓得刘小宁一瞬间屏住了呼吸。

房门被人推开，陆陆续续地走进来好几个身形魁梧的壮汉，而在后面，还跟着一个熟人。

“秦尚！”在看清那人的面貌之后，刘小宁大惊失色，声音更是因为过分的害怕而十分沙哑。

秦尚笑眯眯地走了过去，伸手摸了摸刘小宁的脸颊：“醒了啊。”

“你别碰我！秦尚，你放开我！”刘小宁挣扎着，双眼死死地瞪着秦尚，“是你把我抓来的！”

秦尚眯起眸子，原本在刘小宁脸上的手开始不怀好意地下移：“刘小宁，我和你说过，你早晚都是我的。”

“滚开！秦尚，你这个浑蛋！”意识到秦尚想要做什么，刘小宁大声呵斥着，眼眶已经泛红。

“我就喜欢看你这副样子。”秦尚咧开嘴角，他解开自己的扣子，伸手掐住了刘小宁的腰肢。

刘小宁恨不得将秦尚的手给砍下来，但她还是深吸一口气，强迫自己冷静。现在不能慌张，她一定要想办法拖延时间，会有人来救自己的。

想到这里，刘小宁轻哼一声，像是有些屈服，柔弱地看着秦尚：“等一下，秦尚！”

秦尚并没有停手，毕竟他迫不及待地想要得到刘小宁。

“秦尚，能不能让他们先出去……”刘小宁见状连忙开口，“人太多了，我不习惯……”

听见这话，秦尚转头看见房间里站着的一群男人，脸上的表情也有些微妙。

“让他们出去，只有我们两个人……也方便。”刘小宁趁机补充道。

听见这话，秦尚点了点头：“你们出去守着。”

几个男人对视后，点头走了出去，房间里只剩下秦尚和刘小宁两个人。

“咱们继续吧。”秦尚一边说着一边凑近了刘小宁。

刘小宁瞳孔紧缩，朝着秦尚勉强扯出一个笑容：“等……等一下！”

“你还想干什么？！”秦尚失去了耐心，眉头狠狠地皱起来。

“能不能把我松开，这样好疼。”刘小宁看着自己被束缚的四肢，请求道。

见秦尚的表情有些犹豫，刘小宁趁机说：“门外有人守着，我跑不了的，而且我这么被绑着，一动也不能动，你也不喜欢吧。”

确实，刘小宁这样绑着，玩起来肯定不爽。

这样想着，秦尚便伸手解开了刘小宁手脚的束缚。刘小宁缩在床上，活动了一下自己的手腕，视线迅速在房间中搜索着。

……

湖边。

“醒了醒了！”

听觉渐渐恢复，金锦然呛出了口中的水，狠狠地喘了一口气。刚才发生的事情在他的脑海中回龙，刘小宁呢？！

金锦然醒来的第一时间就去寻找刘小宁，却没有发现她的身影。

“和我在一起的那个女孩子呢？”金锦然抬眼看着身旁一众餐厅工作人员，焦急地询问。

“我们只在湖中找到你一个人，没看见别的女孩子。”餐厅经理的表情有些不好，连忙让人再去搜救。

金锦然的脸色瞬间如染冰霜，他扔掉身上的毛巾，猛地站起身来：“手机给我。”

经理愣了一下。

“给我！”

金锦然的表情一反往常，经理被吓住了，呆呆地将手机递了过去。

金锦然立马拨打了一个号码：“以我现在所在的餐厅为中心，周围所有的监控全部查一遍，一定要把人给我找到！”

紧接着，金锦然又联系了刘小宁的经纪人，之前他们见过一面，所以金锦然记下了她的联系方式。

“你说什么？！”此时经纪人正在舒情的办公室里，听见这个消息的时候惊愕地站起来，让舒情都愣了一下。

“好，我们马上过去。”经纪人连声应道。

舒情见经纪人挂断电话之后脸色泛白，眉心不禁皱起：“发生什么事情了？”

“小宁失踪了。”经纪人说话的时候声音都在颤抖。

“什么！”舒情怎么也没想到刘小宁会失踪，她眉心猛跳，强制让自己冷静下来。

刘小宁为人很单纯，不会有什么仇家，怎么会失踪？

想到这里，舒情马上拨打了霍云城的电话：“云城，刘小宁失踪了，我应该马上能查到她的位置，今晚可能会回来得比较晚。”

霍云城沉声道：“你在哪里？我去接你。”

霍云城带上几个保镖，到星辰娱乐接了舒情。而舒情也第一时间和金锦然取得了联系，并简单地调查了一下他的背景。

“会是什么人呢……”舒情眉心紧锁，很快收到了刘小宁的定位。

是在一所别墅里，那地方是私人别墅区，人不多。

“我们快去。”舒情心里清楚，自己晚到一秒钟，刘小宁恐怕就会多一分危险。

而同时，金锦然也锁定了带走刘小宁的那辆车子，根据监控跟踪锁定了远郊的别墅区。

舒情和金锦然会合，共同前往刘小宁所在的别墅。

刘小宁警惕地缩在床上，看着朝自己靠近的秦尚，还想要拖延一些时间：“等一下，我想去洗个澡，身上湿漉漉的不太舒服。”

秦尚不是傻子，怎么可能看不出来刘小宁是在故意拖延时间，他再也没有了耐心，扯开衣服就朝着刘小宁扑了过去。

刘小宁心中大惊，想到外面还有人看守，紧咬着嘴唇忍住没有尖叫，抄起床头的灯朝秦尚的头砸去。

只听一声闷响，秦尚摔在了地上。

刘小宁见状不敢有半分耽搁，起身就朝窗户边跑去，拉开窗户的时候，外面的冷风灌了进来，让她的身子本能地一哆嗦。然而就是这一眨眼的工夫，她还没来得及跳出去，就被身后的秦尚直接扯住了头发。

“贱人！你竟然敢打我！”秦尚手中用力，直接将刘小宁摔在了地毯上。

刘小宁吃痛地叫出声，眼泪忍不住涌了出来。

“疼死老子了。”秦尚按了按刚才被刘小宁砸中的头，竟然在掌心发现了一片血渍，这让秦尚的表情都扭曲起来。

刘小宁还想爬过去抓住床头灯，但秦尚哪里还会给她机会，直接一巴掌抽了过去，嘴里还骂骂咧咧的。

刘小宁被打得耳朵里都是嗡嗡的声音，她紧咬牙关，心中还没有放弃最后的拼搏。只可惜她再挣扎也是一个柔弱的女孩子，根本没有办法和秦尚抗衡。

秦尚一脚踹在了刘小宁的胸口，将她压了回去。刘小宁的头撞在了床边，疼得她的身子向后仰去。

“跑啊，你他妈的再跑啊！还敢打老子！”

秦尚又朝刘小宁的肚子上踹了一脚，随即伸手重新将刘小宁的手腕绑在了床尾。

“秦尚，你这个畜生！”刘小宁杏目圆瞪，她的眼底满是血丝，愤恨地瞪着秦尚。

“叫吧，既然有力气，一会儿就给我好好地叫！”秦尚猥琐一笑，直接伸手将刘小宁的衣服撕开。大片的皮肤裸露出来，秦尚眼睛一亮，抚摸起来。

“你给我滚——”刘小宁一边叫喊着，眼泪一边疯狂滑落，可还是于事无补。

秦尚解开皮带，伸手捏住了刘小宁的脸颊。刘小宁眼中的光一点点消失，最后变得空洞无比。

就在这时，外面传来了吵闹的声音，紧接着房门被人粗暴地踢开。

“你们他妈的干什……”秦尚还以为是外面守门的人闯了进来，然而他咒骂的话还没有说完，就被人一脚踹在了脸上。

“浑蛋！”第一个冲进来的金锦然在看见房间里的场面时，整个人都愤怒到了极点，他踹开秦尚，脱下外套就盖在了刘小宁的身上。

“小宁……”金锦然快速又小心地解开了刘小宁的双手，想要用外套将她的身子裹住。

可是他刚碰到刘小宁时，原本安静的刘小宁突然挣扎了起来，她闭着眼睛，双手胡乱地挥动：“滚开！别碰我！别碰我！”

“小宁！小宁是我！我是金锦然，已经没事了，不用怕，没事了。”金锦然握住刘小宁的手，满脸心疼地安慰着她，让她冷静下来。

刘小宁定睛看着眼前的人，终于分辨出来，下一秒就环住了金锦然的脖子，抱住他痛哭出来。

和霍云城并肩走进来的舒情脸色一沉，她没想到竟然又是秦尚这个畜生。

霍云城不悦地看着浑身光溜的秦尚，默默挡住舒情的视线，示意身旁的保镖将人带走，但是舒情拍了拍他的手。

“这种人渣，绝对不能轻易放过他。”舒情脸色冰冷。

“好。”霍云城安抚似的拍了拍舒情。

“没事了，已经没事了。”金锦然小心地揉了揉刘小宁的头发，用外衣死死地包裹住刘小宁的身子。看着刘小宁凌乱狼狈的样子，心中的自责感几乎要将他吞没，“对不起，都是我的错，我不应该带你去吃夜宵，不应该没在那时候抓住你……对不起……”

金锦然真的不敢想象，自己如果再晚到一点，会发生什么可怕的事情。想到这里，他的眸子隐隐泛红，这个人渣他不会放过的！

刘小宁摇了摇头，她紧紧地拽着衣服，想要站起身来，却发现膝盖和脚腕在刚才摔倒的时候都已经划破。

金锦然见状，在刘小宁耳边轻轻开口：“冒犯了。”

刘小宁刚看了他一眼，下一秒就被金锦然抱了起来。心有余悸的刘小宁下意识地想要挣扎逃脱，金锦然马上开口安慰她，刘小宁这才冷静下来，缩在他的怀里沉默不语。

“金先生，我会带小宁回去的，麻烦你了。”一旁的舒情见状，拦在了金锦然的面前。

金锦然向舒情表示了感谢，将刘小宁抱到了舒情的车子上。

那边，刘小宁的经纪人也等候着，见到这样的刘小宁，她眼眶一下子就红了。

舒情深深地看了一眼金锦然，伸手摸了摸刘小宁的头：“已经没事了。”

刘小宁看着舒情，欲言又止。

“放心，我不会放过那个畜生的。”舒情安慰着刘小宁，让经纪人将刘小宁带回去处理伤口。

转头回到别墅，秦尚和手下的几个男人已经被霍云城带来的保镖教训了一顿。舒情有些嫌弃地看了这些人一眼，然后靠在霍云城的怀里，俩人一起离开了别墅。

在车上，舒情打电话询问了一下刘小宁的情况，得知她除了一些皮外伤没有其他问题后，松了一口气，特意给刘小宁放了假，让她好好地休息。同时舒情还叮嘱刘小宁的经纪人要好好照顾她。

解决完刘小宁的事情，舒情和霍云城回到家已经是深夜。

“秦尚这个浑蛋，上次就不应该轻易放过他！”

舒情越想越气，脸色阴沉，想着之前就应该将秦尚在监狱里关上个三五年，就不会有今天的事情发生了。但同时，舒情也觉得有些后怕，这个秦尚居然能将刘小宁直接绑走，背后会不会有人指点？

“在想什么？”见舒情神色凝重，霍云城侧头问道。

“没什么。”舒情摇摇头。

现在，身体上的疲惫让舒情没有精力去想这些事情。

“累死了，我去洗澡了。”舒情伸了个懒腰，却没有注意到自己露出的那一截雪白纤细的腰肢。

霍云城的视线扫过，眸光微动。

舒情走到浴室中还没关门，霍云城就出现在了门口。

“怎么了？”舒情歪头问道。

霍云城没有回答，却眼明手快地挤进了浴室，伸手将舒情压在了冰冷的瓷砖壁上，随即将她的娇呼尽数吞入唇齿之间。

舒情挣扎了一下，却无能为力，只好软软地靠在霍云城的怀里。

吻毕，舒情红着脸颊，伸手在霍云城的胸口轻捶了一下：“你干吗啊，吓我一跳。”

霍云城微微垂下头，温热的气息喷在舒情的脖颈，让舒情痒得缩了缩脖子。

“不是说洗澡吗？一起洗。”

“云城！”舒情瞪了一眼，“别闹，今天我要累死了。今天约瑟夫还……”

霍云城掐住了舒情的腰肢，语气危险：“约瑟夫今天又纠缠你了？”

舒情眨了眨眼，看出霍云城脸上的怒意，连忙摇头：“没有……”

她想起来，明天就是约瑟夫的生日，她答应约瑟夫陪他去公园逛逛的，算是还他一个人情。看霍云城这个样子，还是别告诉他了吧。

霍云城目光一沉，有些霸道地吻住了她的唇瓣。

舒情被霍云城吻得双腿发软，有些招架不住，脸上飞起一抹红晕：“霍先生吃醋了？”

霍云城挑了挑眉。

舒情见状，主动踮脚在他唇上印了一吻，弯了弯嘴角：“补偿你的。不过现在我要洗澡了，霍先生你是不是应该……”

然而下一秒，霍云城面不改色地开口：“你不是说累了吗？我可以帮你。”

如此理所当然的样子让舒情都有些震惊，霍云城是怎么做到冷着一张脸却说出这样的话的？

“霍云城，赶紧出去！”舒情忍不住推搡了一下霍云城，然而手肘却意外地碰到了花洒的开关。

一瞬间，两人都被淋湿。

舒情被冷水激得一抖，慌张地想要关掉花洒。霍云城见状，将舒情圈在了怀里，替她挡了大半的冷水。两人的距离骤然拉近，舒情几乎紧贴在霍云城的胸口，男人皮肤的热度透着薄薄的衬衫衣料传来。舒情忍不住抬眼，看到的正好是霍云城的胸口。

不得不说，霍云城的身材实在完美。再加上他摘掉领带的时候习惯解开衬衫的几颗扣子，正好露出了性感的锁骨。他发梢沾着的水滴，顺着俊美的脸颊滑落，最后没入了领口，这样的场景让舒情的脸忍不住红起来。

舒情吸了吸鼻子，声音是自己都没有察觉到的娇软：“霍云城，你别再闹了……”

“舒情……”

霍云城的声音在耳边响起，舒情对上他炙热的目光，一时间忘记了想要说什么，只是呆呆地张着嘴。

霍云城视线逐渐下移，最终将目光落在了舒情红艳的唇瓣上，他眸光深了几分，撑在舒情脸侧的手臂稍稍弯曲下去。

两个人的距离在悄然拉近，呼吸一点点地纠缠在一起，心脏错乱的跳动声像是蛊惑人的咒语，让舒情的脑中一片空白。

舒情被霍云城抵在墙壁上，双手按在了他的胸口，他强健有力的心跳不断地击打着她的指尖。她忍不住深吸一口气，伸手捧住了霍云城的脸，撒娇地开口：“云城，你答应过我的，先出去，好不好？”

霍云城没有回答，只是直直地看着舒情。

“云城……”舒情又唤了一声，语气又娇又软。

只见霍云城的唇角紧绷，他抓起舒情的一只手，偏头咬了一下舒情的指尖，围着浴巾出了浴室。

今天又是要去冲冷水澡的一天。

第二天，舒情如约到了酒店门口。

约瑟夫从酒店大厅里蹦蹦跶跶出来，衣着明显是精心挑选过的，看到舒情的时候就扬起了一个大大的笑脸。

“舒情，你好准时啊！我们今天去哪里？”

舒情对约瑟夫笑了笑，说：“带你去我们这里最有名的一个林区隧道。走吧，风景很好，如果你想的话，还可以坐缆车。”

约瑟夫点了点头，一路上都显得特别积极，找了不少话题，但舒情只是客套地回他几句话，并不热情。

两个人在林区坐完缆车已经是中午十一点多了，约瑟夫从随身的背包里拿出两个三明治，把其中一个递给舒情，问道：“这里有捷径吗？我想去冒险！从小路走，这样一定很刺激。”

舒情狐疑地看了他一眼：“小路？我们等会儿坐缆车下去不好吗？”

约瑟夫生性热情爱冒险，一向喜欢挑战新鲜事物，更何况他跟自己的朋友去旅游的时候，就经常去攀岩、蹦极，尝试这些比较刺激的户外运动，就连丛林冒险他也试过，所以探索小路对他来说并没有什么难度，一提起眼睛里满是光彩。

当然，最重要的是，如果舒情跟他一起，他就有机会去保护自己心爱的姑娘了！

“不，我比较喜欢冒险，再说难得咱们俩单独出来一次。舒情，你放心，如果有危险，我会保护你的！”约瑟夫转过头，一脸兴奋地试图游说舒情，还拍了拍自己的胸膛，彰显男子汉的气势。

舒情实在是拗不过他，点点头答应了。

所以，两人吃完三明治休息好后，并没有按照原定计划出发，而是又往树林深处走了一会儿，直到看不见外面护栏的影子，约瑟夫才罢休。自然，舒情也没有硬拉着他坐缆车下山，而是配合他玩所谓探险的游戏。

树叶枝条散在地上，踩上去就发出咯吱咯吱的响声，约瑟夫一直在前面探路，舒情紧紧跟着他。山上小路崎岖难走，两人都已经有点累了，但也不能贸然停下，没有办法，舒情握紧了手中的登山棒。

忽然，她听见了前面传来一声闷哼，抬头就看见约瑟夫一脸痛苦地半蹲着，右手还盖在脚踝上。

“怎么了？”舒情心里一惊，连忙跑过去询问，蹲下身来看约瑟夫有没有伤到哪里，“是受伤了吗？严不严重？”

约瑟夫抬起头，还有点不好意思，神情也十分尴尬，支支吾吾好半天才说：“……是刚才想着快下山了，太过激动，结果不小心崴到了脚，没什么大事。”

舒情沉默了，但就算约瑟夫崴了脚，他们也不能在这里停留，天就快黑了。

她抿紧了唇，眉头皱起，半晌终于下了决心，把手伸给约瑟夫：“来，你试试还能不能站起来，我扶着你下山，不然天黑了之后山路更难走。”

约瑟夫愣住了，抬头看了舒情一会儿，他可是个男人，哪有让女生帮自己的道理？

看他这样，舒情更不高兴了，催促道：“快点，我拉着你起来，不然我们今天就要在山上过夜了。”

约瑟夫也知道舒情说的是事实，没办法，只好把手递给舒情，被她拉了起来。

舒情将约瑟夫一只胳膊搭在自己肩上，咬着牙皱着眉，慢腾腾地扶着约瑟夫下山。

俗话说上山容易下山难，更何况这段山路很陡峭，舒情走了一会儿就感到体力不支，腿也发软，有好几次脚下打滑。她不敢掉以轻心，扶着约瑟夫走路的速度慢了很多。

舒情担心地问：“天马上要黑了，我们得赶紧出去，你的脚能坚持吗？”

约瑟夫咬着牙点点头，他的脚踝处已经肿起来了，心中徒生一股懊悔之意，如果不是他非要探什么险，也不会崴脚，更不会连累舒情。

他看了看舒情，端详着她的脸，末了小心翼翼地道歉：“舒情，对不起，要不是因为我，你也不会被困在这里，我不知道自己……”

“没事。”舒情轻轻呼了口气，都已经这样了，她不想再去怪约瑟夫，“我们还是赶紧出去吧，如果你的腿受不了就告诉我，可以再歇会儿。”

两个人行动的速度本来就缓慢，而且约瑟夫还时不时就要休息一下，天黑的速度很快，四周都暗下来了他们还没有走出去。

约瑟夫看了看四周，面露难色地说：“难为你了，还要陪我在这里……”

舒情喘着气，脚步越来越迟缓：“算了，现在说这些都没有用，天还没有完全黑下来，我看看这是哪里。”

她直起身看了看四周，一个人影都没有，再抬头看去，一片黑压压的云，甚至隐约传来了雷鸣声。舒情瞳孔紧缩，是要下雨的征兆，他们迷了路，更何况也没有带伞。

“是不是……要下雨了？”约瑟夫问。

舒情没有心情回答，她赶紧搭上约瑟夫的手臂，继续往前走。

没一会儿，就有豆大的雨点掉下来，很快就变成倾盆大雨，噼里啪啦地打在两个人身上。

约瑟夫倒吸了一口凉气，他今天穿得很少。

雨点拍打在舒情的眼睫和脸上，水珠进入到眼睛里的感觉很酸涩，视线也变得模糊起来。她抬起手抹了一把脸上的水，隐约看见前面有一个山洞。

她转头对约瑟夫说：“你再撑一下，前面有个山洞，我们能到那里去避避雨。”

约瑟夫点了点头。

两人艰难地朝山洞的方向挪去。好不容易进了山洞，还好里面的地是干燥的，不过还是有一股湿气，舒情这个时候感到浑身发冷，她扶着约瑟夫坐下，掏出手机准备给霍云城打电话。如果今天被困在景区一晚上可就糟了，不知道第二天会被说成什么样。

手机黑屏，舒情皱起了眉，擦了擦手机屏幕上的水，按了按开机键，屏幕上出现一个电量不足的标志之后，再度黑屏。

屋漏偏逢连夜雨，这是舒情脑中冒出的第一个想法。

“你包里还有没有吃的？”舒情无奈，只能把手机收起来，转过身看着坐在地上的约瑟夫，“我的手机没电了，我们……很有可能要在景区里待一个晚上，如果你的包里没有食物和水的话，可能要饿一个晚上了。”

约瑟夫连忙点了点头：“有，还有几袋面包和矿泉水，来，给你。”

说着，他就拉开背包拉链，还庆幸背包的面料是防水的。

约瑟夫想了想才小心翼翼地开口：“舒情……我不知道今天会变成这样，我不是故意的，你不要生气。”

舒情打开包装袋，咬了一口面包，听见约瑟夫的话之后摇了摇头，虽然内心觉得这个男孩子是有点任性，不过现在说再多也没有用了：“我知道。而且你现在也受伤了，我也没什么好怪你的，不过……你能不能告诉我，你为什么喜欢我？”

约瑟夫沉吟半晌，看起来是很认真地在思考：“因为你很美，而且谈吐优雅，我看到你第一眼的时候就感觉心漏跳了一拍，所以想要追求你。”

外貌才是动心的第一步，舒情深谙这一点，约瑟夫的动心也只是小孩子的一时冲动罢了。

“我很认真地跟你说，我跟云城要订婚了，下周就要举行订婚典礼，我很爱他，他对我也是一样，所以，你没有必要在我身上浪费时间。”

约瑟夫沉默下来，默默地咀嚼着嘴里的面包块，好半天才说：“舒情，我喜欢你是我自己的事情，你为什么要这么急着拒绝我呢？我自认并没有任何地方比不上他。”

舒情摇了摇头，约瑟夫从小众星捧月，没有经历过任何挫折，他不会明白的。她只说了一句话：“等到你真的喜欢上一个人之后，你就明白了。”

霍云城今晚加班到八点多，舒情一天都没有联系他，他还很奇怪，是不是舒情今天在公司很忙，于是下班后直接去了星辰娱乐。员工却跟他说，舒情根本没到公司。

霍云城回到家之后，也没有见到舒情的影子。他皱紧了眉，表情严肃起来，心中还有一丝慌乱，以前舒情绝对不会这么晚了还不回家，也不来个电话，尤其是今天还没到公司去……

赶紧拨打了舒情的电话，却是已关机。她是不是出事了？！

人一旦萌生了某种想法之后就开始像野草一样疯长，根本克制不住，霍云城不自觉地抿紧了唇。又拨打了几次舒情的电话，依然是关机状态。

直接给林岩峰打了电话：“喂？舒情联系不上了，到现在都没有回家，我也打不通她的电话，而且她今天根本没有去公司，你查一下她今天都跟谁见了面，去了哪里？派人去找！”

林岩峰急忙答应下来，赶紧找人去查，半个小时之后，他给霍云城回了电话：“总裁，我查到了！舒小姐今天跟法国来的约瑟夫见了面，两个人去了东边的林区景点，之后就再也没出来过……”

“什么？！”霍云城一听见这句话差点失控，下意识地就往外走。他怎么也没想到，舒情今天竟然会跟约瑟夫在一起，而且一直没出过景区。

挂掉电话之后，霍云城立刻带上几个保镖开车往景区的方向赶去，二十分钟之后，终于到了目的地。他一路上都很紧张，生怕舒情遇到什么危险。

进入景区后，风雨仍在继续，几个保镖分头去找舒情和约瑟夫的踪影。路上满是泥泞，霍云城的眼里也满是担心，他真的很害怕舒情会出意外，尤其是在这样的地方，这样的环境里。

“舒情——舒情——听见了就回答我一下！”霍云城边喊边继续往深处走，却依旧没有任何回应。

舒情和约瑟夫吃完了两袋面包之后，寒冷饥饿的感觉总算是有所缓解。约瑟夫背靠在山洞墙壁上，目光稍稍上移，好半天才说：“舒情，你说我们会在这里待到什么时候？”

“我也不知道……”舒情有气无力，折腾了一天，此刻好不容易歇下来，困倦如同潮水一般涌过来，但她还要强撑着，等待着有人来寻他们。

她懒懒地打了个呵欠：“最晚应该就是明天早上吧，景区开园之后……你忍一忍，明天我就带你出去，然后开车去医院给你看看脚踝的伤。”

第十六章 不期而遇

周围是伸手不见五指的漆黑，刘小宁不知所措地站在原地，她四下茫然地走着，周身的冷意越发强烈。

“有人吗？”她开口轻唤着，但是只能听见自己的回音。

突然，她感觉背后传来了脚步声，猛地回头却什么都没有看见，这让她更加慌张，忍不住颤着身子一步步地后退。好像有窸窸窣窣的声音在耳边响起，惊得她浑身汗毛都竖立起来，几乎是本能地朝着正前面的方向跑去。

“救救我——救命——”感觉身后有什么东西在不断地逼近，似乎马上就可以抓到她，她害怕极了，声音都忍不住发抖。紧接着说话声、笑声开始混杂着往她的耳朵里争先恐后地涌入，陷入黑暗的她尖叫着，却在这时摔倒在了地上。

她小心地蜷缩着，看着几乎要将自己吞噬殆尽的黑暗，眼眶发红。想要站起身来，却发现自己的脚腕上多出了一条锁链，紧接着，手腕上甚至脖子上也都出现了相同的锁链，几乎让她喘不过气来。

就在她几近崩溃的时候，一只手出现在了她的面前，想要将她拉起来。像是看到了希望一样，她抬头，撞入眼眸的却是一张令她毛骨悚然的脸——秦尚歪着头，嘴角咧开了一抹诡异的笑容：“不要害怕。”

“别过来……别过来……”

经纪人被刘小宁的叫声吓醒，连忙跑去房间查看，发现刘小宁好像陷入了噩梦之中，满头大汗。

“小宁，小宁！你醒醒！”经纪人伸手想要拍一拍刘小宁，让她从噩梦中抽离，却不想碰到她的脸颊时发现一片滚烫。一探额头，居然发起了高烧。

经纪人担心地皱起眉，看了一眼窗外，天色蒙蒙亮，刚准备带刘小宁去医院，口袋里的电话就响了起来。掏出来一看，是金锦然的来电，想起刘小宁曾经说过金锦然是医生，经纪人就好像抓到了救命稻草，连忙接通。

“小宁的情况还好吗？”金锦然的声音传来。

金锦然整个晚上都没有睡着，一直都在担心刘小宁，只是害怕昨晚打过去影响刘小宁休息，但是现在他实在是忍不住了，便拨通了经纪人的手机。事实证明，金锦然的担心是正确的。

“金医生，能麻烦您过来一趟吗？小宁做噩梦了，而且一直在发烧。”经纪人一边说着，一边用冷毛巾给刘小宁擦拭脸颊，来进行物理降温。

金锦然一听，连忙赶去了刘小宁住的地方。等他到达的时候，刘小宁已经不说梦话了，但是高烧丝毫未退。看见这一幕，他眼中闪过一丝心疼，马上开始对刘小宁进行护理。

好在金锦然来得及时，对症下药和物理降温之后，刘小宁的高烧退了下去，在一旁的经纪人也终于能松一口气。

“她昨天受了惊吓，又着了凉，才会发烧做噩梦。”金锦然垂眸看着刘小宁，垂在身侧的手不自觉收紧。

“金医生，你说小宁……是不是需要去看心理医生？”经纪人担心地问道。

“看看她醒之后的情况吧。”金锦然深吸一口气，声音都变得沙哑，“都怪我，如果不是我带她出去……”

经纪人看了金锦然一眼，似乎察觉到了什么，最后轻声说道：“金医生，发生这种意外是谁也不能预知的。”

金锦然唇瓣微微颤抖，最后却什么话都没有说出来。

就在这时，床上的刘小宁嘤咛一声，悠悠转醒。她下意识地打量了一下四周，发现是熟悉的环境之后，紧绷的身子才放松下来。

“小宁，你醒了？还有什么不舒服的地方吗？”金锦然蹲在刘小宁的床边，缓缓地询问道。

“你……你怎么会在这儿？”刘小宁眨了眨眼，确认了这是自己的卧室之后，有些诧异地看着金锦然。

“你做噩梦发烧了，是我叫金医生过来的。”经纪人适时地开口。

听到“噩梦”两个字，刘小宁的身子稍稍向后缩了缩。

“已经没事了，别怕。”金锦然见状连忙出声安慰。他的声音很轻，却有一种让人安心的魔力。

刘小宁勉强撑起自己的身子，看经纪人挂掉了手机上的几个来电，不由得带着歉意开口：“陈姐，对不起，都怪我不好，要你在这儿陪我。你还有不少工作，我已经没事了，别为了我耽误工作。”

“没事，我已经向公司那边请假了。”经纪人笑了笑，但是手机十分不给面子地响了起来。

见经纪人还要挂掉电话，刘小宁连忙阻止她说道：“我已经没事了，你快去忙吧，别耽误了，而且金锦然也在这里，他是医生。”

看得出来刘小宁和金锦然的关系很好，经纪人倒也没有说什么，又嘱咐了刘小宁几句，转身离开了。

金锦然又给刘小宁量了量体温，确定温度正常后挽起了衣袖：“我给你煮点东西，你吃一点恢复一下体力。”

“不用麻烦了。”刘小宁觉得有些不好意思，叫住了金锦然。

“你是病人，我照顾你是应该的，而且就算我不是医生……”金锦然稍稍停顿了一下，正对上刘小宁的视线，语气沉沉地说，“作为你的朋友，这也是我应该做的。”

“谢谢你啊。”刘小宁挑了挑唇角。

吃了一些清淡的食物之后，刘小宁感觉好多了，她舒出一口气，但是蹙起的眉心却没有半分放松。

其实金锦然也在悄悄地观察刘小宁，她一直都表现得很紧张。他深知她现在的不安，但是并没有挑明，而是在一旁安静地陪伴她。

没过多久，刘小宁就提出想要去看一下心理医生，金锦然打了几个电话，立刻带刘小宁前去。

“小宁，你别担心，放松心情。”金锦然一边开着车，一边还不忘安慰刘小宁。

“嗯。”刘小宁若有所思地点了点头。

徐家别墅。

“你说什么？”徐婉儿看着面前的几个人，眉头狠狠地皱起。

这几个人都是她找来去绑架刘小宁的，结果现在一个个灰头土脸地出现在自己的面前。

“徐小姐，我们本来已经抓到人了，谁能想到一群人突然出现，兄弟伙几个还算跑得快，不然就交待在那里了。”为首的大汉捂着脸，有些口齿不清地说道。

本以为这趟活儿简单得不行，谁知道惹到了这样大的麻烦。不过正因如此，他们也就大着胆子来找徐婉儿多要一些钱了。

“一群人……”徐婉儿喃喃自语，心中猜出了几分。

能及时找到刘小宁的，肯定只有霍云城。徐婉儿放在桌子上的手骤然收紧！

“徐小姐……”见徐婉儿没有说话，几个壮汉推搡一番，老大这才开口唤道。

“还有什么事？”徐婉儿正在气头上，声音也冷下几分。

“我们受了伤，你之前给的钱还不够给我们看病的呢。”老大有些战战兢兢地开口。

“钱？”徐婉儿眯了眯眸子，有些嫌恶地别开脸，“知道了，我会再打给你。”

嘴上虽然这样说着，徐婉儿却恨不得将他们马上赶出去。但如果这样，自己找人绑架刘小宁的事情很可能会被捅出去，这自然不是徐婉儿想要的结果。

“好的好的。”几个人相互看了看，满意地离开。

待几个人离开，徐婉儿的表情顿时变得十分狰狞，她狠狠地拍了一下桌子：“真是一群废物！连一个女人都搞不定。”

看着手机上好几个来自秦尚的电话，想起他的遭遇，徐婉儿嘴角不禁扯出一丝冷笑。这个纨绔，也是个不中用的东西。不过下一秒，她像是想到了什么，连忙赶去了大哥徐沐阳的公司。

“你怎么来了？”徐沐阳有些惊讶徐婉儿的到来，又一看自家小妹的脸色，关切地询问道，“谁惹你生气了？”

徐婉儿张口就要把舒情咒骂一遍，但最后还是忍住了。她在一旁的沙发上坐了下来，看着徐沐阳问：“哥，舒情那边，你进展得怎么样了？”

听见这话，徐沐阳愣了一下，随即轻笑一声：“怎么了？”

“什么怎么了？你赶紧把她追到手啊！”徐婉儿的声调都拔高了几分。要是自家大哥真的将舒情追到手，还怕收拾不了她？

然而此时的徐沐阳并没有注意到徐婉儿的脸色，他的身子微微后仰，回想起了这几天和舒情的接触。之前他也相信徐婉儿的话，以为舒情是一个心机深重的女人，然而在和舒情逐渐的相处之中，徐沐阳发现舒情很特别。她性子强势又洒脱，冷静又独立，处理任何事情都游刃有余，和她相处会非常的舒服。

徐沐阳觉得，或许这样强大美丽的女人才配得上自己。

“哥？”徐婉儿转头就见徐沐阳有些愣神，不禁纳闷，“徐沐阳！”

徐沐阳回过神，看着徐婉儿开口道：“如果我真的追到了舒情，你会不会愿意让舒情做你的嫂子？”

“什么？”徐婉儿怎么也没想到自己哥哥居然会说出这样的话，她仔细观察着徐沐阳的脸色，似乎察觉到了什么。

“舒情确实配得上徐家少奶奶这个身份。”徐沐阳摩挲着下颚，自言自语着。

“哥！”徐婉儿尖叫一声，猛地站起身来。

徐沐阳被吓了一跳，皱着眉说：“你怎么了，一惊一乍的，今天到底谁惹到你了？”

徐婉儿深吸一口气，闭上眼睛沉声道：“没什么，那你就把舒情追到手给我看看吧！”

说完，徐婉儿踩着高跟鞋离去，眼中却满是怨恨。她怎么也没想到她哥居然会真的喜欢上舒情。舒情有什么好的，那么多男人都围在她的身边！

徐婉儿看着玻璃窗里自己的影子，险些将一口银牙咬碎。

经过心理医生的引导治疗，刘小宁的情绪稳定了不少，生活和工作也重新回到了正轨。

“嗯，已经没事了。”刘小宁打着电话，轻声地应着。

“好，要注意休息，有什么事情可以联系我。”电话那头，金锦然的声音传来。

“这些天也要谢谢你，一直陪着我。”

说到这里，刘小宁突然想到，金锦然似乎帮助了自己很多。两人又闲聊了几句，金锦然那边有病人，就挂断了电话。

“又是金医生？”经纪人开口询问道。

"啊，是啊，人家这些天帮了我这么多，我总要谢谢人家吧。"刘小宁轻声应着。

"我总感觉，这个金医生对你有点特别啊。"经纪人有些八卦地弯了弯嘴角。

"金医生什么？"方才刘小宁忙着低头给舒情发消息，没听清经纪人的话。

经纪人停下了车子，摇头笑了笑："没什么，到公司了。"

"奇奇怪怪的。"刘小宁嘀咕一声走下了保姆车。

外面的阳光晃得刘小宁有些睁不开眼，她稍稍用手挡了一下，心中有些莫名的情绪。

别胡思乱想了，刘小宁，努力工作吧。刘小宁内心给自己加油打完气，拍了拍脸颊，走进了公司。

然而下一秒，刚要准备认真工作的刘小宁就又开始胡思乱想起来。不为别的，只为刚要关上的电梯门被人用手拦了一下。

看着走进来的沈俊言，刘小宁一愣。

"不好意思。"沈俊言弯了弯嘴角，抬头正巧和刘小宁对视，脸上便扬起一抹淡淡的笑容，"好巧啊。"

"啊，沈老师……好巧。"刘小宁点了点头。

没想到在电梯里和沈俊言不期而遇，心里突然有些慌乱，自己今天的打扮得不得体，好像出门急了些妆没化好。

"这几天没在公司见到你，你经纪人说你休假了？"沈俊言转头看着刘小宁。

想到之前的事情，刘小宁垂下眼睫："嗯……有些事情，就休息了几天。"

如果沈俊言知道了那件事，会怎么想呢？刘小宁看着缓缓上升的楼层，心中犹豫着要不要说点什么的时候，电梯停了下来。

一瞬间，一群工作人员走上电梯，连带着各种拍摄机器，让电梯瞬间拥挤，甚至阴错阳差地将刘小宁挤到了沈俊言的身边。

两个人的距离几乎紧贴着，刘小宁的身子都僵住了，连呼吸都放轻了许多。她轻咬着下唇，垂眸盯着自己的脚尖。一个不切实际的想法在脑海中浮现，真希望时间就在这一刻停止，似乎只有这样，她才会和沈俊言靠得如此近。

这样想着，刘小宁悄悄转过头去，看到了沈俊言的侧脸。似乎是刘小宁的视线过于炙热，沈俊言转过头来朝她眨了眨眼睛。刘小宁的脸颊瞬间飞上了一抹红晕，心虚地转回头去，暗暗骂自己没出息。

正胡思乱想的时候，楼层到了，她松了一口气，但是心底也生出了几分失落。她简单地整理了一下衣摆，抬脚刚准备走出电梯，就感觉头皮一紧，直接将她拽了回来，疼得刘小宁没忍住轻哼一声。

她一转头，就见自己精心打理的头发缠在了沈俊言的衣服上，乱糟糟的一团，刘小宁的身体瞬间僵硬住。

“小心一些，我帮你弄下来。”沈俊言轻轻按在了刘小宁的肩膀上，让她先不要动。

刘小宁瞬间安静下来，甚至尴尬得想要捂住脸颊。

“怎么会这样啊。”刘小宁嘀咕了一声，微微弓着的腰身已经有些发酸了。

不过好在沈俊言的动作很快，两三下便将缠住的头发绕了出来。

“好了。”沈俊言轻笑一声，伸手顺了顺刘小宁的头发。

刘小宁的眼神有些飘忽，她胡乱地将鬓边的头发掖在了耳后，朝着沈俊言弯了弯嘴角：“谢谢你啊。”

“对了，新剧本你熟悉了吗？”沈俊言开口询问道。

“新剧本啊……”听见这话，刘小宁心中微动。

“嗯？”见刘小宁没有回答，沈俊言偏了偏头，低沉的声音传来。

“嗯……都差不多了，只是还有些地方的情感把握不太好，有点找不到感觉，不过在开机之前应该没有问题。”刘小宁眼神闪烁，沉吟一声，轻声回答道。

听见这话，沈俊言看了眼腕表：“你今天有通告吗？”

“一会儿有一个采访，下午就没有事了。”刘小宁面上思索着，但是心中掀动出几番波澜。

“不如这样，你下午到我的工作室来，我们可以研究一下剧本，对对戏，这样开机之后拍摄也会顺利一些。”沈俊言说。

“啊？”刘小宁突然怀疑起自己的耳朵，猛地转头看向沈俊言。自己不会听错了吧？

像是没想到刘小宁会有这么大的反应，沈俊言眉心微动：“怎么了？”

“没什么没什么。”刘小宁连忙摆了摆手，嘴角扬起了灿烂的笑容，

“那下午见？”

“嗯，下午见。”沈俊言颔首。

刘小宁笑容端庄地走过了转角，下一秒，就捂着嘴笑了出来。要和沈俊言单独相处了……刘小宁轻咬下唇，没有注意到身后走过来的人。

“你站在这儿干什么呢？”经纪人轻轻拍了拍刘小宁的肩膀，狐疑地看着她。

“没没没。”被吓了一跳的刘小宁连连摆手，但这样的表情有些欲盖弥彰。

“真没有？”经纪人上下打量了一下刘小宁。

“不是说有一个采访吗，我们赶紧走吧。”刘小宁有点心虚地推了推经纪人的肩膀，打断了她的猜疑。

因为一直想着沈俊言的话，刘小宁第一次想要将所有的通告全部推掉。经纪人一直在旁边观察着刘小宁的状态，毕竟刘小宁刚刚复工，结果一看，刘小宁确实有些心神不宁，经纪人心中满是担忧，便提示媒体缩短了采访时间。这可正中刘小宁下怀，她勉强压下嘴角的笑容。

“行了，下午没有通告了，我送你回去休息吧。”经纪人见刘小宁轻松的样子，肯定了自己的猜测。

“先不用了，我一会儿去找沈俊言对剧本，毕竟马上要开机了。”刘小宁眨了眨眼睛，心想要不要提前告诉一下沈俊言自己结束采访了。

“别这么辛苦了，你刚刚恢复。”经纪人还是有些担心。

“没事了，我都已经休息好几天了，不用担心啦，我先走了。”刘小宁转身离开。

沈俊言的工作室就在楼下，刘小宁没等电梯直接走下楼，站在门口的时候，简单地整理了一下衣着，深吸一口气敲响了房门。

“你来了。”沈俊言打开门，让开身子示意刘小宁走进来。

“你在忙吗？我是不是来得太晚了？”刘小宁扫视了一眼，轻声说道。

“我也在看剧本，你正好来了。”沈俊言给刘小宁倒了一杯水。

说实话，自从那件事之后，两个人的关系一直都有些微妙，刘小宁也不知道应该如何和沈俊言相处。

虽然刘小宁是想借着剧本和沈俊言有个相处的机会，但见面之后，刘小宁也把心思放在了剧本上。

“已经很不错了。”沈俊言看着刘小宁，脸上露出了赞许的笑容。

从演戏的状态脱离出来，刘小宁有些疲惫地揉了揉眼睛，转头看向窗外已经是一片漆黑了。

“已经这么晚了？”刘小宁有些惊讶。

“时间不早了，我送你回家。”说着，沈俊言拿起了外套和钥匙。

刘小宁自然不会拒绝。然而，车子开到半路，他却突然接到了一个电话。

“什么事？”

“舒情和约瑟夫一起失踪了！”助理的声音传来。

刘小宁转头，隐约听见了舒情的名字，却看见沈俊言的脸色骤变。

“怎么会这样！我马上赶过去。”说完，沈俊言就要掉头，却发现刘小宁还在副驾驶上。

“小宁，舒情那边出了事情，我得马上赶过去，你先自己回家吧。”沈俊言慌张地说道。

“你有事就先去吧。”说着，刘小宁识趣地下车。

看着远去的车子，刘小宁站在路边抿了抿唇角，失落瞬间填满了内心。早就知道沈俊言的心中只有舒情一个人了，她还奢望些什么呢？

到了天蒙蒙亮时，霍云城才找到舒情避雨的那个偏僻的山洞。刚进山洞口，看见的就是闭上眼睡着了的舒情，一颗心这才落了地。他额前的头发已经被雨水打湿，指节都冻得通红，手中的雨伞啪嗒一声掉在地上。

舒情本来睡得就浅，只是在后半夜的时候才支撑不住勉强睡了一会儿。听到声音，她本能地皱了皱眉，慢慢睁开眼睛，看见洞口的霍云城时，一下子就清醒了。

“云城？”她惊喜地喊出声来，手撑在地上想站起来，随后倒抽了一口凉气——腿麻了。

约瑟夫听见舒情的声响，也醒了过来，看见霍云城的时候还愣了一下，不知道该说什么好。

霍云城喘着粗气，根本懒得看约瑟夫一眼，眼睛只是盯着舒情，三步并作两步地走过去把她打横抱起来就要走出山洞。

约瑟夫见状也没主动开口，知道是自己拖累了舒情，他勉强站起身来，被霍云城带来的保镖搀着往山下走。

一行人走到景区外的时候，有几个记者蹲守在景区门口，看见霍云城和舒情的身影一下子来了精神，扛起长枪短炮一顿猛拍，甚至有记者还想上前采访。

“对不起，我和我夫人现在并不想接受采访，请你们尽快离开。”

这些人半句话都没有说出来，不自觉地就退让开了。

舒情一直窝在霍云城的怀里，她能感觉到现在霍云城身上的衣服都是潮湿的，手也冰凉。稍稍抬起眼，看着男人的侧脸，心中徒生出一股暖意，却又有些愧疚。

他找了一夜吗？

霍云城板着脸抱着舒情走出来，打开车门把她放进副驾驶，还贴心地给她系好安全带。

舒情一直微低着头，最后才对上霍云城的目光：“对不起，让你担心了……不过昨天是约瑟夫伤到了脚，我们才没有及时从景区里出来。我们先把他送去医院吧，我怕他的扭伤严重了。”

“一个扭伤而已，能严重到哪里去。”霍云城轻描淡写地扔下这句话，脸上也看不出任何情绪。

但是最后，他还是听了舒情的话，先开车把约瑟夫送去医院，虽然因为舒情，他是不太想跟这个毛头小孩儿接触的，但是他心里也知道，其实约瑟夫并不坏。

“你这个只是扭伤，稍微有点肿，这几天不能乱动，给你开的药要及时敷上才会好。”医生看过后说。

舒情和霍云城都在诊室里陪着约瑟夫，直到确定他没事之后，两个人才离开医院。

霍云城一路上都是欲言又止的样子，他想告诉舒情不能随便跟别的男人出去，但是眼看着舒情一脸的疲倦，最终什么都没说。

坐上车后不久，舒情便闭上眼，发出了均匀的呼吸声，她昨天在景区被困了一夜，连觉都不太敢睡，实在是太累了。

霍云城见状，索性靠边停车，越过椅背拿到后面的毯子轻手轻脚地给舒情盖上。看着舒情憔悴的脸色，露出了心疼的眼神。

半个小时后，车停在别墅外面，霍云城才肯开口叫舒情：“舒情，醒醒，我们回家了。”

“嗯……嗯？”舒情迷迷糊糊地醒了过来，揉了揉眼睛坐起来，连下车的时候都有些摇晃，回家之后她直接进了卧室，直到天都快黑了才起来。

吃晚饭时，舒情翻了翻自己的手机，就在社交平台上看见了关于自己和约瑟夫疑似私奔的热搜。

舒情一脸的无奈，索性把手机给关上了："现在的营销号真是什么都敢乱编乱写,我就是陪约瑟夫去景区玩被困住了,什么私奔……真是！"

霍云城一听见舒情说起那条热搜，脸色隐约黑了，却什么都没说，只是把一碗汤放在她面前："算了，没事了，我抱着你出来的时候那些记者已经看见了。我明天让林岩峰找人把那些热搜都撤下来，你不用担心了。"

舒情一脸惊奇地看着霍云城，扬了扬眉，试探性地笑着问道："真是奇了，你今天怎么没生气啊？"

霍云城无奈地看了她一眼，他怎么能不吃醋呢，但是舒情已经累成这样了，他还是舍不得自己的女人太操心啊。

"我生气啊！但是我更心疼你。"霍云城放缓了语调，轻声说道。

舒情笑了起来，最好的爱情就是两个人互相为了对方而改变自己。她盛了一勺汤仔细吹了吹，喝了一口："好了，我知道了，约瑟夫也知道自己做错了，你别生气了。"

米歇尔最近也在中国，戴高乐让她来散散心。到了中国之后，米歇尔整天都在酒店里，要不然就是出去逛街，但有的时候还会想起霍云城，直到今天早上，她看见了那条关于舒情和约瑟夫的热搜。

舒情和约瑟夫私奔？米歇尔脸上露出了惊讶的神情，她掏出手机，想问问约瑟夫到底是怎么回事。

"约瑟夫，你是不是跟舒情在一起了？"米歇尔直截了当地问道。

约瑟夫接到米歇尔的电话有点惊讶，不过很快就回答了："我们没有在一起啊，不过我现在在追求她。你怎么知道的？"

"明天出来见一面，我也在中国。"米歇尔斩钉截铁地说完就挂了电话，第二天直接坐最近的航班飞到了A市，去找约瑟夫。

两人在市中心一个热闹的公园见了面。

米歇尔看着约瑟夫，不由得叹了一口气："约瑟夫，实话跟你说吧，我喜欢霍云城，从第一眼看到他开始就喜欢他。"

约瑟夫瞪大了眼睛，他灵机一动："我支持你，真爱就是要追求的，更何况我现在也在追求舒情，尽管她说她要跟霍云城订婚了，但是我觉得，只要坚持下去，就没有什么不可能的。”

米歇尔本来是试探一下约瑟夫的意见，她自认为已经爱上了霍云城，虽然舒情跟她的关系不错，但不管怎么样，都是要争取一下自己喜欢的男人的。没想到约瑟夫和她的想法不谋而合。

“好，我知道了，也祝你成功，到时候我们一起带着彼此爱的人来聚会。”两人家里是世交，经常聚会。

米歇尔露出一个甜甜的笑，跟约瑟夫告别之后她想了想，干脆直接打车到了霍氏集团楼下。

“你好，我要找一下你们总裁，我叫米歇尔，是他的朋友，请问他的办公室在第几层？”

前台看了看米歇尔，不敢随便放人上去，打了总裁办的内线电话才放她进去。

米歇尔到了办公室之后，轻手轻脚地推开门走进去。霍云城还有些奇怪米歇尔为什么会来找他，更何况自从听舒情说了这小姑娘有些喜欢他之后，他就下定决心要跟她保持距离。

霍云城让林岩峰给米歇尔倒了杯水，问道：“米歇尔小姐，你怎么来A市了，是来找舒情的吗？她前几天还跟我说她很想你。”

米歇尔一听见舒情的名字，脸瞬间就有点垮下来，不过下一秒又强打起精神，露出一个淡淡的笑，说：“前几天过来的，是想来散散心。而且我今天不找舒情，是专门来找你的。”

“找我干什么？”霍云城下意识地反问，语气疏离。

“霍云城。”米歇尔从小沙发上站起身来，慢慢走近他，在他跟前站定，双眼直视着他，“我很喜欢你，你能和我在一起吗？”

果然。

霍云城避开米歇尔的目光，斟酌了半天才说道：“米歇尔……很抱歉，其实我们才见过几面，你对我并不是很了解，更何况你是舒情的朋友，我觉得，我们之间还是不要开这种玩笑比较好。”

霍云城是顾及着米歇尔的面子，才没有直接拒绝。

米歇尔听见这话之后，迅速上前一步，抵着霍云城的鞋尖，急切地说：“我没有开玩笑，我是真的喜欢你。”

霍云城后退一步：“米歇尔小姐，你才二十出头，还在读书，而我已经有了舒情，并且我们要订婚了，请你不要开玩笑，安安心心地找一个喜欢你的男朋友吧。”

米歇尔愣愣地看着霍云城，好一会儿才开口说道：“你就那么喜欢舒情？”

霍云城见状说道：“抱歉，我等会儿还有个会议，恐怕不能陪你说话了，如果没什么事的话，请你回去吧。”

米歇尔好像被人兜头浇了一盆冷水，可她不甘心：“你不用这么急着拒绝我。不试一试你怎么知道，可能我才是适合你的人呢！”

霍云城没有回头，直到听见办公室的门被关上的声音，他才伸手扶额，摇了摇头，只把小姑娘的话当成玩笑。

晚上，霍云城和舒情窝在沙发里，霍云城枕在舒情腿上，想了一会儿才告诉她：“米歇尔来A市了，你知道吗？”

“嗯，她来A市了？”舒情听见米歇尔的名字，下意识地低下头看着霍云城的眼睛，她就知道，米歇尔喜欢霍云城，“我不知道这件事，她可能是为了你来的吧。”

这话听着似乎有点酸。

霍云城也意识到了舒情可能不开心，便故意笑着逗她：“是啊，她确实是为了我来的，今天到了霍氏，跟我说她很喜欢我，想让我跟她在一起。”

舒情的手都不自觉地攥紧了，捏住霍云城的衣袖，急忙问道：“那你呢？你是怎么回答的？”

霍云城认真地看着舒情的双眼，漾开一抹温柔的笑：“我说，我已经有你了，让她不要跟我开这种玩笑。不过就是个小姑娘一时兴起而已。”

舒情这才暗暗松了口气，不过心里还是酸得很，故意把脸扭到一边去，使小性子地说：“这可不见得，我很了解她的，胜负欲很强，她喜欢什么就要得到，可真没想到咱们霍总魅力这么大，都能让人家小公主从法国追到国内来……”

这番话吃醋的意味已经不能再过明显，霍云城坐起身来，看了舒情半天，最后才笑开，也开玩笑说道：“咱们两个彼此彼此吧，约瑟夫不也为了你追过来了吗？比米歇尔还早一些呢。”

“你——”舒情一下哽住，她没想到霍云城这个醋王会把这事搬出来说道，顿时又好气又好笑，作势往他胳膊上轻轻一掐，“你这人，不跟你说话了！”

霍云城笑着搂过舒情，他很贪恋这样的时光，看舒情笑，看她使小性子，只要是她，怎样都好。

“好了好了，别生气了。我刚才是故意逗你的，我现在就是想着赶紧到订婚典礼的那一天，好让你正式成为我的未婚妻，也让我们之间所有的阻碍全部都消失。”

只是，没想到麻烦事还在后面。

霍云城本来觉得米歇尔不过是一时兴起，但是在这之后，米歇尔就像当初的约瑟夫一样，每天或早或晚，总会出现在霍氏集团的总裁办公室。

“米歇尔，你到底想要玩到什么时候？”霍云城一看见米歇尔就头疼，但是他没有发作，只是有些无奈地看向站在对面的小姑娘。

米歇尔笑嘻嘻地说：“我就是想追你嘛！每天能看到喜欢的人，我就会很开心，而且我都说了，我得让你知道，只有我才是最适合你的人。”

说着她就往前走了几步，绕到办公桌后面，手看似随意地搭在椅子的扶手上，身体凑近霍云城，装作不经意地挽住霍云城的胳膊。

“对了，听说最近有一部很好看的电影，不然你陪我去看看吧，我觉得舒情不会介意的。”

霍云城的身体下意识地远离了一点米歇尔，垂眼看看女孩的手，慢慢地把胳膊抽了出来。

“但是我觉得她会很介意。而且你也看到了，我还有很多工作没处理完。你先回去吧，而且我觉得你不要在我身上浪费时间了。”

“就是看场电影而已，你不要想太多啦。”

霍云城转过头来，一本正经地告诉她：“可是我不想让舒情伤心。我们根本不合适，你懂吗？”

米歇尔早就预料到霍云城会这么回答，不过说实话，她也未必在乎，她享受的就是追逐的过程。

“我追你是我的事，天长日久，你未必不会喜欢我。”

“……随你吧。”霍云城对米歇尔无可奈何，索性随她去了。

久而久之，霍氏集团里相当一部分员工都知道他们老板惹上了一笔桃花债，时不时地聚在办公室里八卦，有时候还被林岩峰发现了。而这些，霍云城通通不知道，他现在只想尽快摆脱米歇尔的纠缠，或者是让这个小姑娘知道，自己跟她根本不合适，让她放手。

至于舒情，基本上两三天就会吃一次醋，不过霍云城一点都不介意，反而很开心。

情侣之间，就是要有烟火气。

人终究都会有疲乏的一天，米歇尔长此以往，不免没了耐性。不管软磨还是硬泡通通不好使，霍云城就好像自动对她装了屏蔽器一样，要么视而不见，要么直接拒绝，连最开始的那一点面子都不留给她了。

米歇尔越想越气，既然死缠烂打不行，那就换一个办法吧。

这一天，米歇尔把跟自己到中国的几个保镖都叫到了房间里，小臂交叉横于胸前，一本正经地问道："我问你们一个问题，霍云城这个男人，要怎样才能追到手？"

四五个保镖面面相觑，他们都知道米歇尔为了一个男人如痴如狂，但一时之间都不知道怎么回答这个问题。保镖里面也有中国人，他见状想了想，试探着说出一句："米歇尔小姐，我以前看电视剧演的那些得不到心上人的，索性就把他绑起来跟自己待在一起。霍总看起来软硬都不吃，不如……你试试这个方法？把他直接绑回法国，人家不都说日久生情吗，或许会有用呢。"

此时的米歇尔压根儿不认为这是个馊主意，反倒觉得新鲜又刺激。

"你说的这个方法有用吗？"米歇尔挑了挑眉。

保镖露出讨好的笑，谄媚地说道："我也是在电视上看见的，不过也总比米歇尔小姐你每天都去霍总的办公室强……"

米歇尔的脸色当场就黑了下来，瞪了他一眼，压低声音骂道："滚！"

那几个保镖一僵，顿时齐刷刷地转身出去，一句话都不敢多说。

在保镖们都离开之后，米歇尔坐在床上，眯了眯眼，竟然认认真真考虑起刚才那个保镖的建议。

霍云城，我就不信得不到你的心！

第十七章 是浪漫还是疯狂？

经过精心的准备，《乘风吧》的开机仪式终于举行了，再加上两个主演一直备受关注，所以这一次的开机仪式相当隆重。

现场除了主创人员和制作人员，舒情也到场了，可见这一次她对这部剧非常重视。

“十分有幸这次能有机会和陈导合作，我真的非常期待《乘风吧》这部剧，希望拍摄能够顺利进行，最终能呈现出让观众满意的作品。”

这一次，舒情不仅是投资方，更是制片人，但她不过简单地说了几句，毕竟今天的主角不是她。和导演相视一笑，将话筒递向了离她最近的刘小宁。

然而刘小宁却不知为何愣住了，并没有马上将话筒接过。舒情立刻借着侧身的姿势，背着镜头用手肘碰了一下刘小宁，这才让刘小宁缓过神来。

刘小宁暗叫不好，忙接过话筒：“我很荣幸能与优秀的导演还有演员合作，所以心里还是有一点点紧张的。”说着，她还做出了一个饱含歉意的可爱表情，惹得下面不少人笑出声来，“我也会全力以赴，将满意的作品回馈给观众，回馈给我的粉丝。”

说完，她将话筒递给了身旁的沈俊言，面上淡淡地笑着。她方才愣神当然不是因为紧张，而是因为沈俊言，他的视线自始至终都落在舒情身上，专注且温柔。

那天晚上，沈俊言将她一个人扔在马路边的时候，刘小宁想，自己会不会怪沈俊言，会不会怨恨。甚至这次的开机仪式，她都生出了想要逃离的想法。

就在刘小宁东想西想的时候，所有人都已经发言完毕，开机仪式也接近尾声。

接下来还有一个采访环节，众人也都下了台，然而刘小宁却没想到会在人群中看到一个熟人，只见金锦然手捧着鲜花朝着她递了过来。

“我？”刘小宁迷惑地指了指自己，虽然金锦然家是另一个投资方，但好像没有人告诉过她有献花环节吧。

金锦然眸光微动，在所有人的视线下，站在刘小宁的面前，说出了震惊全场的话：“刘小宁，我喜欢你，可以做我的女朋友吗？”

瞬间，媒体一片哗然，开始用摄像机对准金锦然和刘小宁。在开机仪式上，当着这么多媒体表白的还真是勇气可嘉。

刘小宁震惊地捂住嘴，呆愣地看着金锦然，这是什么情况？

“其实这句话我已经想对你说很久了，不过一直以来都没有机会，所以今天，我不想再错过了。”金锦然抬眼看着刘小宁，声音缓慢温柔坚定。

别看他表面上淡定，其实捏着花束的指节已经隐隐发白。

已经反应过来的刘小宁轻咬下唇，她怎么也没想到金锦然会喜欢自己。先不说他们只认识了几个月，自己一直以来也只是将他当作好友。

想到这里，刘小宁突然觉得有些可笑。那时候的她于沈俊言来说，是不是也是这样？

刘小宁借着扫视一周的机会，悄悄地将目光投向沈俊言，他没有什么反应，甚至于他的视线落在了远处舒情的身上。胸口像是被什么东西堵塞了一样，刘小宁转过头来，朝着金锦然扬起一抹灿烂的笑容。紧接着，她伸手抱住了金锦然，将头埋在了他的怀里。

刘小宁听见了快门声和惊呼声，嘈杂刺耳，以至让她忽略了紧贴耳畔的错乱的心跳。

舒情倒也没想到事情会有这样的发展，现在这件事的轰动大概会直接将电视剧的热度盖下去。一时间只感觉有些头疼，刘小宁这丫头算不算热搜体质？最好和最坏的事情都被她赶上了，毕竟演员公开恋情没有影响是不可能的。

“这真的没问题吗？”刘小宁的经纪人在一旁有些担心地问道。

舒情看着刘小宁并没有说什么。

另一边正被媒体包围着提问的刘小宁和金锦然就没有时间去关注别

的事情了。

“请问刘小姐，你和金先生是什么时候认识的？之前就已经交往了，今天正式公布关系吗？”

“刘小姐，有网传说你和沈俊言正在恋爱，但那时候你似乎没有第一时间回应？”

“能说一下你们是怎么走到一起的吗？”

媒体的问题接二连三，就算是刘小宁回答起来也有些麻烦。身旁的金锦然见状，侧身将刘小宁挡在了身后，自己回答着记者尖锐的问题。

“其实我是小宁的影迷，机缘巧合认识她之后我一直在追求她，不过我比较笨，不知道怎么讨女孩子的欢心……”

金锦然从容不迫地回答着一个个问题，而且他的回答非常巧妙，很好地保护了刘小宁的隐私。

刘小宁站在金锦然的身侧，抬眼看着他，倒是生出了几分愧疚，毕竟自己刚才答应做他女朋友不过是头脑一热。

似乎察觉到刘小宁的视线，金锦然转过头来，两个人的目光在这一瞬间交汇。刘小宁在他澄澈的瞳孔之中看到自己的影子，愣了愣，一股微妙的情绪悄然翻涌。

周围的记者纷纷拍下这一幕，想着赶快回去撰写头条。

过了一会儿，刘小宁的经纪人赶上来，示意媒体再提一些关于新剧的问题后，便马上结束了这次采访。

刘小宁如释重负，掌心被人悄悄地捏了一下，她抬头，看到了金锦然的笑脸。

“我很开心，你会答应我。”金锦然小心地握住了刘小宁的手，唇角的笑意怎么也压不下去。

这是他在梦里无数次梦到过的场景，但是今天竟然真的实现了。

第一次在金锦然的脸上看到这样欣喜的表情，刘小宁觉得有些别扭。毕竟自从她认识金锦然以来，他都是沉稳淡然的，现在的他却有些羞涩局促。

“你……抓疼我了。”刘小宁的视线落在了自己被捏住的手上，有些无奈地看着他。

“啊……抱歉。”金锦然这才注意到，慌慌张张地松开了刘小宁的手。

“不是说医生的心理素质很好吗，我还是第一次看到你这样。”刘小宁打趣着说。

“不是第一次。”金锦然的眸光逐渐柔和，“第一次见到你，第一次和你说话，第一次约你吃饭，只要是和你有关系的，我都会紧张。”

以前的金锦然不相信什么一见钟情，他觉得感情是极为复杂的东西，需要长时间地磨合。

他可以连续做一天一夜的手术，也可以轻松操控精密的仪器，甚至几万人的学术讲座对他来说都不在话下，却对每一次见到刘小宁时那种心跳加速的感觉不知所措。有些事情，一旦和“刘小宁”这三个字联系起来，对于他就完全不一样了。

被金锦然说的刘小宁不知道应该怎么回应了，她弯了弯嘴角，索性不再作声。

开机仪式结束没过多久，刘小宁的名字再一次出现在热搜上，连带着的还有金锦然。然后就有网友扒出来了金锦然的家世背景，一瞬间在网上再次掀起了轩然大波。

富二代，名校毕业，长得帅，再加上有人将开机仪式现场的采访视频放了出来，网上的讨论度更高了。

“我我我！我见过金医生，我去他们医院治过病，他真的长得特别帅，而且特别温柔！但他和刘小宁在一起我是真的惊讶了。”

“名校，还是富二代……这人不会是刘小宁背后的……”

“最近热搜上都是她，怪不得有钱买热搜，果然是找了个富二代的男朋友。”

“你们不觉得刘小宁表情不像是开心的样子吗？”

“刘小宁事业刚起步就谈恋爱，果然是找到有钱的男朋友，所以不在乎工作了是吗？”

看着网上七嘴八舌的谈论，刘小宁的经纪人感觉一阵头痛。她揉了揉眉心，看向一旁也在看手机的刘小宁。

“你真是太冲动了，这件事之前怎么也没听你提起过？我不是和你说过吗，谈恋爱可是大事啊……”

经纪人了解刘小宁的性格，她不是那种阳奉阴违的人，然而她怎么也没想到，刘小宁会给她这么大的一个惊喜。况且刘小宁面对金锦然的时候，好像反应挺普通的，不像是谈恋爱的感觉啊。

刘小宁垂着眸子，没有说话。

经纪人见状，不禁伸手捏了捏她的肩膀：“现在必须要想一想怎么安抚粉丝的情绪了，一旦粉丝情绪过激可能会对《乘风吧》有影响啊。”

之前刘小宁的粉丝看起来都很佛系，但是今天的事情一出来，粉丝们什么反应可不好说了。

“我……”刘小宁动了动唇瓣，最后所有的话都哑在了嗓子里。

她的身子后仰，靠在了椅子上，现在她的脑中也是一片混乱。但是事情已经因为自己的冲动变成了现在这样，刘小宁不愿接着往下想了。

就在这时，导演通知所有主创演员到片场集合。刘小宁拍了拍自己的脸颊，起身赶去片场。

一路上，刘小宁都受到了瞩目，甚至还有不少工作人员送来祝福，倒是让她有些哭笑不得。

剧组的演员这是第一次正式的见面，导演并没有给众人过多的寒暄时间，直接挑选出了几场关键的戏，让演员们简单练习了一下走位。

因为陈导拍摄过不少电影，所以有些拍摄习惯在拍电视剧的时候也会带上，不过刘小宁却觉得这样互相熟悉的方法还不错，至少会让她的精神集中。

“不错，明天正式开拍，大家回去调整一下自己的状态。”陈导拍了拍手。

众人见状，也都打了招呼准备离开。往外走的路上，刘小宁听见了一些人谈论自己的声音。她没在意，低头看着金锦然发来的微信，他说要来接自己，正在她犹豫应该怎么回的时候，被舒情叫住。

“小宁。”舒情扫了一眼刘小宁的手机屏幕，脸上露出一抹笑容，“看不出来啊你，隐藏得够深的。”

“啊……算是吧，抱歉，这下子应该给公司添了不少的麻烦。”刘小宁勉强地弯了弯嘴角，滑动手机屏幕的时候却看见一大堆热搜和评论。

“这些事情你不用在意，该做什么就做什么。”舒情见状，安慰地揉了揉刘小宁的头发，轻声笑道，“我的公司是不会干涉艺人私生活的，追求自己的幸福就好，公关的事情交给公司。”

追求幸福，刘小宁呢喃了一声，刚要开口说些什么，抬头的时候看到了沈俊言。

“原来你在这里。”沈俊言对舒情说。

刘小宁低下头，唇瓣微抿。

“有什么事吗？”舒情看着沈俊言。

“没什么。一会儿你要回公司吗？我正好也回去，可以顺路送你。”沈俊言笑着说道。

“不用了，我开了车过来。”舒情摇头拒绝。

沈俊言转过头来，将目光投向刘小宁：“今天真是恭喜你啊。”

他语气轻松，现在终于可以和刘小宁轻松相处了，但不知道是不是自己的错觉，他总觉得刘小宁在隐瞒什么。

刘小宁强撑着笑容，她想要的不是沈俊言的这句话。

“一会儿他来接我，我先走了，明天见。”实在不愿再待，刘小宁找了个借口假装淡定离开。

刘小宁简直是狼狈而逃，她深吸一口气让自己冷静下来。刚才她真的很想质问沈俊言，可是转念一想，能问什么，以什么样的身份质问他呢？

就在刘小宁愣神之际，金锦然已经站在她的面前，他微微低下头，伸手将刘小宁轻轻地抱在怀里。

“怎么站在这里，着凉了怎么办？”

刘小宁的身子有些僵硬，手抵在金锦然的腰间，本想推搡他一下，但最终没有这样做。

“我哪有那么脆弱啊。”刘小宁摇了摇头，从金锦然的怀中挣脱出来。

“饿了吗？带你去吃饭？”金锦然牵着刘小宁的手，带她上了车。

看着金锦然递过来的一束花，刘小宁不是没有动容的：“送这么多，我都不知道放哪儿了……”

“女孩子不应该都喜欢男朋友送些东西吗？”金锦然放在方向盘上的手顿了一下，转头看着刘小宁。

“那……你之前的女朋友应该都很喜欢吧。”刘小宁小心地拨弄着花瓣，鬼使神差地说出了这句话。

“没有。”金锦然几乎没有犹豫地开口。

刘小宁愣了一下，没反应过来金锦然话中的意思。

“我没有前女友，你是第一个……”金锦然偏着头，柔软的睫毛如同蝶翼般不安地颤抖，“我是不是有点傻？”

刘小宁捏着花瓣的手指一顿，舌尖轻抵着牙齿，最后转眼直直地望向金锦然。

车内灯光幽暗，模糊了两个人的表情。金锦然眼神微动，按着方向盘的指节加重了几分。

偏偏在这时，刘小宁转过头去："我饿了，去吃饭吧，你订好位子了？"

"嗯。"金锦然轻应一声，加快了车速。

刘小宁将头偏向一边，抱着怀里的花束，望向车窗外飞逝而过的风景。

车子在红绿灯处停了下来，金锦然开口打破了车子里的寂静："对不起。"

"怎么了？"刘小宁回过神来，有些不理解金锦然为什么会突然道歉。

"今天我太冲动，在那么多媒体面前和你表白，应该给你造成了不小的困扰吧。"

其实金锦然也一直在看网上的消息，再加上刘小宁一路上有些心不在焉，金锦然自然觉得是自己造成的。而且，他感觉到在自己戳破那层纸之后，他们两个人的关系微妙起来，一股说不清道不明的感觉在他们之间蔓延开。

"只是因为这件事？"刘小宁轻轻弯了弯嘴角。

"你心情不好。"金锦然一直都在小心地观察刘小宁的表情。毕竟对于他这种恋爱新手，要是真的按照网上那些追女生的建议，恐怕完全不行。

刘小宁点了点头："我确实心情不好，但和你没有关系，是关于新剧的事情，我找不到感觉。"调整了一个让自己更舒服的姿势，她轻声说道，"毕竟我已经毕业太多年了，感觉离青春已经很远了，现在要回到过去演青春时期，有点难。"

两个人有一搭没一搭地闲聊着，气氛渐渐放松下来。没多久，车子停在一座别墅前。

"这是你家？"刘小宁看着眼前的别墅，觉得有几分熟悉。

"嗯，我们初见的地方。"金锦然牵起刘小宁的手，朝着别墅里走去，"我一直想着带你去哪个餐厅呢，但最后还是没想好，所以干脆请你来我家吧，幸好还来得及准备。"

其实更重要的原因是，上次的事让金锦然有些后怕。

刘小宁跟着金锦然走进别墅，等待她的便是一桌子的烛光晚餐。从布局到餐食，都能明显地看出金锦然花了不少心思。

金锦然给刘小宁拉开椅子，刘小宁坐了下来，看着烛火在手边温柔地跳动。

“今天好像让你看了不少玫瑰花。说实话，我也不知道还有什么其他花合适了……”金锦然不好意思地扯了扯嘴角。

“没有，我很喜欢白玫瑰。”刘小宁摇了摇头，肯定地看着金锦然，面前的人几乎将他的温柔一丝不漏地倾泻给了自己。

玫瑰花散发着诱人的香气，一点点地将两个人包裹。刘小宁看着金锦然逐渐靠近的脸颊，原本想要躲开的动作却在一瞬间停住了。

如羽毛一般的吻轻轻落下，试探着刘小宁的反应。刘小宁微微仰起头，没有拒绝，也有没应和，她闭上眼睛，想要将脑中的一切放空。

……

忙碌了一天的舒情回到家，却并没有立刻放松下来，她打开电脑，上面铺天盖地的都是刘小宁的热搜。还有人造谣她隐婚生子，乱七八糟的消息满天飞，看得舒情都有些眼花。

“怎么了？”霍云城见舒情眉心紧皱，在她的发间吻了一下，轻声询问道。

“我公司的艺人，你认识的，刘小宁，今天当着所有媒体的面公布了恋情。”舒情拉着霍云城的手，将头靠在了他的怀里。

霍云城看舒情疲劳的样子，伸手为她捏了捏肩膀。

联系了公司公关部，舒情让他们发了微博，让大家给刘小宁的私生活留一点空间，不要过度关注女艺人的感情问题，还是要注重作品。懒得再看网上的反应，她转过身子，直接窝在了霍云城的怀里，脸埋在他的颈窝处，撒娇般地蹭了蹭。

霍云城目光一软，轻轻地捏着舒情的肩膀，让她的身子放松下来。

舒情轻声哼了哼，抬头看着霍云城，在他的下巴上亲了一下：“给你的奖励！”

“嗯？”霍云城尾音上挑，很显然并不满意这个奖励。

“人要知足常乐。”舒情坏心思地转了转眼眸。

刚要起身离开，却被霍云城揽着腰按了回来，最后还是被他索要了更多的奖励才肯放过。

一连几天都没有在公司见到米歇尔，霍云城终于松了口气，认为她想通了可能回法国了。总而言之，不来烦他就是好的。

看似一切都步入正轨，订婚典礼的日子一天天近了，霍云城有越来越多的事要忙。除了在公司处理文件和开会，就是陪舒情去试礼服和戒指。

这一天，两人刚从首饰店出来，舒情挽着霍云城的胳膊，笑着对他说："马上就要订婚典礼啦，你公司这几天事情多，可以不用每次都陪我来，我自己来试衣服和首饰就行。"

"放心吧，公司那边的事我都安排好了，更何况咱们俩要订婚的事情大家都知道了，我陪未婚妻也是天经地义的。"霍云城安抚地拍了拍舒情的手背。

两人正有说有笑的时候，米歇尔的保镖给霍云城打来了电话。

"霍总，您好，有个事想请您帮忙——米歇尔小姐不见了！"保镖急切的声音在电话那边响起。

霍云城眉头一皱，与舒情对视一眼。他直觉这个事情自己不该多管，但是保镖的电话都打过来了，这里对米歇尔来说是异国他乡，就算他不喜欢这个小姑娘，也得看在戴高乐的面子上给予照顾。

舒情也听见了听筒里面保镖的话，她皱了皱眉，有些担心地劝道："怎么回事……要不你问问吧。"

霍云城闻言，这才点点头，对电话那头问道："怎么回事，什么时候不见的？"

"就是……两个小时之前，我本来是要给小姐送甜点进房间的，但是摁门铃却一直没有人应答，打电话也不接。后来我叫来了酒店人员打开房门，却发现里面根本没有人，调监控的时候发现小姐接了个电话就被带走了。我……我也只知道您的电话号码，霍总，求您帮我们找找米歇尔小姐吧！"

霍云城皱紧了眉头不疑有他，挂掉电话之后就给家里的保镖打了电话，语速飞快地说："米歇尔小姐失踪了，你多找一些人，不惜一切代价也要在A市把人找到！"

舒情也是一脸的担心，毕竟她和米歇尔是朋友，不希望看到这个小姑娘出什么事。

霍云城拍了拍她的手说道："米歇尔是戴高乐的女儿，我必须要保证她的安全，不然对我的朋友没有办法交代。"

舒情理解地点了点头："我知道。我们别去逛街了，找到人最要紧，我也很担心米歇尔出事。”

事不宜迟，两人驾车把A市最繁华的地带都去了一遍，一边等着保镖的消息。可是到了傍晚，还是一无所获，谁都不知道米歇尔去了哪里，霍云城和舒情只好先回家。两个人都担心着米歇尔，霍云城隔一会儿便和米歇尔的保镖联系，他的眉头紧皱，心中也十分着急。

晚上八点半的时候，霍云城的电话突然响起来，是一个陌生来电。舒情一下子来了精神，站起身来走近霍云城，两人看着手机屏幕，霍云城停了一下，还是接起来，直觉告诉他这个电话可能跟米歇尔有关。

“喂，你好。”

“是霍云城霍总吗？”电话另一边传来一个古怪的声音，一听就是用变声器合成过的。

“你是谁？”

听筒那边传来一阵笑声，听起来特别刺耳且瘆人：“我想告诉你，米歇尔小姐就在我们手上，你是她手机里面唯一保存号码的联系人，如果你想找她，就到B市海岛上来吧。”

“我需要确认一下米歇尔是不是在你们手上。”霍云城冷静下来说道。

电话那边的人好像不耐烦起来，语调骤然变得狠厉：“我们跟着她好几天了，法国来的富家小公主嘛，身价应该不菲，我们得当面谈谈赎金。你少废话了，如果想救她，两个小时之内到海岛上来，不许带任何人，不然我们就撕票！”

绑匪说完这句话之后，电话咔的一声就被挂断了。

霍云城紧抿着唇，转过身看着舒情：“他们把米歇尔带到B市海岛上了，指定让我一个人过去。不管怎么说，我现在必须过去，戴高乐就这么一个女儿。不过你放心，我会注意安全，你在家等我回来。”

舒情也是万分焦急，她不知道米歇尔到底惹上了谁，不过当务之急还是要赶紧把人救出来。

霍云城急匆匆地出了门，现在还有最后一班轮渡，他没有过多迟疑就踏上了去海岛的轮船，到海岛上的时候，天已经完全黑了下来。

这期间，绑匪给霍云城打了好几次电话，直到指引他来到海岛上的一座小木屋门前。

看见那座小木屋的时候，霍云城心头一凛，他又想起了童年时期那些不好的回忆。但是一想到绑匪说米歇尔就在里面，他还是伸手推开了房门。当霍云城刚走进门，就看见米歇尔站在屋子里，笑盈盈地看着他，一点都不像是被绑架了。

霍云城蹙了蹙眉心，刚想说话，就被人用东西捂住了口鼻，他顿时丧失了意识，昏迷过去。

请君入瓮，这是他昏倒之前最后一个念头。

米歇尔看着昏倒的男人，轻轻走过去蹲下身来，指尖摩挲着霍云城的侧脸。这个时候，几个保镖从暗处走出，一个中国保镖的手上赫然拿着变声器。

米歇尔已经准备好了私人飞机，准备带着霍云城一起回法国。

“找出他的手机，扔到郊外去，不能让舒情发现他在哪儿。”米歇尔侧头低声吩咐身后的保镖。

霍云城迷迷糊糊地睁开眼，入目就是小木屋的天花板，但是身上一点劲都没有，手都抬不起来。

怎么回事？

这个时候，他耳边却传来一道温柔的女声：“云城，你终于醒了。”

暂时宕机的大脑在听见米歇尔的声音之后，将所有的记忆都连了起来。霍云城转过头，严肃地看着米歇尔，沉声问道：“米歇尔，你这是干什么？”

米歇尔稍稍抬起霍云城的下颌：“云城，惊不惊喜，浪不浪漫？如果不用这种方式，我又怎么能经常见到你，让你跟我回法国呢？”

“你在说什么？”霍云城想挣脱开米歇尔，但大概是药效还没过，他一点力气都没有。

米歇尔笑了笑，蹲下身来，双手捧起霍云城的脸，无比虔诚而又深情地说：“云城，你根本不知道我多喜欢你，从见到你的第一眼起，我就觉得你是我命中注定的那个人。跟我回法国吧，我们朝夕相处，总有一天你会喜欢上我的。”

霍云城眼里充满了震惊和不解，米歇尔是不是疯了？

“米歇尔，你冷静一点！别再玩小孩子的把戏了！”霍云城又好气又好笑，早知道他就不应该来找这个女孩！

米歇尔视若无睹，凑上来便要亲吻霍云城。

“米歇尔，你最好住手！如果你的父亲知道你这么做的话，一定会觉得很丢脸！”

米歇尔却拍起手来：“我爸爸如果看见我和你在一起，他一定会很高兴的！云城，从小到大，我想拥有的东西，就没有得不到的！”

水月新城。

舒情一直在家里等待霍云城的电话，但是眼看到夜里十二点了，还没有任何消息，难免有些担心，连带着右眼皮都开始突突直跳。最后她实在是放心不下，给霍云城打去了电话，可是接连打了五六个，都无人接听。

心中的不安感越来越强烈，她索性给林岩峰打去电话说了霍云城今晚的状况，让他赶紧带人去找。

林岩峰立马展开行动。

舒情双手不自觉地握紧，又给 Anthony 打了电话：“喂，Anthony，你帮我调查一下霍云城手机的具体定位，他一直都没有联系我，我现在要去找他。”

“好，你等我一会儿。”

不一会儿，舒情手机上收到了 Anthony 发过来的信息，是霍云城手机的定位。舒情放大地图，想也没想就穿上外套开车去找霍云城了。

开车到 B 市需要两个小时，毕竟没有轮渡的速度快。舒情一边注意着路况，一边看着手机定位，心中越发紧张起来。

云城，你可千万不能有事……

终于到了定位的地方，眼前是一片树林，旁边的马路上一个人都没有。舒情心里咯噔一下，将车停稳之后迅速打开车门向外跑去，按照手机上指示的方向往树林里走，却在离入口不远处捡到了霍云城的手机，屏幕发出微弱的光亮。

舒情捡起手机，皱着眉头不解地四处张望，试探着叫了几声：“云城，霍云城——”

并没有人回应她。既然拿到了手机，那霍云城可能就在这附近，舒情想了想还是先回车上吧，这么漫无目的地找也不是办法。

上车之后，舒情看着霍云城的手机，不由得陷入了沉思。如果霍云城不在 B 市，那他的手机为什么会在这里？

米歇尔！对，霍云城是为了救米歇尔才来B市的，细想起来，这件事古怪得很。

米歇尔想着赶紧把霍云城带回法国，私人飞机就停在不远处，想走随时都可以走。

不知道想到了什么，她把椅子上搭着的毛衣往身上一披："你们把霍云城看好了，一个小时之后，我们回法国。"

"米歇尔，你做这么幼稚的事有意思吗？"霍云城双手被反剪在身后看着米歇尔，忍不住开口道。

"云城，我认为你会喜欢这样的呀！你们中国女人哪有这样的浪漫和冒险精神，我这样做，你才会记住我的对不对？你是我绑来的又怎样？我可以用爱来捆绑你一辈子呀！好了，听我的话，跟我回法国，我们好好在一起。"

米歇尔的声音听起来很温柔，脸上还带着笑，两颗有点尖的小虎牙露了出来，本来应该是一副可爱甜美的面容，但是这个时候看着就像一个小恶魔，令人生厌！

霍云城不解地看着米歇尔："米歇尔，你这不是浪漫和冒险，你是任性胡闹疯魔了！你是戴高乐的女儿，我和你爸爸是挚友，从这方面来说我相当于你的长辈，你怎么能对长辈做出这种行为来？"

米歇尔歪了歪头，一耸肩，很无所谓地说道："叔叔？云城叔叔，你才比我大了七八岁而已，在我们法国人眼里，这些都不是问题。"

"那舒情呢？她可是把你当成朋友的。"

米歇尔脸上的笑容顷刻间就淡了下来，很明显不高兴了："霍云城，这个时候你为什么要提舒情呢？我承认，我嫉妒她，比我美丽的女人我都嫉妒。何况她拥有了我喜欢的男人，我们不可能做朋友了。"

霍云城紧抿着唇，无语地看着米歇尔。

与此同时，舒情接到了林岩峰的电话："舒小姐，你那边有消息吗？"

舒情这个时候已经完全冷静下来，她已经要Anthony去查米歇尔的定位。当然，她不希望米歇尔变成徐婉儿一样的人。

"云城应该在B市，我发给你一个定位，你马上带人赶过来。"

"好。"

两个保镖在一旁看着霍云城，米歇尔回房间休息去了。两个保镖有一搭没一搭地用法语对话，只时不时地看他一眼，大概觉得他依然使不上劲儿。

随着时间的推移，霍云城渐渐感觉手腕可以使力了，应该是药效在减退。他轻轻地往后摸索，悄无声息地扭动双手。因为小时候经历过那次绑架，从那之后，爷爷给他请了专人进行反绑架训练、格斗训练，其中包括解绳结。

他凭着感觉慢慢转动手腕，直到察觉到绑住手腕的麻绳有所松动，一只手腕已经可以挣出来。说实话，米歇尔的这些保镖并非专业绑匪，他们保护人的本领或许不错，但绑绳子的技术就不怎么样了。全神贯注地进行着手上的动作，直到感觉双手一松的时候，他的瞳孔一下子紧缩。

霍云城毫不迟疑，迅速把手抽出来。那两个保镖见状，刚站起来还没来得及出手，就被霍云城一左一右两个手刀劈在后颈上晕了过去。

放倒两人环顾四周，紧急活动了一下四肢，他便离开了房间。

“云城——”米歇尔欢快的声音从不远处传来。

她从小房间里走过来本来是看看霍云城想通没有，如果答应跟她一起回法国的话，也就不用绑着他了。没想到她看到的是倒在地上的两个保镖，还有一边松散的麻绳。

米歇尔的脸色一下就阴沉起来，爆发出一阵尖叫：“废物！你们都给我起来，起来！”

保镖们都赶了过来，米歇尔姣好的面容变得狰狞扭曲。她转过身，恶狠狠地跑了出去，愤怒地伸手指着前面霍云城隐约的身影：“快去，把人给我抓回来！”

保镖们都行动起来，米歇尔钻进汽车里踩动油门。霍云城，你跑不掉的！

霍云城感觉筋疲力尽，药效刚过去，他的体力并没有完全恢复，刚才击昏保镖的时候已经用了全力，现在脚步越来越沉，身后嘈杂的奔跑声像马上要追过来一样。他咬着牙向前跑，但没一会儿远光灯就打了过来，白色轿车疾驰而过。

坐在驾驶座上的米歇尔一转方向盘，直接把车横在霍云城面前。霍云城迫不得已停下，紧皱着眉，戒备地看着米歇尔。

那些保镖也围了上来。

米歇尔打开车门，快步走下来，抱着臂似笑非笑地看向霍云城："云城，我不想逼你，但是你也不要挑战我的耐心，不然你可能得吃点苦头了。"

"米歇尔。"霍云城知道这时候硬碰硬行不通，想着尽量拖延时间，"你不要这么偏执，把我绑回法国去了能怎样呢？就此停止吧，我不会告诉戴高乐的，就当这件事没发生过。"

"不好。"米歇尔摇了摇头，"我觉得这样很有意思，我还没玩够呢！你别想——"

"云城——"不远处传来了一道女声。

霍云城抬头看向前方，是舒情的身影，她的头发有些乱，一脸紧张又严肃地看着他们这边。

米歇尔听见声音不耐烦地转过头，看见来人是舒情的时候，她顿了顿才开口："舒情……你怎么又来坏我的事！"

她明明让人把霍云城的手机扔到郊外了，舒情怎么还能找过来？

"我要是不来，还不知道会发生什么。米歇尔，你赶紧放开云城，这样我们还能好好说话。"舒情冷笑一声，她真的不敢相信米歇尔当真会做出这样的事情，看来是自己大意了！

"我今天就是不放又怎么样？舒情，我不妨实话告诉你，我也喜欢霍云城，从见到他的第一眼开始。如果你愿意放弃他，我们以后还是朋友。"米歇尔笑笑，看起来一脸无辜的样子。

"朋友？"舒情稍稍眯了眯眼睛。

没一会儿，林岩峰就赶了过来，他身后跟着八九个保镖，都是一直跟在霍云城身边经过专业训练的。

林岩峰沉声说道："米歇尔小姐，请让你的保镖让开！"

米歇尔哼笑了一声："怎么，看来今天你们是要和我硬碰硬了？"

舒情直直地盯着她："米歇尔，我本来以为你只是小孩子脾气，闹一闹就算了，没想到你竟然做出这样糊涂的事情。这里不是法国，你这么带霍云城离开可以被定为绑架罪。如果你不想今天的事情闹大，第二天上新闻的话，就赶紧带着你的人走吧。"

米歇尔抿唇没有作声，一双大眼睛里满是委屈和怨恨。她无法反驳舒情，也怕事情闹大了被戴高乐知道。

"让他走。"没有过多迟疑，米歇尔冷着脸对保镖说。

“云城！”看见霍云城走过来的时候，舒情伸出手，紧紧地抓住他。刚才因为紧张，她手心里都是一层冷汗。

霍云城感受到舒情的不安，反手握住她的手，安抚性地朝她笑一笑：“你放心吧，我毫发无伤。”

确定霍云城真的没事之后，舒情才放下心来，她皱眉看向一脸乖戾的米歇尔，冷冷地说道：“米歇尔，从今天开始，我希望你不要再缠着霍云城。他是我的未婚夫，是我的男人。我不管你是真喜欢他，还是任性胡闹，总之，你趁早死了心吧。看在今天云城没事的分儿上，我们可以不把这件事告诉戴高乐，但这并不代表什么事都没有发生过。如果还敢有下一次的话，我一定会对你不客气！”

说完之后，舒情别过脸去再也没看米歇尔一眼，拉住霍云城的手说道：“云城，我们回家。”

米歇尔心里气得不行，但也无可奈何，只能眼睁睁地看着霍云城和舒情离开。

回去A市的路上，林岩峰在开车，舒情和霍云城并排坐在后座。舒情一直攥着霍云城的手，一句话都没有说。

直到两人回到水月新城进了家门之后，霍云城的神经才算完全松懈下来。他沉沉地呼了一口气，坐在沙发上，顿时感觉头还有点晕，下意识地用左手撑住额头。

舒情见状先去给霍云城倒了一杯热水，放在他手里，随后坐在他身边安抚道：“好了，没事了，你是不是还不太舒服？先喝口水缓一缓。”

“我今天去找米歇尔的时候，被她迷晕了，这会儿还有些乏力。”霍云城十分疲倦，喝了杯热水才感觉到好一点，然后他转过头来把今天的事跟舒情都交代了一遍。

舒情越听脸色越严肃，这个米歇尔真是个被宠坏了的公主。

不过想想，舒情又叹了口气：“都过去了，你不用担心，她应该不会有什么大动静了。不然我们直接告诉戴高乐，他一定不希望看见自己的女儿变成这样。”

霍云城看着舒情，揽紧了她，只有心爱的人在自己身边，这种感觉才是最踏实的。说起米歇尔，霍云城又有些无端的懊恼，自己今天太大意了。

“我也没想到……看着是人畜无害的小姑娘，怎么做出这样糊涂又恶劣的事来。只希望戴高乐能好好管教她！”

舒情见状轻笑，偎在霍云城肩头，慢慢安慰他：“好了，别想了，谁也想不到一个贵族小姐会用这样卑鄙的手段，说到底啊——”笑着轻轻一捏他的鼻尖，“还不是你魅力太大了，招惹来那么多烂桃花。”

霍云城也调笑道：“谁说都是烂桃花，我眼前不就是一朵最好的花儿吗？”

说说笑笑间，两人的情绪都松弛下来。一夜疲惫，两人洗漱完回了卧室，在床上相拥而眠。

《乘风吧》拍摄片场。

“小宁，你再靠近一点，你们两个人离得太远了。”摄影师抬起头来教着刘小宁和沈俊言摆造型。

刘小宁朝着沈俊言身边挪了一小步，然而摄影师还是不满意，上前亲自摆了动作。

“你们两个人在剧中扮演的是情侣，又不是好兄弟，状态可以再亲密一点。”

摄影师将刘小宁向沈俊言身边推了推，摸了摸下颌，似乎还是觉得不太对劲。他直接抓着沈俊言的手，搭上了刘小宁的手背。两个人几乎同时一愣，都想要抽回手，但是摄影师却狠狠拍手。

“对！就是这样，别动啊！保持造型和表情！”说着，他又跑回摄像机后，开始找寻角度。

刘小宁抿了下嘴角，视线放在别的地方。两个人是在背后牵手，如果不仔细观察的话，真的不会注意到。突然觉得，这样的合作也挺好，有些她不能在现实里实现的东西，在剧里倒是成真了。

摄影师的声音再次传来：“沈老师，你脸上的笑容有点苦啊，请再调整一下状态！”

“抱歉。”沈俊言干笑一声。

“算了，两位先休息一下，一会儿再继续。”摄影师看了眼腕表，示意大家都休息休息、活动活动。

刘小宁抬头看向沈俊言，却见他走到了一旁。他安静地坐在休息椅上，目光怔愣地看着自己的手机，甚至没有听见旁边的经纪人在说什么。

能让沈俊言这样失魂落魄的，应该只有一个人了。一时间，刘小宁心里竟然生出了一丝畅快，但很快胸口就被酸涩占据，他这样为一个人失魂落魄，而那个人却不是自己。

好在今天只是拍定妆照，以及一个短片，工作量不大，差不多一上午就完成了。收工之后，刘小宁转头想寻找沈俊言的身影，却发现他早就已经离开了。

就在刘小宁有些恍惚的时候，肩膀被人拍了拍。

“想什么呢？你的金医生？”经纪人笑看着刘小宁。

“啊，没什么。”刘小宁抖了抖肩膀，低头收拾自己的东西。

经纪人无奈地摇了摇头：“赶快去吧，别让人家等着急了。今天看你也心不在焉的，一谈恋爱连事业都不要了是不是？”

“去哪儿？今天有饭局吗？”刘小宁有些没反应过来。

“我看你家金医生都在停车场等你好久了，别告诉我你都不知道？”经纪人狐疑地看着刘小宁，似乎觉得有些不可思议，“天地良心，我也没有给你安排工作到连轴转吧！”

刘小宁这才一拍脑门，想起了今天下午和金锦然有约。她抓了抓头发，胡乱地将东西塞到了背包里，飞快地跑去了停车场。

果然，金锦然靠在车子旁边，目光一直落在出口处，见刘小宁出来了，上前几步迎上她。

刘小宁穿着高跟鞋，跑得有点急，本来想着停下脚步，但还是没站稳栽到了金锦然的怀里，鼻子碰到他的胸口，疼得刘小宁轻哼一声。

“慢一些啊。”金锦然无奈地伸手，想要帮刘小宁揉一揉鼻子，但她却已经站直了身子，自己捂着脸。

“你等很久了吧，不好意思，我忘了下午要和你约会了。”刘小宁有些歉意地看着金锦然。

“没关系的，今天的拍摄还顺利吗？”金锦然摇了摇头，给刘小宁打开了车门。

“还行吧……”刘小宁眨了眨眼，脑海中不自觉地浮现出沈俊言的样子。转头的时候却发现金锦然的脸近在咫尺，下意识地偏过头去，“不行！”

“你说什么？”金锦然似乎有些诧异。

刘小宁哑然，他们两个人现在是男女朋友，这些事情似乎没什么。

想到这里，刘小宁轻抿唇瓣，还是将脸颊凑了过去，小心地闭上眼睛。

然而等了半天，脸颊上都没有什么触感，就在刘小宁纳闷的时候，耳边传来了金锦然的笑声。刘小宁疑惑地睁眼，只看见金锦然温润的笑脸。

“你笑什么？”刘小宁有些窘迫，将脸转到一旁，“那你别亲了！”

“你刚才是以为我要亲你？”金锦然好像反应过来了，抬眼看着刘小宁。

“没有。”刘小宁感觉被人耍了一样，心中有些气愤。

“想什么呢！我要给你系安全带，谁知道你开口就说不行。”金锦然见状，无奈地轻叹一声，伸手将刘小宁的安全带扣上。

“安……安全带？”刘小宁大窘，脸上顿时羞红一片。

“你怎么这么可爱呢？”金锦然凑近几分，将声音放得很轻很低，如同提琴般悦耳地钻入了刘小宁的耳朵里，“那么现在，我可以亲你吗？”

刘小宁瞬间感觉自己的心脏剧烈地跳动起来，只能怔愣地盯着金锦然，看着他的脸庞在自己面前一点点放大。他的吻一直都很轻，像是触碰什么珍宝一般，落在唇瓣上痒痒的，让刘小宁缩了缩脖子。

金锦然单手撑在刘小宁的身侧，眸中盛满笑意，他喜欢这样可爱的刘小宁。

刘小宁悄悄抿了抿嘴唇，就在想要在金锦然脸上亲一下的时候，车窗突然被人敲响了。

车中的两个人都吓了一跳，刘小宁更是紧张地抓住了安全带，朝窗外看去，原来是自己的经纪人站在外面。

“抱歉，我其实不太想打断你们，但我确实在这里站了好久，都没有找到开口的机会。”经纪人感觉自己现在像一个发着强光的电灯泡。

“怎么了？”刘小宁深吸一口气，神色尴尬地看着经纪人。

“你手机落下了，我给你送过来。祝你们约会愉快。”经纪人迅速将手机塞到了刘小宁的怀里，转身就走，她真的一分一秒都不想待在这对情侣的周围。

刘小宁呆愣地捧着手机，转头看了一眼金锦然，却发现他还保持着刚才的动作，好整以暇地看着她。

“怎么还不走？”刘小宁伸手推了推他的胸口。

金锦然没有说话，只是将脸颊凑了过去，明显的示意。

“赶紧开车！”刘小宁白了他一眼，伸手将他推开。

金锦然弯了弯唇角，发动了车子。

叮一声，刘小宁的手机亮起，是经纪人发送来的消息：原来这才是你恋爱的样子啊，看来你的演技是真的不行。看着经纪人打趣的话，刘小宁磨了磨后槽牙，发送了一个充满善意的微笑表情后，便不再理会她。

与其说是约会，还不如说是金锦然陪刘小宁逛街。

因为昨天金锦然提议了很多约会的地方，但是刘小宁都兴致缺缺，最后随便说了一句商场，两个人就确定下来。

直到进了商场里，刘小宁才有些后悔，毕竟这算是两个人第一次正式的约会，就选择了一个普通的商场。

“呃……你要觉得无聊，我们可以去别的地方。”刘小宁全副武装，有些尴尬地拉了拉口罩，看着身旁的金锦然。

“怎么会，只要和你在一起我就不会觉得无聊。”金锦然勾了一下刘小宁鬓角的碎发，语气轻松。

刘小宁鼓了鼓脸颊，不知道在想些什么。金锦然见状，伸手牵住了刘小宁，向前走去。

看着金锦然的背影，刘小宁愣了愣，一股酸涩的感觉填满了胸口，连忙跟上了他的脚步。

购物是女人的天性，何况她一直忙着工作，好久没逛商场了。本来是金锦然拉着她，结果没过一会儿，就变成她拽着金锦然一家店一家店地逛起来。

“好看吗？”刘小宁拿着衣服比量了一下，转头看向金锦然。

金锦然认真地看着，最后点了点头。

“你还真是没有什么实质性的建议，每一件你都点头。”刘小宁嘀咕了一声。

听见这话金锦然弯了弯嘴角：“你好看，眼光也好，挑的衣服都很适合你啊。”

被这样一夸，刘小宁猛地转过头去，她指尖摩擦着衣服，轻声说道：“你也可以给我挑啊……”

“嗯？”金锦然没有听清楚，抬眼的时候刘小宁已经进了更衣室。

金锦然摩擦着手腕，弯了弯嘴角，目光落在了展台的一条裙子上。

“加上这条裙子，刚才那位小姐试过的衣服都帮我打包起来。”金锦然走向柜台，从包中抽出了银行卡。

“您对女朋友真好。”服务员接过卡片，忍不住说道。

金锦然笑了笑，这更让服务员觉得羡慕了，甚至有些好奇他女朋友长什么样子。

就在这时，刘小宁突然跑了过来。金锦然吓了一跳，连忙稳住了她的身子。

“快快，咱们快走。”刘小宁拍了拍金锦然的手，还朝着身后看了眼。

金锦然顺着她的视线看了过去，就见几个女孩子从更衣间走了出来，在看见柜台前的他们后，马上朝这边指指点点。

“快走！我被认出来了！”刘小宁见状，拉着金锦然就跑。

“先生！您的衣服和卡！”服务员一抬头就见两人直接跑了，瞬间傻在原地。

刘小宁带着金锦然左拐右拐地跑了好远之后，两人才停下脚步，气喘吁吁地朝后面看去，见身后没有人跟过来，才放心地松了一口气。

“认出来了？”金锦然低声询问道。

“是的，非要缠着我要签名合照，我这不直接带你跑了。”刘小宁用手扇了扇风，无奈地说道。

其实被粉丝认出来，刘小宁也不觉得有什么，但她不想被人拍到和金锦然在一起。

“当明星这点真是太麻烦了。”刘小宁揉了揉脖子，“对了，刚才的店员是你朋友？”

“嗯？”金锦然一脸蒙。

“刚才咱们跑的时候，她还和你打招呼了。”刘小宁眨了眨眼睛。

听见这话，金锦然真是有些哭笑不得，忍不住伸手捏了捏刘小宁的脸颊。

“你干吗？”被扯着脸颊的刘小宁说话都有些含糊。

“刚才你直接拉着我跑了出来，我结账的衣服还有卡都还在店里呢，甚至你这件衣服还没结账呢。”说着，金锦然指了指刘小宁身上挂着吊牌的衣服。

刘小宁低头一看，面上大为窘迫：“那怎么办？回去取？”她哭丧着脸。

“我联系商场的人，让他们把东西直接送到停车场吧。”金锦然无奈地说道。

刘小宁抬眼和金锦然对视，两个人都不约而同地笑了起来。突然，刘小宁觉得这种感觉也挺不错的。

第十八章
订婚典礼

唐若颖自从回到A市之后，因为不方便露面，所以一直闭门不出，不过李承阳都在关注着舒情的动向。所以，舒情最近遇到了不少麻烦，譬如上班路上突然有一个花盆从高空落下……诸如此类。

第一次可以认为是不经意，第二次可以认为是巧合，但是一来二去，舒情不免起了疑心，这些事情好像是有人故意为之，会是谁呢？

她实在是不安心，索性交给Anthony去查清楚，却没想到两天之后，Anthony带给她一个让她惊讶万分的消息："舒情姐，之前那个唐若颖……应该就是这一切的始作俑者。我今天查到她目前住在李承阳的别墅里。"

"什么？"舒情不自觉地皱起眉头。唐若颖取保候审，不安安分分待着，怎么又跟李承阳搅到一起去了？

舒情沉声说道："好，我知道了。麻烦你多帮我盯着点唐若颖的动向。"

"好。对了舒情姐，我觉得唐若颖这次又和李承阳勾搭在一起，可能是想对你和霍总做点什么，你们还是要小心一点为好。"Anthony好心提醒道。

舒情的语气放缓了一些："好，我知道了，谢谢你。"

挂掉电话之后，她越想心里越不安稳，就打电话告知了霍云城这件事。

霍云城听完不免变得严肃起来："嗯，明天就是我们的订婚典礼了，我会让人多加注意，其他的事你就不要操心了，安心做一个准新娘吧。"

舒情嗯了一声，但愿不要出什么事吧。

第二天上午九点，订婚典礼场地上，很多人都在忙碌着摆花束和气球、布置新人玩偶，一切都有条不紊地进行着。

霍云城特意嘱咐林岩峰安排了一些便衣保镖，就是以防唐若颖突然出现在现场捣乱。

这个女人精神不太正常，霍云城是这么觉得的。虽然有些担忧，但说到底他也并不害怕，只是不想出什么岔子破坏了气氛。垂眼看了眼腕表上的时间，嘴角悄悄弯起。

“霍总，一切都准备妥当了，您放心吧。”这时，林岩峰走了过来，朝着霍云城汇报道。

霍云城嗯了一声，环视一周，似乎想起了什么事情，匆匆走出了现场。

“这样盛大的订婚典礼我还是第一次见啊。”两个服务员一边布置桌子，一边小声地谈论着。

“也不看看订婚的人是谁，那可是霍云城啊。”

“真的好羡慕，我什么时候也能遇到这样帅气多金的未婚夫啊。”

“就你？回去睡一觉说不定就有了呢。”

两个服务员说说笑笑的，正要端着托盘前往别处的时候，从门后走出来一个人，正巧撞上了其中一个服务员的肩膀。

“您没事吧？”服务员吓了一跳，连忙鞠躬道歉，却在抬头的时候看见一张裹得严严实实的脸，愣了一下。

然而这人紧了紧领口，根本没有理会服务员，低着头继续向前走。

“好奇怪啊这个人。”服务员看着这人的背影小声嘀咕着。

就在这时，林岩峰走了过来，将两个服务员叫走了。

订婚典礼的另一个主人公，此时正在化妆间准备着。舒情安静地坐在椅子上，看着面前镜子里的自己，脸上忍不住挂上了温柔的笑容。

“舒小姐，你今天真的好漂亮啊。”化妆师梁程凝站在舒情的身边，视线一直落在她的脸颊上，小心地上着妆容。

“怎么，我之前不好看吗？”舒情轻声打趣着。

“我可没说，你别诬陷我。”

听见这话，舒情笑得眉眼弯弯。梁程凝年纪小，舒情总喜欢逗一逗她。

见舒情这个样子，梁程凝嘟起嘴巴，卖萌状地看着舒情，却惹得舒情笑得更加开心。

梁程凝索性不再理会舒情，她仔细检查了一下舒情的妆容之后，将一旁的礼服抱了过来。

“舒小姐，该换礼服了。”梁程凝眼睛亮亮的，这件礼服可是定制款，她只是看着就觉得十分精致，已经迫不及待地想看舒情穿上了。

舒情微微颔首，接过礼服，指尖轻轻拂过裙摆，眸中满是柔和的光芒。

“舒小姐你别站着了，快去换啊。”一旁的梁程凝忍不住了，伸手推了推舒情。

舒情见状无奈地摇了摇头，进了更衣室。

更衣室外，梁程凝拿出手机，准备在舒情出来的时候拍几张照片。这时候化妆间的门被人推开，梁程凝转头一看，竟是霍云城。

“霍总……”梁程凝有些惊讶，刚一开口，却见霍云城示意她噤声，梁程凝马上捂住了嘴巴，然后指了指身后的更衣室。

霍云城点了点头。

梁程凝见状，也非常识趣地走了出去。

“小梁，我的头发松开了，帮我……”没过多久，舒情就推开了更衣室的门，映入眼帘的却是霍云城。

他穿着定制的西装，更衬得身姿挺拔，碎发尽数被梳在了脑后，露出光洁的额头。看见她出来的瞬间，他眸中闪过一丝惊艳。

“你……你怎么来了……”舒情缓过神来，倒生出几分不好意思。

“我的准新娘，你今天好美。”霍云城朝着舒情伸出手，低沉的声音缓缓漾开，落在了舒情的心尖。

舒情见状露出一个甜甜的笑容，将指尖搭在了霍云城的掌心，被他顺势拉到了怀里。本就松散的头发滑落下来，搭在她圆润的肩头。

“啊，头发……”舒情愣了一下，伸手要去抓，却不想霍云城要比她更快一步。他纤长的手指穿过她的发丝，将柔软的长发都聚拢在了一侧。

这时，霍云城从口袋里拿出来一个盒子，里面是一条项链，他拿出小心地为舒情戴上。

舒情看着穿衣镜里的自己，视线也落在了项链上。项链的设计很简单，甚至和身上奢华的礼服有些不太匹配，然而下一秒，舒情好像想到了什么，脸上露出了诧异的表情。

“这个不会是……”舒情捏着项链，表情有些诧异。

“你说过你很喜欢。”霍云城爱不释手地抚着舒情的发丝。

舒情心中有些感动，这条项链的设计师是一位非常著名的珠宝设计大师，她一直都非常喜欢他的作品，只是早在几年前，这位大师已经宣布退出设计圈了，这条项链是大师最后的设计手稿，并没有做成成品。

舒情没想到自己随便提过的一句话，霍云城竟然记在心上了。

“你是怎么做到的，让大师做出了成品？”舒情看着穿衣镜中的霍云城，脸上尽是惊喜。

霍云城伸手环住了舒情的腰肢，在她白皙的脖颈上轻轻落下一吻，温柔地开口：“只要是你喜欢的，我全部都想给你。”

“谢谢你，云城。”

霍云城眸光微动，凑近了舒情一点，其中的意味不言而喻。

此时，站在化妆室外的梁程凝偷偷地从门缝中看着，强行忍住尖叫出来的冲动。她咬了咬指尖，心中着实羡慕舒情和霍云城。

真是幸福啊！这样想着，梁程凝转过身去，却不想面前突然出现一个人，吓得她差点尖叫出来。

“谁啊？”梁程凝拍了拍胸口，喘了一口气，看着面前戴口罩的女子，心下有些疑惑。

面前的女子犹豫了一下，眼神有些飘忽：“啊……是霍总让我送一些东西给舒小姐。”

听她这么解释，梁程凝就更感觉可疑了，毕竟霍云城现在就在化妆间，还有什么东西要让别人给送来的？

“什么东西，给我看看。”说着，梁程凝朝着女子伸出了手。

女子抓着衣摆，不敢去看梁程凝。

梁程凝见状，索性伸手去拉扯女子，却不想面前的人突然推开她，直接冲进了化妆间。

化妆间内的舒情和霍云城也被吓了一跳。霍云城眉心微皱，挡在了舒情面前。

“舒情——”唐若颖摘下了口罩，露出一张憔悴狰狞的脸。

“唐若颖？！”看着眼前的人，舒情眉心不禁皱起。

这个女人，还真的是阴魂不散啊！

身后跟进来的梁程凝在听见这个名字的时候吓了一跳，她是怎么混进来的？

“你们没想到吧。”唐若颖的嘴角浮现出一丝狰狞的笑容，她将目光落在了霍云城的脸上，狞笑着，“我还以为霍总的订婚宴会管理比较严格，现在一看也不过如此。”

“所以呢？你想做什么？”舒情表情淡然，似乎唐若颖的出现在她的预料之中。

唐若颖自然不满意舒情此刻的表情，她磨了磨后槽牙，阴狠地说道：“我当然是给你们准备一份大礼啊！”

就在这时，一群便衣保镖拥了进来，瞬间将唐若颖包围住。

“带她下去。”霍云城的脸上尽是嫌恶。

被包围的唐若颖却没有半分慌张，她咧开嘴角，突然从怀中拿出了一个类似遥控器的东西。

“我看谁敢动！”她抬着手臂，大声尖叫着。

舒情眸子微眯，直视着唐若颖。

正对上舒情的视线，唐若颖仰着头，口中发出了一声刺耳的笑声：“舒情，只要我按了手上的按钮，微型炸弹就会爆炸，你们就死定了！”

在场的人脸色一变，似乎没想到唐若颖竟然会做出这样恐怖的事情。

“疯子。”舒情说道。

“怎么样舒情，这一次是我赢了！我赢了！”唐若颖放声大笑着，“我就算是死也要拉着你们陪葬。舒情，你害得我那么惨，现在终于轮到你了！”

一想到自己生不如死的日子，唐若颖心中恨意更甚。

舒情的眉心不禁皱起。这样的表情在唐若颖眼中便是惧怕，她笑着，轻轻地晃动着手腕。

“不过，如果你现在跪下来求饶，说不定我会放你一条生路。”说着，唐若颖又看向霍云城，眼神又痴迷又痛恨。

“舒……”唐若颖转头还要说什么，却没想到舒情突然走到她的面前，抬起手一巴掌扇了下来。

在场所有人都愣住了，只有霍云城悄悄弯了弯嘴角。

“你疯够了吗？清醒一点吧！”舒情冷然看着唐若颖。

“舒情，你敢打我！”唐若颖反应过来，气得浑身发抖，指着舒情大叫，“去死吧！都去死吧！”

说着，唐若颖面容扭曲着，咬牙切齿地按下了遥控器的按钮。

梁程凝心下大惊，直呼小心。然而，化妆间里却一片寂静。

“怎么回事？”唐若颖嘴角的笑容逐渐僵硬，她看着手中的遥控器，难以置信地疯狂摁着，然而周围却没有任何声响。

“不可能！”唐若颖疯狂地尖叫着。

“吵死了！”舒情冷哼一声。

唐若颖癫狂地摁着遥控器，嘴里不断念叨着。她抬起头，却见舒情嘴角噙着一抹轻笑。

“怎么可能……”唐若颖轻轻颤动着身子，满脸的不可置信。

这明明是李承阳给她的最先进的微型炸弹，怎么可能一点反应也没有！

“没有我的默许，你以为你能顺利地混进来，甚至还找到我的化妆间？”舒情红唇轻启。

唐若颖的小动作她和霍云城早就察觉到了，让便衣保镖从一开始就盯着她，把她带来放在化妆间门口通风管道里的微型炸弹处理掉了。霍云城本想直接截住唐若颖，但还是被舒情拦了下来。

“你耍我？你竟然耍我？”唐若颖目眦尽裂，狰狞的表情十分瘆人。

舒情：“我没有耍你，我只是想让你彻底看清这一切。认清现实吧，唐若颖，停止你的疯狂，或许你还有救。”

这句话刺激到了唐若颖，她尖叫着欲扑向舒情，然而在一旁候着的保镖直接将她抓住。

“带走吧。”霍云城偏开头，实在不想因为这女人破坏了今天的气氛。

“舒情！我诅咒你！你不得好死！”唐若颖大声谩骂着舒情，被保镖带了出去。

舒情松了一口气，总算将这个麻烦处理掉了。她看了一眼霍云城，唇角弯了弯。

一旁的梁程凝已经被吓傻了，缓了好一会儿才回过神来。她看了眼舒情，上前一步：“舒小姐，你的头发……”

看着胸前披散的长发，舒情朝着梁程凝摇了摇头：“不用了，就这样吧，还挺好看的。”

方才的小插曲并没有造成什么影响。晚上八点整，订婚典礼准时开始。

悠扬的音乐响起，宴会厅中的所有宾客都紧紧盯着一对新人。舒情挽着霍云城的手臂，两个人惊艳登场。

众人纷纷送上祝福，舒情甜蜜一笑。

“真好啊。”坐在一旁的霍老爷子见状，脸上露出了欣慰的笑容。

“当然了，也不看看是谁的孙女。”舒老爷子点着头，脸上尽是骄傲之色，“又聪明又漂亮。”

“我们家小子眼光好。”霍老爷子一听，不免揶揄了一句。

“哼，真是捡了大便宜。”看着不远处的一对璧人，舒老爷子忍不住说道。

“瞧你那样儿，别把我们家小子说得一无是处好不好。”霍老爷子瞥了舒老爷子一眼。

两个老人竟你一言我一语地互相拌起嘴来。

这时，舒情和霍云城走了过来。

“爷爷。”舒情扑在了舒老爷子的怀里，撒娇般地开口。

“你这丫头还知道爷爷啊，还以为都忘了我这把老骨头了。”舒老爷子爱抚着舒情的头，脸上满是宠溺。

“爷爷，您怎么能这么说我，我要生气了。”舒情轻哼一声。

“你这丫头，爷爷不说了，大喜的日子。”舒老爷子点了点舒情的额头，笑着转头看向霍云城。

霍云城礼貌又亲切地朝着舒老爷子点头：“爷爷。”

舒爷爷见状，轻轻咳嗽一声：“你这小子，要是敢欺负我孙女，我第一个不饶你，知道吗？”

“对，你要敢欺负情丫头，看我怎么教训你。”一旁的霍老爷子见状也忙着帮腔，方才还斗嘴的两个老人如今竟然统一战线了。

舒情偷笑着，狡黠的视线朝霍云城投去。

霍云城见状，有些无奈地看着舒情，伸手将她揽得更紧：“我哪儿敢欺负她。我只会一辈子珍爱她，至死不渝。”

霍云城看着舒情，一字一句说得认真。舒情抿起唇瓣，嘴角带着幸福的笑容。两位老人见状，满意地点了点头。

这边其乐融融，另一边却不是如此。

角落里的霍母冷冷地看着舒情和霍云城，不屑地嗤笑一声。霍母身边的霍倩见状，更是将不快的表情直接摆在了脸上，她转头看向沙发上的徐婉儿，提着裙摆走了过去。

“就是订婚而已，得意个什么。”

这么一句话，却刺激到了徐婉儿，她捏着玻璃杯的指节隐隐发白。对，订婚而已，还没到最后呢！

一些前来祝福的人，舒情并不熟悉便不想应酬，索性找了个地方松口气。

就在她犹豫要不要吃一小块蛋糕的时候，身后传来了一道熟悉的声音：“舒情……”

一转头，舒情就见沈俊言正站在她的身后，脸上带着淡淡的笑容。

“祝贺你啊。”虽然这样说着，但是沈俊言垂在身侧的手紧紧地握成拳，没人知道他用了多大的勇气才说出了这句话，并在她的面前露出笑容。

“谢谢你。之前不是说你今天有通告吗，我还以为你来不了了。”舒情朝着沈俊言点了点头。

“你的订婚典礼，我怎么可能不来。”沈俊言轻轻地吐出一口气，故作轻松地笑着，“你今天真漂亮。”

他凝视着眼前的舒情，似乎想要将面前的人永远地印在脑海中。舒情眨了眨眼，下一刻，她好像看到了什么，嘴角的笑容更甚。

沈俊言微微一顿，霍云城的身影出现在面前，他伸手揽着舒情的腰肢，两个人亲昵地靠在一起。

这一幕深深地刺痛了沈俊言的眼睛，他端着酒杯的手指都在轻轻颤抖。

霍云城似乎注意到了一旁的沈俊言，目光从他的脸上淡然扫过，牵着舒情想要离开。

舒情最后朝沈俊言点了点头。沈俊言凝眸看着她，垂下了眼睫，嘴角挑起了一抹苦涩的笑容。他明明想要离开，可是为什么脚步却挪不动丝毫。

心中，异常苦涩。

舒情，那可是他爱了整整三年的女人啊。今天，她却和另外一个男人举行了订婚典礼。

他要彻底失去她了……沈俊言端起酒杯，一饮而尽。

霍云城牵着舒情的手，将她带到了舞池中，舒缓的音乐包围着两人，舒情的手搭上霍云城的肩膀，霍云城的大掌搂着舒情的纤腰，两人的身体跟着音乐摆动起来。

“霍先生都不邀请我一下，就直接开始跳舞了？”舒情歪了歪头，俏皮地眨了眨眼小声问道。

霍云城没有回话，只是轻轻捏了捏舒情的腰肢，惹得她笑了笑。

舒情瞧见两个人相抵的戒指，轻轻地摩擦了一下，一时间竟有些恍惚。自己在刚得知身上有婚约的时候，心中是怎么想的来着？

舒情犹记得，她初次见到霍云城时候的情景。初次见面，相看两厌。可这一路走来，她和霍云城经历了那么多风风雨雨，才相知相恋。

现在，他们终于订婚了。

她抬眼看着男人，心中似被什么填满。这种和心爱的人两情相悦，被霍云城宠上天的感觉，真好。

两人舞步轻盈，配合异常默契，宛如一对天造地设的神仙眷侣。

突然有声音响起，舒情诧异地转头，就见天空中绽放出灿烂的烟花。

“这是什么？”舒情一怔。

“你说过，在订婚宴上希望看见繁花似锦。”霍云城挑了挑眉，眸底尽是只有在舒情面前才有的温柔深情。

“谢谢。”舒情有些惊喜地转头看向霍云城，没想到他竟然会为自己准备这些。

自己说过的每一句话，原来他都记得。这样想着，舒情拉着霍云城走了出去。

绽放的烟花点亮了夜空，映得舒情脸庞发亮，她抿着唇角，脸上露出了幸福的笑容。

“云城，你看，好漂亮啊！”舒情指着天空，转头看向霍云城。烟花绽放的声音有些大，她索性凑近了霍云城几分。

霍云城见状，伸手将她搂在了怀里：“舒情，我爱你。”

“我也爱你。”舒情眸光澄澈。

两个人相拥亲吻，烟花绚烂绽放。